암 병 동 I

솔제니친

일신서적출판사

차 례

21. 망령이 사라지다 …… 5
22. 모래바닥에 잦아드는 강 …… 21
23. 우울하게 살 필요는 없다 …… 29
24. 수혈 …… 56
25. 베가 …… 75
26. 좋은 경향 …… 91
27. 무엇이 재미있느냐는 사람 나름 …… 111
28. 어디를 가나 서글픔 뿐 …… 128
29. 심한 말, 따뜻한 말 …… 146
30. 연로한 의사 …… 166
31. 시장(市場)의 우상 …… 185
32. 안쪽에서 …… 204
33. 해피 엔드 …… 221
34. 더 괴로운 사람 …… 236
35. 천지창조의 첫날 …… 250
36. 최후의 날 …… 280
▨ 작품 해설 …… 310

암 병 동 I

1. 절대로 암은 아니다

　암병동(癌病棟)은 제13병동이었다. 파벨 니콜라예비치 루사노프는 결코 미신을 믿거나 하지는 않았으며, 또 미신을 믿으려고도 하지 않았으나 그래도 자기의 입원 신청서에 '제13병동'이라 적혔을 때는 가슴 속에서 무언가 무너져내리는 것만 같았다. 이것이 외과 병동이나 소화기 병동이었다면 도대체 누가 13이란 번호를 붙였겠는가.
　비록 이 공화국이 아무리 넓다 해도 지금 의지할 곳이라곤 이 병원밖에는 없었다.
　"하지만 선생님, 저는 암이 아니겠지요?"
　파벨 니콜라예비치는 자기의 턱 우측에 난 종양을 만져보면서 물어보았다. 그것은 하루가 다르게 커졌으나 겉으로 보기에는 건강해 보이는 흰 피부에 덮여 있었다.
　"네 물론이죠." 여의사 돈초바는 벌써 몇 번이나 똑같은 대답을 하면서 분방한 필적으로 카르테에 적어넣었다. 이 여의사는 글씨를 쓸 때만 모나지 않은 네모난 안경을 썼고, 쓰지 않을 때는 안경을 벗어버리곤 했다. 중년에 접어든 그녀의 얼굴은 창백했으며 무척 피로해 보였다.
　이것은 며칠 전 외래 진찰실에서 주고받은 말이었다. 외래 진찰실에서 암병동으로 배정된 것만으로도 환자는 불안해서 잠이 안 왔다. 게다가 돈초바는 루사노포에게 되도록 빨리 입원하라고 권했던 것이다.

생각지도 못했던 이 병은 2주 전부터 아무 예고도 없이 편안한 나날을 보내던 이 행복한 사람을 질풍처럼 엄습했던 것이다. 지금 파벨 니콜라예비치를 우울하게 만든 것은 병 그 자체보다도 언젠가 오래 전에 입원했을 때처럼 이 병원에서도 큰 병실로 들어가지 않으면 안 된다는 일이었다. 그는 깜짝 놀라 예브게니 세미요노비치나, 센자핀이나 울리마즈파예프에게 전화를 걸었으며 그들이 또 이곳저곳으로 전화를 걸어서 이 병원에 특실이 있는지, 그리고 작은 병실을 독방으로 쓸 수 있는지 없는지 알아봐 주었다. 그러나 이 병원은 너무 규모가 작아서 그런 병실은 없었다.

의국장(医局長)의 주선으로 겨우 치료실과 욕실과 갱의실만은 따로 쓸 수 있게 되었다.

유라는 제13병동 입구까지 파란색 모스크비치(수용차의 일종)로 아버지와 어머니를 모셔왔다.

무척 추운 날이었는데 돌계단 위에 낡은 무명 가운을 입은 두 여인이 추위에 떨면서 서 있었다.

이 불결해보이는 가운도 그랬고, 이 병원의 모든 것이 파벨 니콜라예비치에게는 불쾌하게 느껴졌다. 출입하는 사람들의 발에 닳고 닳은 시멘트 바닥, 환자들의 손때가 묻어 빛이 바랜 문의 손잡이, 색이 벗겨진 대합실 바닥, 벽에 부착된 올리브색 널빤지(그 올리브색은 무척 불결하게 보였다), 얇은 판자쪽을 잇대어 만든 커다란 벤치. 먼 데서 온 환자들은 그 벤치에 다 앉지 못하고 바닥에 주저앉아 있었다. 솜을 넣은 웃옷을 입은 우즈베크의 사나이들과 흰 플라토크(두건)를 쓴 우즈베크의 노파들, 연두색이나 빨간색이나 녹색 두건을 쓴 처녀들, 그들은 모두 장화나 덧신을 신고 있었다. 한 러시아 청년이 단추가 풀린 외투를 마룻바닥에 느러뜨린채 벤치 하나를 통째로 차지하고 누워 있었다. 몸은 앙상하게 뼈만 남았고 배가 튀어나온 이 청년은 연신 신음 소리를 내고 있었다. 그 신음 소리를 듣고 있으려니까 파벨 니콜라예비치는 정신이 아찔해지는 것 같았다. 마치 자기 대신 그 청년이 울고 있는 것만 같았다.

파벨 니콜라예비치는 입술이 파래지면서 걸음을 멈춘채 중얼거렸다.
"카파(카피톨리나)! 이런 곳에 있다가는 죽을 것만 같아. 여기 있기 싫어. 어서 돌아가자구."

카피톨리나 마트베예브나는 남편의 손을 꼭 잡았다.
"여보 돌아가자니요. 돌아가면 어떻게 하시겠다는 거예요?"
"어떻게 하다니. 잘만 하면 모스크바에 있는 병원에 입원할 수 있을지도 모르고……."

카피톨리나 마트베예브나는 커다란 머리를 남편쪽으로 돌렸다. 구리빛 나는 멋진 곱슬머리를 짧게 잘라서 머리가 유난이 커보였다.
"여보! 모스크바에 부탁하거나 하면 앞으로 두 주일은 기다려야 하고 또 헛탕을 칠지도 몰라요. 그렇게 기다릴 수는 없잖아요? 매일 아침 볼 때마다 더 커지고 있는데……."

부인은 힘을 내라는 듯 남편의 손목을 꽉 잡았다. 파벨 니콜라예비치는 공적인 자리나 직무에서는 누구보다 의지가 굳은 사람이었으나 가정에서는 모든 것을 아내에게 맡겨두는 것이 훨씬 편안하게 여기고 있었다. 집안의 중요한 일들은 모두 아내가 빈틈없이 꼼꼼하게 처리해 주었기 때문이다.

벤치에 누워 있던 청년은 괴로운 듯 몸을 비틀며 연신 신음 소리를 질러댔다!

"집에서 치료를 받을 수도 있을 텐데…… 돈만 있다면……." 파벨 니콜라예비치가 얼결에 말했다.

"여보!" 남편의 기분을 너무나 잘 알고 있는 부인이 달래듯이 말했다. "저도 그것은 생각해보지 않은 것이 아니에요. 돈을 내고 의사가 오게 하는 것은 말이에요. 그래서 물어봤더니 이곳 의사들은 돈을 아무리 많이 줘도 왕진은 하지 않는다는군요. 그리고 여기에 시설도 갖춰 있어서 그럴 수 없다지 뭐예요……."

왕진이 안 된다는 것은 파벨 니콜라예비치도 잘 알고 있었다. 다만 지푸라기라도 잡으려는 마음에서 해본 소리였다.

암 종양 상담소 의국장과의 약속으로는 오후 두 시에 이곳 계단 아래서 수간호사가 기다리고 있기로 되어 있었다. 마침 한 환자가 목발을 짚고 그 계단으로 조심스럽게 내려오고 있었다. 그러나 수간호사는 보이지 않았으며 계단 아래 있는 작은 방은 잠겨져 있었다.

"도무지 믿을 수가 있어야지!" 카피톨리나 마트베예브나는 발끈 화를 냈다. "저런 사람에게도 월급을 다 주다니!"

'외투 착용자는 출입금지'라 쓰여 있는 복도 안쪽으로 카피톨리나 마트베예브나는 은빛 여우 목도리를 한 채 성큼성큼 걸어갔다.

혼자 남은 파벨 니콜라예비치는 대합실에서 서성거리고 있었다. 약간 고개를 오른쪽으로 기울이고 쇄골과 털 사이에 생긴 종양을 겁에 질린 손으로 만져보았다. 그 30분 사이에 —— 자기 집에서 목도리를 두르며 마지막으로 거울에 비쳐본 후 지금까지 —— 종양은 훨씬 더 커진 것만 같았다. 파벨 니콜라예비치는 온몸의 힘이 빠지는 것 같아서 자리에 앉으려 했다. 그러나 벤치는 너무 더러워 보였고, 게다가 두건을 쓴 여인에게 자리를 좀 좁혀 달라고 말하는 것이 구차한 생각이 들었다. 그 여인은 때 묻은 자루를 바닥에 놓고 그것을 두 발 사이에 꽉 끼고 있었다. 그 부대에서 풍기는 악취는 조금 떨어진 곳에 있는 파벨 니콜라예비치에게까지 풍겨오는 것 같았다.

도대체 이 지방 사람들은 언제쯤이나 청결하고 간편한 가방을 들고 여행을 하게 될까! (그러나 이런 종양이 생긴 지금으로서는 아무래도 상관없는 일이기는 하지만).

청년의 울부짖는 소리나 고약한 냄새에 압도되어 루사노프는 벽의 모서리에 멍청하게 기대어 있었다. 문밖에서 한 농부가 들어왔다. 그는 레테르가 붙어 있는 반 리터 들이의 유리 용기를 들고 있었다. 그 용기에는 누런 액체가 가득 담겨 있었다. 그 청년은 그것을 감추려고도 하지 않고 마치 줄을 선 끝에 겨우 얻은 맥주 조키를 다루듯이 당당하게 높이 쳐들고 있었다. 그는 파벨 니콜라예비치의 바로 앞에까지 와서 그 용기를 불쑥 내밀더니 걸음을 멈추고 무언가 물어보려 하다가 물개 가죽 모자를 보자 시선을 돌리고 목발 짚은 환자 곁으로 다가갔다.

"저, 이걸 어디로 가져가야 합니까?"

그러자 절름발이 환자는 검사실 문쪽을 가리켰다.

파벨 니콜라예비치는 갑자기 구역질이 날 것만 같았다.

다시 밖으로 통하는 문이 열리고 흰 가운을 입은 간호사가 들어왔다. 그녀의 인상은 험악한 말 상이었다. 그녀는 파벨 니콜라예비치를 보자 곧 짐작한 바가 있는 듯 가까이 다가왔다.

"죄송합니다." 급히 서둘러 온 듯 숨을 헐떡이며 입술 연지처럼 얼굴을 붉히면서 말했다. "정말 죄송합니다. 많이 기다리셨나요? 지금 막 약품이 도착해서 그것을 받아오느라 늦어졌습니다."

파벨 니콜라예비치는 뭐라고 불평을 하려다가는 꾹 참았다. 어쨌든 더 이상 기다리지 않게 된 것만도 다행이라 생각했다. 유라는 트렁크와 식료품을 넣은 봉지를 들고 다가왔다. 차를 운전하다 그대로 온 탓으로 외투도 입지 않고 모자도 쓰지 않았다. 갈색 앞머리가 이마를 가리고 있었다. 그는 무척 침착한 청년이었다.

"가시지요!" 수간호사는 앞장서서 계단 아래 있는 작은 방으로 안내했다. "니자무트진 바흐라모비치에게 들었는데 내복은 갖고 오신 것을 쓰신다지요? 파자마도 새것으로 가져오셨겠지요?"

"네 갖고 왔습니다."

"그럼 됐습니다. 새것이 아니면 소독을 해야 하니까요. 그럼 여기서 옷을 갈아 입으시지요."

수간호사는 합판으로 만든 문을 열더니 불을 켰다. 천장이 경사진 작은 방에는 창이 없고 색연필로 표시된 여러 가지 예정표가 붙어 있었다.

유라가 말없이 트렁크를 갖다놓고 나가자 파벨 니콜라예비치는 옷을 갈아입기 위해 안으로 들어갔다. 그 사이에도 수간호사는 또 다른 할 일이 있는지 서둘러 어디론가 가려고 했다. 그때 카피톨리나 마트베예브나가 돌아왔다.

"수간호사님은 굉장히 바쁜 모양이군요."
"네, 좀……."
"간호사님 이름은?"
"미타라고 합니다."
"별난 이름이군요. 러시아 태생이 아닌 모양이지요?"
"독일이에요."
"당신 때문에 꽤 오래 기다렸어요."
"죄송합니다. 아까는 약품을 타러 가느라고……."
"그런데 미타 양, 당신에게 얘기해둘 것이 있는데, 남편은 요직에 있는 분이에요. 말하자면 중요한 인물이지요. 이름은 파벨 니콜라예비치구요."
"네, 알겠습니다. 기억하고 있겠습니다."
"그래서 말인데, 이번 병은 예사 병도 아닌 것 같고 상근 간호사에게 잘 보살펴 달라고 부탁해줄 수 없을까요?"
불안스레 찌푸렸던 미타의 얼굴은 더욱 흐려졌다. 수간호사는 천천히 고개를 옆으로 저었다.
"이 병동에서는 수술실에 근무하는 간호사를 제외하면 육십여 명의 환자를 주간 근무 간호사 세 사람이 돌보고 있으며, 야간에는 두 사람이 근무하고 있는 실정이에요."
"그러기에 부탁하는 것 아니겠어요? 갑자기 병세가 악화되어 소리를 쳐도 와줄 사람도 없을 테니 말입니다."
"그런 일은 없습니다. 부르기만 하면 즉각 달려갑니다."
수간호사가 그렇게 말하니 사정을 해도 헛수고일지 모른다.
"간호사들은 교대로 근무하겠지요?"
"네, 열두 시간마다 교대합니다."
"무섭군요, 그런 무책임한 간호라면! 내가 딸과 교대로 간호할까봐! 개인 돈으로 전속 간호사를 두고 싶은데 —— 그럴 수 없을까요?"
"되지 않을 거예요. 그런 전례가 없었으니까. 게다가 병실에는 의자를 더 놓을 자리도 없고."

"형편없는 병실인 모양이군요! 가서 직접 보아야겠어요. 병상은 몇 개나 있지요?"

"아홉 개가 있습니다. 그래도 바로 병실로 들어갈 수 있는 사람은 운이 좋은 분입니다. 새로 들어온 환자들은 계단이나 복도에 누워야 할 형편이니까요."

"역시 수간호사님께 부탁해야겠군요. 당신이라면 할 수 있을 거예요. 간호사나 잡역부에게 부탁해 주시지요. 파벨 니콜라예비치를 특별히 간호해주라고……."

이렇게 말하면서 그녀는 큼직한 검정색 핸드백에서 50루블 짜리 지폐 석 장을 꺼냈다.

바로 곁에 서있던 말수가 적은 아들이 얼굴을 돌렸다.

미타는 두 손을 등 뒤로 돌렸다.

"아니, 곤란합니다, 그런 부탁은!"

"당신에게 주는 것이 아니에요!" 카피톨리나 마트베예비치는 편 지폐를 수간호사의 앞가슴쪽으로 내밀었다. "하지만 규칙 대로 따르자면 아무런 혜택도 받지 못할 테니 어떻게 합니까……. 이것은 수고한 데 대한 응분의 보수예요! 그러니 당신이 좀 잘 부탁해 줘요."

"안 된다니까요." 수간호사는 더욱 냉담해졌다. "이 병원에서는 그런 일은 하지 않습니다."

작은 방의 문이 삐걱거리더니 파벨 니콜라예비치가 나왔다. 녹색과 갈색이 섞인 새 파자마를 입고 가장자리에 털가죽을 댄 따뜻한 실내화를 신고, 거의 머리칼이 다 빠진 머리에는 흑갈색의 타타르식 새 베레모를 쓰고 있었다. 이렇게 막상 외투와 머플러를 벗고 보니 목의 오른쪽에 나있는 주먹만한 종양이 한층 더 무섭게 보였다. 고개를 똑바로 들기가 어려웠으며 언제나 머리를 약간 기울여야 했다.

아들은 빈 트렁크를 가지러 갔다. 부인은 돈을 핸드백에 도로 넣고 걱정스런 시선으로 남편을 바라보았다.

"그렇게 입고 춥지 않을지 모르겠어요……. 집에 가서 따뜻한 실내복을 갖고 와야겠어요. 참 여기에 목도리를 넣어두었어요." 아내는 남편의 파자마 주머니에서 목도리를 꺼냈다. "이것을 두르고 감기에 걸리지 않도록 조심하세요!" 은빛 여우 목도리와 털 외투를 입은 부인은 남편보다 배나 더 건장해 보였다.

"자 병실로 가서 좀 쉬세요. 식료품은 모두에게 나누어주시고, 그밖에 필요한 것이 없는지 잘 챙겨보세요. 저는 여기서 기다리고 있겠어요. 내려오셔서 필요한 걸 말하면 밤 안에 갖고 올 테니까."

아내는 결코 서두르지 않고 언제나 앞일까지 생각해주는 진정한 인생의 반려자다. 파벨 니콜라예비치는 감사와 고통스런 눈길로 아내를 보다가 아들쪽으로 눈길을 옮겼다.

"유라, 너는 오늘 출장을 가야 한다고 했잖니?"

"밤차로 가면 돼요." 유라는 아버지 곁으로 다가갔다. 이 청년은 아버지에게는 늘 공손한 태도를 잃지 않았으며 언제나 마찬가지로 감정의 동요는 추호도 보이지 않았다. 혼자서 쓸쓸하게 입원하는 아버지와의 이별이 가져다준 충동 같은 것은 전혀 보이지 않았다.

"그렇군. 유라야, 이것이 너로서는 최초의 출장이겠구나. 처음부터 의연한 태도를 취해야 한다. 온정주의는 금물이다! 그것은 파멸의 근원이니까! 너는 유라 루사노프 개인이 아니라 법률의 대표자라는 것을 항상 잊지 말아야 한다, 알겠니?"

유라가 알아듣든, 알아듣지 못하든 현재의 파벨 니콜라예비치로서는 더 이상 정확한 말을 찾아볼 수가 없었다. 미타는 초조한 마음으로 기다리고 있었다.

"어머니하고 같이 기다리고 있겠어요." 유라는 웃어 보였다. "작별 인사는 아직 빨라요. 아버지, 병실에 가 계세요."

"혼자 걸으실 수 있겠지요?" 미타가 물었다.

"혼자서 겨우 서있는 사람인데 좀 데려다주시지 않고, 보따리라도 좀 들어다 주시구려!"

파벨 니콜라예비치는 쓸쓸한 눈초리로 아내와 아들을 번갈아 보더니 부축해주려는 미타의 손을 뿌리치자 난간을 붙잡고 계단을 올라가기 시작했다. 그는 심장이 몹시 두근거렸는데, 그것은 계단을 올라가느라 몸을 움직였기 때문만은 아니었다. 이렇게 계단을 하나씩 오르는 것은 뭐라고 할까 층계를 다 오르면 목이 잘리기나 하는 듯한 느낌이 들어서였다.

보따리를 든 수간호사는 루사노프보다 먼저 올라가자 간호사 마리아를 불러 큰소리로 뭐라고 말하고, 파벨 니콜라예비치가 첫번째 층계참에 이르기도 전에 벌써 맞은쪽 계단을 뛰어내려와 카피톨리나 마트베예브나에게 보란 듯이 남편을 성심껏 보살펴 드릴테니 걱정하지 말라는 눈짓을 해보이고는 곧 건물 밖으로 사라졌다.

파벨 니콜라예비치는 천천히 층계참으로 갔다. 낡은 건물에서 흔히 볼 수 있는 폭도 깊이도 넉넉한 층계참이었다. 이 중앙의 층계참에는 두 대의 침대와 각기 침대에는 머릿장이 딸려 있었고 두 사람의 환자가 누워 있었는데 그것은 조금도 통행에 방해를 주지 않았다. 환자 중의 한 사람은 중태인 듯 산소 호흡기를 대고 있었다.

그 환자의 절망적인 얼굴을 가능한한 보지 않도록 하면서 루사노프는 고개를 돌려 더 위로 올라갔다. 그러나 두 번째 계단에 올랐을 때도 사태는 조금도 밝아지지 않았다. 그곳에 서있는 것은 간호사 마리아였다. 그 성상처럼 무표정하고 까무잡잡한 얼굴에서는 미소나 호의 같은 것은 한 가닥도 찾아볼 수 없었다. 깡마르고 키가 크며, 가슴이 빈약한 그 아가씨는 병사처럼 루사노프를 기다리고 있었는데 곧 앞장서서 계단 위의 문 옆으로 가서 갈 방향을 가르쳐주었다. 그 앞쪽에는 문이 몇 개나 있었으며 방 안에는 환자의 병상들이 늘어서 있었다. 창이 나있지 않은 벽의 모퉁이에는 주야로 켜져 있는 등이 있고 그 아래엔 간호사용 책상과 처치대가 놓여 있었으며 그 옆의 벽에는 불투명 유리를 끼우고 빨간 적십자 마크가 찍힌 장이 놓여 있었다. 마리아는 그 책상 앞을 얼른 지났다. 그리고 환자의 병상 곁을 빠져나가더니 길쭉한 손가락으로 가리켰다.
"창가에서 두 번째 침대입니다."
그리고는 성큼성큼 나가버렸다. 병원이 갖고 있는 불유쾌한 특징, 잠시 걸음을 멈추고 수다를 떨 여유도 없다.

병실 문의 한쪽은 언제나 열려 있었는데, 그래도 파벨 니콜라예비치는 문 안으로 들어서는 순간 약품 냄새가 코를 찌르고 숨이 막힐 듯했다. 요즈음 냄새에 민감해진 그로서는 참기 어려운 악취였다.

병상은 벽에서 벽까지 꽉 들어차 있었으며, 병상과 병상 사이는 겨우 머릿장의 폭 밖에는 비어 있지 않았다. 병실의 중앙 통로도 사람 두 사람이 겨우 지나쳐 다닐 정도의 폭이었다.

그 중앙 통로에는 핑크색 줄무늬의 파자마를 입은, 어깨가 넓직하고 키가 땅딸막한 환자가 서있었다. 그는 목 전체에 두툼하고 딱딱하게 거의 귀밑까지 넓은 붕대로 동여매고 있었다. 흰 붕대를 바퀴처럼 감고 있어서 묵직한 머리를 자유롭게 움직이지도 못했다.

이 환자는 목쉰 소리로 다른 환자들에게 뭐라고 지껄여댔고 다른 환자들은 누운채 이 사나이의 말에 귀를 기울이고 있었다. 루사노프가 들어서자 고개를 돌리지 못하는 이 사나이는 몸 전체를 루사노프쪽으로 돌리더니 싸늘한 눈초리로 쳐다보면서 말했다.

"아하 또 한 사람의 암 환자가 들어오시는군."

파벨 니콜라예비치는 이 버릇없는 말에 아무말도 대꾸하고 싶지 않았다. 그는 지금 병실 전체의 시선을 느꼈으나 이들을 쳐다보기도 싫었으며 인사하는 것조차 귀찮았다. 그저 한손으로 밀어붙이듯이 하면서 밤색 머리의 환자에게 옆으로 비켜달라는 시늉을 해보였다. 그 사나이는 일단 파벨 니콜라예비치에게 길을 비켜주고 나더니 다시 뻣뻣한 고개와 전신을 루사노프쪽으로 돌렸다.

"당신은 무슨 암이지요?" 하고 그는 코먹은 소리로 물었다.

이미 자기의 침대에 가있던 파벨 니콜라예비치는 이 질문에 머리끝이 쭈뼛해져서 그 유들유들한 사나이를 똑바로 쳐다보면서 흥분을 억제했다 (그래도 어깨는 경련을 일으키는 듯 움직였다). 그는 거들먹거리는 듯한 어투로 쏘아붙였다.

"암이 아니오. 나는 절대로 암이 아니란 말이오."

밤색 머리의 사나이는 숨을 크게 내쉬면서 병실이 찌렁찌렁 울리도록 선고했다.

"바보 같군, 이 사람은! 암이 아니라면 이 방에 들여보낼 이유가 없잖아."

2. 학문은 지혜를 주지 않는다

이 첫날 밤, 병실에 들어와서 몇 시간을 지내는 동안 파벨 니콜라예비치는 몹시 기분이 나빠졌다.

이 종양 —— 생각지도 않게 불필요하고 무의미한, 아무 쓸모도 없는 딱딱한 종양 덩어리는 마치 낚시 바늘이 고기를 낚아올리듯이 루사노프를 이곳으로 끌어들여 이 쇠침대 —— 딱딱한 스프링이 뻐걱거리는 얇은 매트리스 위에 팽개쳐놓은 것이다. 계단 아래서 옷을 갈아입고 가족과 헤어져서 이 병실로 들어오자마자 이제까지의 생활과는 차단되고 눈에 뜨이는 것은 불유쾌한 일 뿐이었다. 종양 그 자체보다도 불쾌함은 더해갈 뿐이었다. 이제 즐겁고 편안한 것은 선택할 자유가 없었으며 싫어도 보지 않을 수 없는 것은 자기와 동등한 존재인 초라한 여덟 명의 사나이들 —— 거의 누구나가 몸에 맞지 않는 헐렁하고 퇴색한 핑크빛 파자마를 몸에 걸친 여덟 명의 환자들 뿐이었다. 그리고 듣고 싶은 것만 골라 들을 자유도 없고 싫어도 듣지 않을 수 없는 것은 이 쓰레기 같은 인간들의 따분한 대화, 파벨 니콜라예비치와는 아무런 관계도 흥미도 없는 대화였다. 이들, 특히 목에 붕대를 감고 있는 밤색 머리의 사나이, 그 능글맞은 녀석에게는 입을 닥치라고 소리쳐주고 싶었다. 그 사나이는 젊은 나이는 아니였는데 모두 에프렘이라고 부르고 있었다.

에프렘은 좀체로 얌전하게 있질 못했다. 침대에 누워 있지도 않고, 그렇다고 병실 밖으로 나가지도 않았다. 무언가 초조한 듯 중앙 통로를 서성거리는 것이었다. 그리고 이따금 미간을 찌푸리고 주사를 맞을 때처럼 얼굴을 찡그리며 머리를 감쌌다. 그리고는 다시 왔다갔다 했다. 또 루사노프의 침대 앞에 서서는 잘 구부려지지도 않는 몸을 굽히고는 주근깨 투성이의 음울한 큰 얼굴을 내밀고 훈계라도 하듯이 말하는 것이었다.

"이젠 끝장이오, 선생. 집에는 두 번 다시 돌아가지 못해요, 알겠습니까?"

병실 안은 아주 따뜻해서 파벨 니콜라예비치는 파자마와 타타르 모자만 쓴 채 담요 위에 누워 있었다. 이 사나이의 말을 듣자 그는 금테 안경을 고쳐쓰고 아주 근엄하게 에프렘을 쏘아보면서 말했다.

"참 이상한 분이군, 나에게 무슨 용건이라도 있습니까? 어째서 나를 위협하지요? 나는 당신에게 아무것도 묻거나 하지도 않았는데."

그러자, 에프렘은 코웃음만 칠뿐이었다.

"질문을 했든 안 했든 집으로는 돌아갈 수 없다니까. 그따위 안경 같은 것은 집으로 돌려보내라구요. 그리고 그 새로 사 입은 파자마도."

이렇게 난폭한 말을 내뱉고 나자, 에프렘은 자유롭게 움직이지 못하는 상체를 일으켜 다시 무엇에 이끌리기라도 한 듯이 통로를 이리저리 걸어다녔다.

파벨 니콜라예비치는 그를 제지하여 가만히 있게도 할 수 있었겠지만 그렇게 할 만한 기력이 없었다. 기력은 점점 떨어질 뿐, 이 붕대를 감은 고약한 사나이의 수다로 기력은 더욱 쇠약해졌다. 누군가 부축해주지 않으면 깊은 구렁텅이로 빨려 들어갈 것만 같았다. 몇 시간 사이에 루사노프는 자기의 지위나, 공적이나, 장래의 계획 따위는 모두 다 잃고 내일을 기약할 수 없는 70킬로의 따뜻하고 흰 고깃덩어리로 변해버릴 것 같았다.

이런 괴로움이 얼굴에 나타난 때문인지 몇 차례나 침대 앞을 왔다갔다 하던 에프렘은 걸음을 멈추더니 이번에는 부드러운 목소리로 말했다.
 "집으로 돌아간다 하더라도 오래 살지는 못하지. 곧 다시 이곳으로 오게 된단 말이오. 암이란 녀석은 인간을 무척이나 좋아하나봐. 일단 물었으면 죽을 때까지 놓아주지 않는다니까."
 파벨 니콜라예비치는 반박할 기력도 없었다. 에프렘은 다시 왔다갔다 했다. 이 병실 안의 그 누가 이 사나이를 제지할 힘이 있었을까. 누구나 다 못에 박혀있는 것처럼 누워 있거나, 아니면 러시아 인이 아닌 소수 민족의 환자 뿐이다. 한쪽 벽에는 페치카의 돌출 부분이 있어서 병상이 네 대 밖에 없었는데 그 한 대 —— 루사노프의 침대 맞은편에 있으며 통로 건너로 다리와 다리가 맞닿을 정도로 가까이 있는 침대가 바로 에프렘의 것이었다. 나머지 세 개의 침대는 젊은 사람들이 차지하고 있었다. 난로 곁에는 어딘지 얼빠진 듯한 까무잡잡한 청년, 그 다음에는 목발을 사용하는 젊은 우즈베크 인, 그리고 창가에는 회충처럼 가늘고 흐물흐물하게 야위고 새우처럼 잔뜩 몸을 구부리고 누런 얼굴로 끙끙 신음 소리를 내는 청년이 있었다. 파벨 니콜라예비치의 옆은 왼쪽에 두 사람의 소수민족 사나이가 누워 있었고 저쪽 창가에는 머리를 박박 깎은 키가 큰 러시아 인 소년이 상반신을 일으켜 책을 읽고 있었다. 루사노프의 오른쪽 창가의 침대에는 역시 러시아 인 같은 사나이가 있었는데 험상궂게 생겨서 호감을 주는 인물은 아니었다. 그렇게 보이는 것은 흉터 때문일지도 모르고(그 흉터는 입술 가에서 시작하여 왼쪽 볼 아래를 가로질러 거의 목에까지 이르고 있었다), 윗쪽과 옆쪽으로 빳빳하게 일어선 빗질도 하지 않은 새까만 머리카락 때문일지도 모르며, 아니면 단순히 거칠고 잔인한 얼굴 표정 탓일지도 몰랐다. 이 악당은 그 주제에 문화적 취미를 갖고 있는지, 그는 지금 한 권의 책을 거의 다 읽어가고 있었다.
 이미 천장에 매달린 두 개의 전등에는 불이 켜졌고 창밖은 깜깜해졌다. 곧 저녁 식사 시간이 된다.
 "참, 이 병원엔 노인이 한 사람 있지." 에프렘은 또 지껄여댔다. "아래층에 입원해 있는데 내일 수술을 받는다는군. 이 영감님은 42년에 작은 암 종양을 떼어낼 때는 별 것 아니야, 그러니 걱정할 것 없어라고들 했지, 알겠소?" 에프렘의 말씨는 아주 쾌활했는데, 마치 자기가 수술을 받기라도 한 듯이 절박했다. "그후 13년 동안 이 영감은 이 병원에 대해서는 까맣게 잊고 술을 마신다, 여자와 놀아난다 하고 일생을 즐겼었지. 그런데 지금 그 종양이 무섭게 자라났다는 거야!" 에프렘은 즐거운 듯 혀를 놀렸다. "수술대에서 곧장 영안실로 가지 않았으면 좋겠는데."

"이제 그만! 그런 불길한 소리는 집어치우라구!" 파벨 니콜라예비치는 이렇게 꽥 소리치면서 얼굴을 돌렸는데 자기의 목소리가 너무 큰 데 자기도 놀랐다. 그 소리는 의지할 데 없는 애절한 울림 같았다.

병실 안에는 침묵이 흘렀다. 맞은쪽 창가 침대에 누워있는 초췌한 청년은 여전히 고통이 심한 것 같았다. 앉아 있지도 누워 있지도 못하는 듯한 자세로 두 무릎을 가슴에 대고 잔뜩 몸을 구부리고서도 고통을 참지 못하는지 머리를 침대의 발판에 대고 있었다. 신음 소리는 나직했으나 찡그린 얼굴은 본인의 고통을 충분히 나타내고 있었다.

파벨 니콜라예비치는 이 청년에게서도 얼굴을 돌리고, 침대에서 내려와 자기의 침대 머릿장을 점검하기 시작했다. 그리고 식료품을 잔뜩 넣은 장의 문을 여닫기도 하고, 화장품이나 전기 면도기를 넣어둔 맨 윗서랍을 열어 보기도 했다.

에프렘은 여전히 팔짱을 낀채 서성거렸고, 이따금 주사침에 찔린 듯이 부르르 몸을 떨면서 노래의 후렴이나 경(經)을 외우듯이 중얼거렸다.

"어쨌든 우리는 처량한 신세야! 정말로 가엾은 인간들이지……."

이때 파벨 니콜라예비치의 등 뒤에서 '탁' 하는 소리가 울려왔다. 고개를 움직일 때마다 통증을 느껴 조심스럽게 돌아보니, 그것은 악당 같이 생긴 옆사람이 방금 다 읽은 책뚜껑을 덮는 소리였다. 털이 숭숭 난 큰 두 손으로 그 책을 들고 빙빙 돌리고 있었다. 짙은 청색 표지에는 금박을 한 제목과 저자의 이름은 거의 벗겨져 있었다. 파벨 니콜라예비치는 그 글씨를 읽을 수는 없었으나 그 자에게 물어보기는 싫었다. 루사노프는 이 옆자리의 사람에게 별명을 붙여주고 싶었다. —— 오글로예트(뼈까지 씹어먹는 사나이라는 뜻.), 잘 어울리는 별명이었다.

오글로예트는 크고 음산한 눈초리로 책을 바라보더니 병실이 찌렁찌렁 울리도록 큰소리로 말했다.

"좀카가 책장에서 골라온 것이 아니라면 이것이야 말로 하늘이 우리에게 준 책이라고 말하고 싶다."

"좀카가 어쨌다고요, 무슨 책이지요?" 문 옆의 소년이 자기의 책을 읽으면서 응수했다.

"온 시내를 다 뒤져도 이런 책은 찾아내지 못할 거야." 오글로예트는 에프렘의 우둔해 보이는 뒷덜미를 보았다(머리카락이 붕대 속으로 떨어질까봐 오랫동안 자르지 않았었다). 그리고 다음에는 무슨 일인가 하고 긴장한 얼굴을 보았다.

"에프렘! 그만 떠들고 이 책이나 읽어보게."

에프렘은 우뚝 서서 황소 같은 눈망울을 부라렸다.

"책을 읽어 무엇하게……머지 않아 죽고 말텐데."

오글로예트는 흉터를 꿈틀거렸다.

"곧 죽을 테니 빨리 읽으란 말이야."

그는 에프렘에게 책을 내밀었으나 에프렘은 다가가지 않았다.

"읽을 것은 얼마든지 있어, 필요없다니까."

"자네는 글을 읽을 줄 모르는 모양이군." 오글로예트는 더 이상 권하지 않았다.

"아니야, 읽을 수 있어. 꼭 읽어야 할 책이라면 얼마든지 읽을 수 있어."

오글로예트는 창틀쪽으로 손을 뻗쳐 연필을 집더니 책의 마지막 페이지에 실린 차례를 보면서 군데군데 표시를 했다.

"겁낼 것 없어. 전부 짤막짤막한 얘기 뿐이니까. 내가 표시한 곳을 읽어보라구. 자네의 헛소리에는 모두 진저리가 나 있으니까. 어쨌든 읽어보라구."

"이 에프렘이 겁을 내다니!" 에프렘은 책을 받아들더니 자기의 침대에 던져버렸다.

목발을 짚는 젊은 우즈베크 인 아흐마잔 —— 이 병실에서는 유일하게 명랑한 인물 —— 이 안으로 들어서면서 큰소리로 말했다.

"숟가락 준비!"

난롯가의 까므잡잡한 청년이 생기를 되찾은 듯 소리쳤다.

"야아, 저녁 식사가 나온다!"

흰 가운을 입은 배식계 부인이 어깨보다도 높게 쟁반을 받쳐들고 나타났다. 그 여자는 쟁반을 허리께로 낮추어 침대에서 침대로 돌아다니고 있었다. 창가의 초췌한 젊은이를 제외하고는 누구나가 웅성거리며 음식 접시를 받아들었다. 이 병실에서는 침대의 머릿장이 각 침대마다 딸려 있었으나 나이가 어린 좀카는 자기의 장이 없어 옆침대의 덩치가 큰 카자흐 인과 같은 머릿장을 절반씩 나누어 쓰고 있었다. 이 카자흐 인은 입술 위에 흉한 암갈색 부스럼 자국이 있었으며 그것을 붕대로 가리지도 않은 채 드러내놓고 있었다.

파벨 니콜라예비치는 식사를 할 생각이 전혀 나지 않지 않았다. 자기의 집에서 음식을 갖고 왔더라도 손을 대지 않았을 것이다. 하지만 이 식사는 —— 젤리 모양의 누런 소스를 친, 길쭉한 장방형의 고무 같은 보리 빵이나 자루가 두 곳이나 휘어진 불결한 알루미늄제 숟가락을 보자, 자기가 입원에 동의한 것이 얼마나 잘못된 것인가 하고 새삼 후회하게 되었다.

계속 신음하는 젊은이를 제외하고는 모두 사이 좋게 식사를 시작했다. 파벨 니콜라예비치는 접시를 손에 들지도 않고 접시의 가장자리를 손톱으로 통통 튀기면서 이것을 누구한테 줄까 하고 주위를 두리번거렸다.

"자네 이름이 뭐지?" 파벨 니콜라예비치는 작은 소리로 물었다. 보통 목소리로도 들을 수 있을 것 같아서였다.

숟가락 놀리는 소리가 요란스러웠다. 청년은 자기에게 무슨 말을 해오리라는 것을 알고 있다는 듯이 이렇게 대답했다.
"프로시카예요…… 프로코피 세미요누이치입니다."
"이것을 먹게."
"그래도 괜찮겠습니까? 고맙습니다……."
프로시카는 가까이 와서 접시를 받아들고 기쁜 듯이 고개를 꾸벅했다.
파벨 니콜라예비치는 자기의 턱 아래에 난 궤양 덩어리를 생각하면서 문득 자기는 이 병실에서는 결코 경증이 아니라는 것을 느끼게 되었다. 아홉 사람 중 붕대를 감은 사람은 에프렘 한 사람 뿐이었으며, 그 환부는 우연히도 파벨 니콜라예비치의 절개해야 할 부분과 일치했다. 그리고 격렬하게 통증을 호소하고 있는 사람은 이곳에는 한 사람밖에는 없었다. 암갈색 부스럼 딱지가 나있는 사람은 침대 하나 건너의 건강해 보이는 카자흐 사람 뿐이었다. 목발을 짚은 사람은 젊은 우즈베크 사람이었는데, 그 사람도 이제는 목발을 귀찮게 여기고 있는 것 같았다. 그밖의 사람들은 겉으로 보기에는 종양도 없고 보기 흉하게 흉터가 생긴 데도 없어서 무척 건강해 보이기까지 했다. 특히 프로시카는 환자라 하기보다는 요양객처럼 혈색도 좋고 왕성한 식욕을 발휘하여 접시에 남은 음식을 깨끗하게 핥고 있었다. 오글로예트는 안색은 좋지 않았지만 동작은 자유로웠으며 큰소리로 떠들었다. 빵을 와삭와삭 씹어먹고 있는 것을 보고 있던 파벨 니콜라예비치는 어쩌면 저 자는 꾀병을 하고 있는 것은 아닐까. 우리 나라에서는 환자의 식비가 무료라는 것을 기화로 국가에 기생하고 있는 못된 녀석이 아닐까 하고 생각했을 정도였다.
파벨 니콜라예비치의 종양 덩어리는 목덜미를 압박하여 목을 자유롭게 움직이지 못하게 하였으며, 거의 한 시간마다 커져가는 것 같았다. 그런데 이 병원의 의사들은 시간 관념이 도시 없는 것 같았다. 점심 식사 때부터 저녁 식사 때까지 아무도 루사노프를 진찰하러 와주지 않았으며 아무런 치료도 해주지 않았다. 여의사 돈초바가 입원하라고 권유한 것은 서둘러서 치료할 필요가 있어서가 아니었던가. 그렇다면 그 여의사는 범죄적이라 할 만큼 무책임한 사람이 된다. 그런데도 루사노프는 그 여의사를 믿고 전화로 연락을 취하여 모스크바로 가는 대신 이 좁고 악취가 풍기는 병실에서 귀중한 시간만 허비하고 있는 것이다.

이처럼 실책을 범했다는 의식과 자기가 방치되고 있다는 노여움은 종양을 걱정하는 마음을 더욱 어둡게 하여 파벨 니콜라예비치의 가슴을 죄고 숟가락이 접시에 부딪치는 소리나 귀로 들어오는 갖가지 소리, 그리고 철제 침대, 더러운 담요, 벽, 전등, 인간 등 눈에 뜨이는 모든 것들이 못견디게 싫었다. 그것은 어쩌다 실수하여 함정에 빠져서 아침이 될 때까지 꼼짝도 못하고 있을 때와 비슷한 느낌이었다.

루사노프는 무척 비참한 기분으로 침대에 누워 집에서 갖고온 타월을 눈 위까지 덮고, 빛이나 그밖의 모든 것들을 차단시켰다. 그리고 기분을 전환시키려고 집안 일이나 가족들에 대해서 이것저것 생각하기 시작했다. 그들은 지금쯤 무엇을 하고 있을까. 유라는 지금쯤 기차에 타고 있겠지. 감독관으로서의 첫 실습. 이럴 때는 올바른 자기 주장이 중요하다. 그러나 유라는 끈질긴 성격이 못 된다, 너무 굼뜨다. 창피나 당하지 말아야 할 텐데. 아비에타는 휴가를 얻어서 모스크바에 가 있다. 연극 구경을 하거나 하면서 즐겁게 지내는 것도 좋겠지. 그러나 중요한 것은 목적을 잃지 않는 일이다. 무엇이 어떻게 되어가고 있는가를 자기의 눈으로 잘 관찰해 오는 것. 가급적이면 적당한 줄을 잡아놓고 오는 것이 바람직하다. 벌써 5학년이니 자기의 인생 항로를 확실하게 정해야 한다. 아비에타는 유능한 저널리스트가 되겠지. 물론 언젠가는 모스크바로 가지 않으면 안 된다. 이곳은 너무 바닥이 좁아서 활동할 곳이 못 돼. 우리 집에서는 가장 재능이 있는 아이니까. 아직 경험은 적지만 이해력이 빨랐지! 그리고 라브리크는 개구쟁이고 성적은 별로 신통치 않았지만 스포츠는 뛰어났지. 리가 대회에 출전한 적도 있었다. 그때는 제법 으젓하게 큰 호텔에 투숙했었지. 요즈음엔 자동차 운전을 배우기 시작하여 면허를 따려고 군(軍)에서 후원하는 교습소에 다니고 있다. 2학기 때는 두 과목이나 2점에 그쳤으니 이번에는 열심히 하지 않으면 안 될 것이다. 마이카는 지금쯤 집으로 돌아와서 피아노를 치고 있을 것이다.

그 아이가 피아노를 치기 전까지, 우리 집에서는 아무도 피아노를 치는 사람이 없었다. 복도의 융단 위에는 줄리바르스가 누워 있겠지. 지난 일년 동안 파벨 니콜라예비치는 매일 아침 이 개를 데리고 산책을 나갔었다. 앞으로는 라브리크가 그 일을 대신할 것이다. 그 아이는 장난을 너무 좋아해 —— 지나가는 사람들에게 슬며시 개를 끌고 가서는 능청을 떨었지. '무서워하지 않아도 돼요. 제가 꼭 잡고 있으니까요!' 하고 떠버리겠지.

하지만 그 단란하고 모범적인 루사노프 일가와 질서 있는 생활, 아담한 주택 —— 그런 모든 것들이 이 며칠 사이에 루사노프에게서 떨어져 나가 종양의 저쪽으로 달아나버린 것이다. 아버지의 병이 어떤 결과로 끝나든, 그리고 지금 자기들이 아무리 동요하고 걱정하며 눈물을 흘리더라도 아내와 아이들은 생활을 계속해 나갈 것이다. 종양은 벽처럼 버티고 있어서 그 벽의 이쪽에 있는 것은 루사노프 한 사람뿐이었다.

집안 일을 생각해도 마음이 가라앉지 않자, 파벨 니콜라예비치는 다시 국가적인 문제를 생각하며 마음을 가라앉혀 보려고 했다. 토요일에는 소련방 최고 회의가 열릴 예정이다. 특별히 중대한 의제는 없는 것 같았으며 예산안은 승인될 것이다. 오늘, 집을 나설 때 중공업 문제에 관한 장문의 보고를 라디오로 방송하고 있었다. 이 병실에는 라디오도 없다. 복도에도 없다. 이 얼마나 형편없는 곳인가! 어쨌든 〈프라우다〉지만은 끊기지 않도록 해야 할텐데. 오늘은 중공업 문제, 어제는 축산업 진흥에 관한 결의가 나와 있었다. 그래! 국가 경제는 정력적으로 발전해하고 있다. 머지 않아 여러 행정 조직, 경제 조직에 대개혁이 있어야 할 것이다.

이 공화국, 이 지구(地區)는 구체적으로 어떻게 개혁될 것인가, 하고 파벨 니콜라예비치는 상상해보기 시작했다. 이처럼 조직상의 개혁이 이루어진다면 누구나가 축제 기분으로 가슴을 두근거리며 한때는 일이 손에 잡히지도 않고, 서로 전화로 정보를 교환하거나 한 곳에 모여서 가능성을 검토하거나 한다. 그리고 그 개혁이 어떠한 방향으로 행하여지든, 가령 예상과는 정반대로 실시되더라도 파벨 니콜라예비치를 포함해서 누구든지 승진하는 일은 있지만 좌천되는 일은 절대로 없을 것이다.

그러나 이런 것을 생각하고 있어도 루사노프는 기분이 풀리지 않았으며, 힘이 솟아나는 것도 아니었다. 목덜미에 약간의 통증만 느꼈을 뿐, 즉각 말없는 무정한 종양이 의식의 전면으로 뛰쳐나와 온세계를 뒤덮어버린다. 그리고 국가 예산도, 중공업도, 축산업도, 개조도, 모든 것은 종양의 저쪽으로 다시 사라져 버린다. 이쪽엔 파벨 니콜라예비치 한 사람뿐이었다.

쾌활한 여자의 목소리가 병실에 울려퍼졌다. 지금의 파벨 니콜라예비치는 무슨 소리를 들어도 즐거워할 까닭이 없었으나 이 목소리 만큼은 무척 달콤하게 들렸다.

"체온을 재겠습니다!" 마치 과자라도 나누어주는 듯한 말투였다.

루사노프는 얼굴을 덮었던 타월을 젖히고 상반신을 약간 일으키며 안경을 썼다. 얼마나 다행한 일인가! 그것은 저 음험하고 까므잡잡한 마리아가 아니라, 헌칠한 체격의 예쁜 아가씨였다. 그녀의 금발 위에는 삼각포(三角布)가 아니라 의사가 쓰는 듯한 모자를 쓰고 있었다.

아조프킨 씨! 여보세요, 아조프킨 씨!"

이 아가씨는 창가에 놓인 젊은이의 침대 옆에 서서 밝은 목소리로 불렀다. 젊은이는 더욱 기묘한 모습으로 누워 있었다. 비스듬히 침대에 엎드려 배 밑으로 베개를 집어넣고 턱을 매트리스에 꽉 대고 있는 모습은 꼭 개가 쭈그리고 앉아 있는 것 같았다. 눈은 침대의 쇠난간을 응시하고 있어서 마치 우리 속에 들어있는 것처럼 보였다. 그 찡그린 얼굴을 체내의 고통의 그림자가 스치고 지나갔다. 그리고 한쪽 팔은 바닥에까지 축 늘어져 있었다.

"이게 무슨 꼴이에요!" 간호사는 약간 언짢은 투로 말했다. "힘을 내세요. 체온계쯤은 자기 손으로 받아보세요."

젊은이는 마치 우물에서 두레박을 끌어올리듯이 가까스로 한쪽 손을 바닥에서 들어올려 체온계를 받았다. 이처럼 쇠약해져 통증에 시달리는 것을 보고 있으면 이 젊은이가 아직 열일곱 살 전후라는 것은 도저히 믿어지지 않았다.

"조야!" 젊은이는 신음하면서 애원했다. "보온기를 빌려줘요!"

"그것은 자기의 병을 악화시키는 거예요." 조야가 말했다. "보온기를 빌려주면 주사 놓은 곳에는 대지 않고 배에 대고 있었잖아요."

"그렇게 하는 것이 더 편한 걸 어떻게 해요." 젊은이는 괴로운 듯이 애원했다.

"그러니까 그것은 자기의 종양을 정성들여 기르고 있는 것이나 다름없는 것이라고 선생님이 말했잖아요. 종양 치료에는 보온기를 사용하면 안 돼요. 당신에게만 특별히 빌려줬더니."

"그럼 좋아요, 주사는 맞지 않을 테니까."

조야는 그의 말은 들은체만체 하고 오글로예트의 빈 침대를 손가락으로 탁탁 치면서 물었다.

"코스토글로토프 씨! 어디 갔어요?"

'이것이야 말로 파벨 니콜라예비치의 예상을 적중했다. 코스토글로프(뼈를 씹는 사나이란 뜻) —— 오글로예트 —— 라니 별명에 딱 어울리는 이름이 아닌가!'

"담배를 피우겠다면서 나갔어요." 문가의 침대에 있는 좀카가 대답했다. 그 소년은 지금도 책을 읽고 있었다.

"야단을 쳐주어야지!" 조야가 투덜거렸다.

얼마나 멋진가, 젊은 아가씨는! 파벨 니콜라예비치는 몸에 잘 맞는 옷과 늘씬한 몸매와 약간 튀어나온 그녀의 눈을 바라보았다. 그녀를 보기만 해도 마음이 편안해지는 것 같았다. 처녀는 웃음을 보이면서 체온계를 내밀었다. 이따금 종양이 보이는 쪽에 서있었는데 놀라는 표정이나, 이런 것은 처음 보았다는 표정은 결코 얼굴에 나타내지 않았다.

"나는 아직 아무런 치료도 받을 수 없나요?"라고 루사노프가 물었다.

"네, 아직." 아가씨는 미소를 지으며 미안하다는 듯이 대답했다.

"어째서 그렇지요? 의사는 어디 있습니까?"

"벌써 근무 시간이 끝났거든요."

조야에게 화를 내보았자 별 수 없는 일이지만 루사노프가 치료를 받지 못하는 것은 누군가 잘못하는 일이 아닐까! 빨리 손을 쓰지 않으면 안 되겠다. 비활동적이거나 기가 죽어 지내는 것을 루사노프는 경멸하고 있었다. 그는 조야가 체온계를 가지러 왔을 때 물었다.

"외부로 통하는 전화는 어디 있지요? 어떻게 하면 그 전화를 쓸 수 있습니까?"

말하자면 이쪽 태도를 확실하게 정해놓고 오스타펜코한테라도 전화를 걸기만 한다면 만사는 다 끝나게 된다! 전화라는 것을 생각한 것만으로도 파벨 니콜라예비치는 정상 생활로 되돌아온 것 같았다. 용기도 생겼고 자기가 투사라는 생각도 들었다.

"37도예요." 조야가 미소를 지으면서 이렇게 말하더니 침대의 다리에 매달아둔 새로운 체온표에 그래프의 최초의 점을 표시했다. "전화는 서무과에 있습니다. 하지만 지금 서무과로 갈 수는 없습니다. 다른 병동이니까요."

"잠깐 기다려요, 간호사 아가씨!" 파벨 니콜라예비치는 몸을 일으키면서 경계하는 눈빛이 되었다. "이 병동엔 전화가 없다니요. 만약 지금 무슨 일이라도 일어난다면 어쩔 셈입니까. 내 병세가 혹 나빠지기라도 한다면?"

"그러면 뛰어가서 전화를 걸지요." 조야는 꿈쩍도 하지 않았다.

"눈보라나 홍수라도 났을 때는?"

이때 조야는 이미 우즈베크 인에게로 가서 그의 체온표에 체온을 적어넣고 있었다.

"낮이라면 간단히 갈 수 있겠지만 지금은 닫혀 있으니까요."

무척 시역시역하면서도 대담한 데도 있었다. 조야는 말을 끝까지 들으려 하지도 않고 어느새 카자흐 인의 침대로 가 있었는데 파벨 니콜라예비치는 자기도 모르게 그녀의 등에 대고 소리쳤다.

"그렇다면 다른 전화가 있을 거야! 없다면 말이 안 돼!"

"있어요." 조야는 카자흐 인의 침대에 몸을 구부린 채 대답했다. "그러나 그것은 의국장의 방에 있어요."

"의국장의 방이 어떻다는 거요?"

"좀카……36도 8부군요……. 의국장의 방은 잠겨 있어요. 니자무트진 바흐라모비치에게 야단맞아요……."

그녀는 방에서 나갔다.

당연한 얘기였다. 부재 중에 자기의 방에 출입하게 하는 것은 불유쾌한 일일 것이다. 하지만 이곳은 병원이니까 어떻게든 편의를 제공해줄 만도 할 터인데……."

그 순간 외부 세계로 통하는 전선이 흔들리며 뚝 끊어졌다. 턱 아래의 주먹만한 종양 덩어리가 또 전세계를 덮어버렸다.

파벨 니콜라예비치는 작은 거울을 꺼내어 비추어보았다. 어머, 이렇게나 커졌군! 남이 보면 겁을 집어먹을 정도야! 다른 어떤 사람도 이렇지는 않을 것이다. 파벨 니콜라예비치는 그때 나이 45세였으나 이런 흉한 꼴은 아직까지 한 번도 본 적이 없었다……."

그것이 전보다 커졌는지 어쩐지 이제는 확인하지도 않고 루사노프는 거울을 집어넣고 침대의 머릿장에서 먹을 것을 꺼내어 조금씩 우물거렸다.

거치른 두 사람 — 에프렘과 오글로예트는 어디로 나갔는지 병실에서는 모습이 보이지 않았다. 창가의 아조프킨은 또 다른 그로테스크한 모습을 하고 있었으나 신음 소리는 하지 않았다. 나머지 사람들은 다소곳이 책을 읽거나 자려고 자리에 눕거나 했다. 루사노프도 이젠 잠이나 잘 수밖에 없었다. 아무런 생각도 하지 않고 가급적 푹 자고 아침이 되거든 의사들에게 따끔한 맛을 보여줘야겠다.

루사노프는 옷을 벗고 담요를 뒤집어쓴 후 집에서 갖고 온 타월로 얼굴을 가린 다음 잠잘 자세를 취했다.

그런데 조용한 가운데 어디선가 소근거리는 소리가 들려서 신경을 곤두서게 했다. 그것은 파벨 니콜라예비치의 바로 귓전에서 들려오는 것 같았다. 더 이상 참을 수 없어서 얼굴을 가렸던 타월을 치켜들고 턱이 아프지 않도록 조심스럽게 몸을 일으켜 보니, 중얼거리는 사람은 옆자리에 있는 우즈베크 인이었다. 그는 수척하고 거의 갈색에 가까운 얼굴 빛을 한 노인이었다. 작고 검은 세모난 턱수염을 기르고 있었으며 머리에는 역시 낡은 갈색의 둥근 모자를 쓰고 있었다.

노인은 두 손을 깍지끼어 목덜미에 대고 벌렁 드러누워 천장을 쳐다보면서 뭐라고 중얼거렸다. 이 늙은이는 무슨 기도문이라도 중얼거리는 것일까.

"이봐요, 영감님!" 루사노프는 손가락 하나를 세워 보이면서 경고했다. "조용히 하시오, 남에게 방해가 되잖아요!"

노인은 조용해졌다. 루사노프는 다시 자리에 누워 타월로 얼굴을 가렸다. 그러나 역시 잠을 이룰 수 없었다. 지금 루사노프의 마음의 평온을 방해하고 있는 것은 천장에 매달린 두 개의 전구 — 이들 전구는 불투명 유리로 된 것도 아닌데다 갓도 씌우지 않았다 — 의 찌르는 듯한 불빛이었다. 타월을 썼는데도 그 빛을 확실히 느낄 수 있었다. 파벨 니콜라예비치는 기침을 하고 종양을 자극하지 않도록 조심하면서 다시 베개에서 머리를 들었다.

프로시카가 스위치 가까이 있는 자기의 침대 옆에 서서 옷을 벗고 있었다.

"이봐요 젊은이! 불을 끕시다!" 하고 파벨 니콜라예비치가 명령조로 말했다.

"하지만……아직 약도 가져오지 않았잖아요." 프로시카는 주저하다가 스위치로 손을 가져갔다.

"끄라니, 무슨 소리야!" 루사노프의 등 뒤에서 오글로예트가 볼멘 소리를 질렀다. "조금씩 양보해야지, 당신 혼자 쓰는 방도 아니면서……."

파벨 니콜라예비치는 꼿꼿이 앉아 안경을 쓰더니 침대를 삐걱거리며 몸을 돌렸다.

"좀더 좋은 말을 쓸 수는 없소?"

이 무례한 사나이는 얼굴을 찌푸리면서 위협적으로 말했다.

"설교는 그만 두시오, 나는 당신의 부하가 아니니까."

파벨 니콜라예비치는 불 같은 시선을 던졌으나 오글로예트에게는 그것이 전혀 먹혀들지 않았다.
 "알았소. 그렇다면 불빛은 무엇에 필요하단 말이오?"
 루사노프는 태도를 누그러뜨리면서 말했다.
 "꽉 막혀도 보통 막힌 녀석이 아니군." 코스토글로토프가 내뱉듯이 말했다.
 이 병실에 들어서는 순간부터 숨이 막힐 것 같더니 파벨 니콜라예비치는 더욱 가슴이 답답해졌다. 이런 무례한 놈은 당장 병원에서 내보내어 노동판으로 보내지 않으면 안 된다! 그러나 그렇게 할 수 있는 구체적인 방법은 막상 하나도 없었다.
 "책을 읽는다거나 하는 일이라면 복도로 나가면 되지 않아." 파벨 니콜라예비치는 바른 말을 했다. "결정권이 자기에게만 있다는 식의 태도는 좋지 않아요. 이 병실에는 당신 외에도 많은 환자가 있으니까 차별을 둬야 하지 않겠소."
 "어차피 차별은 되어 있어." 상대방은 이빨까지 드러내며 말했다. "당신은 이런 추도사를 들을 거요. 고인은 근속 몇 년…… 하는. 그러나 우리는 아무렇게나 무덤 속으로 내던져질 뿐이지."
 이런 제멋대로의, 통제라는 것을 전혀 모르는 안하무인의 인간을 파벨 니콜라예비치는 아직 한 번도 본 적이 없었으므로 저으기 당황했다. 이런 자에게는 어떻게 대항해야 좋을지 막연하기만 했다. 그렇다고 아까의 그 젊은 간호사에게 이런 고충을 말할 수도 없는 노릇이었다. 이 언쟁은 여기서 그치는 것이 상책일 것 같았다. 파벨 니콜라예비치는 안경을 벗은 후 다시 자리에 누워 타월로 얼굴을 가렸다.
 그는 이 병원에 입원하게 된 것이 분하고 서글퍼져서 가슴이 찢어질 것만 같았다. 그러나 내일 퇴원 수속을 하더라도 늦지는 않을 것이다.
 손목시계 바늘이 8시를 가리키고 있었다. 별 수 없으니 모든 것을 꾹 참아야겠다고 루사노프는 마음속으로 작정했다. 그러면 이 자들도 잠잠해지겠지…….

그런데 또 침대 사이의 통로를 걸어다니는 소리가 들렸다. 이것은 물론 에프렘이 돌아오는 발자국 소리였다. 낡은 병실 바닥은 에프렘이 발자국을 떼어놓을 때마다 쿵쿵 울려 루사노프의 침대나 베개에까지 그 진동이 전해져 왔다. 그러나 그는 이제 더 이상 아무 말도 하지 않고 꾹 참기로 했다.

우리 민중들의 저속한 면은 아직도 근절되지 않았다! 이러한 민중들을 어떻게 해야 새로운 사회로 유도해 가느냐가 문제다.

밤은 끝없이 계속될 모양이었다! 간호사가 한 번, 두 번, 세 번, 네 번이나 와서 어떤 환자에게는 물약을, 또 다른 환자에게는 가루약을 주었으며, 몇몇 환자에게는 주사를 놓았다. 아조프킨은 주사를 맞을 때 소리를 지르면서 종양을 삭이게 보온기를 달라고 졸랐다. 에프렘은 여전히 침착하지 못한채 왔다갔다 했다. 아흐마잔은 프로시키와 누워서 서로 얘기를 나누고 있었다. 그들은 막 기운이 되살아난 것 같았으며 아무런 근심걱정도 없었으며 치료를 받을 필요조차 없는 듯한 표정이었다. 좀카 역시 자려 하지 않고 코스토글로토프의 침대 곁으로 가서 앉아 파벨 니콜라예비치의 귓전에서 계속 지껄이고 있었다.

"될 수만 있으면 책을 더 많이 읽겠어요."라고 좀카가 떠들고 있었다. "그리고 대학에도 들어가고 싶습니다."

"그야 좋은 일이지. 하지만 학문이 지혜를 가르쳐주는 것은 아니라는 것을 알아야 해."

'녀석은 어린애에게 무슨 헛된 소리를 하고 있나!'

"어째서죠?"

"어쨌든 가르쳐주지 않아."

"그렇다면 무엇이 지혜를 가르쳐주지요?"

"그야 인생이겠지."

좀카는 잠시 잠자코 있다가 말했다.

"저는 그 말에 찬성할 수 없어요."

"우리 부대에 파시킨이라는 군사위원이 있었는데 그 자는 언제나 말했어.

'학문은 지혜를 주지도 않아, 직위란 것도 아무런 소용이 없어.'라고. 별의 수가 많아지면 머리도 영리해지는 줄 알고 있는 놈도 있지만 그건 어림도 없는 말이지."

"그렇다면 공부는 할 필요가 없다는 말인가요? 저는 그 말에 찬성할 수 없어요."

"필요하지 않다는 것이 아니야. 공부하라구. 다만 지혜란 그런 것이 아니라는 것을 알아두면 돼. 자기 자신을 위해서도 말이야."

"그럼 지혜란 어떤 것이지요?"

"지혜가 뭐냐구? 자기의 눈을 믿는 것, 남의 말을 믿지 않는 것, 그것이 바로 지혜야. 자네는 대학에 들어가면 어떤 방향으로 공부할 생각인가?"

"아직 정하진 않았어요. 역사 공부도 하고 싶고, 그런가 하면 또 문학도 하고 싶어요."

"이공과 쪽이 아니었나?"

"네."

"그건 좀 이상하군. 우리 시절에는 문과가 많았었지. 하지만 요즘 젊은 이들은 대개 이과 계통을 지망하는데 자네는 어째서 문과쪽을 희망하나?"

"저는 사회에 대해서 많은 흥미를 느끼고 있거든요."

"사회에 대해서라……. 이봐 좀카, 이공과쪽을 공부해야 생활이 편해. 라디오 조립법이라도 배우는 것이 훨씬 더 나을 텐데."

"편안한 생활! ……이곳에 입원해 있는 동안 9학년에서 늦어진 것을 따라잡지 않으면 안 되거든요."

"교과서는?"

"두 권을 가지고 왔습니다. 그런데 입체기하학은 무척 어렵군요."

"입체기하학? 잠깐 갖고와 보게."

소년이 교과서를 가지러 갔다가 다시 돌아오는 소리가 났다.

"그래, 이것은……키셀료프의 《입체기하학》, 참으로 오랫만이군……똑같아……서로 평행하는 직선과 평면……만약 어떤 직선이 어떤 평면상에 놓여 있는 다른 직선과 평행한다면 그 직선은 그 평면과도 평행이 된다……. 제기랄, 하여튼 좋은 책이야, 좀카! 세상사를 뭐든지 이처럼 분명하게 표현할 수만 있다면 얼마나 좋을까! 이처럼 얄팍한 책인데도 내용은 알차단 말이야!"

"이 한 권을 1년 반에 걸쳐서 공부합니다."

"나도 이 책으로 공부했었지. 그 무렵 나는 이런 것들을 다 암기했었어."

"그것이 언제쯤이었지요?"

"그러니까 언제더라. 그래 역시 9학년 2학기였어.……1937년부터 38년 사이였지. 그때 배웠던 것과 똑같은 책을 손에 들게 되니 이상한 생각이 드는군. 나는 기하학을 가장 좋아했거든."

"그 뒤에는?"

"그 다음이라니?"

"학교를 졸업한 다음에는요?"

"대학에 들어갔지. 대학에서는 지구물리학이라는 굉장한 학문을 공부했지."

"어느 대학이었지요?"

"같은 고장이었어. 레닌그라드였지."

"그리고는?"

"대학에서 1년을 마쳤을 때가 1939년 9월, 만 19세 때 징병제가 실시되어 나도 군대에 끌려가게 되었어."

"그 다음에는요?"

"그 뒤에는 현역 군인이 되었지."

"또 그 다음에는요?"

"그 다음에는 자네도 잘 알잖아. 전쟁이 터졌었지."

"장교였나요?"

"아니 상사였어."

"어째서죠?"

"모두 다 대장이 되면 실제로 전쟁을 할 놈은 없지 않겠나……. 만약 어떤 평면이 다른 평면과 평행하는 직선을 통과하여, 그 평면과 교차하게 된다면, 그 교차로 인해서 생기는 교차선은……. 어떤가 좀카! 나하고 같이 매일 조금씩 입체기하학을 공부해보지 않겠나? 우리 한 번 해보자구! 어떤가?"

"좋습니다."

'이 자들은 계속 지껄일 작정인가.'

"내가 알고 있는 한 다 가르쳐줄 테니까."

"네, 가르쳐주세요."

"좋아, 그럼 지금부터 당장 시작하자. 우선 이 세 개의 공리(公理)를 살펴볼까. 이들 공리는 얼핏 보면 간단한 것 같아도 모든 정리(定理) 속에 포함되게 되지. 그것이 어디에 포함되어 있는지를 똑똑하게 알아내지 않으면 안 돼. 우선 첫째로 공리를. 만약 한 직선상의 두 개의 점이 어떤 같은 평면에 있을 때 그 직선상에 있는 모든 점은 그 평면에 있게 된다. 이것은 어떤 의미일까. 가령 이 책을 평면이라 하고 이 연필을 직선이라고 하자. 그래서 이 두 개를 이런 식으로 놓아보면……."

공리니, 증명이니 하는 따분한 이야기는 언제까지나 계속되었다. 그러나 파벨 니콜라예비치는 꾹 참아야겠다고 작정했으므로 보란 듯이 그들에게서 등을 돌렸다. 이윽고 공부가 끝나고 소년은 자기 자리로 돌아갔다. 수면제를 배나 더 먹은 아조프킨은 잠이 들었는지 조용했다. 그런데 그때 늙은 우즈베크 인이 기침을 하기 시작했다. 파벨 니콜라예비치는 이 노인쪽으로 얼굴을 돌리고 있었다. 불은 이제 꺼져 있었으나 노인의 기침 소리는 좀처럼 멈추지 않았다. 그것은 정말 불쾌한 기침이었다. 콜록콜록 하는 기침 소리는 당장 숨이 끊어질 것만 같았다.

파벨 니콜라예비치는 이 노인에게서도 등을 돌렸다. 얼굴을 가렸던 타월을 걷었으나 방안은 여전히 아주 캄캄하지는 않았다. 복도에서는 불빛이 흘러

들어왔으며 사람들이 떠드는 소리, 발자국 소리나 타구와 양동이가 부딪치는 소리가 들려왔다.

도저히 잠을 잘 수 없었다. 종양의 압박감도 계속되었다. 이런 자기 자신이 너무나 처량하다는 생각마저 들었다. 조그마한 자극을 받아도 눈물이 쏟아질 것만 같았다.

그 자극을 준 것은 에프렘이었다. 에프렘은 어둠 속에서도 조용히 있지 못하고 아흐마잔에게 시시한 옛날 이야기를 들려주고 있었다.

"인간이 백년을 살면 무얼 해. 그럴 필요는 없어. 그것은 이런 이유 때문이야. 옛날, 알라의 신이 수명을 분배할 때 모든 동물은 50년씩 수명을 받게 되었지. 그런데 인간은 맨 마지막에 갔기 때문에 알라 신에게는 25년밖에는 남아 있지 않았어."

"25루불 지폐의 25 말이지?" 하고 아흐마잔이 물었다.

"인간은 너무 짧다고 투덜댔어. 그러자 알라 신은 이렇게 말했지. 그렇다면 네가 직접 나가서 알아보거라. 누군가 여분의 수명을 나눠줄지도 모르니까. 그래서 인간은 밖으로 나갔어. 맨먼저 만난 것은 말이었지. '수명이 너무 짧아서 그러는데 조금 나눠주지 않겠나.'——'좋아 내 몫 중에서 25년만 더 갖게.' 그 다음에는 개를 만났지. '이봐 개야, 수명을 좀 나눠주지 않겠니?' '좋아 25년을 나눠주지!' 또 그 다음에는 원숭이를 만났지. 원숭이도 25년을 나눠주었어. 그런 다음 알라 신한테 돌아가자 알라 신은 이렇게 말했어 '네 뜻대로 정했으니 어쩔 수 없군. 너는 처음 25년간은 인간으로 살고, 다음 25년은 말처럼 일하라. 그리고 다음 25년은 개처럼 짖어대고, 다음 25년간은 원숭이처럼 남의 웃음거리가 될 것이다'……."

3. 꿀 벌

조야는 머리 회전이 빠르고 동작도 민첩해서 그녀가 맡고 있는 층에서는 자기의 책상과 환자들의 침대 사이를 언제나 분주하게 오갔는데, 특히 오늘 밤은 소등 시각까지도 자기 일을 다 끝낼 것 같지 않았다. 그녀는 남자 병실과 작은 여자 병실 일을 다 끝낸 다음 소등하기로 했다. 여환자의 병실은 침대가 30개 이상이나 있는 큰 방으로 불을 끄든 끄지 않든 좀처럼 조용해지지 않았다. 대부분의 환자들은 장기 입원 환자여서 병원 생활에 완전히 염증을 느껴 좀처럼 잠도 자려하지 않았다. 넓다란 병실은 후덥지근해서 발코니의 문을 열어놓자거니, 닫자거니 하고 언제나 싸움이 벌어지곤 했다. 또 환자 중의 몇 사람은 특히 수다스러워 밤 열두 시고 한 시까지고 물가에 대해서, 식료품 얘기, 눈보라 얘기, 아이에 대해서, 남편에 대해서, 이웃 사람에 대해서 끝도 없이 지껄여대다가 끝에 가서는 원색적인 음담패설로 바뀌는 것이었다.

오늘밤에는 잡역부 넬랴가 그 큰 병실의 바닥을 닦고 있었다. 이 여자는 허리가 굵고 목소리가 큰데다가 눈썹과 입술이 두툼한 아가씨였다. 이미 꽤 오래 전부터 바닥을 닦고 있었는데 환자들의 이야기에 일일이 참견하다 보니 닦는 일은 좀체로 끝나지 않았다. 한편, 남자 병실 입구의 침대에 누워 있는 시브가토프는 몸을 씻을 더운 물을 가져다주기를 기다리고 있었다. 매일 밤 몸을 씻는 일과 자기의 등에서 나는 악취 때문에 시브가토프는 자진해서 문가의 침대를 택했었다. 이 환자는 이 병실의 최고참으로 환자라기보다는 이 병실의 주인 같은 존재였다.

조야는 여환자 병실에 몇 차례 들려서 한두 마디씩 주의를 주었으나, 넬랴는 오히려 투덜대면서 빨리 하려 하지 않았다. 이 잡역부는 조야와 나이가 비슷해서 자기 또래의 여자에게 지시를 받는다는 것에 모욕감을 느끼는 모양이었다. 조야는 오늘 일을 나왔을 때는 즐거운 기분이었으나 지금은 이 잡역부의 반발로 마음이 편치 않았다. 어떤 인간이라도 각자 자유가 있다는 것이 조야의 생각이었던 만큼 더욱 기분이 상했다. 쓰러질 때까지 일하는 것이 꼭 미덕일 수는 없다. 게다가 이곳은 병원이니 노동에도 한계가 있지 않을까.

이윽고 조야는 자기 일을 끝냈고 넬랴도 걸레질을 마쳤다. 여환자실의 등도 꺼지고 2층 입구의 불도 껐다. 넬랴가 아래층에서 더운 물을 떠서 시브가토프의 침대까지 갖고왔을 때는 벌써 한밤중인 밤 열두 시였다.

"아아 녹초가 됐다." 넬랴는 큰소리로 이렇게 말하면서 하품을 했다. "잠시 나가서 쉬어야겠어요. 이봐요, 환자 분, 몸을 다 씻으려면 한 시간은 걸리겠지요? 그때까진 기다리지 못해요. 그러니, 다 씻거든 씻은 물은 직접 아래층에 갖다 버리세요."

'이 튼튼한 감옥 같은 낡은 건물은 입구가 매우 넓었지만 2층에는 배수구가 없었다.'

샤라프 시브가토프가 전에 어떤 인간이었는지 지금으로서는 추측하거나 알아볼 길도 없었다. 3년간의 긴 투병 생활을 거쳐서 지금 이 타타르 인은 병원 안에서 가장 온순하고 겸손한 사람으로 변해 있었다. 마치 오랫동안 신세를 져서 미안하다는 듯이 이 사나이는 빙그레 웃어보이곤 했다. 그리고 4개월만, 6개월만 하고 누워서 지내는 동안, 이 사나이는 의사나 간호사나 잡역부들의 얼굴을 빠짐없이 기억하고 있어서, 그 역시 병원에서는 모르는 사람이 없는 존재로 되어 있었다. 그러나 넬랴는 이곳에서 일한 지 몇 주밖에 안 되는 풋나기였다.

"들고 가기가 힘들 것 같군요." 시브가토프가 나직한 목소리로 대답했다. "버리는 곳이 어딘지 가르쳐주면 조금씩 나누어 갖다 버리지요."

그러나 바로 옆 책상에서 이들이 주고받던 말을 들은 조야가 펄쩍 뛰었다.

"당신, 무슨 소리를 하는거야. 이 환자는 등을 굽히지 못한단 말이에요. 그런데도 무거운 들통을 들고 가서 버리게 하겠단 말이요?"

아주 작게 말했으므로 이 말은 이들 세 사람 외에는 아무도 듣지 못했다. 그러자 넬랴는 2층이 찌렁찌렁 울리도록 태연하게 대답했다.

"어째서 안 된다는 거지요? 나도 피곤해서 죽겠어요."

"당신은 오늘 당직인데다 월급을 받으면서 그래도 돼?" 작은 목소리였지만 조야는 엄한 목소리로 말했다.

"쳇! 그까짓 쥐꼬리만한 돈! 방직 공장에서 일해도 여기보다야 낫지."
"쉿! 작은 소리로 말할 수 없어?"
"아아 피곤해!" 머리 숱이 많은 넬랴는 문 밖으로 하품을 내뱉었다. "베개가 그립군! 왜 이렇게 졸음이 올까. 아아……어젯밤엔 운전사들과 놀았더니만……. 알았어요. 환자 분 다 씻으면 대야를 침대 밑에 밀어넣어 두세요. 내일 아침 갖다 버릴 테니까."

그리고는 다시 크게 하품을 하고 쩍 벌린 입을 다물지도 않고 조야에게 말했다.

"회의실 소파에서 한숨 자겠어요."

그녀는 조야의 허락을 기다리지도 않은채 옆문으로 모습을 감추었다. 그곳은 의사들이 회의나 집회 때 사용하는 푹신한 소파가 있는 방이었다. 넬랴는 아직 타구도 다 씻지 않았으며 입구의 통로 바닥도 닦지 않았었다. 아직도 하지 않은 일이 많이 있었는데도 그대로 나가버리는 것이었다. 조야는 넬랴의 넓직한 어깨의 뒷모습을 물끄러미 바라보았으나 더 이상 아무 말도 하지 않았다. 조야 역시 병원 근무를 한 것은 얼마 되지 않았지만 이 힘든 근무 원칙은 죄다 알고 있었다. 성실한 사람은 한 사람 몫에만 성실하지만 게으른 사람은 두 사람 몫이나 게으른 것이다. 내일은 아침부터 엘리자베타 아나톨리예브나가 넬랴와 자기의 두 사람 몫의 타구 청소를 해야 하고 바닥을 닦지 않으면 안 될 것이다.

혼자 남은 시브가토프는 엉덩이를 드러내놓고 침대 옆의 탁자에 놓인 대야에 엉거주춤 앉아서 그대로 가만히 있었다. 조금치라도 잘못 움직이면 뼈가 아픈데, 그뿐 아니라 환부에 무엇이 닿거나 하면, 가령 그것이 언제나 입고 있는 내복이라도 펄쩍 뛸 만큼 아팠다. 이 사나이는 자기의 등이 어떻게 되었는지 본 적이 없었다. 다만 이따금 손으로 더듬어보았을 뿐이었다. 일어설 수도, 발을 움직일 수도 없어서 들것에 실려 이 병원으로 온 것은 재작년이었다. 그때 많은 의사들이 진찰했으나 그후 계속 치료해준 것은 여의사 류드밀라 아파나시예브나였다. 그리고 넉달 뒤에는 통증이 감쪽같이 사라지게 되었다! 자유롭게 걸을 수도 있었으며 몸을 구부려도 통증을 호소하지 않았다. 퇴원할 때, 이 사나이는 류드밀라 아파나시예브나의 손에 입을 맞추었으며 여의사는 이 환자에게 단단한 주의를 주었다.

"조심해야 해요, 샤라프! 너무 껑충껑충 뛰거나 달리면 안 돼요!"라고.

그러나 자기의 몸에 알맞은 일자리를 얻지 못해 전에 하던 운송계 일을 하지 않을 수 없었다. 운송계는 트럭 위에서 땅바닥으로 뛰어내리지 않을 수 없었으며 짐을 싣는 인부나 운전사를 도와주어야 했다. 그런데도 이렇다 할 이상은 느끼지 못했는데, 어느날 트럭 위에서 통이 떨어질 때 그것이 샤라프의 환부에 부딪치게 되었다. 그러자 그 환부가 곪았으며 그 상처는 좀처럼 낫지 않았다. 그 이래로 샤라프는 마치 사슬에 묶인 사람처럼 암병동에 갇혀버리게 되었다.

좀체로 풀리지 않는 불안한 마음으로 조야는 책상에 앉아 꺼칠꺼칠한 종이에 글씨를 써넣으면서 일이 제대로 되었는지 확인하고 있었다. 기록을 한다는 것은 일종의 헛수고이며 조야의 성질에도 잘 맞지 않는 일이었다. 자기 자신을 극복해야 하는데도 넬랴를 잘 다루지 못한 것은 아닐까.

잠시 눕고 싶었다. 여느때라면 그럴 수도 있었다. 성실한 잡역부와 함께 당직을 했다면 조야도 밤에 몇 시간쯤은 잘 수 있었을 것이다. 그러나 오늘밤은 잘 수가 없었다.

눈은 서류를 살피고 있었으나, 귀는 남자의 발자국 소리가 가까이 다가와서 멈추어 서는 것을 듣고 있었다. 조야는 얼굴을 쳐들었다. 거기에는 코스토글로토프가 서 있었다. 수척한 체구, 헝클어진 머리칼로 뒤덮인 모난 머리. 병원 자켓의 작은 호주머니에는 잘 들어갈 수 없는 큰 두 손.

"취침 시간이 벌써 지났어요." 조야가 나무라듯이 말했다. "그런데 왜 이렇게 나다니지요?"

"안녕하세요, 조야?" 코스토글로프는 아주 상냥한 목소리로 약간 악센트까지 붙여서 말했다.

"어서 가서 주무세요." 조야는 생긋 웃어 보였다. "안녕하세요라는 인사는 체온계를 가지고 당신을 뒤쫓아다니던 때 하던 인사였어요."
"그것은 근무 시간 때 한 것이었지요. 그러니 나무라지 마세요. 지금은 손님의 입장에서 당신을 찾아온 것이니까."
"손님?"(이럴 때는 눈을 내리깔거나 눈을 둥그렇게 뜨는 것이 자연스런 태도였으나 조야는 그럴 생각은 없었다.)
"어째서 손님의 입장에서 저를 찾아오려는 생각을 하게 되었지요?"
"당신은 야간 근무를 할 때 언제나 공부를 하였지요. 그런데 오늘밤에는 교과서도 보이지 않는군요. 시험이 끝난 모양이지요?"
"눈치가 참 빠르시군요. 그래요, 끝났어요."
"그럼 성적은? 하기야 나와는 상관없는 일이기는 하지만……."
"4점이에요. 그런데 그건 왜 물으시지요?"
"만약 3점을 맞았다면 나와 말도 하고 싶지 않을 것이라고 생각해서. 그럼 오늘 밤은 휴가군요."

조야는 약간 들뜬 기분으로 가볍게 고개를 끄덕였다. 끄덕이는 순간 한 가지 생각이 머리에 떠올랐다. 그래, 초조할 필요가 없지 않아. 두 주일의 휴가라면 최고가 아닌가! 병원에 근무하는 일 외에는 여가 시간이 충분히 있다! 당직을 할 때도 좋아하는 책을 읽을 수 있고 이렇게 잡담도 할 수 있다.

"그럼 제가 손님의 입장에서 찾아오는 것도 괜찮겠지요?"
"어쨌든 좀 앉으세요."
"그래요, 조야. 내 기억이 정확하다면 예전에는 겨울 방학이 1월 25일부터 시작했는데……."
"그대신 가을에 목화 따기를 나갔지요, 매년 그랬어요."
"앞으로 얼마나 더 다녀야 하지요?"
"1년 반."
"졸업하면 어디에 취직할 생각이지요?"

조야는 통통하게 살찐 어깨를 움칠했다.

"우리 나라는 넓어요."
 약간 튀어나와 보이는 조야의 눈은 상대를 조용히 보고 있을 때도 눈꺼풀 속으로 들어가지 않고 마치 지금 당장이라도 아래로 떨어질 것처럼 보였다.
 "여기에 그대로 남아 있을 수는 없을까요?"
 "그것은 물론 안 되죠."
 "그럼 가족들과는 헤어져 있어야겠군요."
 "가족? 집에는 할머니밖에 안 계셔요. 할머니와 단둘이 살고 있어요."
 "아버지나 어머니는?"
 조야는 한숨을 내쉬었다.
 "어머니는 돌아가셨어요."
 코스토글로토프는 상대방의 얼굴을 빤히 들여다보더니 아버지에 대해서는 더 이상 묻지 않았다.
 "그러면 이 지방이 고향인가요?"
 "아니요, 스몰렌스크예요."
 "정말인가요? 그럼 언제 이곳으로 왔지요?"
 "피난할 때였어요."
 "그렇다면……. 그때 아홉 살쯤 되었겠군요?"
 "네, 스몰렌스크에서 2학년까지 학교에 다녔고……이곳으로 피난 와서 할머니와 함께 살고 있어요."
 조야는 벽 가까이 마루 바닥에 놓아두었던 밝은 오렌지색 백을 꺼내어 열더니 조그만 거울을 꺼내자 병원에서 쓰는 캡을 벗고 모자로 헝클어진 짧게 자른 금발을 빗었다.
 그 눈부신 금빛 머리는 코스토글로프의 딱딱한 얼굴에도 비쳐졌다. 그는 표정을 누그러뜨리면서 호기심에 찬 눈으로 이 아가씨를 지켜보고 있었다.
 "댁의 할머니는 어디 계시지요?" 거울을 넣으면서 조야가 농담을 했다.
 "나의 할머니도 어머니도 봉쇄 때 돌아가셨지요." 코스토글로토프는 무척 진지하게 대답했다.

"레닌그라드에서?"

"그래요, 나의 여동생도 폭탄에 희생되었는데 여동생도 간호사였어요. 아직 풋나기였지만."

"그랬었군요." 조야는 한숨을 내쉬었다. "봉쇄 때는 많은 사람들이 죽었어요. 히틀러는 정말 악당이에요!"

코스토글로토프는 씁쓸하게 웃었다.

"히틀러가 천하의 악당이었다는 것은 새삼스레 더 말할 나위도 없지요. 하지만 레닌그라드를 봉쇄한 책임자는 히틀러 한 사람만은 아니지요."

"그건 어째서지요?"

"생각해 보라구요. 히틀러는 우리를 송두리째 없애버리려고 침공해 왔었지요. 그런 히틀러가 잠긴 문을 열어놓고 레닌그라드 시민에게 '자 서로 밀치지 말고 한 사람씩 차례차례 나가시오.'라고라도 말할 것 같습니까? 히틀러는 전쟁을 한 것입니다. 우리들의 적이었습니다. 봉쇄의 책임자는 그밖에도 한 사람이 더 있다고 나는 생각합니다."

"누구지요, 그 사람은?" 조야는 깜짝 놀라 작은 소리로 말했다. 조야는 이러한 의견은 들어본 적이 없었으며 생각해 본 적도 없었다.

코스토글로토프는 검은 눈썹을 찌푸렸다.

"그래요. 가령 만일 영국이나 프랑스나 미국이 히틀러와 손을 잡게 되었다 하더라도 전쟁 준비 같은 것은 생각지도 않았던 놈들이지요. 10년이고 20년이고 국가의 녹을 받아먹으면서도 레닌그라드의 전략적 위치나 그 방위에 대해서 무엇 하나 예측하지 못했던 놈이지요. 장차 치열한 공습도 예상하지 못하고 식료 창고를 지하로 옮기는 것도 생각하지 못했던 놈들이지요. 그들 또한 책임을 져야 해요. 그자들이 나의 어머니를 죽인 거지요. 히틀러와는 공모자지요."

이것은 소박하지만 아주 새로운 발상이었다.

시브카토프는 두 사람의 등뒤 한쪽 구석에서 얌전하게 대야에 웅크리고 있었다.

"그렇다면……그렇다면 말이에요, 그런 사람들은 재판에 회부되지 않으면 안 돼요." 조야가 속삭이듯이 말했다.

"글쎄." 코스토글로토프는 보통 때라도 험상궂게 보이는 입술을 더욱 일그러뜨렸다. "글쎄, 어떨지."

조야는 캡을 다시 쓰지 않았다.

흰 가운의 맨 위의 단추가 벗겨져 있어서 금빛이 섞인 원피스의 깃이 살짝 엿보였다.

"조엔카, 실은 당신에게 부탁할 것이 좀 있어서."

"아아, 역시!" 조야의 눈썹이 갑자기 꿈뻑거렸다. "그런 것이라면 주간 근무 시간에 해주세요. 지금은 잠잘 시간이에요. 손님으로 오셨다더니."

"손님의 입장에서 찾아온 것은 사실이지만, 당신이 의사가 되기 전에 인간의 때가 묻지 않기를 바라는 마음에서……."

"의사들은 때묻은 인간이란 말인가요?"

"의사의 손과 당신의 손길은 전혀 달라요……. 아니, 이건 절대로 농담이 아니에요. 조엔카, 나는 전부터도 사람들한테 바보 취급을 받는 것은 참지 못하는 성미요. 여기서는 치료야 해주지만 아무런 설명도 해주지 않아요. 그것이 마음에 거슬린단 말이에요. 당신이《병리해부학》이라는 책을 갖고 있는 것을 보았어요, 그랬지요?"

"네."

"그 책에는 종양에 대해서도 씌어 있지요?"

"네."

"그렇다면 부탁이니 그 책을 좀 빌려줄 수 없을까요? 나도 좀 읽어보고 여러 모로 생각해 봐야겠습니다. 나 자신을 위해서 말입니다."

조야는 입술을 오무리며 곤란하다는 듯이 고개를 저었다.

"환자에게 의학서적을 읽게 하는 것은 절대로 금지하고 있어요. 우리 같은 의학도가 병을 연구하는 경우에도 언제나 꼬치꼬치 따지지요."

"다른 사람들에게는 금기 사항이라도 나는 달라요!" 코스토글로토프는 큼직한 손바닥으로 책상을 탁 쳤다. "나는 이미 몇 번이나 위험을 겪었으며 그런 데는 이골이 나 있어요. 시골 병원에서 나를 진찰해준 한국인 외과 의사도 그랬어요. 아마 그때가 섣달 그믐이었을 겁니다. 그 사람 역시 상세하게 설명해주려 하지 않았지요. '좀 말해 주시오.'라고 내가 조르자, '안 됩니다. 그런 일은 허용되지 않으니까요.'라고 말하는 것이 아니겠습니까. '내가 책임을 지겠으니 말해 주십시오! 만일의 경우라면 집안 일도 정리해 두어야 하지 않겠습니까?'라고 사정했더니 그 의사 녀석이 목소리를 낮추어 하는 말이 '앞으로 3주 동안은 견딜 수 있을 것입니다. 그 이상은 보증할 수 없습니다.'라는 거예요."

"너무 했군요. 그 사람은 무슨 권리가 있어서……."

"아니요, 잘 말해주었어요! 그는 진실한 인간이지요! 나는 그 의사의 손을 꼭 잡았어요. 그토록 알고 싶었던 것이었으니까! 반 년 전부터 고민은 해왔지만 마지막 한 달간의 고통은 참으로 견디기 어려웠어요. 너무도 아파서는 누울 수도 일어날 수도 없었습니다. 하루에 고작 몇 분밖에는 잘 수가 없었습니다. 그리고는 갖가지 생각이 머리를 어지럽혔습니다. 그래서 작년 가을에는 이런 것을 깨닫게 되었습니다. 인간이란 육체는 아직 죽지 않았더라도 죽음의 세계로 한 발짝 내디딜 수 있다는 겁니다. 육체의 내부에서는 아직 피가 돌고 있으며 음식은 소화시키고 있지만 심리적으로는 완전히 죽을 준비를 갖추고 있다는 거지요. 그뿐 아니라 죽음 그 자체를 경험하고 있다는 말입니다. 마치 관 속에서 바라보듯이 냉정하게 주위를 바라보기도 하고. 나는 기독교도가 아니며 대체로 종교에는 반대 입장을 취하고 있지만, 지금까지 나를 모욕하던 인간을 용서해주고 나를 괴롭힌 자들을 전혀 원망하지 않게 되었지요. 모든 것이 단순해지고, 모든 것을 좋은 의미에서 받아들이게 되었습니다. 매우 잘 조화된 자연스런 상태로 되었다고 할 수 있지요. 지금은 그러한 상태에서 벗어난 셈이지만, 이것은 기뻐해야 좋을지 어떨지 잘 모르겠군요. 갖가지 정열이 —— 나쁜 정열도, 좋은 정열도 되돌아왔으니까요."

"그렇게 거드름을 피우는 게 아니에요! 물론 기뻐해야겠지요! 당신이 이 병원으로 온 것이……며칠이었더라…….”

"12일 전이지요."

"대합실 소파에 쭈구리고 있던 당신은 보기만 해도 소름이 끼쳤어요. 마치 얼굴은 죽은 사람 같았으며, 식욕도 전혀 없고, 체온은 아침이고 저녁 때고 38도였습니다 —— 그런데 지금은 어떻지요? 이렇게 손님의 입장에서 저를 찾아와주기도 하고……인간이 12일 사이에 이처럼 회복될 수 있다니 이거야말로 기적이죠! 흔한 일이 아니에요."

그때 코스토글로토프의 얼굴은 계속된 긴장 탓으로 끌로 새겨놓은 것처럼 깊은 회색 주름에 덮여 있었다. 그런데 지금 그의 얼굴엔 주름이 훨씬 줄어들었고 화색이 돌고 있었다.

"X선 조사(照射)를 견뎌낸 것이 좋았던 것 같아요."

"정말 드문 일이에요! 당신은 행운아예요." 조야가 따뜻한 말로 부추겨주었다.

코스토글로토프는 씁쓸하게 웃었다.

"나에게는 지난 날 행운이라는 것이 별로 없었으므로 이 X선 조사의 기적은 일종의 행운일지도 모르지요. 요즘에는 꾸는 꿈도 즐거운 것 뿐이지요. 이것은 병이 호전되고 있다는 징조일까요?"

"그런 것 같네요."

"그래서 더욱 자세한 것을 알고 싶군요! 치료 방법이며 앞으로의 전망, 그리고 부작용에 대해서도 알고 싶군요. 나의 경우는 이렇게 나았으니 더 이상 치료를 받지 않아도 좋지 않을까 하는 점도 알고 싶구요. 돈초바 선생도 간가르트 선생도 설명은 전혀 해주지 않고 그저 원숭이를 치료하듯이 하니 말이에요. 책을 빌려주시구려, 조야 양. 부탁해요! 절대로 당신을 배반하거나 하지는 않을 테니까. 절대로 다른 사람들에게 들키지 않도록 할 테니까!"

그는 별안간 건강이 되살아난 듯이 끈질기게 부탁하는 것이었다.

조야는 결심도 서지 않은채 서랍을 열었다.

"그 안에 있나요?" 코스토글로토프는 곧 알아차렸다. "조엔카, 꼭 빌려주시오!" 그리고는 또 손을 내밀었다. "다음 당직은 언제지요?"

"일요일 낮이에요."

"그럼 그때 돌려드리지요! 잘 됐어요!"

이 얼마나 시원시원한가. 오만한 데라고는 한 곳도 없는 아가씨다.

그러나 코스토글로토프는 베개 자국이 난 빳빳한 머리카락이 전후 좌우로 곤두서 있었으며 목 언저리의 단추를 끼우고 앉은 자켓 밑으로는 병원용 허름한 무명 내복이 비죽하게 드러나 있어서 더욱 꾀죄죄해 보였다.

"좋았어, 좋았어." 코스토글로토프는 책을 펴들고 재빨리 차례를 훑어보았다. "잘 됐어. 이것을 읽으면 다 알 수 있어. 정말 고마워요. 내가 멍청해서 치료를 질질 끌고 있는지도 모르고……. 의사란 카르테를 적어넣기만 하면 그만이지. 여기서 도망쳐 버릴까. 약을 좋아하는 것은 만병의 근원이란 말도 있지 않은가."

"어머, 어쩌지!" 조야는 두 손을 맞부딪쳤다. "책을 빌려주자마자 저러니 어쩌나! 그 책 도로 주세요!"

처음에 조야는 한 손으로, 다음에는 두 손으로 그 책을 빼앗으려고 했다. 그러나 사나이는 책을 놓으려 하지 않았다.

"그러면 찢어져요! 도서관 책이군! 됐어, 빌려줘요!"

둥그스름하게 살이 찐 조야의 어깨와 작은 팔은 희 가운에 가리어 터질 듯했다. 목은 가늘거나 굵지도 않고 짧지도 길지도 않고 잘 균형이 잡혀 있었다.

책을 잡아당기면서 두 사람은 서로 노려보았다. 코스토글로토프의 얼굴이 웃음을 터뜨렸다. 그러자 그 무서운 흠터는 그다지 흉해 보이지 않았다. 안색이 창백한 것은 본래 그런지도 모른다. 책을 잡은 조야의 손가락을 한 손으로 떼어내면서 코스토글로토프는 속삭이는 듯한 목소리로 설득하려고 했다.

"조엔카, 당신은 지식과 진보의 편이지 무지(無知)의 편은 아닐거요. 그러니 남의 공부를 방해해서는 안 돼요. 아까 한 말은 농담이에요. 절대로 도망치거나 하는 일은 없을 테니까."
 조야도 작은 소리로 끈덕지게 대답했다.
 "당신은 그토록 제멋대로이니 책을 읽을 자격이 없어요. 이 병원에 입원할 때만 해도 왜 더 빨리 오지 않았죠? 거의 죽은 것이나 다름없을 때까지 어째서 입원하지 않았지요?"
 "아아, 또 그 얘기군요." 코스토글로토프는 큰소리를 내며 한숨을 내쉬었다. "교통이 불편했거든요."
 "교통이 불편하다니요. 그런 곳이 다 있었던가요? 비행기를 타고 올 수도 있었을 텐데! 좀더 빨리 도시로 옮길 수 있었을 텐데 끝까지 방치해 두고 있다니……. 당신이 살던 곳에는 의사도 조수도 없었단 말인가요?"
 조야는 책을 놓았다.
 "의사야 있었지요, 산부인과 의사가 두 사람이나."
 "산부인과 의사가 두 사람이나? 그럼 여자뿐이었겠군요?"
 "아니 그 반대였지요. 산부인과 의사는 두 사람이나 있었으나 다른 의사는 한 사람도 없었어요. 설비도 없고, 혈액 검사도 할 수 없었지요. 나의 혈침은 60도나 되었는데도 아무도 몰랐을 정도였으니까."
 "그야말로 악몽이었군요. 그런데도 치료를 그만 받아야겠다고 생각하세요? 자기 자신을 아무렇게나 다루는 것은 당신의 자유겠지만 부모나 자식들 생각도 해야지요."
 "아이?" 코스토글로토프는 책장을 넘기면서 방금 있었던 즐거운 소동의 꿈에서 깨어난 듯한 표정이 되었다. 그러나 그의 얼굴은 갑자기 험상궂게 일그러져 느릿느릿 말했다. "나에게는 아이 같은 것은 없어요."
 "그러면 부인 생각을 해서라도……."
 그의 말씨는 더욱 느려졌다.
 "아내도 없어요."

"남자들은 언제나 그런 식으로 말하지요. 아까 집안 일도 정리해야겠다고 한 말은 무슨 뜻이었지요? 한국인 의사한테 그렇게 말했다고 했잖아요?"

"그것은 거짓말을 한 것이었어요."

"그럼 저한테도 거짓말을 하고 있는 건지도 모르겠군요."

"아니, 그렇지는 않아요." 코스토글로토프의 얼굴에는 더욱 괴로운 표정이 떠올랐다. "나는 선택하는 데 까다로운 편이니까요."

"부인은 당신과 성격이 잘 맞지 않았다는 말이군요." 조야는 안 됐다는 듯이 고개를 끄덕였다.

코스토글로토프는 천천히 고개를 좌우로 저었다.

"정말로 없었어요."

조야는 이상하다는 표정으로 상대방의 나이를 짐작해 보았다. 그녀는 입을 열려다가 그만두었다.

조야는 시브가토프의 등을 향해 앉아 있었는데 코스토글로토프와 마주 앉아 있었으므로 타타르 인의 모습은 잘 볼 수 있었다. 시브카토프는 조심스럽게 대야에서 일어나 허리춤에 두 손을 댄체 몸을 말리고 있었다. 그것은 마치 전신이 고뇌의 덩어리 같았다. 격렬한 슬픔은 이미 초월했지만 기쁨으로 이끌어줄 만한 것은 아무것도 없어 보였다.

코스토글로토프는 숨을 깊게 들이쉬었다가 내뿜었다. 호흡 그 자체가 큰 일인 것처럼.

"아아, 담배를 피우고 싶다! 여기서는 절대로 안 되겠지요?"

"절대로 안 되고 말고요. 당신이 담배를 피우는 것은 자살하는 거나 다름이 없어요."

"무슨 일이 있더라도 절대로 안 됩니까?"

"네 절대로. 제 앞에서 피우다니 어림도 없어요."

그러나 조야는 미소를 지었다.

"하지만 딱 한 대만 피우도록……."

"환자들은 다 자고 있어요. 자는 사람이 어떻게 담배를 피울 수 있겠어요?”

코스토글로토프는 그래도 조각 장식을 한 기다란 파이프를 꺼내어 빈 파이프를 물었다.

"흔히 말하듯이 젊은 사람들은 서둘러서 결혼하지만 나이가 지긋한 사람은 서둘지 않지요." 그는 조야의 책상에 두 팔꿈치를 대고 파이프를 든 손을 머리카락 속으로 쑤셔넣었다.

"그래도 전쟁이 끝난 직후 결혼할 뻔한 적이 있었어요. 그때 나는 학생의 몸이었고 상대도 여학생이었지요. 그러나 결혼하기 일보 직전에 꿈은 깨지고 말았지요."

호감은 가지 않았으나 강인한 인상을 주는 코스토글로토프의 얼굴을 조야는 지그시 쳐다보았다. 어깨나 팔에 뼈가 앙상한 것은 병 때문일 것이다.

"무언가 잘 안 맞는 점이라도 일어났나보죠?"

"그 여자는 말입니다……. 뭐라고 말해야 좋을까……파멸해버렸지요." 코스토글로토프는 한쪽 눈을 감은채 얼굴을 찌푸리고 다른 한쪽 눈으로 상대방을 바라보았다. "파멸하기는 했지만 아직도 살아 있지요. 작년에는 몇 통의 편지를 주고받기도 했으니까."

그는 눈을 가늘게 떴다. 손에 들고 있는 파이프를 바라보더니 그것을 주머니에 다시 집어넣었다.

"그 편지에 적힌 몇 마디의 구절을 읽고 문득 이런 생각을 했지요. 그 무렵의 그 여자는 내가 그때 생각했던 것처럼 완벽한 여성이었을까. 어쩌면 그렇지 않았을지도 모른다……. 스물너덧의 나이에 뭘 알겠어……."

어두운 갈색 눈으로 그는 조야를 똑바로 쳐다보았다.

"가령 당신의 경우라도 남자에 대해서 얼마나 이해하겠어요. 모르긴 몰라도 아무것도 모를 거예요."

조야는 웃었다.

"어쩌면 알고 있을지도 모르지요."

"절대로 그렇지 않아요." 코스토글로토프는 단정하듯이 말했다. "당신이 이해한다고 생각하고 있는 것은 실은 이해하지 못하는 거요. 결혼하고 난 다음에야 잘못 결혼했다는 것을 알게 되니까요."

"부정적인 시각이군요!" 조야는 머리를 흔들더니 아까의 그 오렌지색 백에서 수틀을 꺼내 놓았다. 수틀에 끼워놓은 작은 천 위에는 이미 초록색 학이 완성되어 있었으며 여우와 주전자는 아직 윤곽만 그려져 있는 단계였다.

코스토글로토프는 이상한 것이라도 보았다는 듯이 놀라며 소리쳤다.

"수를 놓는군요!"

"왜 그렇게 놀라시죠?"

"요즘 의학부 여학생이 수까지 놓을 줄은 꿈에도 생각해보지 못했으니까요."

"여자가 수를 놓는 것을 본 적이 없었나요?"

"어릴 때는 본 적이 있었지요. 20대 때였지요. 그때도 부르주아적이라고들 했지요. 그래서 콤소몰 집회에서는 강한 비판을 받기도 했구요."

"하지만 지금은 아주 유행이에요. 그런데도 본 적이 없다는 말이군요."

코스토글로토프는 고개를 가로 저었다.

"좋지 않다고 생각하세요?"

"아니요. 아주 사랑스럽고 가정적이라서 넋을 잃을 지경입니다."

조야는 그가 넋을 잃고 보는 앞에서 한 바늘 한 바늘 수를 놓아갔다. 조야는 손을 놀리고 있었고 코스토글로토프는 그런 그녀를 바라보고 있었다. 누런 전등불빛을 받아 그녀의 눈썹이 금빛으로 반짝거렸다. 원피스의 깃도 금빛으로 어른거렸다.

"당신은 앞머리가 나있는 꿀벌입니다."라고 코스토글로토프가 속삭였다.

"뭐라고요?" 조야는 머리를 숙인채 눈썹을 치켜올렸다.

코스토글로토프는 다시 그 말을 되뇌었다.

"그러세요?" 조야는 무언가 칭찬의 말 이상의 것을 기대하고 있었던 모양이었다. "당신이 사는 곳에는 수를 놓는 사람이 아무도 없다니 색실은 얼마든지 살 수 있겠군요."

"뭘 살 수 있다구요?"

"색실 말이에요. 수 놓을 때 쓰는 실 말예요. 녹색, 청색, 적색, 노란색의 색실 말이에요. 여기서는 사기가 어려워요."

"색실이라. 잘 기억하고 있다가 물어보지요. 만약 사게 된다면 꼭 보내드리지요. 하지만 그곳에 색실이 많이 있다면 당신이 그곳으로 아주 이사해 오는 편이 더 좋겠군요."

"그곳이 어디지요, 당신이 사는 곳은?"

"말하자면 인적미답의 개척지라고나 할까."

"개척지인 모양이군요. 그러면 당신은 개척자시겠군요."

"내가 처음으로 그곳에 갔을 때는 아직 아무도 개척이란 말은 쓰지 않았어요. 그런데 요즈음 개척지라 불리게 되자 개척자들이 많이 몰려왔지요. 당신도 졸업한 후 그곳으로 지망해 보세요. 틀림없이 허락될 것으로 봅니다."

"그렇게 살기 나쁜 곳인가요?"

"전혀 그렇지 않아요. 살기 좋다든가 나쁘다든가 하는 점에 대해서 일반 사람들의 생각은 좀 뒤바뀌어 있는 것 같아요. 상자곽 같은 5층집 속에 살면서 사람들이 머리 위로 쿵쾅거리며 돌아다니고 이웃집에서 요란한 라디오 소리가 나는 곳이 살기 좋은 곳이라고 사람들은 흔히 생각하지요. 노동을 사랑하는 부지런한 농부가 되어 넓은 초원 한 구석의 토담집에 사는 것은 불행하다고들 흔히 생각하지요."

코스토글로토프의 말투는 추호도 농담 같지 않았으며 오히려 언성을 높여 강조하기도 귀찮다는 듯 그 어떤 확신이 담겨 있었다.

"그렇다면 그곳은 대초원인가요, 아니면 사막인가요?"

"스텝(초원지대)이지요. 모래 언덕은 없어요. 갖가지 풀이 자라고 있으니까. 잔타크는 낙타가 먹는 콩과 식물인데, 이것은 엉겅퀴의 일종으로 7월이 되면 장미빛 비슷한 꽃이 피고 그 향기가 뛰어났지요. 카자흐 사람들은 이 식물로 백가지나 더 약을 만들지요."

"그렇다면 그곳은 카자흐 공화국이겠군요."

"그래요."

"고을 이름은?"

"우시 테레크."

"그것은 군(郡)의 이름인가요?"

"군의 이름이기도 하고 이 군의 중심지이기도 하지요. 병원도 있기는 하지만 의사가 부족해요. 꼭 와주었으면 좋겠군요."

코스토글로토프는 눈을 가늘게 떴다.

"그밖의 식물은 없나요?"

"천만에 밭에 물을 대어 갖가지 농작물을 심지요. 사탕무나 옥수수. 야채는 거의 다 있어요. 그러나 노동은 상당히 고되지요. 체크멘(카프카즈 지방의 남자용 상의)을 입고 열심히 일해야 하니까. 그래도 시장에 가보면 그리스 인들이 우유도 팔고 있고 쿠르드 인은 양고기를, 독일인들은 돼지고기를 팔고 있지요. 그야말로 그림 같은 시장인데 꼭 한 번 보여주고 싶군요. 제각기 자기들의 민족 의상을 입고 낙타를 타고 오지요."

"당신은 농업 기사지요?"

"아니요, 경지 정리원입니다."

"그런데 어쩌다가 그런 곳에서 살게 되었지요?"

그러자 코스토글로토프는 콧등을 긁었다.

"그곳 기후가 마음에 들었어요."

"교통이 불편한데도?"

"아니, 자동차는 얼마든지 다니고 있어요."

"하지만 제가 왜 그곳으로 가야 하는지 잘 모르겠군요."

조야는 곁눈으로 그의 얼굴을 슬쩍 보았다. 이런 이야기를 하고 있는 동안에 코스토글로토프의 얼굴은 선량하고 온순한 표정을 얼마쯤 되찾고 있었다.

"당신이 왜 그곳에 가야 하느냐 하면?" 코스토글로토프는 건배할 때의 말을 생각해 낼 때처럼 얼굴을 잔뜩 찡그렸다. "하지만 조엔카, 어디로 가야 행복해지고 어디로 가야 불행해지는 그런 것을 단정할 수 있을까요? 자기가 어디로 가야 하는지 알고 있다고 단언할 수 있는 사람이 과연 있을까요?"

4. 환자의 불안

외과 환자, 즉 종양을 외과 수술로 떼어내려는 환자들은 아래층 병실의 침대가 부족해서 방사선과의 환자, 즉 방사선 요법이나 화학 요법을 받고 있는 환자들과 함께 2층 병실에 수용되어 있었다. 따라서 매일 아침 윗층에서는 두 차례 회진(回診)을 했다. 그럴 때는 방사선과 의사와 외과 의사가 들어와서 각기 환자들을 진찰했다.

그런데 2월 4일은 금요일로 수술을 하는 날이어서 외과 의사들은 회진을 하지 않았다. 한편 방사선과 여의사 벨라 코르닐리예브나 간가르트도 아침 회의를 끝낸 후 곧바로 회진을 시작하지 않고 남자 병실 입구까지 와서 병실 내부를 기웃거리기만 했다.

여의사 간가르트는 키는 별로 크지 않았으나 균형이 잘 잡힌 몸매였다. 균형이 잘 잡힌 것으로 보인 것은 허리를 꽉 조여맸기 때문이었을지도 모른다. 목덜미 위로 묶은 머리 색깔은 아주 까맣지는 않았으나 아마빛보다는 까만 색에 가까웠다. 우리는 이러한 머리 색깔을 '밤색'이라는 애매한 말로 부르지만, 사실은 검은 아마빛 —— 흑색과 아마빛의 중간색이라 하겠다.

아흐마잔은 여의사의 모습을 보자 반갑게 인사를 했다. 코스토글로토프도 얼른 두터운 책에서 얼굴을 들어 멀찌감치 떨어진 곳에서 인사를 했다. 여의사는 두 사람에게 미소를 지어보이며 자기가 없는 동안 얌전하게 있어야 한다고 어린아이를 타이르듯이 손가락 하나를 세워 보였다. 그리고는 곧 출입문 근처에서 사라져버렸다.

돈초바는 1주일에 한 번 있는 회진일에만 X선 검사를 하지 않았다. 그밖의 날에는 눈이 가장 밝고 머리가 맑은 오전 중 두 시간 동안 그때그때 전문의와 함께 X선 기계 앞에 앉곤 했다. 이것이 자기의 일 중에서도 가장 복잡한 부분이라는 것이 돈초바의 생각이었으며 20년 동안의 경험에 비추어 보았을 때 오진(誤診)이 얼마나 값비싼 희생을 가져오는가를 이 여의사는 누구보다도 잘 알고 있었다. 돈초바 밑에는 세 사람의 의사가 딸려 있었는데 모두 젊은 여의사였으며 이들 세 사람의 경험이 한쪽으로 기울어지지 않도록, 그리고 세 여의사의 진단 기술을 향상시키기 위하여 돈초바는 3개월마다 세 사람의 부서를 교체시키고 외래 진료실과 방사선실과 병실을 돌게 했다.

지금 간가르트는 병실을 담당하는 의사였다. 이 일에서 가장 중요하고, 위험하며, 가장 연구가 뒤떨어진 점이라면 방사선 조사의 적정량에 유의하는 점이었다. 종양에는 치명적이고, 육체의 다른 부분에는 전혀 해가 없도록 방사선 조사의 강도나 양을 계산하기 위한 어떤 규준은 존재하지 않았다. 정식(定式)이 없는 이상 어떤 종류의 경험이 있고, 그 어떤 감 같은 것이 있으며, 다음에는 환자의 상태에 일일이 접해 보는 길 밖에는 없었다. 말하자면 이 또한 일종의 외과 수술이며, 다만 방사선에 의한 장기간에 걸친 수술이었다. 그러나 건강한 세포를 전혀 손상시키지 않는다는 것은 불가능한 일이었다.

그밖에 병실 전담 의사가 하는 일은 그저 정해진 일을 순서에 따라 하면 되었다. 즉 적당한 시기에 조직 검사를 하는 것을 결정하고, 그 결과를 확인해서 30매나 되는 카르테에 적어넣는 일이었다. 많은 줄이 그어져 있는 용지에 깨알 같이 적어넣는 것은 어떤 의사라도 다 싫어했는데, 간가르트는 석 달 동안만이라도 모두 자기의 환자라는 생각에서 이 일을 잘 감수하고 있었다. X선 기계의 스크린에 비치는 빛과 그림자의 창백한 짜맞춤이 아니라 간가르트를 신뢰하고 그녀의 목소리와 눈길을 기다리고 있는 살아 있는 인간, 구체적인 인간들인 것이다. 석 달이 지나서 병실 일을 다른 의사에게 인계할 때 간가르트는 언제나 자기가 치료를 다 끝내지 못한 채 헤어지는 것을 섭섭해했다.

당직 간호사 올림피아다 블라디슬라보브나는 이미 머리에 백발이 섞인

나이로 여의사들보다도 위엄이 있어 보이는 여성으로, 지금 각 병실로 돌아다니면서 방사선과 환자들에게 병실에서 대기하라고 전했다. 그러나 큰 여자 병실에서는 이 전달을 기다리고 있기나 한 것처럼 회색 가운을 입은 환자들이 계단쪽으로 나와서는 아래층 어디론가 모습을 감추었다. 그것은 생크림을 파는 영감이나 우유를 파는 여자가 오지 않았을까 하고 보러 나가는 것이었다. 어떤 사람은 이 병동의 출입구 계단 위에서 수술실 창문을 들여다보는 사람도 있었으며(창문은 아래로 절반쯤 흰색으로 칠해져 있었는데 그 위의 투명한 부분으로 외과 의사나 간호사의 모자, 그리고 천장의 환한 조명 기구가 보였다), 개수대에서 병 같은 것을 씻고 있는 사람도 있었으며, 누군가를 찾아가는 사람도 있었다.

얼마 후에는 수술을 받아야 하는 운명이라는 사실과 그들이 입고 있는 낡은 무명 가운, 세탁을 했는데도 남루해 보이는 이 흰 가운도 이 여자들의 매력을 완전히 잃게 했다. 이런 가운들은 재단에 신경을 쓴 흔적은 전혀 찾아볼 수도 없었으며 뚱뚱한 부인이라도 입을 수 있도록 헐렁하게 만들어져 있어서 소매는 보기 흉한 자루 같았다. 남자 환자들이 입은 핑크빛 무늬의 회색 자켓은 여기에 비하면 훨씬 나아 보였으나 여환자에게는 옷다운 옷은 주지 않았다. 깃도 단추도 없는 흰 가운이 지급될 뿐이었다. 그래서 어떤 여자들은 단을 줄이거나 기장을 늘였으며 누구나 할 것 없이 속옷이 내비치는 것을 방지하기 위하여 모두 무명 띠를 둘렀으며 누구나가 한쪽 손으로 앞가슴을 여며 잡고 있었다. 누구나가 병고에 지친데다가 이 초라한 가운을 입고 있는 여자들은 누구의 눈도 즐겁게 해주지 못했으며, 그것은 자기들 자신도 잘 의식하고 있었다.

한편 남자 병실에서는 루사노프를 제외하고 전원이 조용하게 꼼짝도 하지 않고 회진을 기다리고 있었다.

집단 농장의 수위로 일했던 늙은 우즈베크 인인 무르살리모프는 손발을 쩍 벌리고 벌렁 드러누워 있었으며 여느때처럼 낡아빠진 둥근 모자를 쓰고 있었다. 그의 기분이 좋아보이는 것은 기침의 발작을 일으키지 않은 때문일 것이다. 그는 아래 위로 꿈틀거리는 가슴 위에 두 손을 올려놓고 천장의 한 점을 응시하고 있었다. 어두운 청동색 피부는 거의 두개골 전체에 달라붙어 있는 것 같았다. 코의 뼈나, 광대뼈나, 세모난 턱수염 밑의 뾰족한 턱뼈는 툭 튀어나온 것처럼 보였다. 귀는 아주 얇아서 납작한 연골처럼 보였다. 조금만 더 건조하고 조금만 더 색이 까맣다면 미라가 되어버릴 것 같았다.

그의 옆에 자리잡은 중년의 카자흐 양치기, 에겐베르지예프는 자기 집의 털가죽 깔개 위에 앉아 있기라도 한 것처럼 크고 두툼한 손바닥으로 둥그스름한 무릎을 꽉 잡고 있는 모습은 매우 건강해 보였다. 그 미동도 하지 않는 자세는 마치 공장의 굴뚝이나 옛 성내의 탑처럼 좀체로 움직일 것 같지 않았다. 어깨와 등은 핑크빛 자켓 속에서 터져나올 것만 같았으며 소매에 달린 단추는 굵은 팔뚝에 압박당해 당장이라도 튕겨져 나올 것만 같았다. 이 병원에 올 당시 입술에 났던 작은 부스럼이 지금은 크고 검붉은 딱지로 변해서 음식을 먹는 데 여간 걸리적거리지 않았다. 그래도 이 사나이는 결코 서둘거나 하지 않고 조용히 식사를 해치우고 나면 허공을 쳐다보면서 몇 시간이고 앉아 있는 것이었다.

저쪽 문에서 가장 가까운 침대에는 열여섯 살 난 좀카가 아픈 다리를 침대 위에 뻗쳐놓고 정갱이의 환부를 손바닥으로 주무르고 있었다. 그리고 다른 쪽 다리는 새끼 고양이처럼 몸 아래로 잔뜩 구부려 넣고 주위의 분위기와는 아무런 관계가 없다는 듯 책을 읽고 있었다. 이 소년은 잘 때나 치료를 받을 때를 제외하고는 언제나 책을 읽고 있었다. 조직 검사를 맡고 있는 검사실에는 주임 의사의 책장이 있었다. 좀카는 그곳에 자유롭게 출입하면서 책을 빌려보았는데, 다른 사람이 빌려가기 전에 새로운 책과 바꿔오거나 했다. 지금 이 소년은 파란 표지의 잡지를 —— 그러나 새 책은 아니었다 —— 표지가 닳고 닳은 잡지를 읽고 있었다. 검사실 주임의 책장에는 새로운 책이리곤 한 권도 없었다.

그리고 프로시카는 주름살이나 구겨진 곳이 없게 시트를 깔아놓은 침대 위에 얌전하게 앉아서 두 다리를 바닥에 내려놓고 건강한 사람처럼 끈기있게 기다리고 있었다. 사실 이 청년은 이 병실 안에서는 가장 건강해서 고통을 호소하지도 않았으며 겉으로 보기에는 전혀 이상한 데가 없었다. 그의 볼은 건강한 사람처럼 거므스레했으며 앞머리를 곱게 이마 아래로 드리우고 있었다. 어디다 내놓아도 부끄럽지 않은, 지금 당장 댄스 파티에도 갈 만한 청년이었다.

옆자리의 아흐마잔은 상대가 없는데도 샤시키(서양장기) 판을 담요 위에 펴놓고 혼자서 두고 있었다.

마치 갑옷처럼 목에 붕대를 감고 고개를 돌리지 못하는 에프렘은 통로를 왔다갔다 하지도 않고 불안한 신세를 한탄하지도 않았다. 그리고 베개를 포개어놓고 기대 앉아서 어제 코스토글로토프가 읽어보라고 한 책을 열심히 읽고 있었다. 그러나 거의 책장을 넘기지 않는 것을 보면 책을 펴든채 졸고 있는 모양이었다.

아조프킨은 어제나 마찬가지로 계속 괴로워하고 있었다. 어쩌면 어젯밤에는 한숨도 자지 못했을지도 모른다. 창의 문턱과 침대의 머릿장에는 물건들이 아무렇게나 흩어져 있었으며 침대도 엉망이었다. 이마와 관자놀이에는 땀이 맺혔고 체내의 고통스런 그림자가 여전이 누런 얼굴을 스치고 지나갔다. 젊은이는 발을 바닥에 내리고 두 팔을 침대에 댄채 등을 구부리고 서있는가 하면 갑자기 두 손으로 배를 누르고 몸을 둘로 꺾듯이 굽혔다. 이미 며칠 전부터 이 젊은이는 병실 동료들의 말에 대답도 하지 않고 일체 말도 하지 않았다. 그가 입을 여는 것은 간호사나 의사에게 약을 더 달라고 조를 때뿐이었다. 병문안을 온 가족에게도 이 병원에서 주는 약을 사와 달라고 내쫓아 버렸다.

창밖은 잔뜩 흐려서 바람도 없는 희뿌연 날씨였다. 아침에 X선 조사를 받고 돌아온 코스토글로토프는 파벨 니콜라예비치의 양해도 구하지 않고 자기의 머리 위에 있는 통풍구를 열어놓았다. 그 통풍구로는 차지는 않았으나 습기찬 공기가 흘러 들어왔다.

파벨 니콜라예비치는 종양에 찬바람을 쏘이는 것이 해롭다는 것을 알았기 때문에 목에 목도리를 두르고 벽 가로 자리를 옮겼다. 우둔하고 바보스런 녀석들 뿐이다! 이 병실에서는 아조프킨 외에는 고통을 호소하는 녀석은 아무도 없는 것 같았다. 자유를 즐길 수 있는 사람은 자유를 위하여 싸우는 자뿐이라고 고리키는 말하지 않았던가. 병을 치료하는 것도 마찬가지다. 파벨 니콜라예비치는 오늘 아침 이미 싸움의 제일보를 내디딘 것이다. 사무실 문이 열리자마자 자기의 집으로 전화를 걸어서 어젯밤에 한 결심을 아내에게 전했다. 이 병원에 있다가는 죽게 될지도 모르니 모스크바에 있는 병원에 입원할 수 있도록 조처를 취해 달라고 전했다. 카파는 어디에고 무상출입을 할 수 있으니 이미 행동을 개시했을 것이다. 종양을 겁내어 이 병원에 입원한 것은 너무나 어리석은 짓이었다. 어제 오후 세 시부터 누구 한 사람 종양이 더 커졌는지 어쩐지 보러 오지도 않았으며 약도 주지 않았다. 이것은 도대체 어찌된 일일까. 흰 가운을 입은 살인자(53년 초 이른바 유태인 의사단 음모사건 때 흔히 사용된 표현)란 말은 정말 적절한 표현이다! 체온표 같은 것은 바보들의 마음을 안심시키려는 속임수다. 잡역부나 누군가가 와서 침상을 정리해주어도 좋을텐데, 환자가 제 손으로 하라는 말인가. 이 나라의 의료 기관은 기강이 엉망이다.

겨우 의사들이 모습을 나타냈으나 좀처럼 병실로 들어오지는 않았다. 문가에 있는 시브가토프의 침대 곁에 꽤 오랫동안 서 있었다. 타타르 인은 등을 드러내어 의사들에게 보이고 있었다. 그 사이에 코스토글로토프는 얼른 책을 이불 밑에 감추었다.

이윽고 돈초바와 간가르트, 그리고 기록부를 들고 팔에 타월을 걸친 백발의 간호사가 들어왔다. 흰 가운을 걸친 몇 사람이 한꺼번에 들이닥치면 언제나 환자들의 마음에는 경계심과 공포와 희망이 밀물처럼 솟아오른다. 이 세가지 감정은 백의나 모자가 희면 흴수록, 얼굴 표정이 심각하면 심각할수록 더욱 강해졌다. 지금 누구보다도 굳은 표정을 하고 있는 것은 간호사 올림피아다 블라디슬라보브나였다. 이 간호사에게는 회진이 교회의 보제 (補祭; 천주교에서 사제 다음의 직위)의 예배 의식 같은 것이었다. 의사는 보통 사람보다 위대한 사람이며, 모든 것을 알고 있으며 절대로 과오나 그릇된 결정을 내리지 않는다는 것이 이 간호사의 사고 방식이었다. 그리고 의사가 결정한 사실을 기록부에 기입할 때 이 간호사는 무척 행복해 보였는데 이것은 젊은 간호사들에게서는 찾아볼 수 없는 일이었다.

그러나 병실로 들어선 두 의사는 루사노프의 침대로 곧바로 오려 하지 않았다! 여의사 돈초바는 소박한 얼굴에 키가 큰 부인으로 흰 머리가 약간 섞인 곱슬머리를 짧게 자르고 있었다. 그녀는 환자들에게 낮은 목소리로 '안녕들 하세요.'라고 말하고 나서 가장 가까이 있는 좀카의 침대로 다가가서 뚫어져라고 소년의 얼굴을 들여다보았다.

"무엇을 읽고 있지, 좀카?"

'좀더 좋은 질문은 없을까! 근무 중인데 말이야!'

환자들의 습관에 따라서 좀카는 아무 말도 하지 않고 빛 바랜 파란 표지의 잡지를 내밀어 보였다. 돈초바는 눈을 가늘게 떴다.

"참 오래된 잡지군. 재작년 것 같아. 왜 이것을 읽지?"

"여기에 재미있는 논문이 실려 있어서요." 좀카는 의미있게 말했다.

"무슨 논문인데?"

"성실성(誠實性)에 대한 논문입니다."라고 소년은 더욱 의미 심장하게 대답했다. "성실성이 없는 문학이란······."

소년은 아픈 쪽 다리를 바닥에 내려놓았으나 돈초바는 얼른 그것을 막았다. "벗지 않아도 돼! 그냥 걷어올리도록 해요."

소년이 바지를 걷어올리자 여의사는 침대에 등을 구부리고 환부를 살피면서 낮은 목소리로 말했다.

"조사(照射) 15회 3천 R(방사선량의 단위)."

"여긴 아파요?"

"네."

"그럼 여기는?"

"거기도 아파요."

"그런데 왜 가만히 있지? 참지 않아도 돼요. 어디서부터 아픈지 말해 봐요."

그리고는 천천히 환부의 언저리를 만졌다.

"가만히 있어도 아파요? 밤에는?"

좀카의 깨끗한 얼굴에는 아직 수염이 나지 않았다. 그러나 끊임없는 긴장 탓으로 그의 표정은 아주 어른스러워 보였다.

"낮이고 밤이고 쿡쿡 쑤셔요."

돈초바는 간가르트와 시선을 마주쳤다.

"본인이 생각하기엔 어때요. ── 요즘에는 더 통증이 심해졌는지, 아니면 덜한지?"

"잘 모르겠어요. 좀 덜한 것 같기도 하고, 그저 기분이 그런 건지는 모르겠지만."

"혈액은?" 돈초바가 묻자 간가르트는 곧 카르테를 건네주었다. 돈초바는 그것을 흘끗 보더니 다시 소년에게로 시선을 돌렸다.

"식욕은?"

"여지껏 식욕이 없었던 적은 한 번도 없었어요." 하고 좀카는 진지하게 대답했다.

"요즘에는 정량보다 더 달라 할 정도입니다." 간가르트가 유모처럼 부드러운 목소리로 끼어들면서 좀카에게 웃어 보였다.

"수혈은?" 간가르트는 카르테를 넘겨받으며 작은 목소리로 돈초바에게 물었다.

"그렇군! 좀카." 돈초바는 탐색하듯이 소년의 안색을 살폈다. "X선 치료를 더 계속할까?"

"물론 계속하겠습니다."라고 소년은 대답했다.

그리고 감사하다는 시선으로 여의사를 쳐다보았다.

X선 치료는 수술 대신 하는 것이라고 소년은 알고 있었다. 돈초바도 역시 그렇게 생각하고 있는 것이다. 그러나 돈초바는 골육종(骨肉腫)을 수술하기

전에 X선 치료는 그 활동을 억제시켜 더 퍼지는 것을 방지해야 한다고 생각하고 있었다.

　에겐베르지예프는 이미 준비를 하고 의사들의 움직임을 주의 깊게 지켜보고 있더니 돈초바가 옆의 침대에서 일어서자마자 자기도 통로에 서서 가슴을 펴고 군인처럼 부동 자세를 취했다.

　돈초바는 카자흐 인에게 미소를 지어 보이고 그의 입술에 얼굴을 가까이 대고 그의 부스럼딱지를 살폈다. 간가르트는 낮은 목소리로 수자를 읽었다.

　"아주 좋아졌어요!" 러시아 어가 통하지 않는 사람에게 말을 할 때 늘 그러하듯이 돈초바는 필요 이상으로 언성을 높여 격려해 주었다. "잘 나아가고 있군요, 에겐베르지예프! 곧 집으로 돌아가게 될 거예요!"

　자기의 역할을 명심하고 있는 아흐마잔이 이 말을 우즈베크 어로 통역해 주었다. 아흐마잔과 에겐베르지예프는 서로 상대방의 국어를 이상하다고 생각하면서도 말이 통했다.

　에겐베르지예프는 희망과 신뢰, 그리고 기쁨이 넘치는 눈으로 돈초바의 얼굴을 지그시 지켜보았다. 그것은 학문을 닦고 세상에 도움을 주는 사람들에 대해서 이처럼 소박한 사람이 느끼는 독특한 기쁨이었다. 그는 자기의 부스럼딱지를 손가락으로 가리키면서 뭐라고 물었다.

　"전보다 커진 것 같은데, 부어서 그런가요?" 아흐마잔이 이렇게 통역했다.

　"점차 부기가 빠지고 있어요! 당연히 그렇게 돼야 하지요!" 돈초바는 힘주어 큰소리로 말했다. "차츰 부기가 빠지고 있어요! 앞으로 석 달 정도 요양한 후 다시 한 번 오세요!"

　여의사는 다시 무르살리모프 노인 쪽으로 갔다. 벌써 두 다리를 침대 밖으로 내려놓고 앉아 있던 노인은 여의사가 다가오자 일어서려 했으나 돈초바는 그것을 제지하고 침대에 나란히 앉았다. 이 수척한 청동색 피부의 노인도 역시 신뢰에 찬 눈으로 전지전능한 사람을 보듯이 돈초바를 바라보았다. 여의사는 아흐마잔을 통하여 노인의 기침에 대해서 묻고 셔츠를 걷어올리게 한 다음 가슴의 환부를 손으로 만져보거나 두 손으로 두들기며 진찰했는데 간가르트에게 조사량이나 혈액, 그리고 주사에 대해서 물어보더니 말없이 카르테를 훑어보았다. 건강했을 때는 모든 것이 충분히 갖추어져 있었으며 모든 것이 있어야 할 곳에 있었건만 지금은 모든 것이 쓸모없고 뼈만 툭 튀어나와 있었다…….

돈초바는 주사를 계속 맞도록 결정을 내리고 어떤 약을 먹고 있는지 머릿장 서랍에서 꺼내어 보여달라고 했다.

무르살리모프는 텅빈 종합 비타민제의 작은 병을 꺼냈다.

"그것을 언제 샀지요?" 돈초바가 이렇게 묻자 아흐마잔이 이 말을 통역했다.

"엊그제 샀습니다."

"그럼 약은 어디 있지요?"

"다 먹었습니다."

"다 먹어? 전부 한꺼번에?" 돈초바는 깜짝 놀라서 말했다.

"아니요, 두 번에 걸쳐서요." 또 아흐마잔이 통역했다.

두 여의사와 간호사, 그리고 러시아 인 환자들과 아흐마잔은 폭소를 터뜨렸다. 무르살리모프 자신은 영문도 모르면서 이빨을 드러내며 따라 웃어 보였다.

파벨 니콜라예비치만이 이 때아닌 웃음에 화를 내고 있었다. 지금 당장 이들이 정신을 차리게 해줘야지! 의사들을 맞이할 최선의 자세를 이것저것 생각하던 끝에 루사노프는 두 다리를 접고 침대 위에 앉아 반쯤 베개에 기대 있는 자세가 이럴 때는 가장 어울리는 자세일 것이라고 생각했다.

"괜찮아요, 괜찮아!" 돈초바는 무르살리모프를 안심시켰다. 그리고는 다시 비타민C의 정제를 노인에게 권하고 간호사가 재빨리 내민 타월로 손을 닦자 걱정스런 표정으로 뒤돌아보더니 다음 침대로 옮겨갔다. 창문 쪽으로 돌린 얼굴을 가까이서 보니 돈초바의 안색은 좋지 않았다. 피로에 지친 거의 환자 같은 표정이 그녀의 얼굴에 떠올라 있었다.

대머리에 둥근 모자를 쓰고 안경을 썼으며 침대 위에 떡 버티고 앉은 파벨 니콜라예비치는 마치 학교 선생을 연상케 했다. 그것도 젊은 선생이 아니라 수백명의 학생을 길러낸 정년이 머지 않은 노교사 같았다. 돈초바가 자기의 침대에 다가오기를 기다리던 루사노프는 안경을 고쳐 쓰더니 대뜸 말을 꺼냈다.
　"이보시오, 돈초바 씨. 이 병원의 실정을 아무래도 후생성(厚生省)에 보고해야겠소. 나는 오스타펜코 씨에게 전화를 걸겠소."
　이런 말을 듣고도 여의사는 놀라거나 두려워하지도 않았으며 다만 흙빛 같은 안색이 더욱 누래진 것 같았다. 그러더니 양 어깨가 기묘하게 움직였다.
　―― 마치 바지의 멜빵이 너무 팽팽해서 거북해하는 것과 흡사했다.
　"오스타펜코 씨에게 전화를 걸 수 있을 만큼 후생성과 통할 수 있는 분이라면 제발 이곳 실정을 낱낱이 알려주시지요." 돈초바는 그의 말에 곧 동의했다. "필요하시다면 자료라도 드릴까요?"
　"그럴 필요는 없습니다! 이 병원의 태만함이란 달리 유례가 없을 정도요! 나는 열여덟 시간이나 기다렸소! 그 사이에 아무도 치료해주지 않았으니까. 아시다시피 나는……." 너무 흥분한 나머지 루사노프는 말을 잇지 못했다. 끝까지 말을 다 하지 않아도 상대방은 알아들었을 것이다.
　병실 안의 사람들은 모두 조용히 루사노프를 쳐다보았다. 타격을 받은 것은 돈초바가 아니라 간가르트였다. 입술을 꽉 물고 잔뜩 미간을 찌푸린채 돌이킬 수 없는 일을 저질렀거나 못볼 것을 보기나 한 것처럼 이마에 주름을 모았다.
　그러나 루사노프 위에 덮치기라도 하듯이 서 있는 돈초바는 얼굴 근육 하나 까딱하지 않고 어깨를 한 번 으쓱하더니 나직한 목소리로 점잖게 말했다.
　"그래서 지금 치료해 드리러 왔지 않습니까?"
　"이젠 너무 늦었소!" 파벨 니콜라예비치는 상대방의 말을 가로챘다. "이곳에서 하는 짓이 도무지 마음에 들지 않아. 나는 퇴원하겠소. 아무도 관심을 가져주지 않았고 진찰도 해주지 않았으니까."

루사노프의 목소리는 떨리고 있었다. 그 정도로 머리끝까지 화가 나 있었다.

"진단은 나와 있어요." 돈초바는 두 손으로 루사노프의 침대 머리를 잡으면서 침착하게 말했다. "그리고 퇴원하더라도 갈 곳이 없어요. 이 병을 고쳐줄 곳은, 이 공화국에서는 이곳 밖에 없으니까요."

"하지만 암이 아니라고 당신은 말하지 않았소? 확실하게 병명이나 말해 봐요, 병명을!"

"우리는 환자에게 병명을 말해줄 의무는 없어요. 하지만 굳이 병명을 들어서 기분이 풀린다면 말해 드리지요. 임파육종(淋巴肉腫)이에요."

"그러니까 암은 아니란 말이군!"

"물론이지요." 여의사의 얼굴이나 목소리에는 이럴 때 있을 법한 적의는 조금도 나타나지 않았었다. 여의사는 그의 턱밑에 난 주먹만한 종양을 들여다보고 있었다. 그렇다면 도대체 어디다 대고 화를 내야 한단 말인가? 종양을 보고 화를 내야 하나?

"아무도 이 병원에 입원하라고 당신에게 강요한 사람은 없습니다. 지금 당장 퇴원해도 좋습니다. 그러나 알겠어요? ……."

여기까지 말하다가 여의사는 약간 머뭇거리더니 부드러운 목소리로 이렇게 경고했다.

"사람이 죽는 것은 암 때문만은 아니지요."

"그게 무슨 뜻이지요? 나를 위협하는 겁니까?" 파벨 니콜라예비치는 소리쳤다. "의사라는 사람이 나를 위협하는 것입니까?"

그는 또 한 번 소리를 질렀으나 '죽는다'는 한 마디에 찬물을 끼얹은 듯 부르르 몸을 떨었다. 루사노프는 풀이 죽은 목소리로 물었다.

"내가 그토록 위험한 상태라는 뜻인가요?"

"이 병원 저 병원으로 전전하다 보면 물론 위험하구 말구요. 죄송하지만 목도리를 풀고 여기 서보세요."

루사노프는 목도리를 푼 다음 바닥에 내려섰다. 돈초바는 신중하게 환부를 만져보고 다음에는 목의 건강한 부분을 만져보며 비교해 보았다. 그리고 가급적 머리를 뒷쪽으로 제껴보라고 말하고(종양 때문에 머리를 약간 밖에는 젖혀 지지 않았다), 또 고개를 앞으로 숙이게 하거나 좌우로 회전시켜 보거나 했다.

이것으로 분명해졌다! 루사노프의 머리는 이미 운동의 자유를 —— 보통 사람이라면 아무렇지도 않을 저 놀라운 자유를 이미 상실하고 있었던 것이다.

"상의를 벗어 보세요."

녹색과 갈색의 파자마 웃도리는 품이 넉넉한 데다가 단추도 커서 벗는 것은 쉬울 것 같았으나 팔을 소매에서 뺄 때 그 움직임이 목에 뻗쳐 파벨 니콜라예비치는 신음 소리를 냈다.

'아아 이렇게 아플 수가!'

백발의 당당한 체구의 간호사가 거들어주어 겨우 팔을 뺐다.

"겨드랑이밑은 아프지 않습니까?" 돈초바가 물었다. "손을 움직일 때 불편하진 않습니까?"

"그러면 그 부분도 나빠질 것 같은가요?" 루사노프의 목소리는 완전히 맥이 빠져 이제는 돈초바의 목소리보다도 작게 들렸다.

"팔을 수평으로 들어보세요!" 여의사는 손가락으로 세게 눌러보면서 겨드랑이밑을 계속 촉진(触診)했다.

"그러면 어떤 치료를 받게 되지요?" 하고 파벨 니콜라예비치가 물었다.

"전에 말씀드린 대로 주사를 맞아야 합니다."

"주사라면 어디다 놓지요. 직접 종양에 놓나요?"

"아니요, 정맥 주사입니다."

"몇 번이나?"

"주당 3회입니다. 이제 옷을 입으시지요."

"수술은 불가능한가요?" 이렇게 묻기는 했지만 다른 환자들이나 마찬가지로 루사노프는 무엇보다도 수술대에 눕는 것을 겁내고 있었다. 아무리 장기간 치료를 받더라도 수술보다는 나을 것 같았다.

"수술은 소용없어요." 여의사는 내민 타월로 손을 닦으며 말했다.

다행이군! 파벨 니콜라예비치는 곰곰이 생각해 보았다. 역시 카파와 일단 상의해보지 않으면 안 된다. 회진이라는 것도 그리 간단한 것은 아니었다. 호통을 쳐보았으나 상대방은 끄떡도 하지 않지 않는가. 오스타펜코한테 전화를 거는 것도 그리 간단할 것 같지는 않았다.

"좀 생각해 보지요. 내일 결정하면 되겠습니까?"

"안 됩니다." 돈초바는 가차없이 말했다. "오늘 결정해 주세요. 내일은 주사를 놓을 수 없습니다, 토요일이라서."

또 규칙인가! 규칙이란 어기기 위해서 있는 것이 아닐까!

"토요일에는 주사를 못 맞는다니 그것은 어째서지요?"

"왜냐하면 당신의 경우 주사한 날과 그 다음 날에는 반응을 잘 관찰해야 하기 때문이지요, 일요일에는 할 수 없으니까."

"그렇다면 대단한 주사 같군요."

돈초바는 그 말에는 대답하지 않았다. 돈초바는 어느새 코스토글로토프의 침대로 옮겨가고 있었다.

"그럼 월요일로 결정하면?"

"루사노프 씨, 당신은 18시간 동안 치료를 받지 못했다고 불평하셨어요. 그런데 72시간이나 그냥 놔둘 수야 없지 않겠습니까?"

이것은 돈초바의 완전한 승리였다. 기가 꺾인 루사노프는 어쩔 도리가 없었다······.

"우리는 당신의 치료를 맡을 것인지 맡지 않을 것인지 둘 중의 하나입니다. 치료를 받겠다면 오늘 오전 11시에 제1회 주사를 놓겠습니다. 만약 받지 않겠다면, 나의 치료를 거부한다는 서류를 작성하여 오늘 곧 퇴원하게 하겠습니다. 사흘 동안이나 아무 일도 하지 않고 있을 권리는 우리에게는 없으니까요. 이 병실의 회진이 끝날 때까지 잘 생각해서 결정해 주세요."

루사노프는 두 손으로 얼굴을 가렸다.

턱밑까지 흰 가운으로 감싸고 있는 간가르트는 소리도 없이 루사노프의 곁을 지나갔다. 올림피아다 블라디슬라보브나도 물 위의 배처럼 유유히 옮겨갔다.

입씨름에 지친 돈초바는 다음 침대에서는 밝은 기분으로 행동하려고 마음을 정한 모양이었다. 말을 꺼내기 전부터 돈초바도, 간가르트도 얼굴 가득히 웃음짓고 있었다.

"코스토글로토프 씨, 당신은 어떤 불평을 느러놓을 작정이지요?"

잠시 머리를 긁적이던 코스토글로토프는 또박또박 건장한 사람처럼 대답했다.

"아니요, 불평이라니요. 아주 좋습니다. 돈초바 선생님, 더 바랄 것이 없군요!"

두 의사는 서로 얼굴을 쳐다보았다. 벨라 간가르트의 입술은 웃고 있지 않았으나 그대신 눈은 기쁨에 넘쳐 웃고 있었다.

"그건 그렇다 치고." 돈초바는 그의 침대에 걸터앉으며 말했다. 어떤 기분인지 말해주지 않겠어요?, 최근의 변화를 말해 봐요."

"알겠습니다!" 코스토글로토프는 즐거운 듯이 떠들어댔다. "통증은 두 번째 X선 조사 다음부터 점차 줄어들더니 네 번째 조사 다음에는 완전히 사라져버렸습니다. 열도 내렸구요. 요즘에는 매일 열 시간씩 충분히 잠잘 수 있습니다. 어떤 자세로 자도 아프지 않습니다. 전에는 어떤 자세로 자도 몹시 아팠거든요. 그리고 식욕도 없었지만 지금은 없어서 못먹을 판입니다. 더 달래서 먹어도 아프지 않습니다."

"그렇게 많이 먹어도요?" 하며 간가르트가 웃음을 터뜨렸다.

"더 달라면 더 주던가요?" 돈초바도 따라 웃으며 물었다.

"줄 때도 있더군요. 아니, 내가 무슨 소리를 하고 있지? 아무튼 기분이 새로워졌습니다. 입원할 때만 해도 죽은 사람이나 다를바 없었는데 지금은 이렇게 되살아났습니다."

"구역질은 나지 않나요?"

"나지 않습니다."

돈초바와 간가르트는 코스토글로토프를 바라보면서 교사가 우등생을 보는 것처럼 얼굴에 환한 미소를 띠었다. 학생의 지식이나 경험 그 자체보다도 그 시원시원한 대답이 교사는 마음에 드는 법이다. 그러한 학생은 교사의 사랑을 독차지하게 되니까.

"그런데 종양의 존재를 느끼고 있나요?"

"아니요, 전혀 느끼지 못하겠어요."

"그렇지만 있다고는 느껴지지요?"

"글쎄요, 누우면 약간 무거운 느낌이 들고 때로는 저린 느낌도 들기는 해도 별로 마음에 걸리진 않아요!" 코스토글로토프는 강조해서 말했다.

"잠깐 누워 보세요."

코스토글로토프는 익숙한 동작으로(지난 한 달 동안 여러 병원에서 많은 의사들이 그의 종양을 만졌었다. 마지막에는 옆 병동의 인턴들도 와서 만져보고는 모두 깜짝 놀라기도 했었다.) 침대에 다리를 올려놓고 무릎을 세우고는 베개도 베지 않고 벌렁 드러눕더니 배를 내보였다. 그러자 체내의 깊은 곳으로 기어들어가는 두꺼비처럼 코스토글로토프의 생명에 찰싹 달라붙은 가벼운 압박이 느껴지는 것이었다.

돈초바는 나란히 앉아서 손가락을 부드럽게 원형으로 움직이면서 종양에 조금씩 접근시켜 갔다.

"긴장하지 말아요, 긴장하지 말라니까."라고 여의사는 주의시켰다. 그것은 코스토글로토프도 알고 있었지만 자기도 모르게 긴장하여 언제나 촉진을 방해하곤 했다. 이윽고 복부는 서서히 부드러워지고, 돈초바는 위 속에 있는 종양의 가장자리를 확실히 찾아냈다. 그리고는 종양의 윤곽을 따라 처음에는 부드럽게, 두 번째는 세게 손가락을 움직이는 것이었다.

돈초바의 어깨 너머로 간가르트가 기웃거리고 있었다. 코스토글로토프는 간가르트를 바라보고 있었다. 환자들은 모두 이 여의사를 좋아했다. 간가르트 자신은 엄격해지려 했으나 잘 되지 않았으며 곧 환자들과 친해져 버리는 것이었다. 어른스럽게 보이려고 하는 노력도 잘 되지 않았다. 그녀에게는 어딘지 소녀다운 데가 남아 있었다.
"지금도 확실하게 촉진할 수 있군요." 돈초바가 말했다. "약간 납작해진 것만은 틀림없어요. 약간 안쪽으로 들어가서 위를 압박하지 않게 되어 통증이 사라진 거지요. 하지만 크기는 전과 같아요. 만져보겠어요?"
"아니요, 저는 매일 만져보고 있으니까요. 혈침 25, 백혈구 5,800, 분절 운동(分節運動)은……직접 보아주시겠습니까?"
루사노프는 얼굴을 쳐들더니 속삭이는 듯한 목소리로 간호사에게 물었다.
"그 주사는……. 무척 아픈가요?"
코스토글로토프도 물어보았다.
"돈초바 선생님! 앞으로 저는 몇 번이나 X선 조사를 받아야 할까요?"
"회수는 아직 정확하게 얼마라고 말할 수 없어요."
"하지만 가르쳐주시지요, 언제쯤 퇴원할 수 있는지."
"뭐라구요?" 카르테를 읽고 있던 돈초바가 얼굴을 쳐들었다. "지금 뭐라고 물었지요?"
"언제 퇴원할 수 있겠습니까?" 코스토글로토프는 확실히 되풀이해 물었다. 두 손으로 무릎을 껴안은 그는 무척 태연해 보였다.
대견스런 눈초리로 우등생을 바라보던 돈초바의 얼굴에서는 점차 기쁨이 사라졌다. 그는 구원받을 수 없는 완고하고 다루기 어려운 환자 중의 한 사람에 지나지 않았던 것이다.
"당신의 치료는 지금 막 시작된 단계예요!" 여의사는 단호하게 말했다. "정확하게 말해서 내일부터 본격적인 치료가 시작됩니다. 이제까지는 시험삼아 가볍게 조사했을 뿐이니까."
그러나 코스토글로토프는 굽히지 않았다.
"돈초바 선생님, 저도 완전히 낫지 않았다는 것은 알고 있어요. 하지만 저는 완전한 치료를 요구하고 있는 것은 아니에요."
이크, 본성을 드러내는 군! 환자는 어찌하여 모두 이런 것일까. 돈초바의 이마에는 주름이 잡혔다. 이것은 화가 났을 때의 그녀의 표정이었다.
 "도대체 당신은 무슨 소리를 하는 거지요? 당신은 그래도 정상적인 인간인가요?"
 "돈초바 선생님!" 코스토글로토프는 조용하게 큰 손을 흔들며 상대방을 제지했다. "현대의 인간에 대해서 정상적인 상태와 이상을 논하기 시작한다면 얘기가 몹시 까다로워집니다…… 선생이 저를 이처럼 쾌적한 상태로 이끌어주신 데 대해서는 진심으로 감사하고 있습니다. 그래서 저는 이런 상태에서 잠시 생활해보고 싶습니다. 더 이상 치료를 계속하면 어떻게 될 것인지 저로서는 알 수가 없습니다."
 이 말을 듣자 돈초바는 화가 치밀어 올라 아랫입술이 튀어나왔다. 간가르트는 눈썹을 깜빡거리며 어떻게 해서든지 중재에 나서려고 환자에게서 돈초바에게로 부지런히 시선을 옮겼다. 올림피아다 블라디슬라보브나는 경멸하는 듯한 눈초리로 반항자를 지켜보고 있었다.
 "말하자면 저는 먼 장래의 희망을 위하여 값비싼 대가를 치루고 싶지는 않습니다. 그것보다는 자기 몸의 저항력을 의지하여……."
 "그 육체의 저항력에만 의지한 결과 입원할 때의 당신은 목숨이 다 끊어지려 했던 거예요!" 돈초바는 이렇게 쏘아붙이고 코스토글로토프의 침대에서 일어섰다. "당신은 지금 얼마나 위험한 말을 하고 있는지 당신 자신은 잘 모르고 있어요! 이제 더 이상 당신과는 말을 하고 싶지 않아요!"
 여의사는 남자처럼 손을 내젓고는 아조프킨쪽으로 돌아섰다. 담요 위에 두 무릎을 짚고 일어선 코스토글로토프는 사나운 검은 개처럼 눈을 부라렸다.
 "아니, 돈초바 선생님 제발 부탁입니다. 얘기해주십시오! 저의 결과가 어떻게 될 것인지는 선생의 입장에서는 재미있는 실험일지도 모르겠지만 저는 얼마 동안이라도 편하게 살고 싶습니다. 가령 1년이라도."
 "알았어요." 돈초바는 어깨 너머로 돌아보면서 말했다. "나중에 부르겠어요."
 목소리나 표정을 곧 바꾸지 못한 여의사는 아직도 화가 나있는 듯한 눈으로 아조프킨을 바라보았다.
 아조프킨은 일어서지 않았다. 배를 누른채 앉아 있었다. 고개만 쳐들고 두 사람의 의사를 맞이했다. 이 젊은이의 윗입술과 아랫입술은 이제 하나의 입이 아니라 각기 다른 고통을 말하고 있었다. 그의 눈에는 아무런 표정도 없었으며 오직 애원의 빛이 —— 그의 말을 들으려 하지 않는 사람들에게 도움을 청하는 애원의 빛만이 떠올라 있을 뿐이었다.
 "왜 그러지, 콜리아? 상태가 어떻지요?" 돈초바는 젊은이의 어깨에 손을 얹었다.
 "몹시 아파요." 그는 폐 속의 공기를 한꺼번에 내뿜지 않도록 주의하면서 모기만한 목소리로 대답했다. 폐를 조금이라도 세게 움직이면 곧 배 안의 종양에 영향을 주는 것이었다.
 반년 전, 이 젊은이는 콤소몰의 일요 노동 봉사의 선두에 서서 어깨에 삽을 메고 힘차게 노래를 불렀었다. 그러나 지금은 자기의 고통조차도 제대로 말하지 못하는 것이다.
 "그렇다면 콜리야, 우리 함께 생각해보도록 해요." 돈초바도 역시 나직하게 말했다. "당신은 병원 치료에 싫증을 느끼고 있는 것은 아닌지 모르겠군! 혹시 이 병원에 있고 싶지 않은 것 아닌가요, 그렇지요?"
 "네……."
 "당신은 이 고장에 집이 있다고 했지요? 자택에서 정양해보면 어떨까요? 한 달이나 한 달 반쯤 퇴원해보면 어떨지……."
 "그 다음에…… 다시 입원시켜 주시겠습니까?"
 "물론 입원할 수 있지요. 당신은 이 병원의 환자니까. 주사를 중단하고 휴양해보도록 해요, 그대신 약국에 가서 약을 사서 하루 세 번씩 혀 밑에 물고 있어요."
 "시네스트롤(스테로이드 계통의 합성 호르몬제) 말인가요?"
 "그래요."
 돈초바나 간가르트는 모르고 있었지만 지난 몇 달 동안 아조프킨은 정상적으로 병원에서 주는 약과 주사 외에 간호사나 야근하는 의사를 잡고 끈덕지게 졸라서 가외로 수면제나 진통제 같은 것을 더 타냈다. 이렇게 해서 손에 넣은 약을 작은 봉지에 넣어두고 자기가 의사의 곁을 떠날 날을 위하여 준비하고 있었던 것이다.

"당신에게는 휴양이 필요해요. 콜리아, 당신은 편히 쉬어야 해요……."

병실 안이 조용해지자 루사노프는 한숨을 내쉬면서 두 손으로 가렸던 얼굴을 쳐들고 자기의 결심을 알리는 소리가 똑똑하게 들렸다.

"제가 졌습니다, 선생님. 주사를 놓아주시지요."

5. 의사의 불안

정신이 압박을 받고 있을 때 그 상태를 어떻게 표현하는 것이 좋을까. '의기소침'이라 할까, '우울증'이라고 할까, 무언가 눈에 보이지 않는 답답하고 짙은 안개가 가슴에 스며들어 우리를 에워싸고 중심부를 향해 압박해온다. 그리고 우리들은 그 압력과 그 혼란을 느낄 수는 있으나 그 압박의 정체는 알아낼 수가 없는 것이다.

회진을 마치고 돈초바와 함께 아래층으로 내려갔을 때 간가르트의 정신 상태는 바로 그런 것이었다. 매우 기분이 좋지 않았다.

이럴 때는 정신을 가다듬고 이런 사태를 가져온 원인을 알아내면 된다. 그리고 어떤 방벽(防壁)을 세우면 된다.

그러나 간가르트는 그 원인을 규명해내지 못했다.

아니 찬찬히 생각해 보자. 간가르트는 어머니의 일이 걱정스러웠던 것이다. 방사선과의 세 여의사들은 돈초바를 그렇게 부르고 있었다. 엄마라고 부르는 것은 나이 때문이기도 했다. ── 세 여의사들은 모두 서른 살 전이었으나 돈초바는 쉰살 가까운 나이였다. 그리고 부하들에게 일을 시킬 때의 특유한 열의 때문이기도 했다. 돈초바는 자기가 생각해도 남다른 열의를 갖고 있었으며 다른 세 딸들도 근면하고 성실하기를 바라고 있었다. 그녀는 X선 진단법과 X선 치료법도 할 수 있는 유능한 의사 중의 한 사람이었으며, 지식의 세분화라는 시대의 추세에도 불구하고 자기의 부하들도 이 두 가지 치료법을 다 배우기를 바라고 있었다. 자기 혼자만 알고 있고 다른 사람들에게는 절대로 가르쳐주려 하지 않는 그런 사람이 아니었다. 벨라 간가르트가 두세 가지 면에서 스승을 능가하는 역량을 보일 때도 '엄마'는 그저 기뻐하기만 했다. 간가르트는 대학을 졸업한 후 그녀의 밑에서 이미 8년간이나 일하고 있었다. 그래서 지금 벨라가 자기의 내부에서 느끼는 힘이나 애원하는 환자들을 죽음에서 구출할 수 있는 힘은 따지고 보면 그 원천은 돈초바에게서 이어받은 것이었다.

루사노프라는 환자는 '엄마'에게 오래도록 불유쾌한 기분을 갖게 할지도 모른다. 목을 붙이기는 어려운 일이지만 목을 자르기는 쉽다고 흔히 말하지 않는가.

게다가 이것은 루사노프 한 사람에게만 국한된 것은 아니다! 냉혹한 마음을 가진 자라면 어떤 환자라도 할 수 있는 짓이다. 일단 입으로 내뱉은 비방은 결코 가만히 있지 않고 언제까지나 굴러다니기 마련이다. 그것은 물 위의 파문이라 하기보다는 오히려 홈 같은 것이다. 홈이라면 나중에 메꾸어버리거나 평평하게 해놓을 수도 있겠지만 만약 어떤 사람이 술에 취해서 '의사 놈들을 때려눕혀라!'라든가 '기술자 놈들을 때려눕혀라!'라고 소리치기라도 한다면 모두 즉각 몽둥이를 들고 나설 것이 뻔하다.

의혹의 파편은 여기저기 남아서 사방으로 퍼진다. 얼마 전에는 이 병동에 국가 보안성에 근무하는 한 운전 기사가 위암으로 입원한 적이 있었다. 이 환자는 외과 환자였기 때문에 벨라 간가르트와 직접 관계는 없었으나 어느날 밤 야근할 때 회진하던 벨라에게 불면을 호소해 왔다. 그래서 벨라는 브롬랄(수면제)을 처방해주었는데 1회분의 양으로는 적다는 간호사의 말에 '그러면 2회분을 한꺼번에 먹이세요!'라고 지시했었다. 환자는 약을 받아들였는데, 벨라의 기억으로는 조금도 이상한 빛은 없었다. 그래서 자기도 무관심하게 지냈는데 마침 이 병동의 임상 검사원이 그 운전사의 이웃에 살고 있어서 병실로 문병을 갔었다. 한참 후에 이 검사원이 헐레벌떡 달려왔었다. 운전사는 이 가루약을 먹지 않고 '어째서 2회분의 약을 한꺼번에 먹어야 하는가?' 그렇게 생각하면서 그 운전사는 그날 밤 한숨도 자지 못했다면서 임상 검사원에게 이렇게 물었다고 했다. '그 여의사의 이름이 간가르트라고 했는데 어찌된 일이지?(간가르트는 독일계 이름) 그 여자에 대해서 좀더 상세하게 말해주지 않겠습니까. 그 여자는 나를 독살시키려 했으니 어떤 조치를 취해야겠어요.'라고 말하더라는 것이었다.

그후 수주 동안 벨라는 어떤 조치가 취해질 것을 기다리고 있었다. 그 사이에 그녀는 시종 의연한 자세로 정확한 진단을 내리고 조사량을 측정하고 이 악명 높은 병동에 입원해 있는 환자들과 시선을 마주치며 미소를 보내어 용기를 심어주려 했다. 그러나 대부분의 환자들은 '당신은 독살범이 아닌가!' 하고 경계의 눈초리를 보내는 것 같았다.

그리고 또 하나 오늘 회진 때 괴로웠던 일. 그것은 가장 유망한 환자 중의 한 사람인 코스토글로토프였다. 어째서인지는 모르겠으나 벨라가 특별히 호감을 갖고 있는 코스토글로토프가 다른 사람도 아닌 '마마'에게 자기가 어떤 시험의 희생물이 되고 있지나 않나 하는 의혹을 갖게 된 점이었다.

회진에 기진맥진해진 돈초바도 걸어가면서 불쾌했던 방금 전의 일을 생각하고 있었다. 상대는 폴리나 자보드치코바라는 성질이 고약한 여자였다. 이 여자는 환자는 아니었으나 자기의 아들이 입원하고 있어서 아들 곁에서 숙식을 함께 하며 환자를 돌보고 있었다. 아들의 체내에서 종양을 절제하자 어머니는 복도에서 외과 의사를 잡고 아들의 종양의 한 조각을 달라고 했다. 그 외과 의사가 레프 레오니도비치가 아니었다면 이 여자는 종양 조각을 받았을지도 모른다. 여자의 의도는 분명했다. 그 조직의 한 조각을 다른 병원으로 갖고 가서 검사해보고 그 진단이 돈초바의 최초의 진단과 일치하지 않는다면 돈을 우려내거나 법정에 제소할 것이 분명했다.

이러한 사례를 두 의사가 기억하는 것만도 한두 번이 아니었다.
 지금 회진을 끝낸 그 여의사는 환자 앞에서는 말할 수 없었던 것을 솔직하게 상의하지 않으면 안 되었다.
 제13병동은 병실 수가 적고 방사선과 의사를 위한 독립된 방도 따로 없었다. '감마포(砲)'가 있는 외과 의사의 방이나 12만 볼트와 20만 볼트의 대형 X선 장치가 있는 방에는 방사선과 의사를 위한 시설이 전혀 없었다. X선 검사실에는 공간이 있기는 했지만 그곳은 하루 종일 어두컴컴했다. 그래서 서류를 살펴보거나 카르테나 그밖의 기록을 적을 때 쓰는 책상을 방사선과 의사들은 소형 X선 장치가 있는 치료실에 놓고 있었다. 이 의사들이 메스꺼운 방사선실 내의 공기나 그 독특한 냄새와 온기(溫氣) 속에서 몇 년이고 일해 왔으나 별로 문제시하지 않았다.
 서랍도 없는 거칠게 대패질한 책상에 두 의사는 마주앉았다. 벨라 간가르트는 입원 환자의 카르테를 분류하고 있었다. 우선 남녀별로 나누고, 다음에는 벨라 자신이 처리할 수 있는 것과 돈초바와 둘이서 처리해야 할 것을 구별할 필요가 있었다. 류드밀라 돈초바는 우울한 눈으로 책상 위를 응시하면서 약간 아랫입술을 내밀고 연필로 책상을 톡톡 두들겼다.
 벨라는 그런 돈초바를 동정 어린 눈으로 보기만 할 뿐 루사노프에 대해서나 코스토글로토프에 대해서나 의사의 숙명에 대해서 말을 꺼낼 기분이 나지 않았다. 뻔히 알고 있는 사실을 되풀이하는 것도 소용없는 일이었으며, 너무 노골적으로 문제를 끄집어내는 것도 신중한 태도가 아닐 뿐더러 상대방을 더욱 불쾌하게 만들 뿐이었다.
 이윽고 돈초바가 입을 열었다.
 "우리가 무력하다는 것이 정말 분해 죽겠어, 안 그래?" 이것은 오늘 진찰한 많은 환자들에 대한 얘기인지도 모른다——돈초바는 또 연필로 책상 바닥을 톡톡 쳤다.
 "하지만 아무런 실수도 없었는데." 이것은 아조프킨이나 무르살리모프를 두고 하는 말인지도 모른다. "언젠가 한 진단은 애매하게 했지만 치료는 옳았었어. 조사량을 그보다 더 줄일 수는 없었어. 대형 기계가 우리를 망쳐놓지만."
 그랬었군! 돈초바는 시브가토프의 일을 생각하고 있었던 것이다! 새로운 기계나 치료법을 총동원하더라도 환자를 구해내지 못하는 까다로운 병은 종종 있게 마련이다. 이 환자가 들것에 실려 처음 이곳으로 왔을 때 X선 사진에 나타나 있는 시브가토프의 선골(仙骨)은 거의 다 손상되어 있었다. 진단이 애매했다고 하는 것은, 즉 처음에 선배 교수와 상의한 끝에 골육종(骨肉腫)이라는 진단 밖에는 나오지 않았으나 이윽고 뼈에 물렁한 부분이 나타나고 선골 전체가 젤리 모양의 조직으로 변하여 이것이 골수종(骨髓腫)임이 판명되었던 것이다. 그러나 치료 방법은 우연히도 적중했다.
 선골은 빼낼 수도 잘라낼 수도 없다. 이것은 중요한 주춧돌 같은 것이다. 치료법은 X선 조사 밖에는 없었다. 그것도 한꺼번에 많은 양을 조사하지 않으면 안 되며 적은 양으로는 효과가 없다. 이렇게 해서 시브가토프는 회복했다. 그의 선골은 굳어졌었다. 그러나 환자가 기운을 되찾게 된 것은 좋았으나 강한 X선으로 해서 주위의 조직이 지나치게 민감해지고 새로운 악성 종양이 생겨나기 쉬운 상태로 되고 말았다. 조그만 타박상으로 상피세포(上皮細胞)에 궤양이 생겼다. 그래서 혈액도 조직도 X선을 전혀 받을 수 없게 되었으며 지금 시보가토프의 몸에는 새로운 종양이 퍼지고 있으며 그것은 어느 정도 억제할 수 있기는 하지만 근절시킬 방법은 없었다.
 의사로서는 자기들의 무력함이나 치료법의 불완전함을 새삼스럽게 느끼게 되고 안타까움을 금하지 못하게 되는 것이다. 이처럼 얌전하고 예의 바르고 감사의 기분에 넘치고 있는 타타르 인, 시브카토프를 위하여 해줄 수 있는 일은 그 고통을 길게 연장시켜주는 것 뿐이었다.
 오늘 아침 의국장 니자무트진 바흐라모비치가 돈초바를 부른 것도 특히 이 점에 대해서 상의하기 위해서였다. 즉 침대의 회전율을 높여줄 필요가 있는데, 그러기 위해서는 병세가 호전될 가망이 없는 환자는 퇴원시키지 않으면 안 된다. 돈초바도 거기에 동의했다. 대합실은 언제나 환자로 득

실거렸으며 개중에는 며칠씩이나 기다리고 있는 환자도 있었으며 여러 지역의 종양 상담소에서는 환자를 받아달라는 독촉이 빗발치듯 했다. 돈초바는 의국장의 제의에 원칙적으로는 찬성했다. 그러나 이 원칙에 딱 드러맞는 환자라면 시브카토프를 우선 꼽아야 하겠지만 돈초바로서는 시브카토프를 퇴원시킬 수 없었다. 그 선골 하나를 둘러싼 싸움은 너무나 오래 계속되었으며 너무나 괴로운 일이어서 이제 와서 단순명료한 상징적인 판단에 맡길 수만은 없었다. 결과적으로 실패하게 되는 것은 의사가 아니라 사신(死神)쪽이라고 가냘픈 희망을 안고 치료를 계속하지 않으면 안 되는 것이다. 시브카토프 덕분에 돈초바의 학문적 관심의 방향까지 바뀌게 되었다. 그녀는 시브카토프를 살려야겠다는 일념에서 최근에는 뼈의 병리학에 몰입하고 있었던 것이다. 물론 대합실에는 더 중태에 빠진 환자가 대기하고 있을지도 모르지만 아무튼 시브카토프를 내보낼 수는 없었다. 따라서 의국장 앞에서는 될 수 있는 한 요령껏 처신하지 않으면 안 된다.

　의국장이 회복의 기미가 보이지 않는 환자를 퇴원시키라고 지시하는 데는 또 하나의 이유가 있었다. 즉 그러한 환자들은 가급적 병원 밖에서 죽지 않으면 안 된다는 것이다. 그것은 침대의 회전율을 높이는 것도 되고, 또 다른 환자들에게 불안감을 주지 않아도 되며, 통계상으로도 유리한 결과를 올리게 되는 것이다. 그러한 환자들이 퇴원하는 이유는 사망이 아니라 '병세 악화'라고 기재되고 있었다.

　오늘 아조프킨이 퇴원하는 것도 이런 선상에서 결정이 내려진 것이었다. 아조프킨의 카르테는 지난 몇 달 사이에 두툼한 한 권의 노트가 되어 있었다. 펜이 제대로 돌아가지 않는 꺼칠꺼칠하고 누런 갈색 페이지는 자주색과 청색 수자와 문자로 가득 메꾸어져 있었다. 두 의사는 풀로 붙인 이 노트를 바라보기만 해도 고통스럽게 얼굴에 땀을 흘리던 젊은이의 모습을 떠올리는 것이었다. 그 젊은이는 몸을 잔뜩 구부리고 침대 위에서 뒹굴거나 했는데 나직하고 부드러운 목소리로 읽는 수자는 법정의 판결문보다도 엄격하고 그 누구도 항소할 수가 없었다. 2만 6천 R이나 조사되고 그중 1만 2천 R은 최근에 연속적으로 실시한 조사량이며 도합 50회의 시네스트롤 주사와 7회의 수혈을 했는데도 백혈구의 수는 고작 3천4백 정도였으며, 적혈구도 ……전이세포(轉移細胞)는 마치 탱크처럼 방벽을 돌파하여 흉골과 척추 사이에 진지를 공고히 구축하여 폐에까지 모습을 나타냈으며 이미 쇄골(鎖骨) 위에서도 염증을 일으키고 있었는데 그것을 처치하기 위한 지원군을 육체는 전혀 파견하려 하지 않았다.
　두 의사는 밀린 카르테를 일일이 보면서 적어넣고 있었는데 같은 방에 있는 X선 간호사는 외래 환자의 처치를 계속하고 있었다. 지금 막 들어온 환자는 파란 옷을 입은 네 살 된 소녀와 그 소녀의 어머니였다. 소녀의 얼굴에는 빨갛고 작은 혈관종양(血管腫瘍)이 나있었는데 그것은 아주 작고 악성은 아니었으나 더 이상 커지거나 재생하지 않도록 X선 조사를 받게 되어 있었다. 그 소녀는 전혀 구김살이 없었으며 그 조그만 입술에는 이미 죽음의 추(錐)가 매달려 있다는 것을 알 턱도 없었다. 이미 여러번 왔던 곳이라 소녀는 전혀 두려워하지도 않았으며 재잘거리거나 니켈로 도금한 X선 장치의 부속품을 만지거나 하면서 이 번쩍거리는 세계가 무척이나 재미 있는 모양이었다. 조사 시간은 3분 밖에 안 되었으나 그 3분 동안 환부에 정확하게 댄 조사관(照射管) 아래 가만히 앉아 있기란 이 나이 어린 소녀로서는 여간 고역이 아니었다. 이내 몸을 움직이거나 비틀거나 해서 X선 기사는 스위치를 끄고 몇 번이나 소녀를 조사관 아래 똑바로 앉혀야 했다. 어머니는 장난감을 들고 소녀를 얼러주기도 하고 얌전하게 앉아 있으면 좋은 장난감을 사주겠다고 약속을 하기도 했다. 그 다음에는 초라한 노파가 들어와서 플라토크를 풀고 자켓을 벗었다. 그 다음에는 지저분한 흰 가운을 입은 입원 여환자였는데, 이 환자는 발바닥에 검고 동그란 종양이 생겨서 실내화를 신으면 마치 못에 발바닥을 찔린 것 같다고 했다. 어째서인지 떼어내주지 않는 이 1센티 미터 정도의 작은 덩어리가 실은 악성 종양의 여왕이라는 흑소육종(黑素肉腫)이라는 것은 꿈에도 모르는 듯 간호사와 명랑하게 지껄이고 있었다.

두 의사는 이들 환자에게 마음이 쏠려, 환부를 보아주거나 간호사에게 주의를 주거나 하는 사이에 어느새 시간은 흘러 간가르트가 루사노프에게 엠비친(질소 마스타드 계의 약제)을 주사할 시각이 되었다. 그래서 간가르트는 미리 따로 빼놓은 코스토글로토프의 카르테를 돈초바 앞에 내놓았다.

"그처럼 방치된 상태였으니 치료를 시작하기는 최상이에요."라고 간가르트는 말했다. "꽤나 완고한 사람이었어요. 퇴원한다고 하니 말이에요. 본심은 아니겠지만."

"퇴원하려면 하라지!" 돈초바는 험상궂은 목소리로 말했다. "코스토글로토프의 병은 아조프킨과 같으니까. 다만 치료가 기적적으로 잘 되었을 뿐이야. 그런데 뻔뻔스럽게도 퇴원하겠다니!"

"선생님한테 그런 소리를 하다니, 이건 말도 안 돼요." 간가르트는 고개를 끄덕였다. "하지만 저는 그 사람의 고집을 꺾을 자신이 없어요. 선생님께 그 환자를 맡겨도 되겠습니까?" 간가르트는 손톱에 달라붙은 작은 먼지를 긁어서 털어냈다. "그 환자와는 어째선지 잘 사귀질 못했어요. 아무래도 얘기가 부드러워지질 않거든요."

그들이 잘 사귀지 못한 것은 첫대면 때부터였다.

그것은 잔뜩 흐린 1월의 어느 날이었다. 그날은 비가 내리고 있었다. 그날 밤 간가르트는 당직이었다. 오후 9시경, 뚱뚱하고 건장한 1층 잡역부가 찾아와서 말했다.

"선생님 한 환자가 통 말을 듣지 않아요. 도저히 손을 쓸 수 없다니까요. 어떤 조치를 취하지 않으면 우리만 야단맞겠어요."

벨라가 나가 보니 큰 계단 아래, 문이 잠긴 수간호사의 작은 방 옆 바닥에 야윈 사나이가 누워 있었다. 장화를 신고 있었으며 인삼빛으로 빛이 바랜 군용 외투를 입고 있었는데 귀덮개가 달린 민간용 모자를 푹 눌러쓰고 있었다. 머리밑에 배낭을 베고 마치 잠을 자고 있는 듯한 자세였다. 간가르트는 하이힐을 신은 작은 발로(간가르트의 복장은 언제나 단정했다.)

다가가서 그가 창피해서라도 일어나도록 위엄있는 눈초리로 쏘아보았으나 그 사나이는 전혀 관심도 없는 듯한 눈으로 여의사를 쳐다볼뿐 몸을 일으키지도 않았을뿐 아니라 귀찮다는 듯 아예 눈을 감아버렸다.
"당신은 누구시지요?" 하고 간가르트가 물었다.
"인간입니다."라고 그는 점잖게 낮은 소리로 대답했다.
"입원 허가증을 갖고 있나요?"
"네, 가지고 있습니다."
"언제 받았지요?"
"오늘 받았습니다."
그의 옆구리 근처에서 보이는 지저분한 바닥을 보니 외투는 젖어 있는 것 같았다. 자세히 보니 장화는 물론이고 배낭도 축축하게 젖어 있었다.
"하지만 이곳에 누워 있으면 안 됩니다. 첫째로…… 허용되지도 않을 뿐더러 보기에도 좋지 않으니까요."
"아니, 편안하고 좋습니다." 그는 힘없이 반대했다. "이곳은 나의 고향이니까 남의 눈치를 살필 필요도 없어요."
벨라는 당황했다. 이 사나이에게 호통을 치고 일어나라고 명령을 내릴 수는 없을 것이라고 느꼈다. 가령 그녀가 그렇게 말했더라도 이 사나이는 따르지 않을 것이다.
벨라는 대합실을 둘러보았다. 주간이라면 그곳은 순번을 기다리는 환자나 병문안하러 온 사람들로 득실거렸을 것이며 낡은 벤치에 걸터앉아서 환자와 그 가족이나 친지들이 만나거나 했는데 밤이 되어 병동의 문을 닫아버리면 갈 곳이 없는 중증 외래 환자만 남아 있을 뿐이었다. 대합실에는 벤치가 두 개 있었는데 그중 하나에는 이미 한 노파가 누워 있었으며 또 하나의 벤치에는 갓난아이가 잠자고 있었고 그 옆에는 색채가 요란한 플라토크를 쓴 젊은 우즈베크 인 어머니가 앉아 있었다.
대합실이라면 바닥에 누워 자도 무방하겠지만 많은 사람들이 출입하여 대합실 바닥이 불결했다.

그리고 또 여기에는 병원의 제복이나 흰 가운을 입은 사람밖에는 출입할 수 없었다.

벨라는 다시 한 번 이 야만인 같은 환자에게로 시선을 돌려 무관심한 느낌의 초췌해진 얼굴을 보았다.

"이 도시에 아는 사람은 없습니까?"

"없습니다."

"호텔에 가보았나요?"

"가보았어요." 이 사나이는 입을 열기도 귀찮은 것 같았다.

"이 도시에는 호텔이 다섯 곳이나 있어요."

"전혀 상대해주려 하지 않았습니다." 그는 더 이상 할 얘기가 없다는 듯이 눈을 감아버렸다.

"조금만 더 시간이 일렀더라면!" 간가르트는 열심히 생각하고 있었다. "이 병원의 잡역부로 자기 집에 환자를 숙박시키는 사람이 있는데 돈도 조금 들고."

사나이는 눈을 감은채 누워 있었다.

"일주일이고, 열흘이고 이렇게 누워 있겠다고 말한답니다!" 당직 잡역부가 투덜거렸다. "그것도 침대를 얻을 때까지 한복판에 버티고 있겠다는 거예요. 이봐요, 빨리 일어나세요. 이곳은 소독해놓은 곳이에요!" 잡역부는 그 사나이에게로 다가갔다.

"그런데 어째서 벤치가 두 개밖에 없지요?" 간가르트가 문득 정신을 차리고 말했다. "하나가 더 있지 않았어요?"

"또 하나의 벤치는 저쪽에 내놓았어요." 잡역부는 유리창쪽을 가리켰다. 그 말을 듣고 보니 낮에 X선 치료를 받으러 오는 외래 환자들을 위해서 창문 너머 방사선실로 통하는 복도에 벤치를 옮겨놓았던 것이다.

벨라는 잡역부를 시켜 창문을 열게 하고 환자에게 말했다.

"좀더 편한 곳으로 옮기세요, 자 어서 일어나세요."

그러자 당장은 믿지 못하겠다는 눈초리로 사나이는 간가르트를 쳐다보앉다. 그러더니 끙끙거리며 일어나기 시작했다. 몸을 조금이라도 움직이는 것이 무척 고통스런 모양이었다. 자리에서 일어나자 이번에는 구부리기가 어려운 듯 배낭을 잘 집어들지도 못했다.

벨라가 대신 몸을 구부려 흰 손으로 젖고 불결한 배낭을 집어 사나이에게 주었다.

"고맙소." 그는 일그러진 얼굴에 미소를 지었다. "죽지 않고 살아남은 보람이 있었군요……."

그가 누워 있던 바닥에는 길게 젖은 자국이 남아 있었다.

"비를 맞았군요." 여의사는 무척 측은하게 생각하면서 사나이의 얼굴을 바라보았다. "그곳은 복도가 따뜻하니까 외투를 벗으세요. 춥지 않을 테니까. 열은 나지 않습니까?" 사나이의 이마는 폭 내려쓴 털가죽 귀덮개가 달린 모자에 덮여 있어서 이마는 만져보지 못하고 사나이의 볼을 만져보았다.

살짝 손가락을 대어보기만 해도 곧 열이 있다는 것을 알 수 있었다.

"무언가 약이라도 드셨는지요?"

사람을 몹시나 증오하던 그의 감정이 다소 풀어진 듯 그는 간가르트의 얼굴을 쳐다보았다.

"아날긴은 먹고 있어요."

"지금 갖고 있나요?"

"네."

"수면제를 갖다드릴까요?"

"네 주실 수 있다면……."

"아 참!" 벨라는 당황해하면서 말했다.

"입원 허가증을 좀 보여주시지요."

냉소를 하는 건지 아니면 통증 때문인지 남자의 입술이 실룩거렸다.

"허가증이 없으면 비가 오는 밖으로 다시 쫓겨나나요?"

사나이는 외투의 후크를 끄르고 작업복 주머니에서 허가증을 꺼냈다. 그것은 오늘 아침 외래 진찰실에서 발행한 것이었다. 기재된 것을 보니 이 환자는 벨라의 방사선과 환자였다. 허가증을 든채로 벨라는 수면제를 가지러가려고 했다.

"곧 갖고 올테니 누워 계세요."

"아니, 잠깐만!" 그는 거친 말투로 말했다. "그 서류를 이리 주시오. 그런 수작에 넘어가지는 않을 테니까."

"무엇을 걱정하지요?" 벨라는 화가 나서 되돌아보았다. "나를 믿지 못하겠다는 말인가요?"

그 사나이는 어쩔줄 몰라하며 중얼거렸다.

"내가 어떻게 당신을 믿을 수 있겠어요? 당신과는 한 솥 밥을 먹는 사이도 아니고……."

그리고는 벤치에 누웠다.

벨라는 화가 나서 자기는 다시 그 사나이 곁으로 가지 않고 잡역부에게 수면제와 입원 허가증을 들려보냈다. 허가증에는 여백에 'Cito'(라틴어로 위급하다는 뜻)라 적어놓고 언더라인을 치고 다시 느낌표가 붙여져 있었다.

한밤중에 벨라는 그 사나이의 곁을 지나쳐 갔다. 사나이는 자고 있었다. 이 벤치는 잠을 자기에는 안성맞춤이었다. 구부정하게 휜 등받이가 좌석과 교차하여 반쯤 홈을 이루고 있었다. 사나이는 비에 젖은 외투를 벗어 뒤집어쓰고 있었다. 외투의 한쪽 소매로는 발을 덮었고 또 한쪽으로는 어깨를 덮고 있었다. 장화의 앞부분이 벤치 밖으로 삐어져 나와 있었다. 구둣바닥이 닳고 달아서 검붉은 발바닥이 드러나 보였다. 구두의 앞창에는 쇠부치 조각이 붙어 있었으며 뒤꿈치에는 편자 모양의 징이 박혀 있었다.

이튿날 아침 벨라는 수간호사를 시켜 이 사나이를 2층 층계참에 수용하게 했다.

그날 이후부터 코스토글로토프는 벨라에게 더 이상 난폭하게 입을 놀리거나 하지 않았다. 보통 사람들처럼 공손하게 말할뿐 아니라 때로는 선량한 미소를 지어보이기도 했으나 지금이라도 무언가 엉뚱한 말을 할 것 같은 느낌은 여전히 남아 있었다.

가령 엇그제 같은 경우, 혈액형을 조사하기 위하여 정맥에서 피를 뽑으려고 빈 주사기를 들이대자 코스토글로토프는 걸어올렸던 옷소매를 걸어내리고 몸이 굳어지면서 말했다.

"간가르트 선생님, 죄송하지만 다른 방법으로 혈액형을 조사할 수는 없을까요?"

"왜 그러시지요, 코스토글로토프 씨?"

"싫습니다. 저는 이미 여러 병원에서 피를 뽑았습니다. 피가 많은 사람한테나 가서 뽑도록 하세요."

"그런 말을 하고도 부끄럽지 않으세요? 그래도 당신은 남자라고 할 수 있겠어요?" 벨라는 여성 특유의 조소를 보내며 환자를 바라보았다. 이것은 남자로서는 참을 수 없는 모욕이었다.

"남자면 어떻고 여자면 어떻다는 거지요?"

"만일의 경우 수혈이 필요할 때는 어떻게 하지요?"

"나한테 수혈을 한다구요? 농담하는 건 아니겠지요! 남의 피 같은 것은 필요 없어요. 그리고 나의 피 또한 단 한 방울이라도 남에게 주고 싶지 않습니다. 혈액형은 제가 말해드릴 테니 적으세요. 군대에서 조사한 것이니 틀림없어요."

아무리 설득해보아도 코스토글로토프는 끄떡도 하지 않았으며 오히려 엉뚱한 이유를 들고 나왔다. 그는 혈액 검사는 쓸데없는 짓이라고 확신하고 있는 것 같았다.

벨라는 완전히 감정이 상해버렸다.

"당신 덕분에 나는 아주 난처한 입장에 처하게 됩니다. 제발 부탁이에요."

물론 벨라 쪽에서 저자세로 나오는 것은 잘못이었다. 왜 이렇게 사정까지 해야 하는가.

그러나 코스토글로토프는 곧 팔을 내밀고 소매를 걷어올렸다.

"좋아요. 당신 개인을 위해서라면 3cc라도 뽑으시지요."

벨라로서는 이 사나이가 매우 다루기 힘든 환자였다. 한 번은 이런 우스꽝스런 일도 있었다.

코스토글로토프가 말했다.

"당신은 독일인 같아 보이지는 않아요. 그런데 간가르트란 남편의 성인가요?"

"그래요." 무의식중에 그녀의 입에서 대답이 튀어나왔다.

어째서 그런 대답을 했을까. 그 순간에 다른 대답을 하는 것이 아쉬웠기 때문이었다.

코스토글로토프는 더 이상 아무것도 묻지 않았다.

하지만 간가르트는 아버지나 할아버지로부터 물려받은 성이었다. 할아버지는 러시아에 귀화한 독일 사람이었다.

그렇다면 어떻게 대답하는 것이 좋았을까. "나는 아직 미혼이에요." 아니면 "결혼한 적이 없어요."라고?

정말 어려운 일이다.

6. 조직검사 이야기

돈초바는 우선 치료를 끝낸 여환자들이 나가고 나자 방사선실로 코스토글로토프를 들어오게 했다. 여기서는 천장에 매달린 18만 볼트의 대형 X선 장치의 조사관이 오전 8시부터 거의 쉬지 않고 계속 작동하고 있었다. 환기창이 닫혀 있어서 실내 공기는 뜨뜻미지근하고 메스꺼운 X선의 온기로 채워져 있었다.

이 온기(단순한 온기는 아니었다.)는 7, 8회에서 10회나 조사를 받은 환자의 폐에는 불쾌한 것이었지만 돈초바는 예사였다. 조사관에 대한 보호장치가 되어 있지 않았던 20년 전부터 현재까지 돈초바는 매일 같이 방사선 공기를 호호흡하면서(고압 전선에 닿아서 하마터면 죽을 뻔한 적도 있었다.) 허용 시간을 초과해 가면서 X선 검사에 종사해 왔었다. 그래서 차단판이나 장갑을 끼우고 보호하고 있더라도, 그 어떤 중증 환자보다도 많은 양의 방사선을 쬐었을지 모르지만 의사가 몸에 받는 방사선에 대해서는 아무도 그 양을 측정하려 하지 않았다.

지금 돈초바는 일을 서두르고 있었다. 빨리 일을 끝내고 싶기도 할 뿐더러 단 몇 분만이라도 X선 장치를 놀리고 싶지 않아서였다. 여의사는 조사관 아래 있는 딱딱한 나무 침대에 코스토글로토프를 누이고 그 복부를 노출시켰다. 그리고 간지러운 느낌을 주는 차가운 붓 같은 것으로 복부에 동그라미를 그리고 거기에 수자를 적어넣는 것 같았다.

그리고는 곧 X선 기사인 여성에게 사분원(四分円) 방식을 설명하고 그 4분의 일씩에 조사관을 맞추는 방법을 가르쳐주었다. 다음에는 코스토글로토프를 엎드리게 한 후 등에도 표시를 했다. 그리고 말했다.

"조사가 끝나거든 내 방으로 와주세요."

돈초바는 밖으로 나갔다. X선 기사는 코스토글로토프를 똑바로 눕히고 첫번째 4분원의 1씩 주위를 시트로 덮고 다음에는 납을 입힌 무거운 고무 시트를 꺼내어 직접 X선을 쬐여서는 안 될 부위에 덮었다. 부드러운 시트는 기분 좋게 몸을 감쌌다.

이윽고 X선 기사도 밖으로 나가더니 문을 닫고 두터운 벽 한가운데 나있는 작은 창문으로 코스토글로토프를 지켜보고 있었다. 나직하게 신음 소리가 들리기 시작했고 작은 꼬마 전구에 불이 켜지더니 조사관은 뜨거워지기 시작했다.

노출된 복부의 피부 세포를 뚫고, 피하지방을 지나 이름도 알 수 없는 각종 기관을 지나고 종양과 위장을 지나, 동맥이나 정맥을 흐르는 혈액을 지나고, 다시 임파액과 세포를 지나, 척추와 그밖의 뼈를 뚫고 다시 등의 피하지방과 혈관과 상피를 지나 침대의 널빤지를 뚫고, 두께 4센티미터의 마루바닥을 뚫고, 시멘트를 지나 콘크리트를 빠져나가 축대의 돌을 뚫고, 드디어 X선은 대지로 흘러갔다. 인간의 두뇌로는 상상도 할 수 없는 전자장(電磁場)의 떨리는 벡터(한 점에서 다른 점으로 향하는 방향을 가진 선분으로 표시 되는 양, 화살표로 나타냄) 더 알기 쉽게 말하면 마주치는 모든 방해물을 찢어버리고 구멍 투성이로 만들어버리는 양자(量子)의 탄환.

아무런 소리도 없이 행해지며 쬐인 쪽의 조직은 아무런 통증도 느끼지 않는다. 이 거대한 양자의 탄환에 의한 맹렬한 12회의 조사를 받는 동안, 삶에 대한 의욕과 생명의 감각을, 식욕을, 그리고 쾌활한 기분까지도 코스토글로토프에게 되돌려주는 것이었다. 살기조차 싫었던 고통에서 두세 번의 조사에서 해방되자 꼭 알고 싶었던 것은 모든 것을 꿰뚫는 이 탄환은 어찌하여 종양만 공격하고 육체의 다른 부분은 건드리지 않느냐 하는 점이었다. 코스토글로토프는 자기의 머리로 방사선 요법의 원리를 이해하고 그 효과를 믿지 않는 한 조사에 몸을 내맡길 기분이 나지 않았다.

그래서 그는 방사선 요법의 원리에 대해서 벨라 간가르트에게 물어보기로 했다. 이 여의사는 큰 계단 아래서 처음 만났을 때 코스토글로토프의 편견과 궁금증을 달래어준 상냥한 여성이었으니 말이다. 그때 그는 소방대원이나 경찰이 끌어내려 했더라도 그는 절대로 제발로 나가지는 않았을 것이다.

"염려하지 마시고 가르쳐주시지요." 코스토글로토프는 간가르트를 안심시키기 위해 그렇게 말했다. "저는 분별있는 투사로서 이 싸움에 대한 문제점을 이해하지 않고서는 싸울 수 없습니다. X선이 종양을 파괴할 때 다른 조직은 건드리지 않는데 그것은 어째섭니까?"

벨라 간가르트의 감정은 눈보다도 입술에 먼저 나타나는 타이프였다. 그것은 작은 날개처럼 매우 반응하기 쉬운 민감한 것이었다. 마음속의 동요나 의혹도 곧 입술에 나타났다.

'우군도 적군도 무차별하게 포격하는 이 맹목적인 병기를 이 사나이에게 어떻게 설명해야 좋을까.'

"좋아요, 원하신다면 가르쳐드리지요. 물론 X선은 무엇이고 다 파괴해 버리지요. 그러나 정상적인 조직은 곧 원상태로 회복되지만 종양 세포만은 회복되지 않아요.

그것이 사실인지 어떤지는 잘 모르겠으나 코스토글로토프에게는 반가운

설명이었다.
"그렇군요! 그렇다면 안심입니다. 고맙습니다. 그렇다면 저도 곧 낫게 되겠군요."

그의 건강은 실제로 좋아지고 있었다. 코스토글로토프는 기꺼이 X선 장치 아래 눕게 되었으며, 조사를 받는 동안 종양 세포가 지금 파괴되고 있을 것이라고 생각해보는 것이었다.

어떤 때는 조사관 밑에서 막연한 공상에 사로잡히거나 때로는 졸기조차 했다.

지금 코스토글로토프는 두 눈으로 뱀처럼 늘어져 있는 많은 관이나 줄을 바라보면서 왜 이런 것들이 이처럼 많이 있을까 하고 생각하거나, 이 기계에 냉각 장치가 있다면 수냉식일까 공냉식일까 하고 생각하거나 했다. 그러나 그런 일에만 생각을 집중하고 있을 수는 없었으며 물론 명쾌한 답을 이끌어낼 수도 없었다.

사실을 말하자면 코스토글로토프는 벨라 간가르트에 대한 생각에 열중해 있었다. 저처럼 상냥한 여자는 우시 테레크 시내에서는 절대로 찾아볼 수 없다고 생각했다. 그리고 당연한 일이지만 그러한 여자는 이미 결혼했을 것이다. 그러나 벨라 생각을 할 때, 그녀의 남편에 대해서만은 괄호 속에 넣어 버렸다. 어쩌다 지나치다가 하는 몇 마디 말이 아니라 병원의 정원을 함께 산책이라도 하면서 그녀와 이야기를 주고받는다면 얼마나 즐거울까 하고 코스토글로토프는 생각했다. 때로는 엉뚱한 소리를 하여 그녀를 놀라게 해주어도 재미있을 것이다. 그러면 그녀는 어쩔줄 몰라하면서도 재미있어 할 것이다. 복도에서 우연히 마주쳤을 때도 병실로 들어올 때도 벨라의 다정함은 햇빛처럼 빛났다. 그것은 직업적인 다정함이 아니라 마음의 밑바닥에서부터 우러나오는 다정함이다. 벨라의 미소는 선량한 것이었으며 그것은 미소라기보다는 오히려 입술 그 자체일지도 모른다. 그것은 얼굴 한가운데에 독립해 있는 별개의 생물체 같은 입술이었다. 키스할 때만이 아니라 그밖에도 무언가 독자적인 사명을 가진 입술.

작은 진동 소리를 내면서 조사관이 윙윙거리고 있었다.

코스토글로토프는 벨라 간가르트를 생각하면서 또 한편으로는 조야를 생각하고 있었다. 오늘 아침 눈을 뜨고 제일 먼저 생각했던 일, 즉 어제 밤에 느꼈던 가장 강한 인상이라면 마치 선반처럼 거의 수평으로 튀어나온 가장 아름다운 젖가슴이었다. 어제 저녁 그녀와 이야기를 나누고 있을 때 옆에 놓인 책상 위에는 보고서 같은 것에 줄을 그을 때 쓰는 크고 묵직한 자가 놓여 있었다. 그것은 베니아 판이 아니라 널빤지로 만든 자였다. 코스토글로토프는 그 자를 조야의 선반처럼 튀어나온 젖가슴 위에 올려놓고, 그것이 떨어지나 시험해보고 싶은 충동을 느꼈었다. 그리고 그것은 미끄러져 떨어지지 않을 것 같았다.

그리고 배의 아래쪽을 덮고 있는 납을 입힌 묵직한 고무 시트가 믿음직스러워 보였다. 이 시트는 코스토글로토프를 살며시 압박하면서 '당신을 지켜줄 테니 걱정하지 말아요!'라고 말하면서 보증해주는 것 같았다.

하지만 만약 그렇지 않다면? 시트의 두께가 두텁지 않다면? 덮어야 할 곳에서 조금 벗겨져 나간다면?

이 열이틀 동안에 코스토글로토프는 단순한 생활에서 —— 먹고, 자유로운 몸놀림이나 밝은 기분을 되찾은 것만은 아니었다. 이 열이틀 사이에 코스토글로토프가 되찾은 것은 몇 달 전부터 통증으로 일어버렸던 감각, 이 멋진 삶에 대한 감각이었다. 그렇다면 그 납을 씌운 시트는 완전하지 않았을까!

어쨌든 어떤 착오가 일어나기 전에 이 병동에서 도망치지 않으면 안 된다.

어느샌가 나직한 진동 소리가 멎고 빨간 필라멘트는 식어가고 있었다. 간호사가 들어와서 고무 시트와 덮개를 걷기 시작했다.

그가 침대에서 바닥에 발을 내려놓고 고개를 구부리자 배에 적어넣은 보라빛 선이나 숫자가 보였다.

"이것을 지워버려도 될까요?" 코스토글로토프는 간호사에게 물었다.

"의사 선생님의 지시가 있을 때까지는 안 됩니다."

"그건 참 기분 좋은 대답이군. 그러면 한동안 당신들도 수고를 덜 수 있을 것이고."

코스토글로토프는 돈초바가 있는 방으로 갔다. 여의사는 소형 X선 기계가 있는 방에 앉아 모나지 않은 네모난 안경을 쓰고 큼직한 X선 필름을 불빛에 비춰보고 있었다. 두 대의 기계는 스위치를 껐으며 두 개의 창을 열어놓은 채 다른 사람은 아무도 없었다.

"거기 앉아요." 돈초바가 무뚝뚝하게 말했다.

코스토글로토프는 의자에 앉았다.

돈초바는 두 장의 X선 사진을 계속 비교하고 있었다.

코스토글로토프는 이 여의사와 말다툼을 하기는 했지만, 그것은 지나친 치료 행위를 경계하자는 뜻에서였다. 오히려 그는 이 여의사를 존경하고 있었다. 그것은 돈초바가 남자 같은 결단력을 갖고 있기 때문이거나, 어두운 방사선실 안에서도 정확한 지시를 한다거나, 또는 연령이나 일만 아는 생활 태도만이 아니라 무엇보다도 초진 때부터 코스토글로토프의 종양을 손가락으로 정확하게 찾아냈고, 또 정확하게 그 윤곽을 더듬어냈기 때문이었다. 종양에도 어떤 감각이 있는 듯, 촉진의 정확함은 종양 그 자체가 말해주고 있었다. 의사가 자기의 손가락으로 종양을 정확하게 알아내고 있는지는 환자만이 알 수 있다.

돈초바는 X선 사진을 책상 위에 올려놓고 안경을 벗으면서 말했다.

"코스토글로토프 씨. 당신의 병력(病歷)에는 큰 공백이 있군요. 당신의 종양의 초기 단계에 대해서 우리는 정확하게 파악하지 않으면 안 되겠습니다."

돈초바는 의학상의 이야기를 할 때는 무척 말이 빨라졌었다. 긴 센텐스나 술어는 단숨에 발음해버리는 버릇이 있었다.

"당신은 재작년에 수술을 받았다고 했는데 그것은 현재의 전이 상태(轉移狀態)로 보았을 때 우리의 진단과 일치하고 있군요. 그렇다고 다른 가능성이 전혀 없는 것은 아니에요. 그 점이 우리들의 치료를 어렵게 하고 있어요. 아시다시피 현재 당신의 전이 부분에서 조직 견본을 떼어낼 수도 없고……."

"잘 됐군요. 나도 그것은 싫었어요."

"하지만 이해할 수 없는 것은 어째서 초기 단계의 조직 견본을 보내주지 않았느냐 하는 점이에요. 조직검사를 한 것은 확실한가요?"

"네, 틀림없어요."

"그렇다면 어째서 그 결과를 알려주지 않는지 이상하군요." 사무적인 말을 할 때는 누구나 그러하듯이 돈초바는 말이 무척 빨랐다.

그러나 코스토글로토프는 이와는 반대로 빨리 말하는 것을 잊어버리기나 한 듯이 천천히 말했다.

"결과 말인가요? 그 사이에 여러 가지 일들이 많이 있었지요. 이제 조직검사에 대해서는 말하기조차 창피해졌습니다. 또 그 사이에 다 잊어버리기도 했고요. 저는 무엇 때문에 조직검사를 하는 것인지도 몰랐어요." 코스토글로토프는 의사와 말할 때는 즐겨 의학 용어를 지껄였다.

"물론 당신은 알지 못했겠지요. 그렇지만 의사는 알고 있었을 거예요. 조직검사는 아이들 장난이 아니니까."

"의사라고요?"

코스토글로토프는 뽑아버리거나 염색도 하지 않은 여의사의 흰 머리를 바라보았다. 그리고 약간 광대뼈가 튀어나온 그 얼굴의 실무적인 표정을 유심히 쳐다보았다.

어떻게 된 인생이란 말인가. 지금 앞에 앉아 있는 사람은 같은 나라 사람이며, 같은 시대를 살고 있는 사람이며, 같은 것을 생각하는 자기의 편이다. 그런데도 공통된 모국어인 러시아 어를 사용하고 있는데도 간단하기 짝이 없는 사실을 설명할 수 없다니. 설명할 마음만 있다면 꽤 오래 전으로 거슬러올라가지 않으면 안 된다. 아니면 도중에서 얘기를 중단하지 않으면 안 된다.

"돈초바 선생님, 의사라도 별수 없더군요. 나를 수술해주기로 되어 있던 의사는 우크라이나 인이었죠. 그가 수술 준비를 다 해놓고 있었는데 수술이 있기 전날 밤 다른 수용소로 호송되었습니다."
 "그래서?"
 "그래서 끝나고 말았지요. 딴 곳으로 데려가버렸으니까요."
 "하지만 다른 수용소로 가게 된다는 것은 미리 알려주지 않았겠어요?"
 그러자 그는 느닷없이 큰소리로 웃어댔다. 여의사의 말이 너무나 우스웠던 것이다.
 "미리 알려주다니요, 돈초바 선생님. 사람을 다짜고짜 끌어가 버린다니까요."
 돈초바는 벗겨진 이마에 주름을 잡았다. 코스토글로토프가 하는 말은 너무나 상식 밖이었다.
 "하지만 수술 환자가 있다는 것을 알고 있었다면……."
 "나보다도 더 긴급하게 치료해줄 환자는 얼마든지 있었으니까요. 어떤 리투아니아 인은 식당의 알루미늄 숟갈을 그냥 삼켜버렸답니다."
 "어떻게 그럴 수가."
 "그건 일부러 그랬던 것이지요. 독방에서 나오기 위해서 말입니다. 그 놈도 외과 의사를 딴 곳으로 데려갈 줄은 몰랐지요."
 "그래서 그후 어떻게 되었지요? 당신의 종양은 더욱 커졌겠군요."
 "네, 매일 같이 무섭도록……. 그런지 닷새쯤 지나자 다른 수용소에서 다른 외과 의사가 왔어요. 카를 표도로비치라는 독일인 의사였지요. 그 의사가 새로운 환경에 익숙해지기를 기다려서 다시 하루가 지난 다음에야 수술을 받았습니다. 하지만 악성 종양이라든가 전이(轉移)라든가 하는 말은 아무도 하지 않았으니 나도 알 수 없었습니다."
 "하지만 그 의사가 조직검사를 의뢰한 것이 아니었나요?"
 "그때의 저는 조직검사가 뭔지도 몰랐지요. 수술을 받은 뒤에는 모래 주머니를 몸 위에 올려놓고 누워 있었습니다. 그런지 일주일쯤 지나서 겨우 침대에서 바닥에 발을 내려놓고 가까스로 일어설 수 있게 되었을 때, 또 갑자기 7백명이나 되는 '반역자'라 불리는 사람들을 다른 곳으로 호송해 갔습니다. 그중에는 벌레도 죽이지 못하는 카를 표도로비치도 끼어 있었습니다. 마지막에는 자기의 환자조차 돌보지 못했으며 끝내는 수용소 가 건물에서 끌려나갔습니다."

"그럴 수가! 너무나 야만스럽군요."

"하지만 그래도 그것은 나은 편이지요." 코스토글로토프는 여느때보다 더 활기차게 떠들고 있었다. "저의 친구가 달려와서 몰래 알려주었어요. 저도 그 반역자의 리스트에 들어 있다는 것이었습니다. 의료부 부장인 마담 두빈스카야가 그렇게 지시했다는 것입니다. 그 당시 저는 걸을 수도 없었으며 수술 후 실을 뽑지 않았다는 것을 알고 있으면서도 그렇게 결정을 내렸던 것입니다. 그 못된 할멈이! 그래서 저는 결심했지요. 아직 실도 뽑지 않았는데 가축을 운반하는 화차에 실려서 흔들리다 보면 틀림없이 환부가 곪아 터져 죽을 것 같았습니다. 그래서 나를 데리러 오면 말해줘야겠다! 나는 아무데도 가고싶지 않으니 이 자리에서 쏴죽여 달라고 말할 작정이었습니다. 그러나 데리러 오지는 않았습니다. 마담 두빈스카야는 저를 불쌍하게 여겨서가 아니었습니다. 내가 끌려나가지 않은 것을 보자 그 여자는 깜짝 놀랐으니까요. 아마 관리 사무소에서 저의 신상을 조사해보고 저의 형기가 1년밖에 남지 않았다는 것을 알았던 모양입니다. 어쨌든 저는 거기에서 빠지게 되어 창문으로 내다보니 병원 울타리 밖의 20미터쯤 되는 곳에 짐을 든 죄수들이 늘어서 있었습니다. 그 틈에 끼어 있던 카를 표도로비치가 창가에 서있던 나를 보고 소리쳤습니다. '코스토글로토프! 창문을 열어요!' 간수가 '닥쳐 이놈아!'라고 소리쳤어도 카를 표도로비치는 '코스토글로토프! 기억해 두라구! 중요한 일이니까! 자네의 잘라낸 종양을 옴스크에 보냈네. 조직검사를 받도록, 병리해부학과의 검사실로. 꼭 기억해야 해!' 그리고는 끌려가 버렸습니다. 이렇게 된 거예요, 전에 나를 진찰해준 사람들은. 그 사람들에게는 아무 죄도 없겠지요?"

코스토글로토프는 의자의 등받이에 몸을 기댔다. 무척 흥분해 있었다. 그는 그 병원의 분위기를 생생하게 떠올리고 있는 것이었다.

그가 말한 여러 가지 사실 중에서 필요한 것만 골라내어(환자들의 말 중에는 언제나 불필요한 말이 많았다.) 돈초바는 일을 진행시켰다.
 "그럼 옴스크로부터의 회답이 왔었나요? 결과를 당신에게 알려주던가요?"
 코스토글로토프는 뼈만 앙상한 어깨를 움츠렸다.
 "아무것도 알려주지 않았습니다. 카를 표도로비치가 끌려가면서 왜 그렇게 소리쳤는지 그때의 저는 이해하지 못했습니다. 다만 작년 가을 추방 처분이 내려진 후 건강 상태가 갑자기 나빠졌을 때 저의 친구이며 연로한 산부인과 의사가 진찰을 자주 받아보는 것이 좋겠다고 하더군요. 그래서 수용소로 편지를 냈으나 답장이 없었습니다. 저는 수용소의 관리 사무소로 편지를 보내 진정했습니다. 그런지 두 달쯤 지나서 이런 답장이 왔더군요. '귀하의 서류를 면밀히 검토하였으나 조직검사는 확인이 불가능합니다.' 저는 종양에 시달리고 있었으므로 그런 편지를 주고받는 것조차 귀찮아졌으며 게다가 감독 조사국은 요양을 허가해주지 않아 성사될지 어떨지는 하늘에 맡기고 옴스크 대학 병리해부학과 검사실로 편지를 냈습니다. 그랬더니 며칠 후 회답이 왔습니다. 그러니까 금년 1월 이곳으로 입원하기 조금 전이었습니다."
 "그랬군요. 그 회신을 보고 싶군요."
 "돈초바 선생님, 지금 보고 싶다고 해도 그렇게는 안 됩니다. 집에 두고 왔거든요……. 이젠 어떻게 되어도 좋습니다. 그 편지는 직인이 찍힌 공식 서류가 아니었으며, 그 검사실의 한 여직원이 보낸 편지였습니다. 그 천진스런 여성의 서신에 의하면 제가 알려주었던 시기에 분명히 그곳으로 조직 견본이 보내져 왔고, 그 검사도 하였으며 그 결과……그쪽에서 의심하고 있듯이 같은 종류의 종양임이 확인되었다는 것입니다. 그리고 검사 결과는 곧 의뢰한 병원, 즉 제가 있던 수용소로 보내졌다고 했습니다. 그렇다면 이것은 수용소측 문제가 아니겠습니까? 회신이 왔지만 마담 두빈스카야가 이런 것은 아무 소용도 없다면서……."

그러나 돈초바는 그러한 생각을 도저히 이해할 수가 없었다! 팔짱을 낀 여의사는 질렸다는 듯이 두 팔을 손바닥으로 톡톡 두들겼다.

"만약 그런 회신이 온 것이 사실이라면 당신은 즉각 X선 요법을 받아야 했어요."

"누구 말인가요?" 코스토글로토프는 놀란 듯이 눈을 가늘게 뜨고 돈초바를 바라보았다. "X선 요법?"

그럼 지금까지 15분 동안이나 도대체 무엇을 말하고 있었다는 말인가. 여의사는 아무것도 이해하지 못한 것이다.

"돈초바 선생님!" 코스토글로토프가 소리쳤다. "그 세계를 상상하기 위해서는 말입니다……. 아니, 세상 사람들은 전혀 이해하지 못해요! 저는 말이지요! X선 치료법 같은 것은 더욱 모르지요! 저는 말이지요, 마치 지금의 아흐마잔처럼 수술의 통증이 완전히 사라지기 전부터 노동판에 나가서 시멘트를 치우는 작업을 했지요. 그런데도 그때는 그것을 별로 불만스럽게 생각하지 않았습니다. 선생은 잘 모르실 것입니다. 시멘트 갠 것을 넣은 큰 통을 두 사람이 들면 그것이 얼마나 무겁고 힘든지 말이에요."

여의사는 눈을 내려감았다. 마치 자기가 코스토글로토프를 시멘트 작업장에 내보내기라도 한 것처럼.

이 환자의 병력을 밝힌다는 것은 그렇게 쉬운 일은 아니었다.

"그것은 그렇다 치고. 하지만 그 검사실에서는 어째서 회답을 정식 문서로 보내지 않았을까요. 어째서 개인적인 편지를 보냈을까요?"

"개인적인 편지라도 저는 여간 고맙지 않았습니다!"라고 코스토글로토프는 말했다. "좋은 사람을 만났던 거지요. 남자보다는 여자 중에 좋은 사람이 더 많은 것 같은 생각이 들었습니다. 어째서 개인적인 편지를 냈느냐 하면 그거야 말로 우리 나라의 저주해야 할 비밀주의가 아닐까요! 그 사람은 또 편지에 이렇게 덧붙였더군요. '보내온 그 조직 견본에는 환자의 이름이 기재되어 있지 않았다. 따라서 이쪽으로서는 이 회답을 정식 문서로 보낼 수 없으며 조직 견본을 반송할 수도 없다.'라고."

코스토글로토프는 흥분하기 시작했다. 그가 화를 내는 표정은 다른 어떤 표정보다도 신속하게 얼굴에 나타나는 것이었다.

"국가 기밀이란 거예요! 그것은 돼먹지 않은 소리지요! 어느 수용소의 한 죄수인 코스토글로토프라는 자가 병에 걸려서 멀리 떨어진 병원 검사실에 알려진 것이 그처럼 전전긍긍하면서 경계해야 할 일일까요! 이거야말로 루이 왕조나 다른 것이 무엇이 있겠습니까! 지금쯤 편지의 주인은 어깨의 무거운 짐을 내려놓고 편하게 있겠지만 이번에는 선생님이 저를 치료하기 위하여 골치를 썩혀야 합니다. 이것이야말로 비밀주의의 성과입니다!"

돈초바의 눈에는 꿋꿋한 결의와 명석함이 나타나 있었다. 어디까지나 자기의 입장을 주장하지 않으면 안 된다.

"어쨌든 그 편지를 당신의 카르테에 첨부해두지 않으면 안 되겠어요."

"알겠습니다. 집으로 돌아가면 곧 부쳐드리겠습니다."

"아니 더 빨라야 해요. 친구인 산부인과 의사에게 부탁해서 보내오게 할 수는 없을까요?"

"그야 찾아달라고 부탁하면 찾겠지만……. 저는 언제 돌아갈 수 있을까요?" 코스토글로토프는 홀끔 상대방을 쳐다보았다.

"당신이 돌아갈 수 있는 때는……." 돈초바는 힘주어 대답했다. "치료를 중단할 필요가 있다고 내가 판단을 내렸을 때입니다. 그것도 잠시 동안."

코스토글로토프는 이 순간을 기다리고 있었던 것이다! 여기서 한바탕 싸우지 않고는 절대로 물러서지 않겠다.

"돈초바 선생님! 그렇게 어린 아이와 이야기하듯이 하지 말고 어른끼리 하는 이야기로는 할 수 없을까요? 아니 저는 심각합니다. 회진 때 선생에게……."

"회진 때 당신의 태도에는 정말 실망했어요." 돈초바는 큼직한 얼굴에 엄격한 표정을 지었다. "도대체 어쩌자는 거지요? 환자들의 기분을 어지럽혀 놓고 싶어서였나요? 그들에게 어떤 기분을 불어넣을 작정이었지요?"

"제가 어쨌다는 거지요?" 코스토글로토프는 의자에 깊숙이 고쳐앉아 흥분을 억제하면서 말했다. "저는 다만 자기가 자기의 생명을 처리할 권리를 주장하고 싶었을 뿐입니다. 인간에게는 자기의 생명을 처리할 권리가 있을 것입니다. 아닌가요? 선생님은 그러한 권리를 인정하지 않는다는 말입니까?"

논초바는 그 사람의 얼굴에 움푹 들어간 흉터를 바라보면서 아무 말도 하지 않았다. 코스토글로토프는 말을 계속했다.

"선생은 어쩐지 올바른 입장에서 서려하지 않는군요. 즉 일단 환자의 치료를 맡게 되면 생각하는 것까지도 환자를 대신하려 하시는 군요. 환자를 대신하여 생각해주는 것은 선생의 지시이며 타협이며 치료 계획이고 이 병원의 명예가 된다는 것입니다. 그래서 저는 수용소에 있을 때나 마찬가지로 한 알의 모래알이 되고 맙니다. 또 다시 보잘것 없는 무책임한 존재로 떨어져버리는 것입니다."

"병원에서는 수술 전에 환자한테서 동의서를 받지요." 돈초바는 이렇게 지적했다.

'왜 수술이란 말을 꺼냈을까……. 나는 절대로 수술에는 동의하지 않겠다!'

"그건 고맙습니다! 고맙기는 하지만 병원은 다만 병원 자체의 안전을 위해서 그렇게 하는 것이겠지요. 그러나 수술이 아닌 경우, 의사들은 환자의 동의를 얻는 일도 없으며 설명해주는 일도 없습니다! X선만 해도 그것이 얼마나 가치 있는 일인지 우리는 알지 못합니다!"

"그 X선에 대한 무슨 소문이라도 들은 모양이군요." 돈초바는 그런 추측을 했다. "라비노비치가 뭐라 하던가요?"

"라비노비치라는 사람은 알지도 못합니다. 코스토글로토프는 분명히 머리를 옆으로 저었다. "저는 그저 원칙적인 얘기를 했을 뿐입니다."

'코스토글로토프는 라비노비치로부터 X선 후유증에 대해서 어두운 이야기를 들었으나 코스토글로토프는 절대로 배신하지 않겠다고 약속했던 것이다. 라비노비치는 이미 200회 이상이나 X선 조사를 받은 외래 환자였으나 그 결과는 좋지 않았으며 조사 때마다 본인이 느낀 것은 회복이 아니라 죽음을 향하여 한 발짝씩 다가가는 것이었다. 주변 사람들은 —— 가족도, 아파트 주민도, 시내 사람들도, 누구 한 사람 라비노비치의 기분을 이해해주는 사람은 없었다. 건강한 사람들은 아침부터 밤까지 뛰어다니며 무언가가 잘 되었는지, 실패했는지 그런 것만이 최대의 관심사이다. 가족들조차도 라비노비치의 병에 대해서는 지쳐버린 것 같았다. 이 암병동의 지붕 아래 살고 있는 환자들만이 몇 시간이고 지루해하지 않고 라비노비치의 얘기에 귀를 기울였으며 그의 신상을 동정하고 있었다. 목밑의 세모나게 들어간 목젖 부분이 딱딱해졌다거나, X선 조사의 흔적이 짙어졌다거나 그러한 갖가지 현상의 의미를 이 병동 사람들은 잘 이해하고 있었다.'

아차! 이 사나이는 원칙에 대해서 말을 꺼내고 있군! ……돈초바와 그 부하 의사들은 치료의 원리 원칙에 대해서 환자들과 예기를 나누지 않은 것이 틀렸다는 것이다. 그러다 보면 언제 치료를 한단 말인가!

그러나 이 사나이나 라비노비치처럼 지식욕이 왕성하고 병에 대해서 따지며 설명해달라고 돈초바를 괴롭히는 환자는 50명에 한 사람 정도이며 때로는 그러한 환자와 이야기를 나누어야 할 괴로운 운명도 불가피한 것이었다. 하지만 코스토글로토프의 경우는 의학적으로도 특수한 것이었다. 환자가 돈초바의 손으로 넘어오기 전의 무척 불길하고 야만스런 치료 실태도 그렇고, 그후의 급격한 변화 —— X선 요법에 의한 급속한 회복도 그렇고, 그의 경우는 매우 특수한 경우이다.

"코스토글로토프 씨! 당신은 12회의 X선 조사 덕분에 죽은 사람이나 다름없던 것이 생기가 돌만큼 좋아졌어요. 그런데도 잘도 X선 험담을 하는군요. 수용소에서도, 추방 중에도 치료다운 치료를 받아보지 못했다고 호소하는가 하면 이번에는 또 충분한 치료를 받고 있는 것도 불만인가요? 무척 비논리적이군요."

"비논리적일지는 모르지만……." 코스토글로토프의 텁수룩한 검은 머리가 흔들렸다. "하지만 이것은 어쩌면 논리와는 관계없는 일이 아닐까요,

돈초바 선생님? 인간이란 매우 복잡한 생물이니까요. 논리나 경제나 생리학으로는 풀 수 없는 것이 어쩌면 당연하지 않을까요. 확실히 저는 죽은 사람이나 다름없는 상태에서 이곳으로 실려와 큰 계단 아래 바닥에 누워 있다가 가까스로 입원하게 되었습니다. 그런데 선생은 논리적으로 생각해서 제가 이곳에 온 것은 어떠한 희생을 치루더라도 구원을 받고 싶었기 때문이라고 생각하고 있습니다. 그러나 저로서는 어떠한 희생을 치루고서라도라는 것이 싫습니다! 어떠한 희생을 치루고라도서라고 말하는 것은 이 세상엔 없습니다."

돈초바가 반박하려는 기색을 보이자 코스토글로토프는 아직 말이 덜 끝났다는 듯이 재빨리 말했다.

"저는 고통을 덜기 위해 이곳에 온 것입니다. 못견디게 아픕니다. 도와주십시오, 라고 저는 말했지요! 선생님은 그래서 도와주셨습니다! 그런데 지금은 통증이 사라졌습니다. 그래서 고맙고 감사하게 생각하고 있습니다! 선생은 저의 은인입니다. 그러니 저를 그만 내보내 주십시오! 저는 개처럼 저의 오두막집으로 돌아가서 한가롭게 누워서 지내고 싶습니다. 그렇게 해주시겠습니까?"

"그렇다면 통증이 재발하면 또 이 병원으로 오겠다는 건가요?"

"아마 그러겠지요. 또 기어들어오겠지요."

"그리고 우리들은 또 당신을 받아들여야 한다는 말인가요?"

"그렇습니다! 선생은 친절한 분이니까 틀림없이 입원시켜 줄거예요. 도대체 선생님은 무엇이 걱정이죠? 완치 환자의 퍼센테이지인가요, 보고서인가요? 의학 아카데미가 적어도 60회는 조사시키라고 하는데 고작 15회로 저를 퇴원시켰다고는 보고할 수 없기 때문입니까?"

이런 터무니없는 말을 돈초바는 아직껏 들어본 적이 없었다. 보고서의 관점에서 보자면 '급격한 회복'이라는 이유로 코스토글로토프를 지금 당장 퇴원시켜버리는 것이 가장 유리한 것이다. 50회나 60회나 계속 조사하고 나면 그렇게는 되지 않는다.

그러나 코스토글로토프는 자기의 주장을 끝까지 굽히지 않았다.

"선생님이 종양을 격퇴시켜 주셨으며 그 성장을 멈추게 해주신 것만으로도 저는 만족하고 있습니다. 종양은 이제 방어전을 펴고 있습니다. 저도 방어전을 펴고 있습니다. 이것으로 충분합니다. 보통 병사들은 방어전을 할 때가 가장 편합니다. 게다가 철저하게 치료한다는 것은 도저히 불가능합니다. 암 치료에는 끝이 없을 테니까 말입니다. 게다가 자연의 모든 과정에는 징후가 잘 드러나지 않는 포화 상태라는 특징이 있습니다. 그러한 상태에서는 큰 노력도 작은 노력도 작은 결과밖에는 얻을 수 없지요. 저의 종양도 처음에는 급속하게 파괴되어 현재는 완만하게 밖에는 활동하지 않습니다. 그러니 목숨이 붙어 있는 동안에 퇴원시켜 주시지 않겠습니까?"

"재미 있군요. 그러한 지식을 어디서 얻었지요?" 돈초바는 눈을 가늘게 떴다.

"저는 어려서부터 의학 서적을 읽기를 좋아했습니다."

"그런데 구체적으로 우리가 하는 치료의 어떤 점이 무서운가요?"

"무엇이 두려운지는 잘 모르겠습니다, 돈초바 선생님. 저는 의사가 아니니까요. 선생은 알고 계시지만 저에게 말하기 싫어하는 것이 아닐까요. 가령 간가르트 선생은 저에게 포도당 주사를 놓아주려 하지만……."

"그것은 절대로 필요합니다."

"하지만 저는 싫습니다."

"어째서지요?"

"그것은 첫째로 부자연스런 짓입니다. 그렇게 포도당이 제 몸에 필요하다면 입으로 먹게 하면 되지 않겠습니까? 무엇이고 주사약으로 해치우는 것은 20세기의 대발명인가요? 자연계에 그러한 방법이 있습니까? 동물에게도 주사를 하나요? 앞으로 100년만 지나면 우리는 야만인이라고 놀림감이 될 것입니다. 게다가 그 주사 방법은 어떻던가요? 한 간호사가 팔을 누르면 다른 간호사는 팔꿈치의 관절 근처를 푹 찌르지요. 소름이 오싹 끼치지요, 또 선생님들은 저에게 수혈할 모양이지만……."

"그것은 얼마나 다행스런 일입니까? 누가 당신에게 피를 주겠어요. 그것은 건강을, 생명을 주는 것이나 다를바가 없습니다!"

"저는 싫습니다! 언젠가 체첸 인(북부 카프카즈에 거주하는 소수민족)은 나의 눈앞에서 수혈을 받고 세 시간 동안이나 축 늘어져 있었어요. '융합 불완전'이라 해서 말입니다. 또 한 사람은 주사 바늘이 정맥에서 빠져나와 팔뚝에 혹이 생기고 한 달 동안 찜질을 한다 하면서 법석을 떨더군요. 저는 그런 것이 싫습니다."

"하지만 수혈하지 않으면 다량의 X선을 조사할 수 없어요."

"그럼 조사하지 말아 주세요! 도대체 어떤 이유로 의사들은 남을 대신해서 뭐든지 결정할 권리가 있다는 말입니까. 그것은 정말 겁나는 권리입니다. 그런 데서는 좋은 결과를 기대할 수 없습니다. 그 권리를 오히려 두렵게 생각해야 합니다! 아무리 의사라도 그럴 권리는 갖고 있지 않아요!"

"그런데 의사에게는 그런 권리가 주어져 있어요! 누구보다도 우선 의사에게 주어져 있다는 말입니다!" 돈초바는 확신을 가지고 소리쳤다. 여의사는 무척 화를 내고 있었다. "그런 권리가 없다면 의학 그 자체는 있을 수 없으니까!"

"그러나 문제는 바로 그 결과지요. 가령 선생은 머지 않아 방사선 장해에 대해서 보고하시겠지요."

"그걸 어떻게 알고 있지요?" 돈초바는 깜짝 놀라서 말했다.

"그야 간단하게 알 수 있지요······."

책상 위에는 두툼한 타이프 원고가 놓여 있었다. 원고의 표지 문자는 코스토글로토프의 위치에서 보면 글씨가 거꾸로 보였는데 여의사와 이야기를 하는 동안 그것을 읽고 추리해보았던 것이다.

"······그야 간단하지요. 새로운 병명이 나타난다면 당연히 거기에 대한 보고를 해야 되겠지요. 하지만 아시겠습니까? 선생은 20년 전에 코스토글로토프 같은 사나이에게 방사선을 조사했습니다. 그 자도 치료가 두려워서 반항했을지도 모릅니다. 그런데도 선생은 절대로 안전하다면서 설득했습니다. 아직 그때까지는 방사선 장해에 대해서 몰랐으니까요. 지금의 제 입장도 그와 마찬가지입니다. 무엇이 두려운진 아직 잘 모릅니다. 그러니 어쨌든 퇴원시켜 주십시오! . 저는 제 힘으로 회복하고 싶습니다. 어쩌면 이대로 잘 회복할지도 모르니까요. 그렇지요?"

환자를 위협해서는 안 되며, 환자에게는 희망을 주어야 한다는 것은 의사의 철칙인 것이다. 이처럼 코스토글로토프 같이 끈질긴 환자에게는 쇼크를 줄 필요가 있었다.

"좋아진다고요? 어림도 없는 소리! 내기를 해도 좋아요." 여의사는 네 개의 손가락을 펴서 파리채처럼 책상 바닥을 두들겼다. "절대로 좋아지지 않아요! 당신은." —— 다시 한 번 타격을 계산에 넣고······ "그러면 당신은 죽어요!"

그가 부르르 몸을 떠는 것을 여의사는 지켜보았다. 그러나 코스토글로토프는 입을 꽉 다물고 있을 뿐이었다.

"당신은 아조프킨과 같은 운명을 걷게 될 거예요. 봤지요? 당신과 아조프킨은 똑같은 병이에요. 악화된 정도도 비슷해요. 아흐마잔은 살아납니다. 수술 직후부터 조사를 받기 시작했으니까요. 그러나 당신은 2년 동안이나 아무 치료도 받지 않고 헛되게 보냈어요. 그 점에 대해서 생각해 봐요! 게다가 임파절(淋巴節)의 전이로를 차단하기 위하여 두 번째 수술을 해야 하는데 그 수술을 하지 않았으며 따라서 점점 퍼지고 있어요. 당신의 종양은 가장 위험한 암에 속합니다. 얼마나 위험하냐 하면 매우 악성이라서 급속하게 진행하고 있어요. 참고 삼아 덧붙이자면 당신과 같은 암의 사망률은 최근의 통계에 따르자면 95퍼센트나 됩니다. 보여드릴까요?"

여의사는 산더미 같은 서류 속에서 자료를 찾기 시작했다.

코스토글로토프는 아무 말도 없었다. 이윽고 지금까지와는 전혀 다른 자신없는 낮은 목소리로 말하기 시작했다.

"사실 말이지만 저는 저의 생활에 별로 집착하지는 않습니다. 앞으로의 생활이 없을 뿐 아니라 과거에도 생활다운 생활은 없었으니까요. 앞으로 반년 밖에 못 산다면 반년만 더 살면 됩니다. 10년, 15년 후까지의 계획은 세우고 싶지도 않아요. 그러니 필요 이상의 치료는 그만큼 고통만 가중시킬 뿐입니다. 또 X선 조사를 받을 때마다 기분이 나빠지고 구역질이 납니다. 무엇 때문에 그래야 하지요?"

"아, 찾았어요! 이것이 바로 우리가 만든 통계예요." 돈초바는 노트를 펴서 상대방 앞에 내밀었다. 맨 위에 종양의 명칭이 크게 적혀 있었고 왼쪽 페이지에는 '사망자,' 오른쪽은 '생존자'의 난이었다. 여러 시기에 연필이나 잉크로 써넣은 남자들의 이름이 세 줄로 나열되어 있었다. 왼쪽 페이지에는 지운 곳이 없었으나 오른쪽 페이지에는 지운 곳이 여러 곳 있었다…….

"이것 보세요. 퇴원할 때 오른쪽에 적어놓았다가 나중에 왼쪽으로 옮겨 적었지요……. 하지만 오른쪽 페이지에 남아 있는 운이 좋은 사람도 있잖아요."

반성을 촉구하듯이 여의사는 코스토글로토프에게 한참 동안 이 리스트를 보였다.

"나았다고 생각하는 것은 그저 그런 기분이 들었을 뿐이에요!" 돈초바는 적극적인 공세를 다시 펴기 시작했다. "당신은 전이나 다름없는 환자예요. 이곳에 왔을 때나 거의 똑같은 상태지요. 그러나 한 가지 확실한 것은, 당신의 종양과는 싸울 수 있다는 거예요! 아직 모든 것을 상실한 상태는 아니라는 것입니다. 이런 중요한 시기에 퇴원하겠다니! 좋아요, 퇴원하시지요! 당장 나가세요. 오늘 나가도 좋아요! 곧 수속해 드리지요……그리고 당신의 이름도 이 리스트에 올려놓겠어요. 아직 죽지 않은 명단의 난에."

코스토글로토프는 잠자코 있었다.

"빨리 결정하세요!"

"돈초바 선생님." 그는 타협하듯이 제안했다. "만약 5회나 10회 정도의 적당한 회수의 조사가 꼭 필요하다면……."

"5회나 10회의 문제가 아니에요! 1회도 하지 않을지, 필요한 회수 만큼 더 하든가 둘 중의 하나예요. 가령 오늘 이후 하루에 한 번이 아니라 두 번씩 할지도 몰라요. 필요하다면 어떤 치료라도 다 하겠습니다. 흡연은 엄금합니다! 그리고 또 하나 절대로 필요한 조건, 그것은 우리를 신뢰하고 기꺼이 치료를 받을 것! 기꺼이 말입니다! 그렇지 않고는 낫지 않아요!"

코스토글로토프는 고개를 떨구었다. 그러나 이러한 이야기는 하나의 흥정에 지나지 않았다. 가장 걱정스런 일은 수술을 받아야 한다고 말하는 것이었는데 그 위기는 겨우 아슬아슬하게 넘기게 되었다. 방사선 요법은 별로 염려하지 않아도 되었다. 코스토글로토프는 어떤 약재 —— 이시크 쿨리 (키르기스 공화국 동부에 있는 호수.) 호반에 자라는 식물의 뿌리 —— 를 갖고 있었는데, 퇴원하면 그 뿌리로 치료를 계속할 작정이었다. 그는 이 병원에 입원하기 전부터 이 뿌리를 가지고 있었으며 말하자면 이 암병동에는 시험삼아 입원해본 것에 지나지 않았었다.

돈초바는 자기가 이겼다고 생각했는지 너그러운 어조로 말했다.

"알았어요. 어쨌든 포도당 주사는 놓지 않도록 하지요. 그대신 다른 근육 주사를 놓아드리도록 하겠습니다."

코스토글로토프는 미소지었다.

"결국은 제가 졌군요."

"그리고 그 옴스크에서 온 편지는 되도록 빨리 주세요."

여의사의 방에서 나와 코스토글로토프는 걸어가면서 두 갈래의 영원 사이에 끼어 있는 듯한 기분이었다. 한쪽은 죽어야 할 운명에 처해 있는 사람들의 리스트, 또 한쪽은 '영구 추방', 별 같은 영원이었다. 은하계 같은 영원이었다.

7. 치료할 권리

만약 코스토글로토프가 그것은 어떤 주사입니까, 왜 그 주사를 맞아야 합니까, 그 주사는 꼭 필요합니까, 도덕적으로 용납될 수 있는 일입니까라고 집요하게 물어오고, 또 돈초바가 그 질문에 대해서 이 새로운 치료법의 의미나 앞으로 일어날지도 모를 결과를 설명했더라면 아마도 코스토글로토프는 틀림없이 반대했을지도 모른다.

그러나 고답적인 반론의 여지가 없어져서 코스토글로토프는 결국 항복하고 말았다.

여의사가 교묘하게 주사에 대해서 대수롭지 않게 얼버무리게 된 것은, 이제 이러한 설명에도 지쳐버린 때문이었다. 게다가 돈초바는 환자에 대한 순수한 형태로서의 X선의 영향이 다 알려지고 있는 현재에 와서는, 이 길의 대가들이 이런 종류의 암 치료의 한 방법으로 강력하게 추천하는 새로운 방법으로 종양에 타격을 주어야 할 때라고 굳게 믿고 있었다. 코스토글로토프의 치료가 신기하게 성공한 것을 보게 된 이 여의사는 상대방의 옹고집에 굴하지 않고 자기가 믿고 있는 모든 요법을 이 환자에게 써보지 않고는 견딜 수가 없었다. 초기 단계의 조직 견본은 갖고 있지 못했으나 여의사의 직관도, 관찰도, 기억도 모든 것은 이 종양이 기형적인 종양도 아니고 육종(肉腫)도 아니며 문제의 악성 종양이라는 것을 말해주고 있었다.

실은 이처럼 전이하기 쉬운 타이프의 종양을 테마로 해서 그녀는 학위 논문을 쓰고 있었던 것이다. 그러나 계속 쓰는 것이 아니라 쓰다가는 잠시 중단하고 다시 또 쓰고 했는데, 친구들은 틀림없이 훌륭한 논문이 될 것이라고 격려해주기도 했으나 갖가지 사정으로 피로가 겹쳐서 돈초바는 그 논문을 발표할 날이 언제쯤일지는 자기도 알 수 없었다. 그것은 경험이나 자료가 부족해서가 아니라 이것저것 해야 할 일이 너무 많아서였다. 매일같이 방사선실로, 검사실로, 병실로 불려다니고 그밖에 X선 사진의 선별과 정리, 체계화 작업이 있고 게다가 학위를 위하여 정기적으로 보고서를 제출해야 했으므로 인간의 능력으로는 한계에 와있었다. 반 년 동안의 연구 휴가를 얻을 수는 있었으나 이 병동의 환자들은 한결같이 제쳐놓을 수 없는 자들 뿐이었으며 세 사람의 여의사들에 대한 지도를 중단하고 반 년 동안이나 병원을 비워둘 수 있는 구실을 좀처럼 찾아낼 수 없었다.

돈초바가 언젠가 들은 이야기인데, 레프 톨스토이는 자기의 형은 작가로서의 모든 능력을 갖추고 있었으나 작가가 되는 데 필요한 결점을 갖고 있지 못했다고 말했다고 한다. 돈초바도 의학박사가 되는 데 필요한 결점을 갖고 있지 못한 것 같았다. 대체로 이 여의사는 '저 여자는 보통 의사가 아니야, 의학박사 돈초바야.'라고 누군가가 수근거리는 데 대해서는 별로 흥미가 없었다. 또는 자기의 논문 서두에(돈초바의 논문은 이미 20편 이상이나 활자화되었는데 어느 것이나 다 짤막했으나 실제적인 내용이었다.) 작은 활자로 무게 있는 직함을 덧붙이는 것에도 별로 관심이 없었다. 흔히 돈은 아무리 많아도 너무 많다고는 말하지 않는다. 그러나 한 번 잘 되지 않는 일은 끝내 잘 되지 않는 법이다.

학위 논문 외에도 그녀에게는 학술적·사회적 활동이라 할 수 있는 일들이 산더미처럼 많았다. 돈초바가 근무하는 병원에서는 이따금 임상회의가 열렸으며 진단과 치료의 잘못이 검토되거나 새로운 치료법에 대한 보고가 있거나 했는데 돈초바는 반드시 이 회의에 출석하여 적극적으로 토의에 참가하지 않으면 안 되었다(방사선과 의사와 외과 의사들은 그렇지 않더라도 매일 서로 의견을 교환하고 오진을 검토하거나 새로운 치료법을 채용하거나 했는데, 임상회의는 또 다른 것이었다). 그밖에도 시(市) 방사선과 의사의 학회에서 보고나 실험 설명을 하지 않으면 안 되었다. 게다가 최근에는 종양학자들의 학회가 생겨서 돈초바는 그 회원이며 서기직까지 맡고 있었는데 그 일은 언제나 굉장히 바빴다. 그밖에도 의사들의 연수를 위한 연구소의 일이 있었다. 그리고 또 방사선학회의 회보나 종양학회 회보, 의학 아카데미, 정보 센터 등과의 서신 교환이 있었다. 훌륭한 학문은 모두 모스크바나 레닌그라드에 집중되고, 여기서는 그저 치료만 하고 있는 것처럼 보이지만 사실, 치료에 전념할 수 있는 날, 연구를 떠나서 지낼 수 있는 날은 단 하루도 없었다.

오늘만 해도 그랬었다. 돈초바는 곧 있을 보고건으로 방사선학회 의장에게 전화를 걸어야 했다. 그리고 두 편의 짧은 잡지 논문을 서둘러 훑어보아야 했다. 그리고는 모스코바로 보낼 편지 회신을 한 통 써야 했다. 또 설명을 요구해온 벽지의 종양 상담소에도 편지를 써야 했다.

그런데 또 하루의 수술을 끝낸 외과 부장이 상의했던 대로 자기가 담당했던 한 부인과 환자를 돈초바에게 진찰시키려 올 예정이었다. 그런 다음에는 외래 환자의 접수가 끝날 때까지 부하 한 사람을 데리고 소장 종양인 듯한 타샤우즈(투르크맨 공화국의 한 도시)에서 온 환자를 진찰하러 가야 했다. 이것은 돈초바 자신이 결정한 것이지만 오늘은 X선 기사들과 더 많은 환자들을 처리할 수 있도록 작업 능률을 높이는 일을 상담하기로 되어 있었다. 루사노프의 엠비친 주사에 대한 것도 잊어서는 안 되었다. 그것은 나중에 보러 가기로 했다. 루사노프 같은 환자를 여기서도 치료하게 된 것은 극히 최근의 일이며 얼마 전까지만 해도 그런 환자는 모스크바로 보냈었다.

그토록 바쁜 돈초바가 고집 불통인 코스토글로토프와 입씨름을 하다 보니 시간을 너무 많이 빼앗겼던 것이다! 이것은 용납할 수 없는 조롱이 아니겠는가. 두 사람이 이야기를 나누고 있을 때 감마선 조사 장치를 하기 위하여 개축 공사를 하고 있던 기술자들이 두 번이나 문을 열고 기웃거렸다. 그들은 견적서에는 들어있지 않은 어떤 작업이 꼭 필요하다는 것을 돈초바에게 납득시켜 서명을 받은 다음 의국장을 설득해주기를 바라고 있었다. 방금 여의사는 기술자들에게 이끌려서 의국장의 방 앞 복도에서 간호사로부터 한 통의 전보를 받았다. 전보의 발신인은 노보체르카스크(러시아 남부의 돈 강 하류에 있는 도시)에 있는 안나 자치르코였다. 벌써 15년이나 만나지 못했으며 서신 왕래도 없었으나, 이 여자는 돈초바와는 오랜 친구 사이였으며 1924년에 의과대학에 입학하기 전까지 사라토프의 조산원 학교에서 함께 공부한 친구였다. 장남인 바짐이 지질학 탐험대에서 탈락하여 오늘이나 내일쯤 그 병원에 갈 테니 잘 부탁하며, 병세를 솔직하게 알려달라는 것이 안나의 전보 내용이었다. 돈초바는 놀라고 흥분해서 기술자들의 곁을 떠나 오늘중에 아조프킨의 침대를 바짐 자치르코의 명의로 확보해두도록 수간호사에게 부탁하러 갔다. 수간호사 미타는 언제나 온 병동을 돌아다녔기 때문에 그녀를 만나는 것은 쉬운 일이 아니었다. 겨우 그녀를 찾아내어 바짐의 침대를 약속받은 것은 좋았으나 여기서 돈초바의 걱정 거리가 또 하나 늘어났다. 즉 방사선과에서 가장 유능한 올림피아다 블라디슬라보브나가 시에서 주최하는 조합 계리사 세미나에 10일간 예정으로 참석한다고 하는 것이었다. 그 열흘 동안 올림피아다의 일을 대신하지 않으면 안 된다. 그것은 도저히 불가능한 일이었으므로 돈초바는 미타를 데리고 결연한 발걸음으로 몇 개의 방을 지나 서무과로 갔다. 조합의 지구 위원회에 전화를 걸어 취소시키지 않으면 안 되었다.

그러나 처음에는 이쪽에서 전화를 쓰고 있었으며 다음에는 저쪽이 통화중이었다. 가까스로 전화는 통했으나 조합의 지방 위원회로 전화해달라고 발뺌을 했다. 지방 위원회에서는 도리어 이쪽에서 정치적으로 너무 해이하다면서 조합의 경리는 내팽겨두어도 좋다는 말이냐고 짜증스럽게 말했다. 지구 위원회나 지방 위원회 사람들은, 자기는 물론이고 가족들도 종양을 앓은 적이 없거나 앞으로도 그런 병에는 걸리지 않을 것이라고 생각하고 있는 모양이었다. 돈초바는 방사선학회에 전화를 걸고, 의국장에게 부탁하려 했으나 의국장은 외부에서 온 사람과 병원 건물의 한 동을 합리적으로 개축할 계획을 상의하는 중이었다. 그래서 아무런 해결도 하지 못한채 돈초바는 X선 검사실을 지나 자기의 방으로 돌아가려고 했다. 검사실은 마침 휴식 시간이었고 빨간 전등불 아래서 결과를 적어넣고 있는 중이었다. 여기서 돈초바는 X선 필름의 재고량을 조사해보니 이대로 가다가는 앞으로 3주 후면 재고가 바닥이 날 것이란 보고를 받았다. 이것은 매우 시급한 일이었다. 필름을 주문하여 현물이 도착하려면 한 달이나 걸려야 했다. 그렇다면 오늘 내일 사이에는 어려운 일이지만 의국장과 약국장에게 두 사람의 책임하에 필름을 발주하게 하지 않으면 안 된다.

그후 감마선 장치를 하는 기술자들에게 다시 붙잡혀 돈초바는 서류에 서명했다. 또 X선 기사들과도 상의해 놓아야 했다. 여의사는 검사실에 앉아서 계산을 시작했다. 종전의 기술적 조건에 따르자면 X선 장치는 한 시간가동시킨 다음에는 30분은 쉬어야 했으나 그런 것은 완전히 무시된 채 어느 장치나 아홉 시간 계속해서, 즉 X선 기사의 근무 시간보다 한 배 반이나 더 가동시키고 있었다. 그러나 이처럼 장치를 혹사해 가면서 숙련된 기술자들이 조사관 아래 있는 환자를 아무리 신속하게 교체시키더라도 필요한 회수의 조사를 전부 소화시킬 수는 없었다. 종양에 강하게 타격을 가하고 병상의 회전율을 빠르게 하려면 외래 환자는 하루에 한 번, 입원 환자의 일부는 하루에 두 번(코스토글로토프가 오늘부터 그렇게 하기로 된 것처럼)으로 조사 회수를 제한시키지 않으면 안 된다. 그러자면 기술 감사의 눈을 피해 전류를 10밀리 암페어로 올리고, 따라서 작업 속도는 배나 빨라졌으나 조사관의 수명은 그만큼 짧아지게 되었다. 이렇게 해서도 환자를 다 처리할 수 없었던 것이다! 그래서 오늘 돈초바는 어느 환자에게는 몇 번, 피부를 보호하는 1밀리 동(銅) 필터의 사용을 허가할 것인가(이렇게 하는 것으로도 조사 시간은 절반으로 단축할 수 있다.) 어떤 환자에게 0.5밀리 필터를 사용할 것인가를 일일이 명단에 기입해주려고 왔던 것이다.

그런 다음 여의사는 주사를 맞은 루사노프를 살펴보기 위해서 2층으로 올라갔다. 또 다음에는 다시 환자에게 X선 조사를 하고 있는 소형 X선 장치가 있는 방으로 가서 논문이나 편지 쓸 것을 처리하려고 했다. 그때 엘리자베타 아나톨리예브나가 조용히 문을 두드리며 드릴 말씀이 있다고 했다.

엘리자베타 아나톨리예브나는 방사선과의 잡역부였는데 이 여자를 '너'라고 부르는 사람은 아무도 없었다. 젊은 의사가 고참 간호사를 부르듯이 리자라든가 리자 아주머니라고 부르는 사람도 없었다. 어딘가 교양이 있어 보이는 이 부인은 야근 때 틈이 나면 프랑스 어로 쓴 책을 읽기도 했다. 그런 부인이 어찌된 일인지 암병동의 잡역부로 일하고 있었던 것이다. 물론 여기서는 다른 곳에서 일하는 것보다 급료를 1배 반이나 더 받았으며 한 때는 X선의 위험 수당으로 급료의 5할이 더 추가된 적도 있었으나 요즘 이 잡역부에 대한 추가 임금은 1할 5부로 깎여졌다. 그래도 엘리자베타 아나톨리예브나는 직장을 그만두거나 하지 않았다.

"돈초바 선생님!" 엘리자베타는 예의 바른 사람답게 몸을 굽혀 미안해하면서 입을 열었다. "대수롭지 않은 일로 소란을 피우는 것 같아서 죄송하지만 큰일 났습니다! 걸레가 한 장도 남아 있지 않습니다. 그러니 청소를 할 수 없군요."

이것 또한 고민거리였다! 후생성은 암병동에 대해서 라디움 바늘이나 감마선의 조사 장치나, 자동전압 안전 장치나, 최신식 수혈 기구나 새로운 합성 호르몬제 같은 것은 공급을 배려해주었으나, 걸레나 비 같은 것은 고급 리스트에는 기재할 여지가 없었다. 니자무트진 바흐라모비치의 대답은 이러했다.

"후생성이 배려해주지 않는 것을 내 주머니를 털어서라도 사라는 말입니까?"

그래서 할 수 없이 한때는 헌 시트 같은 것을 찢어서 사용하기도 했으나 그것은 새 시트를 청구하기 위하여 쓸만한 시트까지 찢어서 쓴다고 경리과에서 말썽이 생겨서 이것은 곧 중지되고 말았다. 이제 낡은 시트류를 한곳에 모아두었다가 경리과에 넘겨주면 위원회에서 장부에 기입한 다음에야 찢어버리는 것이었다.

"그래서 생각해 보았는데……." 하고 엘리자베타 아나톨리예브나는 말했다. "방사선과에 근무하는 사람들이 모두 집에서 걸레를 한 개씩 가져오게 하면 어떨까요? 그러면 당분간은 지낼 수 있을 테니까요."

"그렇겠군!" 돈초바는 한숨을 내쉬었다. "그렇게 할 수밖엔 다른 방법이 없겠군요. 나는 찬성이니 당신이 올림피아다 블라디슬라보브나에게 제안해 보도록 해요……."

그렇다! 우선 올림피아다 블라디슬라보브나를 되돌아오게 하지 않으면 안 된다. 유능한 간호사가 열흘 동안이나 일을 하지 못하게 되다니 정말 말도 안 되는 소리다.

돈초바는 다시 전화를 걸어 나갔다. 그러나 결과는 신통치 않았다. 그녀는 그 길로 타샤우스에서 온 환자를 진찰하러 갔다. 우선 어둠에 눈이 익숙해지도록 잠시 어둠 속에 앉아 있었다. 그리고는 환자의 가느다란 소장 속에 들어 있는 바리움 죽을 관찰했다. 일어서거나 방호 스크린을 책상처럼 내려놓거나 하면서 관찰한 후, 환자를 옆으로 눕히거나 반대로 돌려 눕히고 사진을 찍었다. 다음에는 고무 장갑을 낀 손으로 환자의 배를 만져 '아파!' 하고 외치는 소리와 희미한 반점 등을 종합하여 진단을 내렸다.

이런 일을 하는 사이에 언제나 점심 시간이 후딱 지나가버렸는데, 돈초바는 한 번도 그것을 의식하지 못했으며 여름에도 샌드위치를 가지고 안뜰로 나가는 일은 없었다.

진단이 끝나자마자 처치실에서 상의할 일이 있다고 부르러 왔다. 처치실에서는 외과 부장이 돈초바에게 미리 병력을 설명하고 난 다음 환자를 불러서 두 사람이 진찰했다. 돈초바는 결론을 내렸다. 생명을 구하는 방법은 단 하나 —— 난소(卵巢)를 끄집어내는 수밖에 없었다. 아직 마흔 살도 안 된 환자는 울음을 터뜨렸다. 의사들은 몇 분 동안 속이 후련해질 때까지 울도록 내버려두었다.

"이제 저의 인생은 끝장이에요! ……남편은 저를 버릴 거예요……."

"어떤 수술이라도 남편에게는 말하지 말아 주세요!" 돈초바는 환자를 달랬다. "남편은 알 수 없습니다. 절대로 알 수 없다니까요. 당신만 하려고 하면 얼마든지 숨길 수 있어요."

생명을 구한다는 것, 이 병동에서 문제가 되는 것은 언제나 생명 뿐이었으며 그 이하의 것은 아니었다. 생명만 구할 수 있다면 다른 어떤 장해도 정당화될 수 있다는 것이 돈초바가 평소에 갖고 있던 굳은 신념이었다.

그러나 오늘은 아무리 온 병동을 뛰어다녀 보아도 어쩐지 돈초바의 신념이나 책임감이나 권위를 방해하기만 했다.

그것은 이 여의사 자신의 위 근처에서 확실하게 느껴지는 통증 때문이었을까. 전혀 느끼지 못하는 날도 있었고 약간만 느껴지는 날도 있었으나 오늘은 유달리 심하게 통증이 느껴졌다. 자기가 종양학자가 아니었다면 이런 통즘쯤은 문제도 삼지 않았을 것이고, 아니면 또 당당하게 검사를 받으러 갔을 것이다. 그러나 돈초바는 이 병에 대해서 너무나 잘 알고 있었기 때문에 오히려 가족이나 동료들과 상의해보는 해결을 위한 첫걸음을 내디딜 수 없었던 것이다. 그리고 곧 가라앉겠지, 하고 신경통이거나 러시아 인 특유의 요행을 바라고 있었다.

그뿐 아니라 마치 가시에라도 찔린 것처럼 하루 종일 돈초바의 기분을 어지럽힌 또 다른 일이 하나 있었다. 그것은 막연했지만 집요한 것이었다. 그리고 지금 자기의 책상으로 돌아가서 코스토글로토프가 눈치 빠르게 찾아낸 '방사선 장해'의 타이프 원고를 손으로 집어들었을 때 돈초바는 처음으로 깨달았다. 오늘 하루 종일 가슴이 두근거렸을 뿐 아니라 자존심을 상하게 된 원인을 치료할 권리를 둘러싼 저 코스토글로토프와의 논쟁 때문이었던 것이다.

그 사람이 하던 말은 아직도 귀에 생생하게 남아 있었다.

'선생님은 20년 전에도 이 코스토글로토프 같은 사나이에게 방사선을 조사했겠지요. 그 사람도 치료에 겁을 집어먹고 반항했을지 모릅니다. 하지만 그때 선생님은 방사선 장해에 대해서는 알지 못했을 것이니까!'

사실 돈초바는 곧 방사선 의사 학회에서 '방사선 후유증에 대해서'라는 주제를 보고할 예정이었다. 코스토글로토프가 비난한 내용과 거의 같은 내용이었다.

돈초바나 다른 방사선 의사들(이 시나 모스크바나 바쿠의) 앞에 즉각 진단을 내릴 수 없는 이러한 증세가 나타나기 시작한 것은 극히 최근, 즉 1, 2년 사이의 일이었다. 그래서 이상한 생각이 들었다. 그리고 갖가지 추측을 하게 되었다. 이러한 현상에 대해서 동료 의사들과 서신으로 의견을 교환하였고 아직 학회에 보고할 단계까지는 이르지 못했으나 회의의 휴계 시간에는 화제가 되고 있었다. 그중 한두 사람은 미국의 의학지에서 연구 보고를 읽었었다. 미국에서도 비슷한 사례가 있었던 것이다. 이러한 사례가 점점 많아지고 환자들의 호소도 더욱 빈번해졌다. 그리고 갑자기 이러한 증상을 '방사선 후유증'이라 부르게 되었으며 학교의 강의에서도 이 문제를 언급하게 되었을뿐 아니라 어떤 해결책을 강구하지 않으면 안 될 시기가 오게 되었던 것이다.

　문제의 요점은 즉 10년, 내지 15년 전에 대량 조사에 의해서 순조롭게 끝낸 X선 요법이, 현재 조사를 받은 부분이 뜻하지 않게 조직 파괴나 기형화되어 나타난다는 것이었다.

　예전의 조사가 악성 종양에만 행하여졌다면 별 문제가 되지 않았을 것이고, 적어도 정당화는 가능했을 것이다. 오늘날의 관점에서 보더라도 이렇다 할 방법이 없었을 것이다. 환자는 이 대량 조사에 의해서만 죽음에서 구해낼 수 있었던 것이다. 소량의 조사로는 전혀 효력이 없었던 것이다. 따라서 기형화된 환자가 찾아온다 하더라도 그 기형화는 이미 덤으로 살아온 세월의 대가를 치료하는 것이라고 납득하지 않으면 안 될 것이다.

　그러나 '방사선 장해'라는 말도 없었던 10년, 15년, 18년 전에는 X선 조사는 직접적이고 확실하며 절대적인 방법이라고 해서 현대 의료 기술의 위대한 성과로 평가되었으므로 이 요법을 부정하고 다른 비슷한 방법이나 우회하는 방법을 찾는다는 것은 시대에 뒤진 생각이며, 근로 대중에 대한 치료를 사보타주하는 것이라고까지 간주되어 왔었다. 조사의 초기 단계에서 조직이나 뼈에 큰 손상을 주지 않을까 하는 우려는 그 당시도 있었으나 한편으로는 그것을 피하기 위한 연구도 행해지고 있었다. 어쨌든 마구 조사했었다. 양성 종양이건, 어린이에게건 마구 조사했었다. 그리하여 지금 성인이 된 그 어린아이들 —— 청년 남녀, 때로는 이미 결혼한 사람들까지도 대량 조사를 받은 부분이 심하게 기형화된 몸을 이끌고 찾아오게 되는 것이다.

　작년 가을에 찾아왔던 15세 소년은(이 암병동이 아니라 외과 병동으로 찾아왔는데 그때 그 말을 들은 돈초바는 자진해서 소년을 진찰할 수 있었다.) 한쪽 손발의 성장이 더디고 두개골도 한쪽은 성장이 지체되어 몸이 위에서 아래까지 마치 만화에 나오는 인물처럼 구부정하게 휘어 있었다. 돈초바는 오래된 그들의 카르테를 조사하여 이 소년은 전날 어머니를 따라서 이 병원에

왔던 2년 6개월의 유아와 동일 인물임을 확인했다. 그 유아는 종양은 아니었으나 원인 불명의 뼈의 장해가 확실했으며, 신진대사에서도 심한 장해가 나타나고 있었다. 그래서 그때 외과 의사는 너무 당황해서 어쩌면 X선 요법을 하면 효과가 있을지도 모른다고 생각해서 이 어린 아이를 돈초바에게 맡겼던 것이다. 돈초바는 이 아이에게 조사 요법을 실시하여 X선은 효과를 발휘했다. 장해는 말끔히 없어지고 어머니는 너무 기뻐서 감격의 눈물까지 흘리면서 선생님은 생명의 은인입니다. 선생의 은혜는 평생 잊지 않겠다고 말했던 것이다.

그런데 지금 이 소년은 혼자서 왔다 —— 어머니는 이미 이 세상 사람이 아니었다. 이 소년의 힘이 되어줄 사람은 이제 아무도 없었다. 소년의 뼈에서 지난 날 조사했던 X선을 빼내줄 수 있는 사람은 어디에도 없었다.

지난 1월 말 경에도 한 젊은 어머니가 찾아와서 젖이 나오지 않는다고 호소했다. 이 여성은 처음부터 이것으로 온 것이 아니라 이 병동에서 저 병동으로 옮겨다니다가 결국 암병동으로 오게 되었던 것이다. 돈초바는 이 여성을 본 기억은 없었으나, 병원에서는 환자의 카르테를 영구 보존하기 때문에 창고에 들어가서 찾아보았더니 이 여성의 1941년의 카르테가 있었다. 이 카르테로 확인된 것은 소녀 시절에 지금이라면 아무도 X선 요법을 받으려 하지 않을 양성 종양에 시달리다가 이 병동에 와서 아무런 의심도 없이 X선 조사관 아래 몸을 눕혔던 것이다.

돈초바로서는 옛날 카르테를 그대로 사용하여 연조직(軟組織)에 위축 현상이 일어났다는 것과 여러 가지 점으로 보았을 때 이것은 방사선 후유증이 분명하다고 적어넣을 수밖에는 달리 방법이 없었다.

몸이 굽은 소년이나 불행한 어머니에게도 어린 시절에 받았던 치료가 잘못 되었다고는 아무도 말하지 않았다. 그런 것을 가르쳐주어 보았자 개인적으로도 무익할뿐 아니라 시민들에 대한 보건 사상을 보급하는 데 방해만 될 뿐이었다.

그러나 돈초바로서는 이러한 경우 큰 쇼크를 받았으며 돌이킬 수도, 보상할 수도 없는 죄악이란 쓰라린 생각을 하게 되었다. 오늘 코스토글로토프가 찌른 것은 바로 이러한 점이었다.

여의사는 팔짱을 끼고 이제는 스위치를 끈 두 대의 X선 장치가 놓인 사이의 좁은 통로를 문깐에서 창으로, 창에서 문깐으로 왔다갔다 했다.

그러나 그런 것이 허용될 수 있을까. 의사가 치료하는 권리에 대해서 의문을 제기하는 것이 허용될 수 있을까? 만약 그런 식으로 생각한다면, 즉 오늘날 과학적으로 인정되고 있는 요법이 내일에는 부정되고 배척될지도 모른다고 의심한다면 그럴 때는 어떤 사태가 일어날지 뻔하지 않겠는가. 아스피린 때문에 죽은 케이스도 있지 않은가. 난생 처음 아스피린을 복용하자마다 죽은 사람도 있다! 그런 일에까지 신경을 쓴다면 치료는 전혀 불가능한 것이 아닐까! 일상 생활에서 행복도 가져오지 못하지 않겠는가.

아무래도 이러한 법칙에는 보편적인 성격이 있는 모양이다. 무슨 일인가 하는 사람은 항상 어떤 결과와는 정반대인 결과를 —— 선과 악을 낳게 마련이다. 어떤 사람은 보다 많은 선을 낳고, 어떤 사람은 보다 많은 악을 낳는 차이가 있을 뿐이다.

돈초바는 자위하려고 했다. 이것은 처음부터 알고 있었던 일이지만, 이처럼 불행한 경우나 오진했을 경우, 손을 늦게 쓴 경우. 또는 잘못된 치료법을 사용한 경우를 통틀어도 돈초바의 진료 활동 중 2퍼센트도 되지 않았다. 한편 돈초바가 완전히 치료해서 사회로 복귀시킨 환자들, 생명을 되찾고 완전히 기능을 회복한 남녀 노소의 환자들은 지금쯤 밭이나 초원이나 아스팔트 위를 걸어다니고, 공중을 날아다니고, 전신주에 기어오르고, 목화를 수확하고, 도로를 청소하고, 매장에 서고, 서재나 찻집에 앉아 있고, 육군이나 해군에서 병역에 복무하고 있을 것이다. 이런 수천명 중 몇 사람은 돈초바를 잊지 않을 것이고 앞으로도 결코 잊지 못할 것이다. 그야 확실히 그렇겠지만 돈초바 자신은 쉽게 치료한 경우나 힘겹게 승리를 쟁취한 일, 그러한 환자들에 대해서는 깨끗이 잊어버리지만, 반대로 운명의 수레바퀴에 깔린 몇 사람의 환자, 그 소수의 불행한 사람들에 대해서는 죽을 때까지 잊지 못할 것이 틀림 없었다.

 이것이 돈초바의 기억이 색다른 점이었다.

 오늘은 이제 보고 준비를 할 수 없게 되었다. 근무 시간도 얼마 남지 않았다. 타이프 원고를 집으로 갖고 갈까. 그래도 헛수고가 되겠지. 지금까지도 몇 번 갖고 간 적이 있지 않았는가.

 무엇보다도 꼭 해야 할 것은 〈방사선 의학〉지에 실린 논문을 읽어보는 것, 그리고 타프타 쿠피르 시(市)의 한 인턴이 보낸 질문에 회신을 보내는 일이었다.

 뿌옇게 흐린 창유리를 통해 들어오는 햇빛이 점차 어두워지자, 돈초바는 스탠드를 켜고 책상에 앉았다. 부하 중의 한 사람이 가운을 벗고 문 안을 기웃거리고 있었다.

 "아직 돌아가지 않으셨어요, 돈초바 선생님?" 벨라 간가르트도 안으로 들어왔다. "아직 안 돌아가셨군요."

 "루사노프는 어떤가?"

 "자고 있어요, 열은 좀 있었지만 구토 증세는 일으키지 않았습니다." 벨라는 깃이 빳빳한 가운을 벗고 직장에 입고 다니기엔 너무 호사스런 연초록색 원피스 차림으로 갈아입고 있었다.

 "입기엔 너무 아까운 옷이군." 돈초바는 턱으로 그 옷을 가리켰다.

 "장 속에 처박아두면 뭘하겠어요……." 간가르트는 미소를 지으려 했으나 쓸쓸한 표정이 되고 말았다.

 "알았어요. 그럼 다음 번에는 허용량인 10밀리 그램을 놓아봅시다." 불필요한 말로 시간 낭비를 하는 것이 아까운 듯 돈초바는 빠른 말씨로 말하자 인턴에게 보낼 편지를 쓰기 시작했다.

 "코스토글로토프는?" 문 가에서 간가르트가 낮은 목소리로 물었다.

 "싸웠지 뭐. 그리고 지고 나더니 얌전해지더군." 돈초바는 웃음을 지었으나 숨을 내쉬는 순간 위 근처에 찌르는 듯한 통증을 느꼈다. 차라리 지금 벨라에게 걱정 거리를 털어놓을까 생각하면서 거의 눈을 감은채 그쪽으로 시선을 돌렸으나 방안의 어두컴컴한 곳에서 외출복에 하이힐을 신은 벨라는 이제부터 연극 구경을 갈 차비를 하고 있었다.

그래서 여의사는 다음 기회로 미루기로 결정했다.

다 돌아갔으나 돈초바는 아직도 책상머리에 앉아 있었다. 매일 같이 X선이 조사되고 있는 이 방에서 반 시간 동안이나 잔업을 한다는 것은 무척 몸에 해로웠으나 일이 너무 밀려 일어설 수가 없었다. 휴가를 떠나기 전의 돈초바는 언제나 창백한 얼굴이 되었으며 지난 1년 동안 계속 내려가던 백혈구 수가 2천이라는, 환자라면 도저히 허용할 수 없는 수치까지 내려가버리는 것이었다. 방사선과 의사의 책임량으로 위의 투시는 하루에 3회로 되어 있었으나 돈초바는 하루에 열 번이나, 전쟁 중에는 하루에 스무 번이나 투시했다. 그래서 휴가 전에는 언제나 돈초바 자신이 수혈을 받지 않으면 안 되었다. 그러나 1년 동안에 잃은 것을 휴가 중에 되찾을 수는 없었다.

그래도 일에 몰두하는 그녀의 성격은 일에서 떠나려 하지 않았다. 매일 근무 시간이 끝나갈 무렵이 되면 못다한 일 때문에 조마조마했다. 지금도 일하는 틈틈이 시브가토프의 참혹한 증세를 생각하고 학회에서 오레시첸코프 박사를 만나면 상의해야 할 점을 메모했다. 마치 돈초바가 세 사람의 조수에게 일을 가르치고 있듯이 전전에 오레시첸코프 박사는 돈초바의 손을 잡고 일일이 지도해주었으며 시야를 넓게 가지라고 가르쳐주었던 것이다.

"류드치카, 지나치게 전문화되지는 말아요!" 하고 박사는 언제나 경고했었다. "전세계가 전문화로 기울어진다 하더라도 류드치카는 자기 것을 꽉 잡고 놓쳐서는 안 돼. 한손으로는 X선 검사를, 다른 한손으론 X선 요법을 말이야. 그런 사람이 한 사람도 없게 된다 하더라도 결코 자기의 자세를 흐트러뜨려서는 안 돼!"

이 의사는 아직도 생존해 있으며, 이 도시에 살고 있었다.

불을 끈 뒤에도 그녀는 다시 책상으로 돌아가 내일 할 작업 예정을 메모했다. 그리고도 허름한 하늘빛 코트를 걸치고 나서 다시 한 번 의국장의 방에 가보았으나 방은 잠겨 있었다.

이윽고 양편에 포플러를 심은 계단을 내려와서 병원 구내의 가로수길을 걸어갔는데, 머릿속에서는 의연히 일이 계속되고 있었으며, 본인 역시 그러한 상태에서 벗어나려 하지 않고 또 탈출할 생각조차 없었다. 돈초바는 날씨가 어떤지 따위에는 관심도 없었다. 아직 황혼은 아니었다. 큰길에서는 미지의 많은 사람들을 만났으나, 어떤 사람이 어떤 옷을 입고, 어떤 모자를 썼으며, 어떤 구두를 신었을까 하는 것은 여성이라면 당연히 관심을 기울일 일인데도 그녀는 일체 흥미가 없었다. 미간을 찌푸리며 마주치는 사람들을 날카로운 눈초리로 바라보았는데 그것은 사람들의 몸 안에서 지금은 아직 알 수 없지만 내일이면 나타나게 될지도 모를 종양의 국부를 투시하려고 노력하고 있는 것 같았다.

이렇게 해서 구내에 있는 다방 앞을 지나 그 앞에서 신문지를 접어서 만든 세모난 봉지에 편도(扁桃) 열매를 담아 팔고 있는 우즈베크 인 소년의 곁을 지나 정문 앞에 도착했다.

이 정문에는 수다스럽고 뚱뚱한 여자 수위가 언제나 버티고 있었다. 그녀는 건강하고 자유로운 사람만 통과시키고 환자들은 호통을 쳐서 쫓아 버렸다. 이 문만 빠져나가면 일에서 가정 생활로 바뀌는 것이라고 돈초바는 생각했다. 그런데 그렇질 못햇다. 이 사람의 시간과 정력은 일과 가정에 고르게 나누어져 있지 않았다. 깨어 있는 시간의 절반, 신선한 쪽의 절반을 돈초바는 병원 구내에서 보냈는데 문밖으로 나온 뒤에도 오래오래 일에 대한 온갖 생각이 꿀벌처럼 머릿속을 맴돌았다. 이러한 현상은 정문으로 들어서기 훨씬 전부터 이미 시작되고 있었다.

돈초바는 타프타 쿠피르에게 보낼 편지를 우체통에 집어넣었다. 그녀는 길을 가로질러 전차 종점으로 갔다. 기다리던 번호의 전차가 종을 울리며 종점에 들어왔다. 앞뒷문으로 순식간에 승객들이 꽉 들어찼다. 돈초바는 얼른 자리를 잡고 앉았다. 이것이 최초의 작은 계기가 되어 이 사람은 인간의 운명을 관장하는 무녀에서 전차 안에서 용서없이 짓눌리는 평범한 승객으로 조금씩 바뀌어갔다.

그러나 낡은 단선 위를 달리고 있는 전차의 덜커덩거리는 소음 속에서도 중간 정류장에서 오랫동안 시간을 보낼 때도 돈초바는 멍하니 창밖을 내다보면서 무르살리모프에게 일어난 폐전이(肺轉移)라든가 주사가 루사노프에게 미칠 영향 등에 대해서 끊임없이 생각을 되풀이하고 있었다. 오늘 아침 회진할 때 루사노프의 오만한 설교와 협박은 그후 바쁜 일로 쫓기다 보니 잊고 있었으나 지금 다시 답답한 응어리가 되어 되살아 났다. 이런 생각은 밤중까지 계속될 것이다.

돈초바도 전차에 타고 있는 대부분의 부인들도 용적이 적은 핸드백이 아니라 살아 있는 새끼 돼지 한 마리나 또는 대형 빵 네 개 정도는 들어갈 만한 큰 가방을 들고 있었다. 정류장을 지날 때 창밖으로 상점이 보일 때마다 돈초바의 머리는 차츰 집안 일로 가득차게 되었다. 집안 일은 모두 돈초바 한 사람의 어깨에 걸려 있었다. 그런 점에서는 남자만큼 쓸모없는 존재도 없었다. 돈초바의 남편이나 아들도 예외는 아니었으며, 언젠가 이 여의사가 모스크바 회의에 참석했을 때는 1주 동안이나 식기를 씻지 않고 팽개쳐 두었다. 그렇다고 집안 일을 여자에게 모조리 떠맡기는 것이 아니라 이처럼 영원히 되풀이하지 않으면 안 될 단조로운 일을 남자들은 일로 치지도 않는 것이었다.

돈초바에게는 딸이 하나 있었다. 이미 결혼하여 아이까지 있었으나 이혼 이야기가 오가고 있어서 결혼하지 않은 거나 다를 바가 없었다. 딸의 일을 생각한 것은 오늘이 처음으로, 돈초바는 기분이 우울해졌다.

오늘은 금요일, 이번 일요일에는 꽤나 밀린 빨래거리를 해치우지 않으면 안 된다. 그렇다면 내주 전반의 저녁 거리(돈초바는 한 주에 두 번씩 저녁 준비를 했다.)는 아무래도 토요일 밤에는 만들어두어야 했다. 내복류는 오늘 안에, 가령 철야를 해서라도 물에 담가놓아야 한다. 그리고 좀 늦었지만 지금 곧 중앙 시장으로 가자. 중앙 시장이라면 늦게 가더라도 장사꾼들이 남아 있을 테니까.

돈초바는 갈아타는 장소에서 내렸으나 정류장 근처의 식료품 진열장을 홀끔 들여다보고 그 안의 것들을 자세히 살펴보기로 했다. 고기를 파는 곳은 텅비어 있었고 점원들의 모습도 보이지 않았다. 생선 매장에는 청어나 소금에 절인 가자미, 통조림류만 있고 살 만한 그밖의 것은 아무것도 없었다. 포도주 병을 피라밋처럼 예쁘게 쌓아놓은 앞을 지나 소시지 같이 생긴 갈색 막대 모양의 치즈를 바라보면서 돈초바는 식료 잡화 매장에서 해바라기 기름 두 병(전에는 면화씨 기름밖엔 없었다.)과 오트밀을 살 작정이었다. 그래서 조용한 가게 안을 가로질러 카운터로 가서 계산을 마치고 식료 잡화매점으로 다시 돌아왔다.

두 사람의 뒤에 서서 차례를 기다리고 있는데 가게 안에서 떠들썩한 소리가 들리더니 행길쪽에서 많은 사람들이 밀려들어와 가공식품 매장과 카운터 앞에 장사진을 쳤다. 돈초바도 머뭇거렸으나 식료 잡화매장에서 물건을 받을 때까지 기다리지 못하고 급히 가공식품 매장과 카운터의 행렬로 자리를 옮겼다. 구부러진 플라스틱 케이스 안에는 아직 아무것도 들어 있지 않았으나 가까이 서있는 여자들의 자신있게 말하는 바에 의하면 다진 햄을 한 사람당 1킬로그램씩 판다는 것이었다.

줄을 서서 다행이었다.

8. 사람은 무엇에 의해 사는가?

이 목에 달라붙은 암만 없었더라면 에프렘 포두예프는 남자로서 지금 한창 활동할 시기였다. 나이는 아직 쉰 살 전이었으며 어깨가 떡 벌어지고 다리도 튼튼하고 두뇌도 명석했다. 체력은 상상할 수 없을 만큼 강인해서 8시간 노동을 하고 나서도 다시 8시간을 끄떡없이 할 수 있었다. 젊었을 때 카마 강(불가 강의 한 줄기.)에서 6푸드(약 100킬로 그램의 무게.)의 부대를 짊어지던 힘은 아직까지도 쇠퇴하지 않았으며 지금도 콘크리트 믹서를 미는 일을 싫다 않고 해냈다. 이리저리 떠돌아다니면서 갖가지 직업에 종사하여 해체 작업이나, 구덩이

파기, 운반, 건설, 무슨 일이고 닥치는 대로 했는데 10루불 이하의 작은 돈은 세어보지도 않았고, 반 리터의 보드카를 마시고도 끄떡도 하지 않았으나 그렇다고 더 마시는 일은 없었다. 이처럼 에프렘 포두예프는 자기와 자기의 주위에서 경계나 한계를 느껴본 적이 없었으며 이러한 상태가 언제까지나 계속되리라고 생각하고 있었다. 그는 힘이 장사였으나 전쟁에 나가지는 않고 특별 건설 작업 요원으로 후방에 있었기 때문에 부상이나 병원에 입원하거나 하는 경험은 없었다. 그는 앓아본 적이 한 번도 없었으며 감기나 전염병, 치통조차도 앓은 적이 없었다.

그런데 재작년에 난생 처음으로 병이 난 것이 바로 이 병이었다.

암——.

지금은 누가 무슨 병이냐고 물으면 '암'이라고 거침없이 말했지만 처음에는 오랜 동안 대수로운 일이 아니라면서 자신에게 타이르고 더 이상 견딜 수 없을 때까지는 의사에게 보이려 하지도 않았다. 그러나 일단 의사의 진찰을 받고 나자 이 병원에서 저 병원으로 왔다갔다 하다가 결국 이 암병동에까지 오게 되었던 것이다. 그러나 이 병동에서는 어느 환자에게도 당신은 암이 아니라고 말해주었기 때문에 에프렘도 구태여 자기의 병명을 알려 하지 않았으며 자기 자신의 이성보다는 희망적 관측을 믿으려 했다. 이것은 암이 아니며 곧 나을 것이라고 생각했었다.

처음에 에프렘의 환부는 혀였다. 날렵하고 눈에 띄지 않고 자기로서는 결코 볼 수 없는 이 편리한 혀라는 도구……. 50년 동안 에프렘은 이 혀를 사용해 왔었다. 이 혀를 사용해서 받을 수 없는 임금을 받아내기도 했었다. 하지도 않았던 일을 했다고 맹세하기도 했다. 믿지도 않는 일을 우겨대기도 했다. 상사에게는 욕설도 퍼부었다. 동료 노동자들을 욕하기도 했다. 신성한 것이나 귀중한 것을 험악하게 모욕했었다. 꾀꼬리처럼 많은 노래를 맛보기도 했다. 유들유들한 음담(그러나 정치색을 띠지 않은)도 했다. 볼가 지방의 노래도 불렀다. 곳곳에서 많은 여자들에게 자기는 처자식이 없으니 내주에 돌아가면 같이 살자고 거짓말도 했다.

"아아 당신의 혓바닥은 움직이지 말았으면 좋겠어요!"
어느땐가 그런 여자들 중의 한 사람이 저주스런 말을 내뱉었다. 그러나 에프렘의 혀가 날름거리는 것을 듣지 못하게 되는 것은 술에 잔뜩 취했을 때 뿐이었다.
그런데 어찌된 셈인지 그 혀가 갑자기 커지기 시작했다. 그래서 이빨에 걸리적거리게 되었다. 윤기있고 부드러운 입 안에 넣어둘 수 없게 된 것이다.
그러나 친구들 앞에서 에프렘은 여전히 거들먹거리면서 호언장담했다.
"이 포두예프 나으리께서는 세상에서 무서운 것이라곤 아무것도 없지!"
친구들도 말했다.
"그렇구말구. 에프렘 만큼 힘센 사람은 없으니까!"
그러나 그것은 배짱이 세어서가 아니라 극단적으로 부풀어오른 공포 때문이었다. 그는 공포심에서 일에만 전념하고 될 수만 있으면 수술을 늦추려 했다. 이제까지 그는 자기의 생활에 익숙해 있었으나 죽음의 세계에 대해서는 전혀 생소했었다. 죽음의 세계로의 이행(移行)은 그로서는 무척 힘든 일이었으며 그 방법 또한 알지 못했다. 죽음의 세계를 쫓아내기 위해서라도 무슨 일이 있더라도 매일 일을 나가고 자기가 힘이 세다고 추켜세우는 말을 듣지 않고는 못배겼다.
본인이 수술에 동의하지 않아서 치료는 우선 침으로 시작했다. 마치 지옥에 떨어진 죄인처럼, 혀를 침으로 찌르고 며칠이나 그대로 두었다. 이렇게 해서라도 나아지기를 에프렘은 얼마나 기원했던가! 그러나 허사였다. 혀는 더욱 부어올랐다. 이제는 허세를 부릴 기력도 없이 황소 같은 머리를 외래 진찰실의 흰 책상 위에 내려뜨린 채 에프렘은 결국 수술에 동의했던 것이다.
집도(執刀)는 레프 레오니도비치가 했는데 결과는 좋았다! 의사가 약속했던 대로 혀는 짧아졌고 오물어들어 다시 원활하게 움직일 수 있게 되었다. 다소 똑똑하지는 못했으나 전처럼 말도 어느 정도 할 수 있게 되었다. 그후 다시 몇 차례 침을 맞은 후 퇴원했으며 다시 한 번 병원에 불려왔을 때 레프 레오니도비치는 말했다.

"석 달 후에 한 번 더 오시오. 수술을 한 번 더해야 하니까. 아주 간단한 목 수술이오."

그러나 그 '아주 간단한' 목 수술이라는 것을 포두예프는 이 병원에서 수없이 보았으므로 지정한 날이 되었는데도 가지 않았다. 그러자 호출장이 날아왔다. 거기에도 답장조차 하지 않았다. 그는 한 곳에 오래 눌러앉아 산다는 것이 체질에 맞지 않아서 콜리마(극동지역 북부에 있는 강)나, 하카스 자치주(남시베리아)로 날아버릴까 하고 생각했던 참이었다. 어디로 가든지 자기를 속박할 재산이나 가족이나 집은 없었다. 자유로운 생활과 다소간의 푼돈만 있으면 포두예프는 충분했다. 그런데 병원에서 재차 호출장이 날아와서 만약 출두하지 않으면 경찰을 보내겠다고 했다. 암병동의 의사들은 무척 거들먹거리는 것이었다. 절대로 암이 아니라 하면서도 말이다.

에프렘은 결국 병원으로 갔다. 물론 이번에도 수술을 거부할 수는 있었으나 레프 레오니도비치는 에프렘의 목을 만져보더니 어째서 약속한 날에 오지 않았느냐고 버럭 화를 냈다. 결국 이 의사는 강도처럼 칼을 휘둘러 에프렘의 목 오른쪽과 왼쪽을 쨴 다음 붕대를 칭칭 감고 오랫동안 눕혀놓고 그래도 불만스럽다는 듯이 고개를 갸웃거리더니 퇴원시켜 주었다.

다시 자유로운 생활로 돌아온 에프렘은 이제 전과 같은 감각을 되찾을 수는 없었다. 일을 해도, 쉴 때도, 술을 마실 때도, 담배를 피울 때도 도무지 즐겁지 못했다. 목 수술을 한 자리는 좀처럼 아물지 않았으며 어딘지 묵직한 기분이 들었으며 때로는 당기는 것 같기도 했고 또 쿡쿡 찌르듯이 아팠고, 그런 불쾌감은 머리끝까지 전해졌다. 병은 목에서 귀 언저리까지 올라와 있었던 것이다.

그리고 지금부터 한 달쯤 전에 에프렘은 또 다시 회색 벽돌에 군데군데 금이 간 이 낡은 건물로 돌아오게 되었다. 양쪽에 포플러가 서있는 입구의 계단, 수많은 사람들의 발에 밟혀 닳고 닳은 계단을 올라가자 외과 의사들은 마치 친척이라도 맞이하듯이 에프렘의 손을 잡고 무늬가 있는 파자마를 입히더니 수술실 가까이 있는 그 병실에 입원시키고 이 가련한 목에 두 번째로, 그러니까 통산 세 번째 수술을 받게 하기 위하여 대기시켜 놓았다. 에프렘 포두예비치는 이제 더 이상 자기의 병을 속이지 않았으며 속일 기분도 나지 않았다. 이 병이 암이라는 것을 알게 되었던 것이다.

일단 그것을 알게 되자 다른 환자들과 같은 입장에 있고 싶어서인지 옆자리에 누운 환자들에게 당신들도 암이라고 떠들게 되었다. 아무도 이 곳에서는 나갈 수 없으며, 결국 누구나 다 이곳으로 돌아오게 된다고 말이다. 에프렘이 이런 말을 하게 된 것은 환자들을 위협하는 것이 재미 있어서가 아니라, 자기를 속이는 것은 좋지 않으며 사실 대로 알아야 한다는 것을 알리기 위해서였다.

세번째 대수술이 끝났다. 그러나 그후 붕대를 교환할 때 의사들은 언제나 기분이 좋지 않은 듯 외국어로 지껄였으며 붕대를 더욱 두텁게 동여매더니 종당에는 기부스를 하여 머리와 동체를 꼼짝도 못하게 고정시켜 버렸다. 머리끝까지 전해지는 찌를 듯한 통증은 점점 심해졌고 더욱 빈번하게 통증을 느끼게 되었다.

일이 여기까지 이르자 이제는 더 이상 모른체 할 수도 없었다. 암 다음에 오는 것 —— 2년 동안아니 눈을 감고 쉬러 해왔던 사실을 받아들이지 않을 수 없었다. 즉 에프렘이 영영 쉴 때가 된 것이다. 죽는 것이 아니라 쉰다는 말을 쓰고 보니 한결 마음이 가벼워지는 것 같았다.

그러나 그것은 말 뿐이지, 머리로 생각하는 것도, 마음에서 우러나오는 것도 아니었다. 에프렘이 어떻게 그런 일을 할 수 있겠는가. 앞으로 어떻게 될 것인가. 무엇을 해야 할 것인가.

일을 할 때나 친구들을 속였던 일들이 지금 하나씩 다가와서 목에 감은 붕대가 되어 에프렘을 압박했다.

그리고 주위의 사람들로부터는 구원의 소리는 하나도 들을 수가 없었다. 병실에서도, 복도에서도, 일층에서도, 이층에서도, 모든 것은 수없이 되풀이된 말이었으며, 구원의 소리와는 거리가 먼 것이었다.

이렇게 해서 에프렘은 창가에서 문으로, 문에서 창가로, 하루에 다섯 시간이고 여섯 시간이고 서성거리게 되었던 것이다. 이것은 구원을 청하는 필사적인 몸부림이었다.

그전의 에프렘은 언제 어디서나(이 사나이는 대도시에서 산 적은 없었으나 그밖의 변두리 지역이라면 거의 다 알고 있었다.) 자기나 타인들을 포함해서 인간에게 무엇이 요구되는지 확실하게 알고 있었다. 인간에게 요구되는 것은 전문적인 기술이거나 아니면 요령이 좋은 생활 방식인 것이다. 그 어느 쪽이나 다 돈이 된다. 그래서 두 사람만 만나도 우선 이름을 묻고 또 직업을 묻고 수입을 알아본다. 만약 수입이 신통치 않으면 그 사람은 바보이거나 불행한 사람이거나 신통치 않은 사람인 것이다.

보르쿠타(우랄의 북부에 있는 도시)에서도, 에니세 강 유역에서도 극동 지역에서도, 중앙 아시아에서도 포두예프는 이 나이가 될 때까지 줄곧 단순하게 살아왔던 것이다. 누구나 돈은 많이 벌지만 그 돈을 다 써버린다. 토요일마다 조금씩 쓰든가 아니면 휴일에 한꺼번에 다 써버리는 것이다.

암이나 그밖에 불치의 병에 걸리지만 않았다면 그것도 좋은 생활 방식일 것이다. 그러나 일단 병이 들고 보면 전문적인 기능도, 요령껏 사는 방법도, 일도, 급료도, 모든 것은 무(無)로 돌아가버린다. 그리고 이 무력감이나 끝까지 암이 아니라고 자기를 속이는 이러한 경향에서 분명해진 것은, 사람은 모두 겁쟁이이며, 과거의 생활 속에서 무언가를 놓쳐버린다는 것이었다.

그러나 무엇을 놓쳐버렸다는 말인가.

젊어서부터 에프렘이 들어왔으며, 그리고 자기나 친구들의 경험에 비추어보았을 때 틀림없다고 생각해 왔던 것은 자기처럼 젊은 사람들이 노인들보다는 영리하다는 사실이었다. 가령 노인들은 겁이 많아서 평생 동안 다른 고장에도 가지 못했으나 에프렘은 열세 살 때부터 여러 지방을 떠돌아다니면서 연발총을 쏘아댔고 쉰 살이 될 때까지는 마치 여자를 속속들이 주무르듯이 전국 곳곳 모르는 곳이 없었다. 병실 안을 서성거리며 에프렘이 생각해낸 것은 카마 강가에서 죽어갔던 노인들의 일이었다. 러시아 인도, 타타르 인도, 보차크 인도 다 똑같았다. 모두 한결같이 당황하거나 죽지 않겠다고 몸부림치지도 않고 조용하게 죽음을 받아들였다. 청산할 일들을 미루지도 않았으며 차분히 정리하여 사전에 숫 말은 누구에게, 망아지는 누구에게, 양복 상의는 누구에게, 장화는 누구에게 물려줄 것인가를 미리 정해놓고 있었다. 그런 노인들이라면 자기가 암이라는 말을 듣더라도 틀림없이 놀라지는 않았을 것이다. 비록 그들은 암에 걸리지는 않았지만.

그런데 이 병원에서는 이미 산소 호흡기를 대고 있으며 눈도 제대로 뜨지 못하는 녀석이 나는 죽지 않는다, 나는 암이 아니라고 허세를 부리고 있다!

마치 닭 같았다. 어느 녀석이나 목을 비틀릴 운명인데도 목을 길게 빼고 울거나 모이를 쪼아먹거나 한다. 동료 닭이 끌려가서 죽더라도 남은 닭들은 모이를 쪼아먹고 있다.

이렇게 포두예프는 매일처럼 병실 바닥을 서성거리고 있었는데 죽음을 어떤 식으로 맞이할 것인지는 좀처럼 좋은 생각이 떠오르지 않았다. 그것은 누구에게 가르쳐달라고 할 수도 없었다. 더구나 책에서 알아낸다는 것은 전혀 기대하지 않았다.

에프렘은 어렸을 때 4학년을 마치고 어른이 된 후에는 건설지(建設地)의 강습회에 나간 적도 있었으나 자발적으로 책을 읽거나 하는 습관은 전혀 없었다. 신문 대신 라디오가 있었으며 책 같은 것은 일상 생활의 필수품이 아니었다. 에프렘이 조금이라도 돈을 더 벌기 위해 일하던 벽지에서는 독서하는 사람은 거의 본 적이 없었다. 포두예프가 읽는 것은 가령 노동자 교류를 위한 팜플렛이나 기중기의 구조에 대한 설명서라든가 작업상의 명령서나 지시서 같은 것이 고작이었다.《소련방 공산당 소사》도 제4장까지밖엔 읽지 않았다. 책을 사려고 돈을 쓰거나 일부러 도서관에 가는 것은 우스꽝스러운 일이라고 생각했다. 멀리 여행을 가거나 무언가를 기다리고 있을 때 곁에 있는 책을 20~30페이지쯤 읽은 적은 있었으나 생활에 도움이 되는 것은 전혀 찾아볼 수 없어서 읽다가 책을 팽개쳐버리곤 했다.

이 병원에서도 머릿장이나 창가에 비치해둔 책에는 손을 대려 하지도 않았다. 그래서 금박 글씨가 찍힌 파란 표지의 그 책도 읽지 않고 틀림없이 팽개쳐버렸겠지만 코스토글로토프가 억지로라도 그 책을 읽어보라고 한 어젯밤에는 무언가 불쾌하고 공허한 느낌마저 드는 밤이었다. 에프렘은 베개를 포개어 등을 받치고 그 책을 읽기 시작했다. 이것이 장편 소설이 었다면 역시 읽을 마음은 내키지 않았을지도 모른다. 그러나 이 책은 한 편이 고작 5~6페이지에 불과했으며 어떤 것은 한 페이지로 끝나는 짧은 얘기를 묶어놓은 책이었다. 차례는 제목이 깨알처럼 작은 글자로 메워져 있었다. 포드예프는 제목을 읽기 시작했다. 그러자 무언가 실제적인 분위기가 물씬 전해져 왔다. 〈노동과 죽음과 질병〉, 〈제1의 규칙〉, 〈샘〉, 〈함부로 다룬 불은 끌 수 없다〉, 〈세 사람의 은거인〉, 〈빛이 있는 동안 빛 속을 걸으라〉.

가급적 짧은 것을 골라서 에프렘은 그 페이지를 펼쳤다. 그리고 그 얘기를 끝까지 다 읽었다. 그러자 무언가 생각해보고 싶었다. 에프렘은 생각했다. 그는 그 얘기를 다시 읽었다. 그랬더니 다시 생각해보고 싶어져서 생각에 잠겼다.

또 다른 얘기를 읽었는데 이번에도 그랬다.

그때 소등 시간이 되었다. 누가 책을 가져가지 않도록, 그리고 내일 아침 찾지 않도록 에프렘은 요 밑에 책을 감추었다. 에프렘은 어둠속에서 이미 한 번 말한 적이 있는 옛이야기를 아흐마잔에게 들려주었다. 알라 신이 동물들에게 생명을 분배하고 인간이 여분의 수명을 받았다는 이야기였다 (그러나 에프렘 자신은 이 이야기를 믿지 않았다. 건강하기만 하면 수명에 여분이 있을 수는 없다). 그리고 잠들기 전에 다시 한 번 조금 전에 읽었던 내용을 생각해 보았다.

찌르는 듯한 통증이 머리에 와서 생각하는 것을 방해했다.

금요일 아침, 하늘은 잔뜩 흐려 있었다. 병원 생활에서는 바깥 날씨가 어떻든 아침에는 언제나 답답했다. 매일 아침 이 병실에서는 에프렘의 객적은 소리로 시작하는 것이 통례였다. 누군가가 조금이라도 희망이나 소원 따위를 말하거나 하면 에프렘은 즉각 그 말에 찬물을 끼얹었었다. 그런데 오늘 아침에는 입을 벌리기도 싫은 양 이 책을 읽는 데 열중했었다. 거의 볼까지 붕대로 감고 있어서 세수를 하는 것은 무의미한 일이었다. 아침 식사는 침대에서 하면 되고 또 외과 의사의 회진이 오늘은 없는 날이다. 그래서 천천히 두툼한 책장을 넘기면서 에프렘은 말없이 책을 읽으며 생각에 잠기기도 했다.

방사선과 의사의 회진이 시작되자 금테 안경을 쓴 그 풋내기 환자가 의사에게 물고 늘어졌으나 곧 조용해지고 주사를 맞았다. 코스토글로토프가 자기 권리를 주장하다가 병실 밖으로 나가더니 다시 돌아왔다. 퇴원이 결정된 아조프킨이 모두에게 작별 인사를 한 후 몸을 구부려 배를 움켜쥔 채 나가버렸다. 다른 환자들도 X선 조사나 수혈을 위해 불려나갔다. 그러나 포두예프는 침대 사이의 통로를 서성거리지도 않고 의연히 말없이 책만 읽고 있었다. 이제 이 사나이의 이야기 상대는 어떤 사람이 아닌 이 책이었다.

에프렘은 세상에 태어난 이래 이처럼 진지한 책을 접해본 적이 없었다.

이 침대에 누워서 머리까지 통증이 울려오는 목을 갖지 않았더라면 이처럼 열중해서 책을 읽지는 않았을지도 모른다. 건강한 인간이었다면 이까짓 이야기에 절대로 감동하지는 않을 것이다.

이미 어제 저녁에 알게 된 일이지만 이야기의 제목 중에 〈사람은 무엇에 의해서 사는가〉라는 것이 있었다. 그것은 에프렘 자신이 붙인 제명 같았다. 병원 바닥을 딛고 다니면서 생각에 골똘했던 일 —— 지난 몇 주 동안 에프렘이 생각해왔던 것은 바로 이것이 아니었던가. 사람은 무엇에 의해서 사는가.

그것은 비교적 긴 이야기였으나 서두부터 부담없이 읽을 수 있었으며 마음에 솔직하게 와닿는 문장이었다.

'한 구두장이가 처자와 함께 한 농가에 세를 들어 살고 있었다. 구두장이는 자기의 집도 땅도 없이 구두를 만드는 일로 먹고 살았다. 빵값은 무척 비쌌고 구두장이의 벌이는 신통치 않아서 번 돈은 먹고 사는 데 다 써버렸다. 구두장이와 그의 아내에게는 털가죽 외투가 하나밖에 없었는데, 그것도 낡

아빠져 너덜너덜한 것이었다.'
 이야기가 무척 쉽게 씌어 있어서 앞으로의 줄거리도 어떻게 될 것이라는 것은 쉽게 짐작할 수 있었다. 세미욘은 자기 자신은 깡마른 사나이였으며 제자인 미하일라도 마르기는 마찬가지였으나 주인은 마치 딴 세상에서 온 사람 같았다. 뚱뚱한데다가 얼굴이 불그레하고 목덜미는 황소처럼 굵었으며 몸뚱이 전체가 동상처럼 우람했다……. 이런 생활을 하고 있으면 살이 찌는 것은 당연했으며 죽음의 신도 이 튼튼한 사람한테는 손도 뻗치지 못할 것 같았다.
 에프렘도 그러한 녀석은 싫도록 보아 왔었다. 석탄 트러스트의 주임 카라시추크도 그랬으며 안토노프도, 체체프도, 쿠흐치코프도 그랬다. 아니 에프렘 자신도 몸이 불기 시작하여 점점 그런 작자들과 비슷해지지 않았던가.
 포두예프는 한 마디 한 마디를 음미해 가면서 그 이야기를 끝까지 다 읽었다.
 벌써 저녁 식사 시간이 다 되었다.
 에프렘은 통로를 서성거리거나 떠들고 싶지도 않았다. 무언가가 체내에 들어와서 에프렘의 몸을 완전히 바꾸어놓았다. 어제까지 눈이 있던 자리에는 이제 눈이 없었으며 입이 있던 자리에는 입이 없었다.
 에프렘의 표피는 이미 병원에서 홀딱 벗겨진 것이나 다름이 없었다. 이제는 대패질만 하면 되는 상태로 되어 있었던 것이다.
 여전히 포개놓은 두 개의 베개에 기대어 세운 두 무릎 사이에 덮은 책을 끼운채 에프렘은 텅 빈 흰 벽을 바라보고 있었다. 바깥에서는 햇빛도 비치지 않았다.
 에프렘의 맞은쪽 침대에서는 얼굴이 창백한 환자가 주사를 맞은 후 곤하게 잠들어 있었다. 오한이 나는지 담요를 푹 덮고 있었다.
 옆 침대에서는 아흐마잔이 시브가토프와 서양 장기를 두고 있었다. 그들은 서로 자기 나라 말이 통하지 않자 두 사람은 러시아 말로 지껄이고 있었다. 시브가토프는 아픈 등을 구브리지 않으려고 묘한 자세로 앉아 있었다. 아직 어린 나이였으나 정수리엔 머리 숱이 별로 없었다.
　에프렘은 아직 탈모 증세는 없었다. 그의 밤색 머리카락은 텁수룩하게, 마치 전인미답의 밀림처럼 빽빽하게 숱이 많았다. 얼마 전까지만 해도 그는 여자를 꽤나 좋아했었다. 그러나 지금은 그렇지 못했다.
　도대체 몇 사람 정도의 여자가 그의 곁을 스쳐갔는지 에르펨 자신도 기억조차 하지 못했다. 처음에는 동거한 여자를 일일이 셀 수 있었으나 그것도 귀찮아져서 그만 두어버렸다. 첫 번째 아내는 아미라는 이름을 가진 엘라부가(타타르 자치 공화국의 도시.) 출신의 백인 타타르 인으로 매우 감상적인 여자였다. 이 여자는 얼굴 피부가 너무 얇아서 손가락으로 살짝 건드리기만 해도 피가 났다. 그런데 고집이 황소 같아서 결국은 딸을 데리고 제발로 집을 나가버렸다. 그후부터 에프렘은 이런 수치스런 일을 되풀이하지 않기 위해서 언제나 자기가 먼저 여자를 버렸었다. 그의 생활은 철새처럼 자유로웠으며 그의 일은 임시로 고용된 때도 있었고 정식으로 계약하는 경우도 있었으나 어쨌든 가정을 이루기에는 적절한 생활 방식이 아니었다. 시중을 들어줄 여자는 어느 고장에 가더라도 쉽게 얻을 수 있었다.
　그밖에 각양각색의 여자들, 미혼녀나 유부녀들은 이름조차 묻지도 않았으며 약속한 돈만 지불하는 것으로 끝나버릴 때가 많았다. 그래서 지금은 얼굴이나 행동거지나 모든 상황이 머릿속에 뒤죽박죽이 되어 남달리 특징이 없는 여자는 기억 속에 남아 있지 않았다.
　색다른 여자 중의 하나는 어떤 기사의 아내인 예브도시카라는 이름을 갖고 있었다. 그때는 전시였는데 알마아타 정거장의 플랫폼에서 예브도시카는 열차의 창 밑에 서서 유난히 엉덩이를 흔들면서 아양을 떨고 있었다. 에프렘 일행은 여럿이서 일리(알마아타 북방 80킬로미터 지점에 있는 도시.)에 새로 세운 공장으로 가는 중이었는데 트러스트의 임원들이 모두 전송을 나와 있었다. 거기에는 예브도시카의 남편도 있었는데 그는 옆사람에게 무언가 설명을 하고 있었다. 기차가 덜커덩거리며 움직이기 시작했다. '이봐요！' 하고 에프렘은 두 손을 내밀면서 소리쳤다. '내가 마음에 들면 올라타, 함께 가자구！'

그러자 그녀는 차창에 매달리며 트러스트의 임원들이나 자기의 남편이 보고 있는 앞에서 차창으로 기어올라왔었다. 그들은 목적지에 도착하자 2주 동안 동거했다. 이 일만은 확실히 기억하고 있었다 —— 예브도시카는 차창 안으로 끌어올리던 일만은.

그리고 에프렘은 지난날의 경험에 비추어보았을 때 여자란 끈질기게 붙어다니는 것이라고 생각했다. 여자란 손에 넣기는 쉽지만 끊기란 어렵다. 누구나 남녀 평등을 부르짖고 에프렘도 거기에 반대는 하지 않았지만, 여자를 한 사람의 완전한 인간으로 본 적은 한 번도 없었다. 최초의 아내 아미나의 경우는 예외였지만 말이다. 그래서 누군가가 여자를 대하는 당신의 태도가 좋지 않다고 말했다면 에프렘은 기절초풍을 했을 것이 틀림없었다.

그런데 이 기묘한 책에 의하면 에프렘은 여러 가지 면에서 잘못되어 있었다.

규정된 시각보다 전등불이 일찍 켜졌다.

턱밑에 혹이 달린 귀찮은 녀석이 눈을 뜨고 담요 아래서 대머리를 내밀자 곧 안경을 쓰고 교수 같은 표정을 지었다. 그리고 주사는 대단치 않았으며 별 거 아니더라고 기쁜 듯이 모두에게 보고했다. 그러더니 머릿장 안을 뒤적거리더니 닭고기를 꺼냈다.

저런 약골은 닭고기나 뜯어야지 양고기를 내놓으면 '질겨서 못먹겠다'고 투덜댈 위인일 거라고 에프렘은 생각했다.

에프렘은 누군가 다른 사람을 바라보고 싶었으나 그러자면 몸 전체를 돌리지 않으면 안 된다. 똑바로 앞을 보면 닭고기를 뜯고 있는 메스꺼운 녀석을 보지 않을 수 없다.

포두예프는 끙끙거리면서 조심스럽게 몸을 오른쪽으로 돌렸다.

"이것 보라구." 그는 큰소리로 입을 열었다. "이 책에는 짧은 얘기가 실려 있는데 제목은 〈사람은 무엇에 의해 사는가〉지." 그리고 빙그레 웃었다. "누가 이 질문에 대답해 보라구. 사람은 무엇에 의해서 사는지."

시브가토프와 아흐마잔이 장기판에서 얼굴을 들었다. 아흐마잔은 회복기의 사람답게 자신 있게 밝은 목소리로 대답했다.

"월급에 의해서지, 식량 배급과 현물 지급으로."

아흐마잔은 군에 입대하기 전까지는 자기가 사는 마을에서 한 발짝도 밖으로 나가본 적이 없었다. 그래서 우즈베크 어밖에는 몰랐다. 조금밖에 모르는 러시아 어나 러시아적 개념, 그리고 규율이나 칠칠치 못한 점은 모두 군대 생활에서 얻어온 것이었다.

"그럼 또 다른 사람은?" 포두예프는 쉰 목소리로 물었다. 이 사나이에게는 이 책의 뜻하지 않은 이 수수께끼가 다른 사람에게도 어려운 모양이었다.

"누구 또 없어? 사람은 무엇에 의해서 사는지 말해볼 사람은?"

무르살리모프 노인은 누구보다도 훌륭한 대답을 할 수 있었을지도 모르지만 그는 러시아 어를 알지 못했다. 그런데 무르살리모프에게 주사를 놓으려고 와있던 인턴 투르군이 대답했다.

"그야 월급으로 살지! 그건 당연하잖아!"

까므잡잡한 프로시카는 마치 윈도를 들여다보듯이 구석에 있는 침대에서 목을 길게 빼고 멍청하게 입을 떡 벌렸으나 아무 말도 하지 않았다.

"또 말해볼 사람 없어?" 에프렘이 재촉했다.

좀카는 읽던 책을 옆에 놓고 얼굴을 찡그리며 생각에 잠겼다. 지금 에프렘이 읽고 있는 책을 병실로 갖고온 것은 좀카였으나 자기도 읽어보았지만 별로 가슴에 와닿는 것이 없었다. 귀가 먼 사람이 상대방의 질문에 얼토당토 않은 대답을 해오듯이 이 책은 전혀 요점을 찌르지 않고 있었던 것이다. 행동에 어떤 조언이 필요할 때 그 책은 오히려 나약하게 하고 혼란만 야기시킬 뿐이었다. 그래서 좀카는 〈사람은 무엇에 의하여 사는가〉를 결국은 끝까지 읽지 않았으며 따라서 에프렘이 어떤 답을 기대하는지 알 수가 없었다. 소년은 자기 자신이 할 대답을 생각했다.

"어떤가, 좀카는?" 하고 에프렘이 재촉했다.

"글쎄요, 제 생각으로는……." 칠판 앞의 교사에게 대답하듯이 틀리지 않도록 한 마디 한 마디 사이에 간격을 두고 좀카는 천천히 대답했다. "우선 사람은 공기에 의해서 삽니다. 그리고 물에 의해서, 다음에는 음식에 의해서."

예전의 에프렘도 이런 질문을 받았다면 그렇게 대답했을 것이다. 그러나 에프렘의 경우라면 여기에 하나 더 추가해서 술에 의해서라고 말했을 것이다. 그러나 이 책에 쓰여 있는 것은 전혀 그렇지 않았다.

에프렘은 혀를 찼다.

"또, 없나?"

그때 프로시카가 마음을 정한 듯이 말했다.

"자기의 능력에 따라 살아간다."

이 또한 그럴 듯한 대답이었다. 에프렘도 죽 그렇게 생각하며 살아왔던 것이다.

시브가토프가 한숨을 쉬면서 조심스럽게 말했다.

"고향."

"뭐라고?" 에프렘이 반문했다.

"태어난 고향······. 자기가 태어난 땅에서 산다는 것이야."

"아 그렇겠군······. 그러나 반드시 그렇지도 않아. 나는 젊은 시절 카마 강과 헤어졌는데 요즈음 그곳이 어떻게 되었는지 알게 뭐야. 그저 강물이 흐르고 있겠지. 그것이 어찌 되었든 나는 알 바가 아니니까."

"아니야, 자기가 태어난 땅에 있으면······." 시브가토프가 조용히 반대했다. "병도 심해지지 않아. 고향 땅에서라면 훨씬 편안하게 살 수 있어."

"알았어. 또 말할 사람?"

"뭔데, 뭘 그러지?" 하고 루사노프가 끼어들었다. "무슨 질문인데?"

에프렘은 낮은 신음 소리를 내면서 왼쪽으로 몸을 돌렸다. 창가에 놓인 두 개의 침대는 텅 비어 있었으며 그쪽에는 루사노프만 남아 있었다. 그는 두 손으로 닭다리의 뼈를 움켜잡고 고기를 뜯어먹고 있었다.

마치 악마의 장난처럼 사이가 나쁜 사람끼리 마주보고 있었던 것이다. 에프렘이 눈을 가늘게 뜨고 물었다.

"이런 질문이지요, 선생. 사람은 무엇에 의해서 사느냐."

파벨 니콜라예비치는 조금도 당황하지 않았다. 그는 닭고기를 먹으면서 말했다.

"그야 이미 답이 정해져 있지요, 잘 기억해 두시오. 사람은 사상성과 사회적 이익에 의해 사는 거요."

그리고는 가장 맛난 관절의 연골 부분을 물어뜯었다. 다음에는 발끝의 껍질과 축 늘어진 힘줄 밖에는 남아 있지 않았다. 루사노프는 머릿장 위에 펴놓은 종이 위에 뼈를 놓았다.

에프렘은 아무 소리도 하지 않았다. 기분 나쁜 녀석이 그럴사한 대답을 해냈던 것이다. 그것이 못마땅했던 것이다. 사상성이라는 말이 나왔으니 잠자코 있을 수밖에 없었다.

그래서 그는 책을 펴서 다시 읽기 시작했다. 어떻게 대답하는 것이 맞는지 자기도 확인해두어야 했으니까.

"무슨 얘긴데. 뭐라고 씌어 있지?" 시브가토프가 장기를 두다 말고 물었다.

"음, 이렇게 씌어 있었어……." 포두예프는 최초의 한 구절을 읽었다. "한 구두장이가 처자와 함께 한 농가에 세들어 살고 있었다. 구두장이는 자기의 집도 땅도 없이……."

그러나 읽는 것이 귀찮고 너무 길어서 에프렘은 포개 놓은 베개에 몸을 기댄 채 다시 한 번 이야기의 줄거리를 확인하듯이 시브가토프에게 말해주기 시작했다.

"그런데 그 구두장이는 술꾼이었지. 어느날 잔뜩 술에 취해서 집으로 돌아오던 중 길가에서 추위에 떨고 있는 미하일라를 데리고 왔어. 그러자 마누라가 화를 냈지. 입이 하나 더 늘게 되었으니까 그럴 만도 했겠지. 그런데 미하일라는 구부린 등을 펼 사이도 없이 열심히 일했네. 그리고 주인보다도 신발을 더 잘 만들게 되었어. 어느 추운 겨울날 한 나리가 찾아와 좋은 가죽을 내놓으면서 이렇게 주문했네. 절대로 모양이 일그러지지 않고 꿰맨

부분이 터지지 않도록 장화를 만들어달라는 거야. 만약 잘못 만들었을 때는 가죽값을 변상해야 한다는 것이었어. 그러자 미하일라는 야릇한 웃음을 지었어. 나리의 뒷쪽, 방 한구석에 있는 뭔가를 보았던 거야. 그래서 나리가 나가기가 바쁘게 미하일라는 그 가죽을 재단하기 시작했는데 그것이 아주 묘했어. 그가 재단한 것은 장화가 아니라 슬리퍼 같은 것밖에는 만들 수 없게 된 거야. 구두장이는 머리를 감싸쥐며 말했네. '너는 나를 죽일 작정이냐? 이게 무슨 짓이냐?' 그러자 미하일라는 말했네. '그 나리는 1년 앞을 생각하고 있지만 자기의 수명이 오늘 저녁때까지밖엔 못간다는 것을 모르고 있습니다.' 그러자 결국 그렇게 되어버렸지. 나리는 돌아가다가 그만 죽어버렸던 거야. 그래서 나리의 마나님은 구두장이에게 사람을 보냈네. 이제 장화는 필요없으니 빨리 슬리퍼를 만들어달라는 것이었어. 죽은 사람의 발에 신킬 슬리퍼를 말이야."

"시시한 말이군, 당치도 않은 말이야!" 루사노프는 '체'음을 특히 세게 발음하면서 분연히 말했다. "그런 낡은 레코드 같은 얘기는 집어치울 수 없나! 그런 고약한 냄새가 나는 얘기는 우리의 도덕으로는 도저히 용서할 수 없어! 도대체 그 책에는 사람이 무엇에 의해서 산다고 씌어 있지?"

에프렘은 하던 말을 중단하고 질린 눈초리로 대머리를 쏘아보았다. 그 대머리의 아둔함에는 놀라지 않을 수 없었다. 이 책에는 사람은 이기주의에 의해서가 아니라 남을 사랑하는 마음으로 살아야 한다고 씌어 있는 것이다. 그런데도 저 녀석은 칠칠치 못하게도 사회적 이익에 의해서 산다고 대답했다.

그것은 대체로 일치하지 않은가.

"무엇에 의해서 사는가 하면……." 그것은 입밖에 내기 거북한 말이었다. 어딘지 점잖지 못한 것 같기도 해서, "그것은 즉 사랑에 의해서……."

"사랑? ……아아, 그것 역시 우리들의 모랄과는 달라!" 금테 안경은 안심한 듯이 말했다. "도대체 그 책의 저자가 누구지?"

"뭐요?" 포두예프는 불만스럽게 말했다. 요점이 점점 옆길로 새어나가는 것 같았다.

"그 책을 쓴 사람이 누구냐고 묻는 거요. 작자는? ……그 맨 첫페이지를 보라구."

이름이 무슨 소용이 있다는 말인가. 그러한 것이 —— 여기 있는 사람들의 병과 무슨 관계가 있단 말인가. 이 안에 있는 사람들의 삶이나 죽음과? 에프렘은 책의 저자의 이름을 읽어두는 습관 같은 것은 없었으며 또 읽었다 하더라도 곧 잊어버렸다.

그래도 첫페이지를 펴들고 소리내어 읽었다.

"톨……스……토……이……."

"그럴 리가 있나!"라고 루사노프는 소리쳤다. "톨스토이? 알겠나, 톨스토이가 쓴 것은 낙천적이고 애국적인 작품 뿐이었어. 그런 것이 아니라면 책으로 나왔을 리가 없지. 《빵》이나 《표트르 1세》 같은 거야. 세 번이나 스탈린 상을 탄 사람이지, 잘 기억해 둬요!"

"그 톨스토이가 아니에요!"라고 방구석에서 좀카가 말했다. "그 책은 레프 톨스토이가 쓴 거예요."

"아 그래?" 루사노프는 반은 안심이 되고 반은 얼굴을 찡그리며 말했다.

"아 그래, 다른 톨스토이였군……그렇다면 러시아 혁명의 거울이라 불렸던 사람이었군. 쌀로 만든 크로케를 먹으라고 한……흠, 묘한 말을 한 사람이었지, 그 톨스토이란 사람은! 많은 것을 모르고 있던 사람이지. 우리는 말이야, 악에 대해서 반항하지 않으면 안 돼, 악과 싸우지 않으면 안 돼!"

"저도 그렇게 생각합니다." 낮은 목소리로 좀카가 대답했다.

9. Tumor cordis(심장 종양)

외과 부부장(副部長) 에브게냐 우스티노브나에게는 외과 의사다운 데가 조금도 없었다. 의지가 강해 보이는 눈매라든가 이마에 깊게 새겨진 주름이라든가 무엇이고 물어뜯을 듯한 턱 등, 흔히 묘사되는 외과 의사의 특징 같은 것은 하나도 찾아볼 수 없었다. 이 부인은 벌써 60세가 넘었으나 머리를 치켜올려 의사용 모자를 쓴 그 뒷모습을 본 사람은 '이봐요, 아가씨……' 하고 부를 때가 많았다. 그러나 뒤돌아보는 그 얼굴은 쭈글쭈글했고 피부가 늘어졌으며 눈 아래엔 움푹 들어가 있었다. 언제나 밝은 색깔의 루즈를 바르고 있었으나 담배에 묻어 곧 지워지곤 해서 하루에도 몇 번씩 다시 고쳐 발라야 했다.

수술실이나 처치실이나 병실에 있을 때를 제외하고는 언제나 담배를 피우고 있었다. 작업 중에도 조금만 틈이 나면 복도로 나가 담배를 피웠다. 회진 때도 종종 집개손가락과 가운데손가락을 입술에 갖다대는 버릇이 있어서 환자들은 이 여의사가 담배를 피우는 것이 늘 화제가 되었다.

키가 크고 팔이 긴 외과 부장 레프 레오니도비치와 함께 이 연로하고 키가 작은 여의사는 온갖 수술을 다 해냈다. 사지를 절단하고 기관 절개 수술을 하는 관을 목구멍에 삽입하고, 위를 절제하고 장기의 여러 곳에 손을 대고 골반의 안쪽까지 도둑처럼 침입하기도 했다. 이렇게 해서 하루의 수술이 다 끝나갈 무렵 암이 생긴 유선(乳腺)을 끄집어내는 수술을 맡겨도 이런 정도의 수술은 익숙한 솜씨로 간단하게 해치워버린다. 화요일이나 금요일이 되면 에브게냐 우스티노브나가 여환자의 유방을 떼어내지 않는 날은 거의 없었다. 언젠가 수술실을 청소하던 잡역부에게 그 작은 입으로 담배 연기를 뿜어내면서 내가 잘라낸 유방을 전부 모아놓으면 큰 산이 될 것이라고 말한 적도 있었다.

에브게냐 우스티브나는 수십년 동안 단순한 외과 의사였으며 또 외과 의사 이외에는 아무것도 아니었다. 그래도 톨스토이의 소설에 나오는 카자흐인 에로시카가 유럽의 의사에 대해서 말하는 대사를 기억하고 있었고, 그 의미도 이해하고 있었다.

'마구 잘라내는 것밖에는 아무것도 몰라. 말하자면 바보란 말이지. 우리

같은 시골 의사가 진짜 의사야. 우리는 약초의 사용법도 알고 있으니까.'
 어느날, 메스 대신 방사선이나 화학 약품이나 약초를 이용한 치료법이, 또는 빛이나 색채나 텔레파시에 의한 요법이 환자를 구하게 되고, 외과 의술이 문명 사회에서 사라질 운명에 처해지더라도 에브게냐 우스티노브나는 결코 그것을 옹호하지 않을 것이다. 그것은 어떤 신념에서라기보다는 평생 동안 메스를 휘두르면서 피와 살덩이에 진저리가 난 때문일지도 모른다.
 인생의 중반에서 직업을 바꾸어 홀가분한 기분이 되지 못한다는 것은 사람들에게 얼마나 불행한 구속인가.
 회진은 레프 레오니도비치나 그밖의 전문의들과 함께 세 사람이나 네 사람이 함께 가는 것이 통례였다. 그런데 며칠 전에 레프 레노니도비치는 흉과 성형술의 세미나에 참석하기 위하여 모스크바로 떠났다. 그래서 이번 토요일, 여의사는 다른 전문의나 간호사도 대동하지 않고 혼자서 2층 남자 병실로 들어갔다.
 들어갔다기보다는 조용히 문가의 기둥에 기대어 있었다. 그것은 아가씨의 몸짓 같았다. 젊은 여자들은 등이나 어깨를 꼿꼿하게 하고 똑바로 서있기보다는 이렇게 하는 것이 더 사랑스럽게 보인다고 의식하면서 곧잘 이렇게 기대 서는 것이었다.
 의사는 그런 자세로 좀카가 놀이를 하는 것을 묵묵히 바라보고 있었다. 좀카는 아픈 다리를 침대 위에 쭉 뻗고 건강한 다리는 구부리고 앉아서 그 무릎 위에 책을 펴놓고는 책 위에 놓인 네 개의 기다란 연필을 두 손으로 누르면서 무언가 묘한 자세를 취하고 있었다. 좀카는 부르는 소리에 얼굴을 들더니 네 개의 연필을 한 곳으로 모았다.
 "좀카, 무엇을 하고 있지?" 에브게냐 우스티브나가 씁쓸하게 물었다.
 "정리(定理)에요!" 좀카는 필요 이상으로 큰소리로 힘차게 대답했다.
 두 사람의 말은 그뿐이었으나 눈은 서로를 뚫어지게 보고 있었다. 그 시선에는 뜻밖의 의미가 담겨있는 것이 분명했다.
 "시간은 자꾸만 흘러가고 있으니까요." 좀카는 자기의 말을 보충하듯이 말했는데 그 목소리는 크지도 않았으며 힘도 없었다.
　여의사는 고개를 끄덕거렸다.
　여전히 문기둥에 기대 선채 잠시 침묵을 지켰다. 그래, 그것은 젊은 여자의 몸짓으로 하는 것이 아니라 이미 단순한 피로의 표현일 뿐이었다.
　"잠깐 환부를 보여주겠니?"
　그러나 언제나 신중했던 좀카가 전과는 달리 거세게 반대했다.
　"어제 돈초바 선생님이 진찰해주셨어요! 좀더 조사를 계속해 보자고 하셨거든요!"
　에브게냐 우스티브나는 고개를 끄덕였다. 이 여의사에게는 어딘지 쓸쓸하면서도 우아함이 느껴졌다.
　"그랬었군. 하지만 나도 좀 보아야겠어."
　좀카는 눈살을 찌푸렸다. 그러더니 입체기하학 책을 옆에 놓고 몸을 움직여서 여의사가 앉을 자리를 비켜주더니 아픈 쪽 다리를 무릎까지 걷어 올렸다.
　에브게냐 우스티노브나는 침대에 걸터 앉았다. 그리고는 익숙한 솜씨로 가운과 그 아래 입은 옷의 소매를 팔꿈치까지 걷어 올렸다. 가늘고 나긋나긋한 여의사의 손이 좀카의 발 위에서 두 마리의 동물처럼 움직이기 시작했다.
　"아파? 아파?" 하고 여의사가 물었다.
　"네, 아파요." 좀카는 점점 더 얼굴을 찡그리며 대답했다.
　"밤에 잘 때, 다리에 신경이 쓰이니?"
　"네…… 하지만 돈초바 선생님이……."
　에브게냐 우스티브나는 알았다는 듯 고개를 끄덕이면서 상대방의 어깨를 가볍게 두들겨주었다.
　"좋아요, 조사(照射)를 계속 받도록."
　두 사람은 다시 한 번 서로 쳐다보았다.
　병실 안은 조용해서 두 사람이 하는 말이 뚜렷하게 들렸다.

에브게냐 우스티브나는 자리에서 일어나서 뒷쪽을 돌아보았다. 난로 옆에서는 프로시카가 누워 있어야 했는데 그는 어젯밤 창가의 침대로 옮겨가 있었다(의사가 손을 들어버린 사람의 침대에 누우면 재수가 없다고 했는데). 지금 난로 곁의 침대에 누워있는 사람은 키가 작고 머리도 눈썹도 하얀 프리드리히 페데라우라고 하는 점잖은 사람이었다. 이 환자는 사흘 전부터 계단의 층계참에 누워 있어서 병실 사람들과는 모두 낯이 익었다. 지금 페데라우는 자리에서 일어나서 두 손을 바지 옆 솔기에 댄채 경의를 담은 눈으로 에브게냐 우스티브나를 바라보고 있었다. 그의 키는 이 여의사보다도 작았다.

이 환자는 이미 다 완쾌되었다! 이제 아픈 데는 조금도 없었다! 최초의 수술은 멋지게 성공을 거둔 것이다. 그런데 이 사나이가 다시 암병동으로 옮겨진 것은 재발을 호소해서가 아니라 단순히 그의 괴팍한 성격 탓이었다. 즉 진찰권에는 '1955년 2월 1일 검사를 위하여 출두할 것'이라고 씌어 있었던 것이다. 그래서 페데라우는 먼 도시에서 몇 번씩이나 차를 갈아타면서 1월 31일도 아니고 2월 2일도 아닌 정확하게 약속된 날에 이 병원에 나타났던 것이다. 그것은 마치 일식이나 월식 때 달의 운행 만큼이나 정확했다.

그런데도 어쩐 셈인지 페데라우는 병실로 들어오게 되었던 것이다. 하지만 오늘 안에 퇴원할 수 있을 것이라고 본인은 기다리고 있었다.

키가 크고 쌀쌀해 보이는 마리아가 흐릿한 눈으로 쳐다보면서 왔다. 그리고 여의사에게 타월을 내밀었다. 에브게냐 우스티브나는 두 손을 닦고 팔꿈치까지 걷어올린 손을 들어올려 병실 환자들이 말없이 바라보는 가운데 페데라우의 목을 손가락으로 찌르는 듯한 동작을 오랫동안 되풀이하더니 다음에는 웃옷의 단추를 끄르게 하고 쇄골 위의 움푹한 곳과 겨드랑이 밑까지도 만져보았다. 그것이 끝나자 입을 열었다.

"좋아요, 페데라우, 아주 좋아요."

페데라우는 상이라도 받은 듯이 무척 밝은 얼굴이 되었다.

"아주 좋아요." 다시 한 번 이렇게 말하고 여의사는 환자의 턱밑을 만져보았다. "작은 수슬을 한 번만 더 받으면 다 끝나겠어요."

"어째서지요?" 페데라우는 불만스런 표정을 지었다. "다 좋다고 하셨는데 어째서 또 수술을 받아야 하지요?"

"더 좋게 하려구요." 여의사는 창백한 얼굴에 미소를 띄었다.

"여긴가요?" 페데라우는 손바닥으로 목을 비스듬히 째는 시늉을 했다. 얌전한 그의 얼굴에는 애처로운 빛이 떠올랐다. 그의 눈썹은 유난히 희게 보였다.

"그래요, 그렇지만 걱정할 건 없어요. 특별히 악화되지는 않았으니까. 수술은 내주 화요일 하기로 해요(마리아는 그 날짜를 메모했다). ── 2월 말께는 퇴원할 수 있어요. 그러면 두 번 다시 이곳에는 오지 않아도 돼요."

"또 검사를 받아야 하나요?" 페데라우는 웃으려 했으나 웃음이 나오지 않았다.

"그래요, 검사를 받아야 할지도 몰라요." 여의사는 미안하다는 듯이 미소를 지었다. 그 피로한 미소 밖에는 이 환자를 위로해줄 방법이 그녀에게는 없었다.

멍하니 서있다가 침대에 앉아 생각에 잠겨있는 페데라우를 뒤로 하고 여의사는 회진을 계속했다. 아흐마잔에게는 약간 미소를 보내고는 지나쳐서 (3주 전에 아흐마잔의 서혜부를 수술한 것은 이 여의사였다.) 에프렘 앞에서 걸음을 멈추었다.

에프렘은 파란 표지의 책을 옆에 놓고 여의사를 기다리고 있었다. 원래 어깨가 넓은 데다 목을 붕대로 칭칭 감아서 그의 머리는 이상하게 더욱 커 보였다. 다리를 꼬고 침대에 앉아 있는 그의 모습은 난쟁이 같았다. 그는 여의사의 타격을 예상해서 여의사의 안색을 살폈다.

여의사는 에프렘의 침대 난간에 팔꿈치를 대고 담배를 피우는 듯한 시늉을 했다.

"기분이 어떤가요, 포두예프?"

기분을 물어볼 때인가! 말만 하려면 어서 끝내고 저쪽으로 갔으면 좋겠다.

"수술에 진저리가 났어요." 에프렘이 말했다.

여의사는 깜짝 놀라서 눈을 치떴다.

그러나 아무 말도 하지 않았다.

에프렘은 더 이상 입을 열지 않았다.

두 사람은 싸우기나 한 것처럼 말이 없었다. 헤어지기로 결심한 연인들처럼……."

"또 같은 데를 째나요?" 에프렘의 말투는 이제 질문이 아니었다.

'에프렘의 본심은 이렇게 말하고 싶었었다. 어째서 지금까지 그런 수술을 했지요? 도대체 어떻게 할 작정인가요? 그러나 윗사람에 대들기를 잘하던 이 사나이도 에브게냐 우스티노브나에게만은 그렇게 하질 못했다. 이쪽에서 무엇을 말하고 싶어하는지 스스로 알아주었으면 좋으련만…….'

"바로 그 옆이에요." 여의사는 상대방이 한 말을 정정했다.

'이 딱한 사나이에게 설암(舌癌)은 아랫입술의 암과는 다르다는 것을 어떻게 설명할까. 턱밑의 임파선을 끄집어내더라도 조금 후에는 안쪽의 임파관으로 갑자기 전이하거나 한다. 그러나 그것을 먼저 잘라낼 수는 없다.'

에프렘은 하품도 할 기력이 없어서 목구멍을 그렁거렸다.

"좋아요, 이제 그럴 필요는 없어요."

여의사는 어쩐지 반박하려 하지 않았다.

"이제 째는 것은 싫습니다. 아무것도 하고 싶지 않으니까요."

여의사는 그의 얼굴을 바라볼 뿐 말이 없었다.

"퇴원시켜 주십시오!"

수많은 공포를 경험하여 더 이상 무서운 것이 없어진 눈, 그 충혈된 눈을 보면서 여의사는 생각했다. 정말 왜 그럴까? 메스가 그 전이를 뒤따르지 못한다면 무엇 때문에 이 환자를 더 괴롭혀야 한단 말인가?

"월요일에 다시 한 번 검토하여 생각해 봅시다, 포두예프. 이제 됐습니까?"

'에프렘은 퇴원을 요구했으나 여의사가 이렇게 말해주기를 기대하고 있었던 것이다. 정신이 나갔군요. 퇴원이라니, 우리는 당신을 끝까지 치료할 거예요…….'

그런데 여의사는 동의했다.

그렇다면 이젠 전혀 가망이 없다는 말인가?

에프렘은 그 말에 동의하는 대신 몸 전체를 움직이며 여의사에게 자기의 뜻을 전했다. 목만 움직이는 것은 불가능했던 것이다.

여의사는 이번에는 프로시카에게로 다가갔다. 젊은이는 일어서서 웃음으로 여의사를 맞이했다. 진찰을 하기 전에 여의사는 대뜸 물었다.

"어때요, 상태는?"

"좋습니다." 프로시카의 얼굴에는 활짝 웃음이 번졌다. "이 알약은 퍽 효과가 있는 것 같습니다."

젊은이는 종합 비타민제의 병을 보여주었다. 어떻게 말해줘야 이 여의사는 가장 만족할 수 있을까? 더 이상 수술을 받지 않도록 적당히 얼버무려야 한다!

여의사는 비타민제를 보고 고개를 끄덕였다. 그리고 한쪽 손을 프로시카의 왼쪽 가슴에 뻗었다.

"이곳은 아프지 않은가요?"

"네, 약간씩."

여의사는 또 고개를 끄덕였다.

"오늘 퇴원 수속을 합시다."

프로시카는 어안이 벙벙했다! 까만 눈썹이 위로 치켜졌다.

"정말인가요! 그럼 수술은 안 받아도 되겠군요."

여의사는 창백한 미소를 지으면서 고개를 끄덕였다.

이미 일주일 이상이나 촉진을 받았으며 네 차례나 X선을 찍고, 앉히고 눕히고 들어올리거나 흰 가운을 입은 이상한 노인 앞으로 옮겨져서 이것은 예사 병이 아닐 거라고 생각했었는데 느닷없이 수술은 받지 않으며 퇴원시킨다니!

"그럼 저는 다 나았다는 건가요?"

"완전히 다 나은 것은 아니지만——."

"역시 이 알약이 효험이 있었군요. 그렇지요?" 프로시카의 검은 눈동자는 이해와 감사로 반짝이고 있었다. 이렇게 결과가 좋아서 여의사를 기쁘게 해주었다고 생각하니 자기 자신도 기분이 좋았다.

"앞으로 이 알약은 시중의 약국에서 사면 돼요. 하지만 다시 한 번 처방해 줄테니 그 약도 먹어야 해요. 여의사는 간호사쪽으로 고개를 돌렸다. "아스코르빈산(_{비타민 C}를 말함)."

마리아는 열심히 기록부에 적어넣었다.

"그러나 당분간은 몸을 조심해야 해요!" 에브게냐 우스티노바가 부드럽게 말했다. "너무 빨리 걷지 말 것, 무거운 것을 들지 말 것, 몸을 구부릴 때는 특히 조심해야 해요."

여의사가 세상 물정을 잘 모르는 것이 더욱 만족스럽다는 듯이 프로시카는 웃었다.

"무거운 것을 들어올리지 말라니요, 저는 트럭 운전사예요."

"안 돼요. 당분간은 일하지 말아야 해요."

"그러면 어떻게 하지요? 병결(病缺)을 하란 말인가요?"

"아니요, 우리가 써주는 진단서를 첨부해서 근무할 수 없다는 사유서를 내세요."

"근무 불능?" 프로시카는 깜짝 놀라서 여의사의 얼굴을 보았다. "어째서 근무 불능이란 말입니까? 그러면 할아버지 같지 않습니까? 저는 아직 젊어요. 일하고 싶습니다."

그는 일을 하고 싶어 못견디겠다는 듯이 굵고 건강해 보이는 손을 내밀었다.

그러나 에브게냐 우스티노바는 더 이상 수긍하려 하지 않았다.

"30분 후 처치실로 오세요, 진단서를 써드리지요. 그리고 더 자세한 설명도 해드릴테니."

여의사가 병실을 나가자 마리아도 그 뒤를 따라 나갔다.

그러자 병실은 다시 소란스러워졌다. 프로시카는 이 근무 불능이란 것에 대해서 다른 환자들과 얘기해보려 했으나 그들의 화제는 페데라우에게로 집중했다. 누구에게나 놀라운 일이었다. 저처럼 깨끗하고 새하얀, 전혀 아프지도 않은 목을 난데없이 수술해야 하다니!

포두예프는 침대를 두 손으로 짚고 발을 쪼그린 채 몸을 빙그르르 회전시키며(앉은뱅이가 하듯이 손쉽게 돌렸다.) 너무나 흥분하여 얼굴을 붉히면서 화가 난 듯이 소리쳤다.

"지지 말아요, 프리드리히! 그런 바보 같은 짓은 못하게 해야 해요! 일단 째고 나면 나처럼 몇 번이고 수술을 받는단 말야!"

그러나 아흐마잔의 의견은 달랐다.

"째야 해, 페데라우! 의사에게도 그래야 할 만한 이유가 있을 테니까."

"아프지도 않은데 쨀 필요는 없잖아요." 좀카가 흥분해서 말했다.

"그래, 맞아." 코스토글로토프가 굵직한 목소리로 말했다. "아무렇지도 않은 목에 메스를 대다니 그건 미친 짓이야."

루사노프는 너무나 시끄러워 눈살을 찌푸렸으나 자기의 의견을 말하려 하지는 않았다. 어제는 주사가 아프지 않아서 매우 편안한 표정이었다. 그러나 목의 종양은 밤새도록, 그리고 오늘 아침까지도 머리의 자유로운 움직임을 방해했다. 게다가 종양의 크기는 조금도 달라지지 않아서 오늘 루사노프의 기분은 말이 아니었다.

물론 간가르트 선생은 몇 번이나 진찰해 주었었다. 어제도, 그저께도 오늘 아침에도 환부의 상태를 자세히 물어보고 종양은 단 한 번의 주사로 고칠 수 없다는 것, 오히려 한 두 차례의 주사로는 변화를 보이지 않는 것이 정상적이라고 파벨 니콜라예비치에게 설명해 주었다. 그 설명을 듣고 나자 루사노프는 약간 안심이 되었다. 자세히 보면 이 간가르트 선생은 매우 영리한 얼굴을 갖고 있었다(이름은 좀 괴상했지만). 이 병원이라고 해서 얼굴이 못생긴 의사만 모여있으라는 법은 없을 것이다. 요는 오히려 이쪽에서 의사를 잘 조정해야 한다.

그러나 이런 안심은 오래 가지 못했다. 여의사가 나가버리자 턱 아래 종양의 압박감은 더해졌다. 그런데 지금 누군가가 아프지도 않은 목을 쨌다고 법석을 떨고 있다. 그런데 루사노프에게는 이렇게 종양이 커졌는데도 수술을 하자는 말은 전혀 하지 않았다. 손을 쓰기에는 너무 늦었다는 말인가.

엊그저께 이 병원에 들어왔을 때의 파벨 니콜라예비치는 이처럼 빨리 이 안에 있는 환자들과 어떤 연대감을 느낄 줄은 꿈에도 생각해보지 못했었다.

더구나 지금 화제의 중심은 목이었다. 목의 종양으로 고통받고 있는 사람은 이곳에 세 사람이나 있다.

프리드리히 야코보비치는 당황해했다. 사람들의 충고에 일일이 귀를 기울였으며 난처한 미소를 지었다. 그들은 모두 페데라우가 어떤 태도를 취해야 할 것인지 자신 있게 가르쳐주었으나 본인으로서는 자기가 처해 있는 상황이 막연하기만 해서 어쩔 바를 몰랐다(가르쳐주는 사람들도 막상 자기의 일이라면 그럴 것이다). 수술을 받는 것은 위험하며, 수술을 받지 않는 것도 위험한 일이었다. 이 사나이는 전에 한 번 이 병원에 와서 마치 지금의 예겐베르지예프처럼 X선으로 아랫입술을 치료받은 적이 있으며, 그때 이러한 문제에 대해서 질문도 많이 했고 예비 지식도 갖고 있었다. 그후 입술의 부스럼딱지는 이미 말라 떨어졌지만 페데라우는 목 수술을 받아야 할 이유를 잘 알고 있었다. 즉 암세포의 이동을 방지하기 위해서였다.

그러나 포두예프는 두 차례나 수술을 받았으나 무슨 소용이 있었던가 …….

그리고 암세포가 어디로 전이될 징후도 보이지 않는다면? 아니면 이미 암세포가 사라져버렸다면?

어쨌든 아내에게, 아니면 가족 중에 가장 교육 수준이 높고 결단력이 뛰어난 딸인 헨리에타와 상의해보아야겠다. 그러나 페데라우가 이 병실의 침대를 차지하고 있는 이상 가족들과 편지 왕래를 하는 것을 허락하지 않을 것이다(정거장에서 초원 안구석에 있는 페데라우의 집까지는 매주 두 차례 밖에는 우편물이 배달되지 않고 있으며 그것도 날씨가 좋은 때라야 그랬다). 일단 퇴원해서 상담을 하기 위해 집으로 돌아가는 것도 어려운 일이다. 그것은 의사들이 생각하는 것보다도, 가벼운 마음으로 충고해주는 여기 있는 환자들이 생각해주는 것보다도 훨씬 어려운 일이었다. 집으로 돌아가기 위해서는 우선 이 도시의 감독 조사국에 출두해서 얼마 전에 어렵게 얻었던 휴가 증명을 취소시키고 임시 명부에서 삭제된 후에야 출발하지 않으면 안 된다. 처음에는 지금 이대로 가벼운 코트와 단화 차림으로 기차를 타고 작은 정거장에 도착하면 친절한 사람의 집에 맡겨두었던 반외투와 펠트 방한화로 갈아신고 —— 그곳은 이 도시와는 달리 몹시 추웠고, 바람이 심했으므로 —— 트랙터 스테이션이 있는 곳까지 150킬로의 길을 트럭에 흔들리면서 가지 않으면 안 된다. 자택에 도착하면 곧 지방 사령부에 신청서를 내어 귀가 여행 허가증을 입수할 때까지 2, 3주나, 길면 4주 동안이나 기다리지 않으면 안 된다. 그 허가증이 나오면 또 곧 휴가증을 내어서 이곳으로 돌아와야 하는데, 지금은 마침 해빙기여서 길이 나빠져 자동차가 움직이기 어려운 시기였다. 가까스로 작은 역까지 갔다고 하더라도 그 역에서는 열차가 하루에 두 번, 그것도 정차는 1분간이며 이 짧은 정차 시간에 열차의 차장한테 쫓아다니며 태워줄 차량을 찾아야 했다. 그리고 이 도시에 도착하면 다시 감독 조사국에 가서 임시 명부에 등록하고, 또 며칠 동안 입원 순서를 기다리지 않으면 안 된다.

병실의 화제는 프로시카에게로 옮겨져 있었다. 재수가 없는 것이 아니라 그 재수없는 침대에 누운 것이 오히려 잘 됐어! 환자들은 프로시카에게 축하한다면서 근무 불능 신청은 꼭 하라고들 했다. 근무 불능자로 처리될 수만 있다면 그렇게 하라구! 그렇게 하라는 데는 그만한 이유가 있을 거야. 어차피 나중에는 취소될지도 모르겠지만 어쨌든 그렇게 하는 것이 좋겠어.

그러나 프로시카는 일하고 싶다고 끝까지 고집을 부렸다. 바보 같은 소리 하는군. 일할 기회는 앞으로 얼마든지 있잖아. 인생은 기니까!

프로시카는 진단서를 받으러 갔다. 병실 안은 조용했다.

에프렘은 다시 책을 펼쳤으나 책의 내용이 전혀 머리에 들어오지 않았다. 에프렘도 그 이유를 곧 알 수 있었다.

책의 내용이 머리에 잘 들어오지 않는 것은 지금 이야기에 자극되어 병실이나 복도에 신경이 쏠려서였다. 이 책을 이해하기 위해서는 자기가 이제 쓸모없는 인간이라는 것을 상기해야 했다. 에프렘은 앞으로 무엇을 변화시키거나 하지는 못할 것이다. 누군가를 설복시키는 일도, 앞으로 남은 나날을 혼자서 세어가면서 살아갈 수밖에 없을 것이다.

그렇게 생각을 고쳐먹자 책의 내용이 머릿속에 쏙쏙 들어왔다. 그 문자들은 흰 종이 위에 보통 활자로 검게 인쇄되어 있는 데 지나지 않다. 그러나 그것을 읽자면 단순하게 문자의 지식 이상의 것이 필요한 것이다.

진단서를 받아들고 기쁜 듯이 계단을 올라온 프로시카는 2층 입구에서 코스토글로토프를 만나자 진단서를 보여주었다.

"보라구, 이렇게 인쇄된 거지."

서류 하나는 철도 당국에 보내는 것이었는데, 수술 직후의 환자 아무개가 즉각 승차권을 구입할 수 있도록 부탁하는 내용이었다. 만약 수술 직후라고 명시하지 않으면 역에서는 환자라 하더라도 줄을 서서 이틀이고 사흘이고 출발하지 못할 때도 있기 때문이었다.

다른 한 장의 서류 —— 거주지의 의료기관 앞으로 보내는 진단서에는 이렇게 적혀 있었다.

'Tumor cordis, casus inoperabilis'

"무슨 뜻인지 모르겠군." 프로시카는 그 부분을 손가락으로 가리키며 말했다. "뭐라고 씌어 있지?"

"잠깐 기다려, 생각해 보고." 코스토글로토프는 얼굴을 찡그렸다.

프로시카는 큼직한 진단서를 들고 짐을 챙기러 갔다.

코스토글로토프는 난간에 기대어 층계참으로 몸을 내밀었다.

라틴 어라는 것을, 아니 일반 외국어라는 것을 코스토글로토프는 정식으로 공부한 적이 없었다. 그렇게 말하자면 어떤 학문도 완전히 마스터했다고 말할 수 있는 것은 없었으며, 단 예외는 측량학 뿐이었는데, 이것도 군에 있을 때 하사관 강습회에서 배웠을 정도였다. 그리고 코스토글로토프는 언제나 어디서나 일반적인 교양에 대해서 비웃었다. 그런데도 자기의 교양을 넓히기 위해서는 아무리 작은 기회라도 놓치지 않으려 했다. 1938년에는 지구물리학 강좌에 출석했으며 46년부터 47년에 걸쳐서는 측지학(測地学) 강좌에 얼굴을 잠시 내밀었는데 이 두 강좌 사이에는 군대 생활과 전쟁이 끼어 있었다. 모두 학문을 하기에는 적당한 환경이 아니었다. 그러나 코스토글로토프는 할아버지가 즐겨 쓰던 말을 언제나 기억하고 있었다.

'바보는 남을 가르치고 싶어하지만 영리한 사람은 배우고 싶어한다.'

그래서 군인 시절에도 배워서 득이 되는 것은 언제나 흡수했으며, 그 상대가 연대에서 온 장교든 같은 소대에 있는 졸병이든 상관하지 않고 지적인 이야기에는 언제나 열심히 귀를 기울였다. 물론 그것은 자기의 체면을 잃지 않을 정도로 귀를 기울였으며 온 신경은 귀에 집중해 있더라도 겉으로는 대수롭지 않게 여기듯이 보이려고 애썼다. 그리고 누구와 알게 되었을 때 코스토글로토프는 결코 자기 소개를 서둘러 하지 않고 자기가 경험한 것도 말하지 않았다. 그대신 상대가 어떤 사람이며 어디에서 왔으며, 무엇을 전문으로 하고 있는지 급히 물어보려고 했다.

이것은 상대방의 이야기를 끌어내어 자기의 견문을 넓히는 데 크게 도움이 되었다. 그러한 의미에서 그의 지식욕을 가장 크게 만족시켜준 곳이라면, 그것은 전후 초만원을 이루었던 부티르키 형무소(모스크바에 있다.)의 감방이었다. 그곳에서는 매일 밤처럼 대학 교수와 지식인들이 원자물리학에 대한 것, 서구의 건축에 관한 것, 유전학에 관한 것, 시에 대해서, 양봉술(養蜂術) 등에 대해서 얘기들을 나누었는데 코스토글로토프는 누구보다도 가장 열심히 그러한 이야기에 귀를 기울였다. 그 중계 감옥의 판자 침대에서도, 화물 열차의 형편없는 잠자리에서도 코스토글로토프는 할아버지의 금언(金言)에 따라 대학교 교실에서 미처 배우지 못했던 것을 보충하려고 노력했던 것이다.

수용소의 위생실에서 서류를 정리하거나 때로는 물을 끓이러 가기도 하는 초로의 소심한 사나이가 있었는데, 이 사나이는 전에 레닌그라드 대학의 고전문학과 교수였었다. 코스토글로토프는 이 사나이에게서 라틴어를 배우기로 했다. 그러기 위해서는 추운 날씨에도 밖으로 나가서 울타리 안을 왔다갔다 하지 않으면 안 되었다. 연필도 종이도 없었으므로 교수는 이따금 벙어리장갑을 벗고 손가락으로 눈 위에 글씨를 쓰거나 했다. 교수는 전혀 보수를 받지 않고 가르쳐주었다. 잠시 동안이라도 인간다운 기분으로 돌아갈 수 있다는 것만으로도 고맙다고 했다. 코스토글로토프로서도 수업료를 주고 싶지만 실상 가진 돈이 없었다. 그러나 보수는 간수쪽에서 주는 꼴이 되었다. 탈주를 계획하여 눈 위에 지도를 그린다는 의심을 받아, 두 사람은 따로따로 불려가서 심문을 받은 것이다. 간수는 라틴 어를 교수가 가르쳐준다는 것을 믿으려 하지 않았다. 그래서 수업은 중단되었던 것이다.

그때 배운 덕분에 casus는 '증례(症例)'이고 in이 부정을 나타내는 접두사라는 것은 코스토글로토프도 기억하고 있었다. 그리고 cor 또는 cordis라는 단어도 그때 수업 때 외운 것이었다. 만약 몰랐다 하더라도 심전도(心電図; 코르디오그람마)라는 말이 똑같은 어근에서 나왔다는 것은 쉽게 상상할 수 있을 것이다. 그리고 'tum'이라는 단어에는 조야에게서 빌린 《병리해부학》속에서 몇 번이나 볼 수 있었다.

이렇게 해서 이제 프로시카의 진단서는 큰 어려움없이 해독할 수 있었다.

'심장의 종양, 수술이 불가능한 증례'

아스코르빈산을 처방했다면 수술뿐만 아니라 치료 그 자체도 불가능한 것이 된다.

계단의 난간에 기대어 있던 코스토글로토프는 라틴 어 번역이 아니라 자기의 원칙에 대해서 생각하고 있었다. 어제 돈초바에게 주장한 것, 즉 환자는 모든 것을 다 알아야 한다는 원칙.

그러나 그것은 코스토글로토프 자신처럼 경험이 있는 한 인간을 위한 원칙이었다.

프로시카의 경우는 어떠한가?

프로시카는 거의 짐 같은 것은 들지 않은 채 나왔다. 사물(私物)이란 아무것도 없었던 것이다. 시브가토프와 좀카와 아흐마잔이 전송하러 나왔다. 한 사람은 등을 다쳤고 또 한 사람은 다리에 병이 나 있었으며 다른 한 사람은 목발을 짚고 있어서 세 사람 모두 조심스레 걷고 있었다. 프로시카는 흰 이빨을 드러내놓고 의기양양하게 걷고 있었다.

누군가가 퇴원할 때 이처럼 같은 병실에 있던 환자가 전송을 나오는 것은 극히 드문 일이었다.

그런데 지금, 해방된 기분으로 있는 본인에게 뭐라고 말할 수 있을까. 문 밖에서 다시 체포될 것이라고 말할 것인가?

"뭐라고 씌어 있었지요?" 프로시카는 가볍게 물었다.

"나도 모르겠어." 코스토글로토프는 입을 실룩거렸다. 그러자 흉터도 따라서 일그러졌다. "의사도 이제는 무척 교활해졌어. 무슨 소린지 알 수가 있어야지."

"그럼 빨리 회복하세요! 모두들 빨리 완쾌하세요! 다시 힘차게 일할 수 있도록!"

프로시카는 일일이 악수를 하고 계단을 내려가다가 중간에서 다시 한 번 즐거운 듯 손을 흔들었다.

그리고는 다시 성큼성큼 걸어 내려갔다.

죽음을 향해서.

10. 아이들

여의사는 좀카의 종양을 손가락으로 만지고 어깨를 잠시 안아보더니 저쪽으로 가버렸다. 그러나 그것은 말하자면 운명적인 순간이었다. 좀카는 자기의 운명을 알고 있었다. 희망의 잔 가지는 꺾어지고 말았다.

그러나 그것을 금시 깨달은 것은 아니었다. 처음에 병실의 환자들은 프로시카에 대해서 이런저런 이야기를 나누고 있었다. 그리고 이제는 행운의 침대가 되어버린 창가의 침대로 좀카는 옮기려고 했다. 창가의 침대가 책을 읽기엔 더 밝았으며 코스토글로토프와 이야기를 나눌 때도 거리가 더 가까워서 좋았다. 그런데 그때 새 환자가 들어왔다.

그 사람은 타르처럼 검은 머리를 깨끗이 빗은, 햇볕에 그을린 젊은 사나이였다. 나이는 스무 살은 넘어 보였다. 오른쪽과 왼쪽 겨드랑이밑에는 책을 세 권씩 끼고 있었다.

"여러분 안녕하십니까!" 그 청년은 문가에 서서 인사를 했다. 그의 솔직한 태도와 진지한 얼굴 표정은 무척 좀카의 마음에 들었다.

"제가 쓸 침대는 어떤 것이죠?" 그렇게 말하면서 왠일인지 침대가 아니라 벽쪽을 바라보고 있었다.

"언제나 책을 읽나요?" 좀카가 물었다.

"네, 아침부터 밤까지!"

좀카는 잠시 생각했다.

"업무상 필요해서인가요? 아니면……"

"업무상 필요해서!"

"좋아요, 그럼 저기 창가의 침대를 쓰시지요. 시트는 곧 갈아줄 거예요. 그런데 그것은 무슨 책이죠?"

"지질학에 관한 책입니다." 새 환자가 대답했다.

좀카는 그중 한 책의 제목을 읽었다. 《광맥시굴(鑛脈試掘)의 지구화학적 방법》.

"창가의 침대를 쓰세요, 아픈 데는 어디죠?"

"다립니다."

"나도 다린데……"

새 환자는 한쪽 다리를 조심스럽게 움직였다. 그러나 그의 몸매는 마치 피겨 스케이트 선수처럼 보였다.

침대의 시트를 갈아주자 청년은 마치 그것 때문에 이곳에 오기라도 한 듯이 곧 다섯 권의 책을 창문의 문지방에 올려놓더니 여섯 권째의 책을 열심히 읽기 시작했다. 누구에게 무엇을 묻는 일도 없었으며 자기의 신상 얘기를 하지도 않은 채 한 시간쯤 독서에 열중하다가 이윽고 진찰을 받으러 갔다.

좀카도 책을 읽으려 했다. 우선 입체기하학 책을 펴놓고 연필로 도형을 구성하려 하고 있었다. 그러나 책 속의 도형은 모두 잘려진 직선 조각과 부서지고 꺼칠꺼칠한 평면을 짜맞춘 것으로서 모두가 똑같은 것으로 보이는 것이었다.

그래서 좀카는 스탈린 상을 탄 코제브니코프라는 작가가 쓴 《살아 있는 물》이라는 책을 들었다. 좀카는 좀 두려운 생각이 들었다. 작가는 너무 많다. 그 많은 작가들의 책을 다 읽는다는 것은 그 누구도 불가능할 것이다. 어떤 책은 읽었어도 읽지 않는 것 같은 기분이 든다. 전혀 이름없던 작가가 갑자기 나타나서 스탈린 상을 탔다가는 곧 영원히 사라져버리기도 했다. 지난 해에 나왔던 다소 두툼한 책은 대개 어떤 상을 탄 것들이었다. 상을 탄 책들은 해마다 4, 50권은 될 것이다.

좀카의 머릿속에서는 책의 제목이 뒤죽박죽 얽혀 있었다. 가령 《위대한 생활》과 《위대한 가족》이라는 두 편의 영화가 화제에 오르고 있었다. 그 둘 중 어느 것이 매우 유익한 영화이며 어느 것이 해로운 영화라고들 하지만 좀카는 몇 번 읽어도 알 수가 없었다. 그는 아직 두 영화를 다 관람한 적이 없었으니 더욱 그랬다. 그리고 문학 작품을 이해하는 방법도 평론을 읽고 나면 더욱 알 수 없게 된다. 가령 좀카가 객관적 묘사라고 하는 것 — 즉 사물을 있는 그대로의 모습으로 본다는 것을 알자마자 어느 여류 작가는 '쓸데없이 불안전하고 난잡한 객관주의의 늪으로 빠져버렸다'고 비난할 정도였다.

그렇다 하더라도 가능한한 많이 읽고 이해하고 기억하도록 해야겠다!
 좀카는《살아 있는 물》을 읽기 시작했으나 그 고인 물 같이 흐릿한 느낌은 작품 탓인지, 아니면 자기의 정신 상태 탓인지 도무지 알 수 없었다.
 소모와 고독이 차츰 좀카를 압박하기 시작했다. 누구하고 상의해야 할까? 아니면 누구에게 이런 답답한 심정을 털어놓아야 속이 후련해질까? 아니면 인간적인 대화를 통해서 누군가의 동정을 조금이라도 받고 싶단 말인가?
 동정이란 것이 사람을 얕보는 감정이란 것은 물론 책에서도 읽은 적이 있으며, 사람들한테서 들어본 적도 있다. 그것은 동정받는 인간을 얕볼 뿐 아니라 동정하는 사람도 얕보는 일이라 했다.
 그래도 동정을 받고 싶었다.
 좀카는 여태껏 단 한 번도 누구한테서 동정을 받아본 적이 없었다.
 이 병실에서 다른 환자들의 얘기를 듣거나 서로 얘기를 나누는 것은 재미있었으나 그것은 지금의 이 기분과는 상관없는 얘기였다. 남자가 이야기 상대라면 자기도 남자로서의 체면을 지키지 않으면 안 된다.
 이 병동에 여자 환자는 많이 있었으나 좀카는 시끄러운 여환자들이 들어 있는 큰 병실로 들어가보고 싶은 생각은 조금도 없었다. 만약 같은 수의 건강한 여자들이 모여 있다고 한다면 지나치다가 그 방을 살짝 기웃거려보는 것도 재미있었을지 모른다. 그러나 앓고 있는 여자들의 소굴 같은 그 병실 앞에서 좀카는 언제나 눈길을 다른 곳으로 돌려 아무것도 보지 않으려 했다. 여자들의 병은 금단의 장막이며, 그것은 단순한 수치심보다도 더 강했던 것이다. 계단이나 층계참에서 좀카와 마주친 어떤 여자들은 보기에 딱할 만큼 의기소침했고, 가운에서는 악취가 풍겼으며 가슴이나 허리춤으로 내복이 삐어져 나와 있었다. 그런 것을 보게 되자 좀카는 더욱 여자들에 대해서 고통을 느끼게 되었다.
 그래서 여자들 앞에서는 언제나 눈을 내리 깔았다. 게다가 여기서는 환자끼리 친구가 되는 것은 그렇게 간단한 일은 아니었다.
 다만 스초파 아주머니만은 이 소년의 존재를 알아주고 말도 걸어와 곧 두 사람은 사이가 좋아졌었다. 스초파 아주머니는 이미 손자까지 있는 노파로서 얼굴의 주름이나, 남의 결점도 너그럽게 보아주는 그 미소 등, 여러 가지 면에서 노파다운 노파였으나 목소리만은 남자 같았다. 좀카와 스초파 아주머니는 계단의 맨 윗층에 서서 오래도록 얘기를 나누었다. 좀카의 이야기를 이처럼 상세하게 들어준 사람은 없었다. 마치 좀카처럼 이 아주머니에게도 친척이라곤 아무도 없는 것처럼 아주 열심히 귀를 기울여주었다. 좀카로서도 이 아주머니에게는 자기의 신상 이야기를 털어놓고 싶었으며 지금까지 아무에게도 하지 않았던 어머니에 대한 얘기를 털어놓았던 것이다.
  좀카의 아버지가 전사했을 때, 그는 두 살이었다. 얼마 후 의붓아버지가 나타났다. 자애롭지는 않았으나 매우 얌전한 분이어서 결코 함께 살 수 없는 상대는 아니었으나 그 무렵부터 어머니는……매음을 하게 되었다. 좀카는 이 말을 오래 전부터 자기의 가슴 속에 굳게 감춰두고, 이때도 스초파 아주머니 앞에서는 절대로 입밖에 내지 않았다. 결국 그의 의붓아버지는 어머니를 버렸는데, 그것은 당연한 일이라고 말할 수 있을 것이다. 그 이래로 어머니는 방이 하나밖에 없는 방으로 남자를 데려오게 되었으며, 어른들은 반드시 술을 마셨고(좀카에게도 억지로 술을 권했으나 마시지 않았었다), 남자들은 밤중까지, 또는 이튿날 아침까지 좀카의 집에 머무는 것이었다. 그 방에는 간막이 같은 것이 전혀 없었고 가로등 불빛이 방안으로 스며들어 아주 깜깜하지는 않았다. 좀카는 그 나이 또래의 소년들이 강한 호기심을 갖고 있는 점에 대해서는 아주 냉담한 태도를 취했으며 그런 것은 저속하고 더러운 행위라고밖에는 생각하지 않게 되었다.
  5학년과 6학년은 이렇게 해서 보내고 7학년이 된 좀카는 학교에서 소사 일을 하는 노인의 집에 있게 되었다. 식사는 하루 두끼를 학교에서 먹었다. 어머니는 좀카를 데려가려고도 하지 않았다. 자기의 손에서 떠난 것을 오히려 좋아하고 있는 것 같았다.
  좀카는 어머니의 이야기가 나오면 냉정을 잃고 자기도 모르게 말이 거칠어졌다. 스초파 아주머니는 머리를 끄덕이면서 듣고 있었는데, 그의 얘기가 끝나면 결론처럼 묘한 말을 했다.
"이 세상에는 누구나 다 살고 있다. 누구든지 이 세상에는 한 번밖에 살 수 없어."

좀카는 작년부터 야간학교가 있는 노동자촌으로 옮겨 기숙사로 들어갔었다. 공장에서는 선반 견습공으로 일했으며 마침내 제2급 자격을 취득했다. 일은 별로 즐겁지 않았으나 좀카는 어머니의 타락한 생활에 반항이라도 하듯이 술을 마시지 않고 노래도 부르지 않은채 학업에만 열중했다. 그리하며 8학년을 우수한 성적으로 마치고 9학년 전반도 끝냈다.

그의 즐거움이란 친구들과 이따금 축구를 하는 정도였다. 그 유일한 오락으로 인해서 운명의 신은 좀카에게 벌을 내렸던 것이다. 게임을 하던 중 누군가 잘못해서 좀카의 정강이를 구둣발로 걷어찼던 것이다. 좀카는 이것을 별로 대수롭지 않게 생각했으며 약간 절룩거리기는 했어도 통증은 곧 사라졌었다. 그러던 것이 가을이 되자 다리가 몹시 아프기 시작했다. 그런데도 좀카는 오랫동안 의사에게 보이려고도 하지 않았다. 상태는 급속하게 나빠졌다. 그는 이 의사, 저 의사를 찾아다니고 그 고장의 병원에 입원하기도 했으나 최종적으로는 이곳으로 옮기게 된 것이었다.

왜 이렇게 되어야 하는지 좀카는 스초파 아주머니에게 물었다. 어째서 운명은 이렇게 불공평한 것일까. 어찌하여 어떤 인간은 평생토록 평온 무사하게 살고 어떤 인간은 하는 일마다 제대로 되지 않는 것일까. 그런데도 사람의 운명은 본인이 하기 나름이라고들 말한다. 절대로 그렇지 않다.

"하느님의 뜻에 달려 있어."라고 스초파 아주머니는 달랬다. "하느님은 모든 것을 다 알고 계시거든. 우리는 참아야 해, 좀카."

"정말 하느님이 자기의 뜻대로 모든 것을 처리하신다면 어찌하여 하느님은 일부 사람들에게만 고통을 주실까요. 더 공평하게……."

하지만 참고 견디어야 한다는 데는 이론의 여지가 없었다. 참지 않겠다고 한들 무슨 뾰족한 수가 있겠는가

스초파 아주머니는 이 고장 사람이어서 딸이나 아들, 며느리가 자주 병

문안을 와서 여러 가지 먹을 것을 갖고 왔다. 그러한 음식을 스초파 아주머니는 옆자리의 환자나 잡역부에게 곧 나누어주어 언제나 순식간에 다 없어져 버렸다. 좀카도 불려나가 달걀이나 고기 만두를 자주 얻어먹었다.

좀카는 이제껏 배불리 먹어본 기억이 없었으며 언제나 굶주리고 있었다. 먹을 것에 항상 신경이 집중해 있어서 굶주림은 실제보다 훨씬 강하게 느껴졌었다. 그래도 스초파 아주머니를 문병 왔을 때 놓고간 음식을 받는 것은 마음이 내키지 않아서 가령 달걀을 받았지만 고기 만두는 언제나 사양했다.

"괜찮아, 어서 먹어!" 아주머니는 손짓을 하며 권했다. "이 만두에는 고기가 들어 있으니 육식기(肉食期; 러시아 정교회에서 크리스마스 때부터 대정진기까지의 기간.) 안에 먹어."

"그럼 이후에는 먹을 수 없나요?"

"물론 먹지 못하고 말고. 너는 아직 그걸 모르느냐?"

"그럼 육식기 이후에는요?"

"사육주간(謝肉週間; 채식만 하는 대정 진기 전의 1주간.)이지!"

"그렇다면 괜찮겠군요, 스초파 아주머니! 사육제 기간이라면 축제 기간이니까요."

"축제 기간이라도 고기를 먹어서는 안 돼."

"하지만 그 사육주간도 언젠가는 끝나겠지요."

"그야 끝나겠지! 한 주간이면 끝나니까."

"그럼, 그후에는?" 좀카는 자기 집에서는 한 번도 먹어보지 못한 향긋한 고기 만두를 맛있게 먹으면서 유쾌한 듯이 묻는 것이었다.

"요즘 아이들은 믿지 않는 사람이 너무 많아. 그래서 아무것도 모르거든. 그후에는 대정진기(부활제 전 의 7주간.)거든."

"대정진기는 왜 필요하지요? 그런 것이 왜 있지요? 더욱이 대(大)자까지 붙여서!"

"좀카, 그것은 말이지 배가 너무 부르면 인간은 짐승처럼 돼버리지. 가끔은 굶어도 봐야 해."

"굶어야 하다니, 그것은 무엇 때문이지요?" 배가 고픈 상태밖에 알지 못했던 좀카로서는 그런 것은 도저히 이해할 수 없었다.

"그건 마음을 깨끗하게 하기 위해서지. 배가 고프면 머리가 맑아지거든. 그렇게 생각해본 적이 없었니?"

"없어요, 스초파 아주머니. 그런 것은 한 번도 생각해본 적이 없습니다."

읽고 쓰기도 제대로 하지 못하던 1학년 때부터 종교는 마약이며, 매우 반동적이며 승려는 협잡꾼이라는 것이 좀카의 머리에는 확실하게 못박혀 있었다. 종교 때문에 여러 나라의 노동자들은 착취 상태에서 풀려나지 못하는 것이다. 그래서 무기를 손에 들고 자유를 쟁취해야 하며 종교와는 인연을 끊어야 하는 것이다.

그렇다면 괴상망측한 달력이 지금도 지켜지고, 말끝마다 하느님을 찾고, 이 음산한 병동에서도 태평스런 웃음을 지으면서 지금 이 고기 만두를 먹고 있는 스초파 아주머니는 반동적인 인물 이외의 아무것도 아닐 것이다.

토요일의 점심 식사가 끝나자 의사들은 퇴근하고, 환자들은 저마다 생각에 잠겨 있었으며 병실 안에는 아직 어둡지 않았으나 계단이나 층계참에는 벌써 불이 켜져 있었다. 좀카는 불편한 다리를 끌면서 이리저리 돌아다니며 스초파 아주머니를 찾고 있었다. 실제적인 충고는 무엇 하나 해주지 못하고 그저 참고 견뎌야 한다는 말 밖에 해주지 못하는 이 노파를 찾고 있었던 것이다.

다리를 잃기 싫다. 잘리고 싶지 않다.

잘라야 하나, 자르지 말아야 하나?

이 끈질긴 통증에서 벗어나려면 역시 절단해버리는 것이 좋을지도 모른다.

그러나 스초파 아주머니의 모습은 어디에서도 찾을 수가 없었다. 그대신 일층 복도가 조금 널찍해지고 작은 홀 같은 공간을 이루고 있는 곳에서 좀카는 한 아가씨, 아니 아가씨라 하기보다는 한 소녀를 보았다. 아래층 간호사의 데스크나 약품장이 놓여 있는 그 장소는 환자의 휴게실도 겸하고 있었다. 이 소녀는 다른 여자 환자들처럼 꾀죄죄한 가운을 입고 있었는데,

그녀는 영화배우처럼 아름다웠다. 황금빛 머리가 살랑대는 그녀의 머리 모양은 보기만 해도 싱그러운 느낌을 주었다.

이 소녀를 처음으로 얼핏 본 것은 어제였는데 그 화단처럼 노란 머리를 보고 좀카는 눈을 깜박거렸다. 그리고 그 소녀의 너무나도 아름다운 용모를 똑바로 쳐다보지도 못하고 눈을 돌린채 지나쳐버렸다. 나이로 보았을 때 이 소녀는 병동 안에서 자기와 가장 나이가 비슷한 것 같았다(그밖에 한쪽 다리를 잘린 스루한이라는 소년도 있었다). 어쨌든 이런 여자는 접근하기 어려웠다.

오늘 아침 좀카는 다시 한 번 이 소녀의 뒷모습을 보았다. 비록 환자용 가운을 입고 있기는 했어도 사초(莎草) 이삭 같은 그 모습은 곧 알아볼 수 있었다. 그녀의 금발 머리채가 가볍게 흔들리고 있었다.

지금 좀카는 이 소녀를 찾고 있었던 것은 아니었다. 자기가 먼저 말을 걸어볼 용기는 전혀 없었다. 설사 말을 건다 해도 이상하게 입이 무거워져 뜻도 모를 이상한 발음을 할 것이 뻔했다. 그러나 소녀를 보는 순간 좀카는 가슴이 철렁했다. 그는 발을 절지 않도록 조심하면서 휴게실로 들어가서 이 공화국에서 발행되고 있는 〈프라우다〉지의 철을 뒤적거리기 시작했다. 환자들이 포장지나 다른 목적에 쓰기 위해 찢거나 해서 신문철은 무척 얄팍했다.

붉은색 테이블 크로스를 씌워놓은 테이블 표면의 절반쯤은 스탈린의 청동제 흉상이 차지하고 있었다. 머리도 어깨도 실물보다는 훨씬 커보이는 흉상이었다. 그 테이블 모서리에 역시 체구가 큼직하고 입술이 두툼한 잡역부가 마치 스탈린과 겨루기라도 하듯이 버티고 서있었다. 토요일에는 일에 쫓기지 않아도 되었으므로 잡역부는 테이블에 신문을 펴놓고 한가롭게 해바라기 씨를 그 위에 쏟아놓고 씨를 까먹고 있었다. 그녀는 손을 전혀 쓰지 않고 신문지에 껍질을 연신 뱉어내고 있었다. 그는 잠시 여기에 들렀는데 해바라기 씨를 보자 먹고 싶은 충동을 막을 수 없었다.

벽의 확성기에서는 지글거리는 듯한 소리로 댄스 음악이 흘러나왔다. 또 하나의 작은 테이블에서는 두 사람의 환자가 서양 장기를 두고 있었다.
　좀카가 곁눈으로 흘끔 보니 소녀는 아무것도 하지 않고 벽가의 의자에 가만히 앉아 있었다. 등을 쭉 펴고 한손으로 가운의 앞가슴을 여미고 있었다. 여자들이 제 손으로 달지 않으면 그들의 가운에는 후크가 하나도 달려 있지 않게 된다.
　금발 머리의 지금 당장이라도 날아가버릴 것 같은 천사. 그는 감히 손을 댈 수 없었다. 그녀와 무슨 이야기라도 나눌 수 있다면 얼마나 좋겠는가! 이 아픈 발에 대해서 이야기라도 나눌 수 있다면…….
　이렇게 스스로를 나무라면서 좀카는 신문을 들여다보고 있었다. 시간을 절약하기 위해서 머리를 박박 깎은 것이 이제는 후회스러웠다. 소녀의 눈에는 자기가 목각 인형처럼 보일 것이다.
　그때 갑자기 이 천사가 입을 열었다.
　"무척 얌전하시네요. 어제도 만났는데 왜 가까이 오지 않지요?"
　좀카는 몸을 떨면서 주위를 둘러보았다. 곁에 누가 있을까? 소녀는 좀카에게 말을 걸어왔었다!
　그녀의 머리 위에서는 색색의 관모(冠毛)나 깃털 같은 것이 흔들리고 있었다.
　"무서우세요? 의자를 이쪽으로 갖고와 앉아요. 우리 친구 해요."
　"무섭기는……." 그러나 목이 잠겨서 말이 잘 나오지 않았다.
　"그럼 그 의자를 갖고 가까이 와요."
　좀카는 의자를 들고 절름거리지 않도록 조심하면서 소녀의 의자 옆에 자기의 의자를 붙여놓았다. 그리고는 한손을 내밀었다.
　"내 이름은 좀카요."
　"나는 아샤." 소녀는 부드러운 손을 좀카의 손에 맡겼다가 도로 뺐다.
　좀카는 자기의 의자에 앉았으나 어쩐지 기분이 묘했다. 두 사람은 마치 신랑신부처럼 나란히 앉았다. 그러나 소녀의 얼굴을 잘 볼 수 없어서 그는 좀더 편한 위치로 의자를 옮겼다.

"왜 당신은 가만히 앉아만 있지요?" 하고 좀카가 물었다.

"가만히 앉아 있다니요, 그렇지 않아요."

"그럼 무엇을 하고 있단 말이지요?"

"음악을 듣고 있어요. 마음속으로 춤을 추고 있어요. 당신은 춤출줄 알아요?"

"마음속으로?"

"아니, 일어서서 진짜로……."

좀카는 부정의 뜻으로 입맛을 다셨다.

"그럴 줄 알았어요. 여기서 둘이서 춤을 추면 좋을 텐데." 아샤는 주위를 둘러보았다. "하지만 너무 좁요. 그리고 이런 음악으로 춤을 추어도 재미가 없겠어요. 그렇다고 가만히 앉아 있으려니까 답답해서 어쩔 수 없이 듣고 있을 뿐이에요."

"어떤 댄스를 좋아하지요?" 좀카는 신이 나서 물었다. "탱고?"

아샤는 한숨을 내쉬었다.

"탱고 같은 것은 할머니들이나 추는 춤이에요! 요즘에 추는 춤은 로큰롤이라야 해요. 이 지방에서는 아직들 추지 않지만 모스크바에서는 모두 추고 있어요. 굉장히 잘 춘다구요."

좀카는 소녀의 말을 따를 수는 없었으나 이렇게 이야기를 나누고 상대방의 얼굴을 쳐다볼 수 있는 것만으로도 즐거웠다. 소녀의 눈은 약간 녹색이 섞여 있는 이상한 색깔이었다. 눈에 색을 칠할 수는 없으니 타고날 때부터 그런 색깔이겠지. 어쨌든 매력적인 눈빛이었.

"아주 신나는 춤이에요!" 아샤는 혀를 찼다. "아직 본 적이 없으니까 흉내는 낼 수 없지만. 당신은 지루할 때 어떻게 지내지요? 노래를 부르나요?"

"아니. 노래는 부르지 않아요."

"우리는 노래를 불러요. 장시간 잠자코 있으면 답답하잖아요? 그럼 당신은 어떻게 지내지요? 아코디온을 연주하나요?"

"아니……." 좀카는 부끄러운 표정을 지었다. 아무래도 이 소녀와 화제를 맞추기란 어려울 것 같았다.

더군다나 사회 문제에 가장 흥미를 갖고 있다고 말할 수 있는 분위기도 아니었다!

아샤는 이상하다는 듯한 표정을 지었다. 아주 색다른 사나이 같아!

"그럼 스포츠는 어때요? 나는 5종 경기에 소질이 있어요. 140센티미터에 1320점이에요."

"나는 별로……." 이 소녀 앞에 있으려니까. 자기는 전혀 무능력자 같 아지는 것이 아쉬웠다. 세상 사람들은 얼마나 자유로운 생활을 하고 있는가! 좀카는 도저히 그렇게 할 수가 없었다…….

"축구를 조금……."

그러나 그것도 참담한 결과로 끝나고 말았다.

"그럼 담배나 술은?" 이제 마지막 질문처럼 아샤는 물었다. "아니면 맥주?"

"맥주……." 좀카는 한숨을 내쉬었다. 사실은 맥주도 못마시지만 더 이상 창피를 당할 수는 없었다.

"아아아!" 아샤는 마치 배라도 걷어채인 것처럼 신음 소리를 질렀다. "당신은 아직도 어린애예요. 갓난아이란 말이에요! 스포츠도 하지 않다니! 우리 학교에도 그런 남자 애가 있어요. 그런데 작년 9월, 남학생들의 교실로 옮겨갔지요. 겁쟁이나 우등생만 남게 되고 재미있는 아이들은 여학생 교실로 옮겼지요."

소녀는 좀카에게 모욕을 줄 생각은 없었으나 겁쟁이라는 말에 좀카는 약간 기분이 언짢아졌다.

"당신은 몇 학년이지요?" 좀카가 물었다.

"10학년이에요."

"그런 헤어스타일을 해도 괜찮은가요?"

"그야 물론 학교에서는 허락하지 않지요……. 그래서 우리는 항의하고 있어요!"
 그것은 단순히 소박한 반항에 지나지 않을 것이다. 좀카는 자기가 냉대를 받거나 두들겨맞는 일이 있더라도 이 소녀와 이야기를 나누는 것이 여간 즐겁지 않았다.
 라디오에서는 댄스 음악이 끝나고 아나운서가 파리 협정에 반대하는 여러 국민의 투쟁에 대하여 말하기 시작했다. 이것은 프랑스를 독일에 팔아넘기고 독일을 프랑스에 팔아넘기는 음험한 협정이라고 했다.
 "그러면 당신은 평소에 무엇을 하고 있지요?" 아샤가 집요하게 물어왔다.
 "나는 선반공입니다." 좀카는 약간 퉁명스럽게 말했다.
 아샤는 선반공이라는 말을 듣고도 놀라지 않았다.
 "월급은 얼마죠?"
 좀카는 자기가 땀 흘려 얻은 급료에 대해서 무척 자랑스럽게 여기고 있었다. 그러나 지금 그 액수를 입밖에 내고 싶지 않았다.
 "물론 얼마 되지는 않지만……." 좀카는 띠엄띠엄 말했다.
 "참 안 됐군요!" 아샤는 덤덤하게 말했다. "스포츠라도 했으면 좋을 텐데. 체력도 좋으면서……."
 "하지만 잘 해야지……."
 "잘 하다니! 누구나 다 운동 선수는 될 수 있어요. 연습만 하면. 그리고 운동 선수가 되면 갖가지 혜택도 있잖아요. 여비도 안 들고, 식사도 하루에 30루불 짜리의 호화판이지요. 그것도 호텔에서! 또 상금도 받을 수 있고, 여러 도시로 여행도 할 수 있고!"
 "당신은 어느 도시에 가보았지요?"
 "레닌그라드에도 갔었고 보로네시에도 갔었어요……."
 "레닌그라드는 마음에 들던가요?"
 "굉장하더군요! 아케이드, 데파트, 여러 가지 전문점도 있었고 양말만 파는 가게도 있었어요! 핸드백만 파는 가게도 있었고……."

그것은 좀카로서는 상상도 못할 일이었으며, 부럽기조차 했다. 이 소녀가 이처럼 열을 올려 말하는 것을 보면 굉장히 멋진 도시일 것이다. 좀카가 사랑하는 이 고장의 생활은 전혀 문제도 되지 않을 것이다.

잡역부는 여전히 기념비처럼 꼿꼿하게 서서 해바라기 씨의 껍질을 토해내고 있었다.

"그렇게 스포츠를 잘 한다면서 어쩌다가 이곳에 오게 되었지요?"

어디가 아프냐고는 물을 수 없었다. 상대방의 몸에 대해서는 묻기가 곤란했던 것이다.

"그저 검사를 받으러 온 거예요, 사흘 동안." 아샤는 솔직하게 말했다. 소녀의 한쪽 손은 앞가슴이 벌어지지 않도록 계속 가운 자락을 잡고 있어야 했다. "형편없는 가운이에요. 이것은 입기가 창피해요! 이런 곳에 1주일만 있게 된다면 미칠 거예요……. 당신은 왜 여기에 와 있지요?"

"나 말인가요?" 좀카는 어물거렸다. 자기의 다리에 대해 누구와 이야기를 나누고 싶었으나 느닷없이 이런 질문을 받고 보니 당황하지 않을 수 없었다.

"나는 다리가……."

지금까지만 해도 '나의 다리가'라는 말은 매우 중대하고 괴로운 의미를 가진 말이었다. 그러나 솔직한 아샤 앞에서는 과연 그것이 그토록 중대한 일일까 하는 생각이 들었다. 그래도 자기의 다리에 대한 것이나 급료에 대해서도 거리낌없이 태연하게 말할 수는 없었다.

"그럼 의사 선생은 뭐라고 했지요?"

"그런데…… 분명하게 말은 하지 않았아도…… 아무래도 잘라낼 모양인가봐요."

좀카는 어두운 표정을 지으면서 아샤의 밝은 얼굴을 바라보았다.

"힘을 내요!" 아샤는 소꿉 친구처럼 좀카의 어깨를 두들겼다. "다리를 절단하다니! 의사가 정신이 돈 것 아닌가요? 치료를 포기했다는 거잖아요? 절대로 질질 끌려가면 안 돼요! 다리를 잘리느니 차라리 죽는 편이 더 나아요, 병신이 되다니 이건 말도 안 돼요. 우리는 행복해지기 위해서 살고 있잖아요?"

그래, 소녀의 말이 맞다! 목발을 짚고 다니는 사나이에게 무슨 행복이 있겠는가. 가령 이처럼 예쁜 소녀와 나란히 앉아 있을 때 목발을 어떻게 쥐고 있어야 할 것인가……. 첫째는 의자를 자기의 손으로 운반할 수도 없으며 소녀에게 갖다 달라고 해야 한다. 그렇다, 다리가 없는 생활은 생각할 수도 없다.

우리는 행복해지기 위해 살고 있는 것이다.

"그런데 언제 입원했지요?"

"글쎄, 얼마나 되었을까." 좀카는 한참 생각해 보았다. "3주쯤 되는군요."

"아아 무서워!" 아샤는 어깨를 움츠렸다. "얼마나 답답했겠어요! 라디오도, 아코디온도 없이! 그리고 병실에서 주고받는 말이들이란 뻔할 것이고!"

자기는 하루 종일 책을 읽으며 공부를 한다고는 말할 수 없었다. 아샤의 입에서 쏟아져 나오는 거침없는 말 앞에서 좀카의 중요한 일들은 빛을 잃고 마는 것이다.

좀카는 쓴 웃음을 지으며(내심으로는 냉소할 처지가 아니었지만) 말했다.

"그러고 보니 모두 이런 말을 하더군요. '사람은 무엇에 의해서 사느냐'라고."

"그건 무슨 소리지요?"

"즉 무엇 때문에 살고 있느냐, 라는 말이지요."

"아, 그런 뜻이었군요!" 아샤는 어떤 질문에도 곧 대답할 수 있을 것 같았다. "글짓기 시간에 우리도 그런 제목으로 글을 쓴 적이 있어요. '인간은 무엇 때문에 사는가.' 그때 여러 가지 실례가 다 나왔어요. 목화 따는 인부의 이야기라든가, 젖 짜는 여자 이야기라든가, 국내전(國內戰)의 영웅에 대한 이야기라든가, 파벨 코르차긴(오스트로프스키의 소설 《강철은 어떻게 단련되는가》의 주인공.)을 어떻게 생각하는가, 마트로소프(독일과의 전쟁 때 토치카의 총알을 자기의 몸으로 막고 열아홉 살에 죽은 영웅.)의 위업을 어떻게 생각하는가 등등."

"어떻게 생각하다니요?"

"즉 자기가 그런 입장에 처하게 되면 똑같은 행동을 할 수 있겠는가 하는 것이지요. 언제나 꼭 그것을 물었어요. 그러면 누구나 똑같은 행동을 할 것이라고 썼어요. 시험도 보기 전에 선생의 기분을 상하게 할 필요는 없으니까요. 그러나 사시카 그로모프는 '제가 생각했던 대로 써도 좋습니까?'라고 질문했어요. 분명히 '생각한 대로'라고 말했던 거예요! 그건 짓을 했다가는 낙제하게 되는 것이 뻔한 데도 말이에요! ……. 그리고 한 여자 아이가 쓴 것은 아주 걸작이었어요. '조국을 사랑해야 할 것인지 아직은 잘 모르겠습니다.'라고. 그러자 여선생은 머리끝까지 화가 나서 '이것은 아주 무서운 생각이에요. 조국을 사랑하지 않는다는 것은 있을 수 없는 일이에요.' '아마도 사랑할 것이라고는 생각하지만 잘 모르겠습니다. 잘 확인해보지 않고서는…….' '그것은 확인할 필요도 없어요! 학생은 어머니의 젖을 빨 때 조국에 대한 사랑도 함께 빨며 자랐으니까! 다음 수업 시간까지 다시 써오도록!' 그 여선생은 별명이 두꺼비였어요. 교실에 들어와서 한 번도 웃은 적이 없었어요. 하기야 그것도 당연하겠지요. 그 선생은 노처녀였는데, 공연히 우리한테만 신경질을 부렸어요. 특히 얼굴이 예쁜 아이들을 적대시했어요."

아샤는 자기의 얼굴을 충분히 의식하면서 그렇게 말했던 것이다. 분명히 이 소녀는 통증이나 불쾌감, 식욕 부진이나 불면증 같은 갖가지 증세를 조금도 경험하지 못하고 있는 것 같았다. 싱그럽고 불그레한 뺨을 그대로 간직하고 있었다. 체육관이나 무도장에서 잠시 빠져나와 3일간의 검사를 받기 위해 왔을 뿐이었다.

"하지만 좋은 선생도 계셨겠지요?" 상대방이 침묵하는 것이 두려워서 좀카는 물어보았다. 소녀가 계속 지껄이고 있을 때 이쪽에선 그 얼굴을 바라볼 수 있었다.

"아니, 없어요! 모두 뾰루퉁한 칠면조 같아요! 학교에 대해서는 말도 하기 싫어요!"

이 소녀의 명랑하고 건강한 분위기는 좀카에게까지 전해져 왔다. 좀카는 소녀가 조잘대고 있는 것이 고맙게 느껴졌다. 이제 서먹한 느낌은 사라졌으며 마음은 완전히 해방된 느낌이었다. 자기의 신념은 우선 제쳐놓고, 이 소녀와는 어떤 점에 대해서도 언쟁을 벌이고 싶지도 않았으며 오히려 그녀의 모든 의견에 찬성해주고 싶었다. 행복해지기 위하여 살고 있다는 것도, 다리를 절단해서는 안 된다는 것도 지당한 소리였다. 그러나 다리는 계속 욱신거려서 좀카에게 현실을 생각케 했다. 그러면 어느 부분을 자를 것인가? 정강이의 중간일까? 무릎일까? 넓적다리의 한가운데일까? 생각해보면 '사람은 무엇에 의해서 사는가'라는 설문이 중대한 문제로 된 것은 이 다리 때문이었다. 그래서 좀카는 물었다.

"그런데 정말 어떻게 생각하지요? 무엇 때문에⋯⋯인간은 살고 있는 것일까요?"

이 소녀는 즉답(卽答)의 명인이었다! 그런 것을 농담이 아니라 진지하게 물어보는 인간의 기분을 알 수 없다는 듯이 소녀는 파란 눈으로 좀카를 물끄러미 바라보았다.

"무엇 때문이냐 하면 그야 물론 사랑 때문이지!"

사랑을 위해서라! ⋯⋯. 톨스토이도 '사랑'이라 했는데 그것은 어떠한 의미의 사랑일까. 이 소녀가 다니는 학교의 여선생도 학생들에게 '사랑'을 요구했는데 이것은 어떠한 의미의 사랑일까. 그러나 좀카는 상대방의 진의를 파악하고 그것을 자기의 머릿속에서 처리하는 데는 익숙해 있었다.

"하지만 그것은⋯⋯." 하고 좀카는 쉰 목소리로 말했다. 기분은 이미 통했으나 아직 말은 함부로 할 수 없었다. "⋯⋯사랑이라 하는 것은⋯⋯ 인생의 전부는 아닐 것입니다. 그것은⋯⋯이따금씩 하는 겁니다. 어느 정도 나이가 든 다음에⋯⋯."

"어느 정도의 나이라면 몇 살을 두고 하는 말이지요?" 아샤는 마치 큰 모욕이라도 당한 것처럼 성난 목소리로 되물었다. "우리들 또래의 나이라면 즐거운 일 뿐이잖아요? 언제 또 그럴 때가 있지요? 그리고 사랑을 빼놓으면 인생에 무엇이 있지요?"

소녀의 신념은 그녀의 눈에도 역력하게 나타나 있었다. 반대해도 소용없는 일이었다. 그래서 좀카는 반대하지 않았다. 그녀와 입씨름을 하기보다는 그녀의 의견에 귀를 기울이고 싶었다.

소녀는 좀카쪽으로 몸을 비틀며 얼굴을 가까이 대고 손은 여전히 가운의 앞가슴을 여미고 있었으나 지상의 온갖 장애물을 두 손으로 쳐부술 듯한 기세로 말했다.

"사랑은 언제나 우리들 것이에요! 사랑은 지금 해야 해요! 누가 뭐라고 하든 신경쓸 것 없어요. 사랑! 그것이 전부예요!!"

소녀는 오래 전부터 좀카와 사귄 사이기나 한 것처럼 무척 솔직했다……. 만약 해바라기 씨를 씹고 있는 잡역부나, 간호사나, 장기를 두고 있는 두 남자나, 복도를 오가는 환자만 없었다면 지금 당장이라도 이 홀의 구석에서 두 사람이 늙기 전에 소녀는 좀카에게 손을 내밀어 사람은 무엇에 의해 살고 있는지 보여줄 기세였다.

쉴 새 없이 쿡쿡 쑤시고 꿈속에서도 쑤셨으며 조금 전까지도 쑤시던 좀카의 다리는 갑자기 통증이 멎어, 이제 좀카에게는 아픈 다리도 없었다. 좀카는 멍청하게 입을 벌리고 아샤의 젖혀진 젖가슴을 바라보고 있었다. 어머니에게서는 심한 혐오감밖에는 느끼지 못했는데 지금은 조금도 부끄럽지 않았으며, 조금도 더럽지 않았으며, 이 세상의 무엇보다도 순결한 것으로 소년 앞에 나타나 있는 것이다.

"당신, 혹시……." 지금 당장이라도 웃음이 터져나올 것 같이, 그러나 동정을 담아서 거의 속삭이는 듯한 목소리로 아샤는 물었다.

"지금까지 한 번도……? 아직 모르는군요?"

도둑질하는 현장을 들키기라도 한 것처럼 좀카의 귀와 얼굴과 이마에 뜨거운 것이 갑자기 밀어닥쳤다. 이 20분 동안에 오랫동안 지켜왔던 요새를 이 소녀에게 깨끗이 점령당한 좀카는 바싹 마른 목소리로 용서를 빌 듯이 물었다.

"당신은?"

가슴 속의 속옷이나 마음을 조금치도 감추지 않았던 것처럼 소녀는 그의 물음에 아무것도 감추려 하지 않았다. 무엇 때문에 감출 필요가 있겠는가.
"우리 반 친구들은 절반 이상이 다 경험했는데 뭐! ……. 한 아이는 8학년 때 임신까지 했어요! 그리고 어떤 아이는 집에서 돈을 벌다가 들키기도 했어요, 알겠어요? 그 아이는 자기의 저금통장까지 갖고 있었어요! 어떻게 들켰는가 하면 무심코 일기장에 썼던 것을 여선생이 보았던 거예요. 하지만 빠르면 빠를수록 재미있지 않을까요? ……우물쭈물할 필요가 없어요. 지금은 원자 시대예요!"

11. 자작나무의 암

토요일 밤, 암병동의 병실에도 눈에 안 보이는 안도감이 느껴지는 것은 어째서일까. 휴일이라고 해서 환자들이 병에서 해방되는 것도 아니고, 또 병을 걱정하는 마음에서 해방되는 것도 아니다. 그러나 의사의 진찰이나 치료에서는 해방될 수 있다. 아마도 그런 것을 인간의 내부에 잠재해 있는 영원히 어린애다운 마음은 기뻐하나보다.
아샤와 이야기를 나눈 후 다리가 더욱 쑤셔서 좀카는 조심스럽게 계단을 올라와서 자기의 병실로 돌아갔다. 병실 안은 이상하게 들떠 있었다. 이 병실의 환자 전원과 시브가토프 뿐만 아니라 일층에서 올라온 손님까지 와 있었다. 손님 중에는 방사선 치료실에서 막 나온 한국인 이(李)씨 같이 낯익은 사람도 있었으며(혀에 라디움 침을 꽂아놓고 있는 동안 이 환자는 마치 은행에 예치해둔 귀중품처럼 쇠가 잠긴 방에 갇혀 있었다), 처음 보는 환자도 있었다. 낯선 사람 중의 한 사람은 풍채가 좋은 러시아 인으로 올백을 한 백발을 곱게 빗어넘기고 있었는데 목이 아파서 작은 소리 밖에는 내지 못했다. 이 사나이는 좀카의 침대에 걸터앉아, 침대의 절반 정도를 차지하고 있었다. 이들은 모두 연설을 듣고 있었던 것이다. 러시아 어를 모르는 무르살리모프나 에겐베르지예프까지도 귀를 기울이고 있었다.
 연설을 하고 있는 사람은 코스토글로토프였다. 침대에서가 아니라 한층 높은 창문턱에 걸터앉아 있는 것이 이 모임의 중요성을 말해주고 있는 것 같았다. 까다로운 간호사라면 결코 그런 곳에 앉지 못하게 했겠지만 오늘밤의 당직은 인턴인 투르군으로 그는 이해심이 많은 청년이었다. 창문턱에 환자가 걸터앉아 있다고 해서 의학 그 자체가 와해되는 것은 아니다. 코스토글로토프는 양말을 신은 한쪽 발을 자기의 침대 위에 올려놓고 무릎을 구부린 다른 다리를 그 다리 위에 기타처럼 올려놓은채 너무 흥분한 나머지 약간 몸을 흔들면서 병실이 찌렁찌렁 울리도록 큰소리로 말했다.
 "일찌기 철학자 데카르트는 '모든 것을 의심하라'라고 말했었다!"
 "그러나 그것은 우리 나라의 현실과는 어울리지 않는 말이다!" 루사노프가 손가락 한 개를 세워보이면서 경고했다.
 "그야 물론 그렇겠지." 코스토글로토프는 반대 의견이 나오자 깜짝 놀라는 모양이었다. "내가 말하고 싶은 것은 우리가 토끼처럼 의사의 말을 액면 그대로 믿어서는 안 된다는 말이다. 가령 내가 지금 읽고 있는 이 책." —— 그는 펴놓은 큰 책을 창틀 위에서 집어들었다. —— "이것은 아브리코소프와 스트류코프 공저로 된 병리해부학인데 전문학교의 교과서다. 이 책에도 쓰어 있지만 종양이 진행되는 방법과 중추신경의 활동과의 관련성에 대해서는 아직까지도 전혀 해명되지 않았다. 그러나 이 양자 사이에는 놀라울 만한 관련성이 있지! 이 책에는 분명히 그렇게 쓰어 있었어." —— 그는 그 부분을 찾아서 가리켰다. "흔한 일은 아니지만 자연 치료의 실례도 있었어! 내가 말하는 뜻을 알겠나? 여기서 치료받을 것이 아니라 자연 치료를 해야 해! 어떤가?"
 그러자 병실 전체가 온통 술렁거렸다. 그것은 마치 펼쳐놓은 큰 교과서의 페이지에서 자연 치료라는 이름의 무지개빛 나비가 날아오자 누구나가 그 나비에게 은혜를 받으려고 이마나 뺨을 내미는 것처럼 보였다.
 "자연 치료다!" 코스토글로토프는 책을 덮고 의연히 다리는 기타처럼 꺾고 앉은채 두 팔을 크게 벌렸다.
"말하자면 이것은 원인은 확실하지 않지만 종양이 갑자기 반대 방향으로 진행하기 시작한다는 것이다! 종양이 작아지고 오무라들고 마침내 완전히 없어져버린다! 어떤가?"
모두들 이 이야기에 멍하니 입을 벌린채 아무말도 하지 않았다. 종양이, 다름아닌 이 종양이, 자기의 인생을 일변시킨 이 종양이 갑자기 후퇴하고 쇠퇴해져서 사라져버린단 말인가?
누구나가 무지개빛 나비에게 얼굴을 내밀고 침묵을 지키고 있었다. 침울한 포두예프만이 침대의 스프링을 삐걱거리며 절망적인 쉰 목소리로 말했다.
"그렇게 되려면……양심이 깨끗해야 될 거야."
그것은 포두예프가 의견을 말한 것인지, 아니면 혼잣말을 한 것인지 대부분의 사람들은 알 수 없었다.
파벨 니콜라예비치는 이번만은 주의깊게 얼마쯤 공감마저 느끼면서 옆 침대의 환자 오글로예트의 연설을 듣고 있다가 제지하고 나섰다.
"양심과 무슨 상관이 있단 말인가, 포두예프군!"
그러나 코스토글로토프는 곧 포두예프의 의견을 받아들였다.
"그래 잘 말했어. 에프렘! 무슨 관계가 있는지 알 바가 아니지. 우리는 아무것도 모르니까. 이것은 전후의 이야긴데, 어느 잡지에서, 〈즈베즈다〉지였다고 생각되는데 아주 재미있는 논문을 읽은 적이 있지……. 즉 인간에게는 머리로 통하는 통로가 있는데 거기에는 골수의 방벽 같은 것이 있다는 거야. 그런데 인간을 죽이는 물질이나 세균이 그 방벽을 뚫고 뇌로 들어가지 않는 이상 인간은 살아 있게 된다는 거야. 문제는 돌파하느냐 어떠냐가 무엇에 의해서 결정되느냐 하는거야……."
젊은 지질학자는 이 병실에 들어오자마자 책에 매달려 있었는데 지금도 코스토글로토프 곁의 또 하나의 창 아래서 침대에 걸터앉아 책을 읽다가 이따금 고개를 들어 논쟁에 귀를 기울이고 있었다. 그러더니 지질학자는 머리를 들었다. 손님들도, 이 병실의 환자들도 모두 귀를 기울이고 있었다.

난로 곁의 침대에서는 아직 깨끗하고 흉터는 없었으나 이미 운명이 정해진 목을 부등켜안고 페데라우가 비스듬히 누워 베개를 빈채 듣고 있었다.

"······무엇에 의해서 결정되느냐 하면, 그 골수의 방벽 속에 있는 카리움염(塩)과 나토리움염의 상관 관계에 의한다는 거야. 가령 어느 쪽인지는 잊었지만 나토리움이라면 나토리움염의 양이 많으면 그 방벽은 아무것도 통과시키지 않는다. 따라서 인간은 죽지 않는다. 그러나 반대로 카리움염의 양이 많아지면 방벽은 돌파되고 인간은 죽어버린다. 그 카리움염과 나토리움염의 관계는 무엇에 의해 결정되는가, 하는 것이 가장 흥미있는 점이지! 양자의 상관 관계는 인간의 기분에 따라서 결정된다! 알겠나? 즉 인간이 건강하고 정신적으로도 건전할 때는 방벽 속의 나토리움염의 분량이 많아지지. 따라서 어떤 병에 걸리더라도 죽지는 않아! 그러나 풀이 죽어 있으면 갑자기 카리움의 양이 많아진다. 그렇게 되면 관(棺)을 주문하지 않으면 안 된다."

지질학자는 교사가 다음에 무엇을 칠판에 쓸지 정확하게 알고 있는 우등생처럼 냉정하고 비판적인 표정으로 귀를 기울이고 있었다. 그러더니 긍정적인 의견을 말했다.

"옵티미즘(낙천주의)의 생리학이군. 아이디어는 나쁘지 않아, 아주 좋아요."

그리고 시간을 낭비했다는 듯이 다시 책을 읽기 시작했다.

파벨 니콜라예비치도 여기에 반대하지는 않았다. 오글로예트는 매우 과학적으로 말하지 않는가.

"그래서." 하고 코스토글로토프는 말을 계속했다. "앞으로 100년쯤 지나서 양심의 가책을 받지 않는 인간의 체내에는 세시움염이나 무언가가 분비되고, 고통이 많은 인간에게서는 그것이 분비되지 않는다. 이런 사실이 발견되었다 하더라도 나는 놀라지 않을 것이다. 그 세시움염의 존재 여하에 따라서 세포가 종양으로 변화하느냐, 또는 종양이 소멸하느냐를 결정하게 된다는 것이 판명된다 하더라도 말이다."

에프렘이 쉰 소리로 한숨을 쉬었다.

"나는 여러 여자를 버렸었다. 아이를 안은 여자는 울었었다……. 나의 종양은 없어지지 않을 거다."

"그것과 무슨 관계가 있지?" 파벨 니콜라예비치 끼어들었다. "그러한 사고 방식은 승려들이나 갖고 있는 거야. 포두예프군! 자네는 쓸모없는 책을 너무 많이 읽어서 사상적으로 타락해 버렸네! 그래서 도덕적 향상을 우리에게 설교하고 있는 거야."

"당신은 어찌하여 도덕적 향상에 대해서 집착하는지 모르겠군." 하고 코스토글로토프가 물고 늘어졌다. "도덕적 향상이란 말을 듣고 화를 내는 사람은 도덕적 불구자 뿐이다!"

"아니, 당신은 중요한 것을 잊고 있어!" 파벨 니콜라예비치는 금테 안경을 번쩍이면서 번쩍 고개를 들었다. 그 순간 목의 오른쪽 종양이 머리의 자유로운 움직임을 방해하고 있다는 것은 완전히 잊고 있는 것 같았다. 몇 개의 문제에 대해서는 이미 일정한 의견이 정해져 있어! 그러한 문제에 대해서 우리는 왈가왈부할 수 없어!"

"왜 안 된다는 거지?" 코스토글로토프는 어둡고 큰 눈으로 루사노프를 쏘아보았다.

"참으세요, 싸움은 하지 마세요."라고 환자들은 말했다.

"아니 그러지들 마시고."라고 좀카의 침대에 앉아 있던 목소리를 잘 내지 못하는 사나이가 말했다.

"아까 자작나무 버섯 야기를 했는데 그것을……."

그러나 루사노프도 코스토글로토프도 양보하려 하지 않았다. 두 사람은 서로 상대방에 대해서는 아무것도 모르면서도 맹렬한 증오가 이글거리는 눈으로 노려보고 있었다.

"발언하는 이상 기본적인 상식쯤은 알고 있어야 해!"라고 한 마디 한 마디씩 일부러 똑바로 발음하면서 파벨 니콜라예비치는 상대방을 공격했다. "레프 톨스토이 일파가 말하는 도덕적 향상에 대해서는 레닌이 최종적인 판단을 내리고 있어! 스탈린 동지도 그랬고 고리키도 그랬어!"
 "아니 안 됐지만." 한 손으로 밀어내는 시늉을 하면서 코스토글로토프는 긴장을 감춘 부드러운 목소리로 말했다. "최종적인 판단이란 어떤 위대한 인간이라도 내릴 수 있는 것이 아니야. 내릴 수 있다면 인간의 생활은 정지해 버리니까. 뒤를 이을 세대의 인간은 아무것도 할 말이 없어져버리는 것이 아닐까."
 파벨 니콜라예비치는 말문이 막혔다. 회고 민감한 귓부리가 점점 빨개지고, 뺨의 군데군데에 둥그런 반점이 나타났다.
 '아무리 토요일 밤은 한가하다 허더라도 이렇게 다투고만 있을 수는 없다. 그보다는 이 사나이가 어떤 작자이며, 어디에서 왔으며, 어디에 소속되어 있으며, 그리고 불신에 가득찬 사상이 직장에 해독을 끼치지는 않았는지 그것을 조사해보아야겠다.'
 "물론 나는." 하고 코스토글로토프는 서둘러 말했다. "공부를 할 여유가 없었으므로 사회과학에 대해서는 별로 아는 것이 없지만, 내가 알고 있는 한 레닌은 도덕적 향상이라는 사고방식이 전제정치와의 투쟁이나 무르익기 시작한 혁명의 찬스에서 사회를 분리하려 한다고 톨스토이를 비판했던 거지. 그건 그렇다고 해두고! 그러나." —— 큼직한 손으로 포두예프를 가리키면서 —— "죽음을 눈앞에 두고 처음으로 인생의 의미에 대해서 생각하기 시작한 사람의 입을 막을 필요가 없지 않겠소? 그가 톨스토이를 읽는 것이 왜 그렇게 못마땅한 거지요? 누구한테 해라도 끼친다는 말입니까? 그렇다면 톨스토이의 책을 전부 모아 불이라도 질러야 할까요? 정부의 종교회의(제정 시대에 러시아 정교에 대한 통치 기관.)는 아직 거기까지 결론을 내리지 않았단 말인가요?"
 사회과학에 대해서 자세히 알지 못한다고 말했던 대로 코스토글로토프는 '교회의 종교회의'라고 말해야 했을 것을 '정부의'라고 잘못 말했던 것이다.'
 파벨 니콜라예비치의 두 귀가 빨개졌다. 이것은 정치 기관에 대한 노골적인 공격이 아닌가(어느 기관에 대한 공격인지는 잘 듣지 못했지만). 그리고 이처럼 조직되어 있지 않은 청중 앞에서는 사태가 점점 악화될 뿐이다. 이 논쟁을 슬기롭게 끝내지 않으면 안 된다. 그리고 이 코스토글로토프라는 사나이에 대해서 가급적 빨리 조사해 봐야겠다. 파벨 니콜라예비치는 원칙론은 제쳐두고 포두예비치를 보고 말했다.

"오스트로프스키를 읽는 것이 좋아. 그것이 훨씬 더 유익할 테니까."

그러나 코스토글로토프는 파벨 니콜라예비치의 사소한 배려 따위는 문제시하지도 않았다. 그가 늘 그러하듯이 남의 말 같은 것은 들으려 하지도 않고 이 조직되지 않은 청중 앞에 자기의 생각을 털어놓았다.

"사람이 생각하는 것에까지 간섭해야 합니까? 대체로 우리 나라의 인생철학은 우리에게 무슨 도움이 됩니까? —— '아아, 인생은 아름답다! 인생이여, 나는 너를 사랑한다. 인생은 오직 행복을 위해서만!' 이 얼마나 멋진 철학인가! 이런 것은 동물이라도 말할 수 있어. 닭도, 고양이도, 개라도."

"잠깐, 잠깐만 기다려!" 이제는 시민의 의무에서가 아니라 파벨 니콜라예비치는 매우 인간적으로 항의했다. "죽음에 대한 이야기는 그만 두자구. 죽음 같은 것은 생각하기조차 싫으니까!"

"나한테 부탁해도 소용없는 일이야!" 코스토글로토프는 삽처럼 넓직한 손을 흔들면서 말했다. "여기서 죽음에 대한 이야기를 하지 않고 어디서 그런 얘기를 해야 되지? '아아, 우리는 영원히 살 수 있을 것이다!' 인가?"

"그렇다면 당신은 뭐라고 생각하지?" 파벨 니콜라예비치는 반격했다. "시도 때도 없이 죽음에 대해서 말하거나 생각해야 된다는 건가? 그래서 카리움염의 분량을 늘려야 한다는 말인가?"

"언제나 그러는 것은 아니야." 코스토글로토프는 자기의 모순을 의식하고 약간 낮은 목소리로 말했다. "언제나 그렇다는 것은 아니지만, 그래도 이따금은 생각해야 해. 그것은 아주 유익한 일이니까. 왜냐하면 우리는 일생 동안 단 한 가지 설교만 들어왔으니까. '너희들은 집단의 일원이다, 너희들은 집단의 일원이다!'라고. 그러나 그것은 살아 있는 동안의 일이야. 죽을 때가 되면 집단에서 풀려나지. 물론 그때도 집단의 일원임에는 변함이 없겠지만 죽는 순간에는 혼자야. 종양은 한 사람만 물고 늘어지지 집단 전원을 물고 늘어지지는 않아. 바로 당신의 경우도 그렇다는 말이다!"—— 난폭하게 루사노프를 가리키며 그는 말했다——"좀 솔직하게 말할 수 없겠소? 지금 당신이 무엇보다도 겁내고 있는 것이 무엇이지? 그건 죽는 일이겠지! 가장 말하고 싶지 않는 것이 무엇이지? 그건 죽음일 것이다! 그렇다면 당신의 태도는 대체 뭔가, 그것은 위선이야!"

"이성적으로 말하자면 옳은 얘기요!" 총명한 지질학자가 낮은 소리로 말했는데 그 소리는 확실하게 들렸다. "우리는 너무 죽음을 두려워하는 나머지 이미 죽은 사람에 대해서까지도 생각하지 않으려 해요. 무덤까지도 팽개쳐버리려 하지요."

"그래, 옳은 말이야." 루사노프도 그 말에 찬성했다. "영웅의 기념비는 소중히 돌봐야 해. 신문에도 그렇게 씌어 있었지."

"아니, 영웅 뿐만 아니라 모든 무덤을." 지질학자는 한 번도 큰소리라고는 내보지 않았던 것처럼 나직하게 말했다. 이 청년은 야위었으며 어깨를 보더라도 힘이 없어 보였다. "곳곳의 무덤들은 말할 수 없을 정도로 황폐해졌어요. 알타이 산맥에서 노보시비르스크로 내려오다가도 보았는데 울타리도 전혀 없었고 가축들이 드나들고 돼지가 무덤의 흙을 마구 파헤치고 있었어요. 이것이 우리의 민족적 성격일까요? 과거에는 무덤을 존중해 왔지 않습니까?"

"그렇구 말구 존중했었지!" 코스토글로토프도 동의했다.

파벨 니콜라예비치는 이들과 더 이상 말할 의욕을 잃고 그들의 말에 귀도 기울이지 않았다. 그들과의 얘기에 너무 열중한 나머지 마구 움직이다 보니 목과 머리가 쑤시고 아팠다. 이런 저능한 작자들을 계몽시키고 허튼 소리를 하나하나 정정해줄 만한 힘이 없었다. 생각해 보면 이 병동에 입원하게 된 것은 극히 우연한 일일 뿐이다. 병을 치료해야 할 소중한 시간을 이런 사람들과 노닥거리는 데 소비할 필요는 조금도 없었다. 그보다 더 무서운 것은 어제 주사를 맞은 후에도 종양은 그 활동을 조금도 늦추지 않고, 조금도 부드러워지지 않았다는 점이다. 그 점에 대해서 생각하면 등골이 오싹해졌다. 오글로예트가 죽음에 대해서 말하고 싶어하는 것은 자기가 회복 단계에 들어서 있기 때문일 것이다.

좀카의 침대에 앉아 있던 풍채가 좋고 소리를 제대로 내지 못하는 사나이는 아픈 목을 감싸듯이 누르면서 몇 번이나 자기 의견을 말하려 하면서 이제 우리는 역사의 주체가 아니라 객체(客體)에 불과하다고 소리쳐서 이 불유쾌한 논쟁을 중지시키려 했으나 그 속삭이는 듯한 목소리는 누구의 귀에도 들리지 않았다. 그렇다고 더 이상 큰소리를 낼 수도 없어서 두 개의 손가락으로 목을 눌러 아픈 것을 조금이라도 덜게 하고 목소리를 좀더 크게 내보려고 했다. 말하는 것을 불가능하게 하는 혀나 목의 병은 유난히 사람을 괴롭혔다. 얼굴은 그 고통을 비춰주는 거울 같았다. 처음에 이 사나이는 두 손을 크게 휘저어서 논쟁을 하는 사람들을 제지하려 했으나 이제는 조용해지고 그는 더 이상 참을 수 없어서 병실의 통로 한가운데로 나와 있었으므로 그의 작은 말 소리는 겨우 들리게 되었다.

"여러분! 여러분!" 하고 그 사나이는 목쉰 소리로 말했다. 그는 듣기에도 괴로운 목소리였다. "그런 어두운 이야기는 그만둡시다! 그러지 않아도 병고로 시달리는 몸들이 아닙니까?"

그는 높은 창틀에 앉아 있는 텁수룩한 머리를 한 코스토글로토프를 향해 통로를 걸어가면서 신에게 애원하듯이 한쪽 손을 내밀었다. 다른 한 손은 자기의 목을 누르고 있었다. "아까 자작나무 버섯에 대한 재미있는 이야기를 했었지요? 그 얘기를 계속해주지 않겠습니까?"

"그래, 오레크. 자작나무 얘기를 했었지! 그 얘기가 듣고 싶군!" 시브가토프도 말했다.

얼굴 빛이 청동색 같은 이(李) 씨도 최초의 치료 때 일부를 잘라내어 지금은 나머지 부분이 부어오른 혀를 가까스로 움직이며 알아듣기 어려운

말로 부탁했다.

다른 사람들도 모두 부탁했다.

코스토글로토프도 즐거운 표정이었다. 너무나 오랜 세월 동안 세상 사람들 앞에서 침묵을 지켜왔으며 뒷짐을 짚고 눈을 내리 뜨고 지내온 터여서 이제는 고양이처럼 등이 굽어, 1년간의 추방 생활로는 그런 습성에서 벗어날 수 없었던 것이다. 그는 지금도 병원 구내의 가로수 길을 산책할 때는 자기도 모르게 손을 뒤로 돌리곤 했다. 너무나 오랜 세월 동안 세상 사람들은 코스토글로토프 같은 사람과는 대등하게 얘기를 나누는 것이 금지되어 있어서 인간 대 인간으로서 무언가 진지하게 얘기를 나누는 것은 물론이고, 악수하는 일이나 편지를 주고받는 일조차 금지되어 있었다. 그런데 지금 창틀에 태연하게 걸터앉아 일장 연설을 하고 있는 코스토글로토프 앞에서 세상 사람들은 아무것도 모르는 채 앉아서 자기들의 희망을 안겨줄 말을 들으려고 귀를 기울이고 있었다. 오레크 코스토글로토프는 이전처럼 세상 사람들과 대립한 자기가 아니라 똑같은 불행 속에서 이 사람들과 공통된 연대감을 느끼고 있었다.

더욱이 잊고 있던 것은 많은 사람들 앞에서 연설을 하는 것이며 회의나 집회 같은 것이었다. 그런데 지금 느닷없이 일장 연설을 했던 것이다. 그것은 코스토글로토프로서는 즐거운 꿈속의 일처럼 기이한 일이었다. 그것은 막 빙판 위를 미끄러지기 시작하면 멈출 수 없는 스케이트처럼 생각지도 못했던 회복기 —— 틀림없는 회복기 같은 현재의 상태가 박차를 가해서 일단 시작한 이 연설을 중도에서 중단할 수는 없었다.

"여러분!" 코스토글로토프는 자기도 모르게 웅변조로 말했다. "이것은 정말 놀라운 이야깁니다. 내가 입원할 차례를 기다리고 있을 때 검사를 받으러 온 한 외래 환자 한테서 들은 얘깁니다. 그때 나는 엽서에, 반신용으로 이쪽 주소를 적어 그에게 보냈더니 답장이 왔어요. 열이틀만에! 마스레니코프 박사는 '회신이 늦어져서 미안합니다'라고 썼어요. 하루 평균 열 통의 편지를 써야 한다더군요. 성의있는 답장을 쓰려면 적어도 한 통에 30

분은 걸릴 겁니다. 그렇다면 이 분은 하루 매일 다섯 시간은 편지를 쓰고 있는 셈이지요! 그것도 아무런 보수도 받지 않고!"

"그뿐이 아니지요. 하루에 우표 값만도 4루불이 들어가는 계산이지요." 좀카가 끼어들었다.

"그래, 하루에 4루불이지. 한 달이면 120루불! 더구나 그것은 박사의 업무도 의무도 아니지. 오직 선의에서 하는 일이야. 선의라는 말이 없다면 ……" 코스토글로토프는 짓궂게 루사노프쪽으로 얼굴을 돌리며 "인도주의적이라고나 말해둘까." 하고 이죽거렸다.

그러나 파벨 니콜라예비치는 신문에 실린 예산 보고를 읽고 있었는데 그의 말은 못들은 척했다.

"게다가 박사는 조수도 비서도 없었답니다. 근무 시간 외의 일이었으니까. 더구나 이런 일을 한다고 해서 어떤 명예를 얻는 것도 아닙니다. 우리 환자에게는 의사란 나룻배의 사공 같은 것이지요. 한때는 필요하지만 곧 잊게 되지요. 완쾌하면 박사의 편지 같은 것은 휴지통에 쑤셔넣어 버리겠지요. 편지의 말미에 박사는 이렇게 탄식했어요. 환자가, 특히 박사가 치료한 환자가 서신 연락을 끊어버렸다구요. 약의 분량이나 복용한 결과를 알려오지 않는다는 것입니다. 그래서 박사는 나에게도 부탁했어요 —— 꼬박꼬박 편지를 쓰라고! 우리는 박사의 발 아래 무릎을 꿇어야 해요!"

마스레니코프의 헌신과 열성에 감동해서, 박사를 칭찬하고 싶은 자기 자신을 코스토글로토프는 은근히 확인하고 있었다. 즉 코스토글로토프 자신도 아직 그렇게 썩지는 않았다는 것이다. 마스레니코프처럼 오늘도 내일도 다른 사람을 위하여 일할 수는 없을 것이다.

"하지만 탈선하지는 말아 줘. 오레크!" 가냘픈 미소를 지으면서 시브가토프가 부탁했다.

이 사나이는 얼마나 병이 낫기를 바랐던가! 몇 달이고 몇 년이고 받아야 하는 괴로운 치료, 이제는 거의 절망적인 듯한 치료를 계속 받고 있는 이 사나이가 갑자기 완쾌될 것을 꿈꾸고 있는 것이다! 등의 상처가 나아서,

자세가 바르게 되고 발걸음이 가벼워져서 다시 젊음이 넘치는 사나이로 되살아나고 싶은 것이다! '안녕하세요, 돈초바 선생님, 나는 이렇게 나았습니다.'라고 말하고 싶은 것이다!

그러한 기적을 안겨줄 의사를, 그러한 약을, 이 병원의 의사들이 모르는 약을 환자들은 얼마나 알고 싶어할까! 물론 정색을 하면서 묻는다면 어떤 사람은 믿고 있다고 말할 것이며, 어떤 사람은 부정할지도 모른다. 그러나 마음속으로는 누구나 할 것 없이 그러한 의사가, 그러한 약이, 또 그러한 노파 치료사가 어딘가 있을 것이라고 믿고 있었다. 그러한 장소를 알고 그 약을 입수할 수 있다면 구제될 수 있는 것이다.

자기들의 운명이 완전히 결정되어 있다고는 생각할 수 없다. 그런 것은 도저히 생각할 수 없다!

건강하고 행복하게 살고 있는 동안에는 사람은 기적 같은 것을 우습게 생각하지만 생활이 정체되고 좌절 상태에 빠지고 보면 구원의 손길은 기적밖에 없는 것이다. 그 유일한 기적, 예외적인 기적을 사람들은 믿고 있는 것이다!

코스토글로토프는 지금 자기의 말에 온 신경을 집중시키고 있는 동료 환자들의 열기에 감동하여 자기가 편지를 읽었을 때보다도 지금 자기가 하고 있는 말을 확신하면서 열심히 말하기 시작했다.

"처음부터 순서대로 말하자면 이랬었어, 샤라프. 마스레니코프 박사에 대한 것은 아까 말한 외래 환자가 가르쳐주었었지. 즉 박사는 모스크바 근교인 알렉산드로프 군에 있는 시골 의사인데 이미 수십년 전부터 한 병원에서 근무하고 있었대. 전에는 그런 것이 인정되고 있었던 모양이야. 그래서 박사는 한 가지 사실을 알게 된 거지. 의학 논문에는 암에 대한 사례가 더욱 많이 다루어지고 있는데 그 병원에 오는 환자 중에서는 암 환자가 없었다. 이것은 어째서일까……."

'그래, 정말 이상한 일이다! 어려서부터 신비적인 것에 대해서—— 보이지 않는 딱딱한 벽에 부딪쳐서 떨지 않는 인간이 있을 수 있었을까.

그러나 벽의 겉면에는 이따금 누군가의 어깨나 어떤 사람의 허벅다리 같은 것이 보이거나 한다. 개방적이고 이상적인 일상 생활에는 신비적인 것이 파고들 여지는 없었으나 그것이 난데없이 나타나서 우리들에게 말하고 있다. 내가 여기에 있다! 잊어서는 안 돼! 라고.'

"그래서 박사는 조사하기 시작했지. 조사를 시작했단 말이야." 코스토글로토프는 똑같은 말을 되풀이했다. 여느때 같으면 그런 식으로는 말하지 않았는데 지금은 이렇게 되풀이해 말하는 것이 무척 즐거운 모양이었다. "그리고 이런 것을 발견했다. 즉 그 지방 백성들은 찻값을 절약하기 위하여 차 대신 '차가'라는 것을 끓여서 마셨어요. 그것은 자작나무의 버섯이라고도 했는데……."

"자작나무의 버섯이라……." 포두예프가 끼어들었다. 요 며칠 동안 절망감에 빠져 있던 에프렘으로서도 이처럼 흔하고 구하기 쉬운 약은 무척 매력적인 것이었다.

이곳의 환자들은 남쪽 지방에서 온 사람들이 많았으므로 자작나무 버섯은 물론이고 자작나무는 한 번도 본 적이 없어서 코스토글로토프가 하는 말은 상상하기 어려웠다.

"아니, 자작나무 버섯이 아니야, 에프렘. 정확하게 말해서 이것은 자작나무의 고목에서 흔히 볼 수 있는……묘한 모양을 한 혹처럼 생긴, 겉이 까맣고 속은 암갈색이고……."

"말굽버섯 말인가?"라고 에프렘이 말했다. "옛날에는 부싯깃으로 썼다지?"

"그랬을 거야. 마스레니코프 박사는 언뜻 생각이 들었던 거야. 러시아의 농민들은 자기들 자신은 몰랐지만 그 '차가'를 먹고 몇 세기 동안이나 암에 걸리지 않은 것이 아닐까 하고 말이야."

"그러니까 예방이 되었다는 말이군요."

젊은 지질학자는 고개를 끄덕였다. 책을 읽는 데 방해는 되었지만 그들의 대화는 그만한 가치가 있을 것 같았다.

"그러나 추측만으로는 부족했지. 그래서 더 자세히 조사했어. 그 '차가'를 끓여서 먹는 사람과 그것을 마시지 않는 사람을 오랫동안 관찰할 필요가 있었지. 그리고 종양을 앓고 있는 환자에게도 마시게 해보지 않으면 안 되었지. 그것은 다른 치료법을 중단해야 하니까. 쉬운 일은 아니었어. 그리고 몇 도의 물에 끓여야 하고 분량은 어느 정도로 하며 컵으로 몇 잔을 마시게 할 것인지, 부작용은 없는지, 어떤 종양에 효과가 있으며 어떤 종양에는 효과가 없는지 등 여러 가지 연구할 문제가 있었지. 박사는 이러한 것들을 일일이 연구하게 되었던 거요."

"그래서 결과는?" 시브가토가 흥분한 목소리로 물었다.

좀카는 생각에 잠겨 있었다. 어쩌면 자기의 다리에도 효과가 있지 않을까. 이 다리도 고칠 수 있지 않을까.

"그 결과를 박사는 편지에 써보냈지. 치료법을 가르쳐주었어."

"그 선생의 주소는?" 이번에는 목소리가 나오지 않는 사나이가 열심히 물었다. 그는 한 손으로 목을 누르면서 자켓의 주머니에서 수첩과 만년필을 꺼냈다. "편지에 사용법도 적혀 있단 말이지요? 목구멍의 종양에도 듣는 다고 씌어 있지는 않던가요?"

파벨 니콜라예비치가 아무리 태연한 척하면서 옆사람을 완전히 무시하더라도 이 이야기를, 이 찬스를 흘러넘길 수는 없었다. 최고회의에 제출된 1955년도 국가 예산의 의미나 수자는 이미 그의 머릿속에는 없었다. 루사노프는 신문을 옆에 놓고 천천히 오글로예트를 향해 돌아앉았다. 그의 얼굴에는 이미 희망의 빛이 역력하게 나타나 있었다. 러시아의 소박한 민간 요법은 러시아 인민의 아들인 루사노프도 고쳐줄 것이 틀림없다. 오글로예트의 기분이 나빠지지 않도록 가급적이면 다정한 목소리로 루사노프는 물었다.

"그 치료법은 정식 인정을 받을 건가? 의학적으로 말일세."

코스토글로토프는 창틀에 앉은채 루사노프를 내려다보면서 냉소했다.

"글쎄, 의학적으로 증명되었는지 어떤지는 잘 모르겠군. 이 편지는······."

그는 녹색 잉크로 노란 편지지에 빽빽하게 갈겨쓴 편지지를 펼쳐보였다.
"이것은 사무적인 편지라서 원료를 어떻게 가루로 만들며, 물에 어떻게 타며, 그런 것 밖에는 씌어 있지 않아요. 그러나 의학적으로 증명되었다면 우리는 매일 간호사들에게 이 약을 끓인 차를 얻어마셨겠지. 충계에는 큼직한 통도 놓여 있으니까. 그렇다면 알렉산드로프까지 편지로 알아볼 필요는 없을 거요."

"알렉산드로프라구?" 목소리가 잘 나오지 않는 사나이는 재빨리 메모를 했다. "어느 우체국이지요? 거리의 이름은?" 그것은 매우 사무적인 말투였다.

아흐마잔도 아까부터 무척 흥미진진하게 듣고 있었으며 그 요점을 무르살리모프와 에겐베르지예프에게 작은 목소리로 통역해주고 있었다. 아흐마잔은 다 나아가고 있었으므로 이 자작나무 버섯은 필요 없었다. 그러나 그래도 의문나는 점에 대해서는 물어보았다.

"그 버섯이 그토록 효험이 있다면 어째서 의사들은 그것을 사용하지 않지? 어째서 약으로 채용하지 않을까?"

"채용될 때까지가 문제지, 아흐마잔. 믿지 않을 사람도 있을 것이고 인식을 바꾸는 것이 귀찮아서 반대하는 사람도 있을 것이며, 자기의 약을 보급하려고 반대하는 사람도 있을 거야. 게다가 우리 환자들에게는 선택의 자유도 없으니까."

코스토글로토프는 루사노프의 질문에 대답하고 아흐마잔에게도 대답해주었으나 목소리가 나오지 않는 사나이에게는 대답도 하지 않고 주소도 가르쳐주지 않았다. 질문을 듣지 못한 체하면서 교묘하게 대답을 회피했는데 실은 주소를 가르쳐주고 싶지 않았던 것이다. 목소리가 나오지 않는 이 사나이는 풍채로 보아서 은행의 두취나 남미의 작은 나라 수상 같은 인상을 풍겼으며 점잖아 보였으나 너무 끈덕져서 싫었다. 그러지 않아도 미지의 사람들에게서 쇄도해오는 편지로 골치를 앓고 있는 늙은 마스레니코프 박사에게 끈질기게 질문을 퍼부울 것이라 생각하니 가르쳐줄 마음이 내키지 않았다. 그러나 바꾸어 생각해 보면 목소리를 상실하여 쉰 목소리를 내는 것이 측은하기도 했다. 목소리가 나올 때는 그런 불행은 생각해보지도 않았을 것이다. 다시 또 관점을 바꾸어보면, 코스토글로토프는 말하자면 병에 대한 전문가로서 자기의 병에 대해 파고 들어서 전문가 못지 않은 지식을 갖고 있으며 그 일을 위해 몸과 마음을 다바쳐온 사람이었다.

그는 이미 병리해부학 책도 독파했으며 간가르트나 돈초바 의사한테서 물어볼 수 있는 것은 다 물어보았고 이처럼 마스레니코프 박사로부터도 회신을 받았던 것이다. 몸에 떨어질 재난의 덩어리에서 빠져나올 수 있는 방법을 어찌하여 코스트글로트프처럼 오랜 세월 동안 모든 권리를 박탈당한 인간이 자유로운 사람들에게 말하지 않으면 안 되었던 것일까. 코스토글로토프의 지금과 같은 성격이 형성된 장소에는 '생각난 것은 말하지 마라, 주운 물건은 보이지 마라'와 같은 규칙이 있었다. 만약 마스레니코프에게 모든 사람들이 일제히 편지를 낸다고 한다면 코스토글로토프는 두 번째 답장을 받지 못할지도 모른다.

그가 루사노프에게서 아흐마잔에게로, 그리고 목소리를 내지 못하는 사나이를 무시하기 위하여 흉터가 있는 턱을 뒤쪽으로 돌렸을 때 문득 머리에 그런 생각이 떠올랐던 것이다.

"사용법이 그 편지에 씌어 있단 말인가요?"라고 지질학자가 물었다. 이 젊은이는 책을 읽고 있었기 때문에 연필과 종이가 곧 쓸 수 있는 위치에 있었다.

"사용법을 읽을 테니 모두 받아쓰시오." 코스토글로토프는 큰소리로 말했다.

모두들 웅성거리며 연필이나 종이를 서로 빌리거나 또 빌려주거나 했다. 파벨 니콜라예비치는 아무것도 갖고 있지 않았으므로(자기 집에는 신형 만년필도 있었지만!) 좀카에게서 연필을 빌렸다. 시브가토프도, 페데라우도, 에프렘도, 이(李) 씨도 필기 준비를 했다. 코스토글로토프는 천천히 편지의 문면을 읽기 시작했다. 햇볕에 말린 차가를 어떻게 갈아서 가루를 만드느냐? 몇도 정도로 끓이느냐, 그리고 몇 잔 정도를 마시느냐 등등을 ……."

받아쓰기의 능력에는 차이가 있어서 몇 번이나 되풀이해 읽지 않으면 안 되었으며 이렇게 병실 안은 따뜻한 우정으로 가득찬 분위기로 되었다. 지금까지 이따금 시비가 벌어졌던 것은 서로 함께 할 것이 아무것도 없었기 때문이 아니었을까. 그런데 공통의 적은 죽음인 것이다. 모두가 다 죽음의 공포에 직면해 있을 때 인간과 인간을 본질적으로 떼어놓을 수 있는 것이 어디에 있단 말인가?

받아쓰기가 끝나자 좀카는 나이에 걸맞지 않게 입을 열었다."

"그러나……자작나무를 어디서 구하지요? 없지 않아요?"

모두 한숨을 쉬었다. 이미 오래 전에 러시아를 떠나온(어떤 사람은 자발적으로 떠나왔다.) 사람들, 또는 한 번도 러시아에 가본 적이 없는 사람들의 눈앞에 그 온화하고 절도 있는 풍경, 태양의 뜨거운 열을 받아본 적이 없는 고장의 풍경이 머리에 떠올랐다. 버섯을 자라게 하는 가랑비의 장막에 덮여 있으며 봄에는 불어난 강물에 씻기고 초원이나 숲속의 작은 길이 어디까지나 이어져 있는 땅. 흔히 볼 수 있는 숲의 나무도 그곳에서는 이처럼 인간에게 봉사하고, 인간에게 필요한 존재인 것이다. 그곳에서 사는 사람들은 조금도 조국을 이해하지 못하고 파란 바다나 바나나 나무를 동경하지만 바로 그곳에는 인간이 필요로 하는 것이 있는 것이다. 즉 자작나무 가지에 생기는 검고 추한 혹, 자작나무의 병, 자작나무의 종양이 있는 것이다.

무르살리모프와 에겐베르지예프만은 이곳에도, 이곳의 초원이나 산에도 자기들에게 필요한 것이 틀림없이 있을 것이라고 믿고 있었다. 어떠한 곳에서도 사람이 필요로 하는 것은 있게 마련이라고 생각하고 있었다. 어떤 곳에서도 사람들이 필요로 하는 것은 충족될 수 있는 것이다. 지식과 기술만 있다면…….

"누구에겐가 채집해서 보내달라고 부탁해야겠다."라고 지질학자가 좀카에게 말했다. 이 지질학자는 '차가' 얘기가 마음에 들었던 모양이다.

그러나 이 이야기를 환자들에게 소개한 코스토글로토프로서는 이 버섯을 채집해줄만한 사람은 러시아에 한 사람도 없었다. 알고 있던 사람은 죽었거나 소식이 두절되었으며 또 어떤 사람은 부탁하기 곤란했으며, 어떤 사람은 도시에서만 살아서 자작나무 버섯을 찾을 수 없는 사람이었다. 신기한 풀을 뜯어먹고 병을 고치는 개처럼 자기 스스로 몇 달 동안 숲속에서 살면서 차가를 채집하여 그것을 잘게 썰어 모닥불에 끓여 마시면서 천천히 병을 치료할 수 있다면 얼마나 좋을까. 몇 달씩이나 숲속을 헤매면서 병을 고치는 일 외에는 아무런 고통도 없이 지낼 수 있는 길은 없었다.

그러나 코스토글로토프는 러시아로 돌아가는 것이 금지되어 있었다.

그리고 러시아로 돌아가는 길이 막혀 있지 않은 환자들에게는 생활을 희생할 만한 지혜가 —— 중요하지 않은 모든 것들을 뿌리칠 만한 능력이 없었다. 즉 그들에게는 장해만 눈에 띄었다. 그런 버섯을 따기 위하여 병가(病暇)나 보통 휴가 증명을 어떻게 낼 수 있을까. 가족들에게는 뭐라고 구실을 대고 떠날 것인가? 돈은 어디서 마련한단 말인가? 그러한 여행을 할 때는 어떤 복장을 하고 무엇을 갖고 가야 하나? 어느 역에서 내리고 어디서 길을 물어야 할까?

코스토글로토프는 문제의 편지를 흔들어보이면서 말을 계속했다.

"박사도 이 편지에 썼듯이 뭐라고 할까. 버섯을 판매하는 사람이 있는 모양이야. 즉 차가를 채집해서 말린 다음 그것을 팔고 있다는 거요. 그런데 값이 무척 비싸요 —— 1킬로에 15루블이나 한다는 군. 제대로 치료하려면 한 달에 6킬로는 있어야 해."

"그것은 턱도 없는 소리야!" 파벨 니콜라예비치는 분연히 이렇게 말하면서 그의 얼굴은 점점 고급 관리의 표정으로 바뀌었다. 그런 눈으로 노려본다면 어떤 장사치라도 겁에 질려버릴 것 같았다. "저절로 나있는 것을 터무니없이 비싸게 판다는 것은 파렴치한 짓이야!"

"조용히 해!" 하고 에프렘이 제지했다(이 사나이는 가끔 이상하게 발음했다 —— 일부러 그렇게 말하는지는 모르지만). "버섯 따기가 그렇게 쉬운 일이라고 생각하시오? 자루와 도끼를 들고 숲속을 뒤져야 해요. 또 겨울이라면 스키라도 타고서."

"하지만 1킬로에 15루불은 당치도 않아! 괘씸한 놈들이야!" 루사노프는 머리끝까지 흥분해 있었다. 그의 얼굴에는 다시 빨간 반점이 돋아났다.

이것은 너무나 중대한 문제였다. 수년 전부터 루사노프의 마음속에서 굳어진 움직일 수 없는 신념에 의하면 이 나라의 모든 결함, 완성되지 못한 부분, 이런 불완전한 부분은 모두 이 암거래를 하는 장사치들의 활동에 그 원인이 있는 것이다. 루사노프가 '암거래를 하는 장사치'라고 말하는 것은 길가에서 옥수수나 꽃을 파는 사람이나 시장에서 우유나 계란을 파는 여자들, 정거장에서 사과나 털양말, 때로는 생선튀김을 파는 그런 장사꾼을 말했으며, 또 국가의 창고에 트럭을 대고 물건을 빼내어 갖다 파는 밀매인을 가리키고 있었다. 이러한 밀매 행위를 일소하면 국가 경제는 정상화되고 생산 성과도 더욱 높아지게 될 것이다. 사람이 국가에서 받는 비싼 급료나 연금(루사노프는 은근히 그런 연금을 기대하고 있었다.)을 받아서 자기 자신의 물질 생활을 개선한다는 것은 조금도 나쁜 일이 아니다. 그러한 경우에는 승용차도 별장도 말하자면 본인의 근로 성과인 것이다. 그러나 똑같은 형의 승용차나 표준 설계의 별장도 암거래를 통해서 번 돈으로 사는 것이라면 그것은 전혀 다른 범죄적인 내용을 갖게 된다. 파벨 니콜라예비치가 문자 그대로 꿈꾸고 있던 것은 이러한 장사치에 대한 공개 처형의 적용이었다. 공개 처형 제도를 부활시키면 우리 사회는 아주 빠르게 건전해질 것이다.

"알았소." 하고 에프렘이 화를 내면서 말했다. "어쨌든 조용히 하시오. 그렇다면 자기가 직접 나가서 버섯을 따면 돼. 국영으로 하든지, 협동 조합이라도 조직하든지. 15루블이 비싸다면 사지 않으면 되니까."

그것이 약점이라는 것은 루사노프도 알고 있었다. 그런 장사치가 밉기는 하지만 이 새로운 약은 아직 의학 아카데미에서 인정받은 것은 아니며 중부 러시아 지구의 협동조합이 정식으로 판매하고 있는 것도 아니었다. 파벨 니콜라예비치의 종양은 더 이상 기다리고 있을 처지가 아니었다.

목소리가 잘 나오지 않는 새 환자는 마치 유명한 신문사의 기자처럼 수첩을 펴든채 코스토글로토프의 침대로 다가가서 쉰 목소리로 물었다.
"그 판매인의 주소는? …… 판매인의 주소는 편지에 씌어 있지 않았던가요?"
파벨 니콜라예비치도 주소를 받아 적을 자세를 취했다.
그러나 어째서인지 코스토글로토프는 대답하지 않았다. 편지에 주소가 적혀 있었는지 어떤지에 대해서는 대답하지 않고 창틀에서 내려와 침대 밑으로 손을 넣어 장화를 찾기 시작했다. 그는 병원 규칙을 어기면서 산책용 장화를 감춰놓고 있었다.
좀카는 방금 적은 처방을 머릿장 속에 넣자 더 이상 아무것도 물어보려 하지 않고 아픈 다리를 침대 위에 뻗었다. 15루블이란 거금을 좀카는 갖고 있지 않았으며 그런 큰 돈을 마련할 길도 없었다.
게다가 자작나무의 버섯이라 해도 누구한테나 다 효과가 있다고는 할 수 없을 것이다.
루사노프는 어쩐지 기분이 꺼림칙했다. 오글로예트와 충돌한 후에 —— 그것은 이 사흘 동안에 처음 있은 충돌은 아니었다 —— 지금 그의 말에 큰 관심을 보이면서 주소를 알려고 했었다. 그래서 그는 오글로예트의 비위를 맞춰주려고 그들의 공통된 화제를 슬그머니 꺼내어 점잖게 말했다.
"하기야 그렇지! 이 세상에서 무엇이 가장 무섭다 해도 이……." 암인가? 그러나 루사노프는 암이 아닌 것이다. "이 종양이라든가……일반적으로 암만큼 무서운 것은 없겠지!"
그러나 코스토글로토프는 연령적으로나 사회적인 지위나 경험에서 보더라도 자기보다 위인 이 사람이 다정한 태도를 보여준 것에 대해 조금도 감동하지 않았다. 장화의 목에 감아 말려둔 붉은색 각반을 다리에 감고 군데군데 기운 인조 가죽 장화를 신으면서 퉁명스럽게 말했다.
"암보다 무서운 건 나병이지!"
그 무겁고 위협적인 말은 마치 일제 사격처럼 병실에 울려퍼졌다.

파벨 니콜라예비치는 조용히 얼굴을 찡그렸다.
"글쎄……. 그런데 어째서 암보다 무섭다는 거지? 병의 진행 속도는 암보다 느릴 텐데."
코스토글로토프는 적의로 가득찬 어두운 시선으로 파벨 니콜라예비치의 밝은 안경과 눈동자를 노려보았다.
"어째서 암보다 무서우냐 하면 아직도 살아 있는데 인간 사회에서 격리되기 때문이지. 가족과 떨어져서 가시철망 안에 감금되니까. 그래도 종양보다 무섭지 않단 말이요?"
머리가 텁수룩하고 남루한 옷차림의 타는 듯한 이 사나이의 어두운 시선을 가까이서 받게 되자 파벨 니콜라예비치는 어쩔 바를 몰라했다.
"아니, 내가 말하고자 하는 것은 일반적으로 이런 저주받은 병은……."
약간이라도 상식이 있는 사람이라면 이럴 때 루사노프에게 가까이 가서 이야기를 나누어야 한다는 것을 알고 있을 것이다. 그러나 오글로예트는 그런 것은 조금도 알고 있지 못했다. 파벨 니콜라예비치의 사교술은 전혀 통하지 않았다. 후리후리한 몸을 벌떡 일으켜 거의 발끝까지 닿을 듯한 지저분한 여자용 무명 가운(산책할 때 외투 대용으로 이용했다.)을 몸에 걸치자 무척 만족스러운 듯이 코스토글로토프는 말했다.
"어느 철학자가 말하기를 병을 앓아본 적이 없는 사람은 자기의 한계를 모른다고 했었지."
그리고는 흰 가운의 주머니에서 말아두었던 군복용 허리띠를 꺼냈다. 손가락 네 개 정도의 폭에 5각형 별 모양의 버클이 달린 허리띠였다. 아픈 곳에 닿지 않도록 조심하면서 여자용 가운의 허리에 그 띠를 맸다. 그리고 불이 잘 꺼지는 담배 한 대를 손가락 사이에 끼우고 출입구쪽으로 걸어 나갔다.
침대 사이의 통로에 서있던 목소리가 잘 나오지 않는 사나이는 코스토글로토프에게 길을 비켜주고 그 은행 두취나 수상 같은 용모에도 불구하고 애원하는 듯한 목소리로 물었다. 마치 코스토글로토프가 종양학의 권위자이며 지금 이 건물에서 영원히 떠나버리기라도 하는 것처럼.

"좀 가르쳐주시지요, 목의 종양은 대개 몇 퍼센트 정도가 암인지."

남의 병이나 슬픔을 비웃는 것은 수치스런 일이지만 병이나 슬픔에도 남의 웃음 꺼리가 되지 않을 정도로 위엄이 있어야 한다. 코스토글로토프는 어쩔 바를 몰라하며 아침부터 이 병실에 와서 조바심을 치고 있는 이 사나이의 우스꽝스런 얼굴을 바라보고 있었다. 종양이 생기기 전이었다면 그의 얼굴은 얼마나 자신에 차 있었을까. 모기 같은 목소리로 말하면서도 아픈 목을 손가락으로 누르고 있는 꼴은 어쩌면 극히 자연스런 동작이겠으나 그래도 역시 우스꽝스럽기는 마찬가지였다.

"34 퍼센트." 코스토글로토프는 이 사나이의 곁에서 떨어지면서 웃어 보였다.

오늘은 너무 소리를 많이 지른 것은 아닐까. 공연히 말해서는 안 될 말까지 해버린 것은 아닐까.

그러나 불안스러운 질문자는 계단 아래까지 코스토글로토프를 따라와서 그 큰 몸을 구부리며 등 뒤에서 목쉰 소리로 물었다.

"제발 의견을 말해 주십시오 —— 만약 나의 종양이 아프지 않다면 그것은 나아가는 징조일까요, 아니면 나빠지는 걸까요? 이것은 어떤 징후일까요?"

귀찮도록 끈덕진 사나이군.

"당신의 직업은?" 하고 코스토글로토프는 걸음을 멈추면서 물었다.

"대학 강사입니다." 회색 머리를 잘 빗어넘긴, 귀가 큰 사나이는 마치 의사를 바라보듯이 코스토글로토프를 바라보았다.

"강사라면, 전공은 뭐지요?"

"철학입니다." 갑자기 현실 세계로 돌아온 듯이 약간 거들먹거리기까지 하면서 은행 두취는 대답했다. 코스토글로토프가 조금 전에 철학자의 말을 잘못 인용한 것을 이 사나이는 묵인했었다. 그는 자작나무 버섯을 파는 사람의 주소를 알고 싶은 마음에서 그랬던 것이었다.

"강사가 목에 병이 났단 말이군!" 코스토글로토프는 고개를 저었다. 병실에서 환자들에게 판매인의 주소를 가르쳐주지 않은 점에 대해서는 조금도 후회하지 않았다. 마치 철사를 뽑아내는 기계처럼 코스토글로토프를 7년 동안이나 붙들어둔 그 사회의 상식에 따르자면 그런 것을 가르쳐주는 것은 바보들이나 하는 짓이었다. 너도 나도 앞을 다투어 그 판매인에게 주문한다면 값은 올라갈 뿐이고 차가는 더욱 입수하기 어렵게 될 것이다. 그러나 좋은 사람에게는 개인적으로 주소를 가르쳐주고 싶었다. 가령 그 지질학자와는 아직 열 마디도 얘기를 나누지 않았으나 그 젊은이에게는 꼭 가르쳐주고 싶었다. 첫째로 그의 얼굴이 마음에 들었으며, 묘지가 황폐해지는 것은 좋지 않다고 말한 것도 마음에 들었다. 그리고 좀카에게도 가르쳐주고 싶었으나 좀카는 돈이 없을 것이다. 자기 자신에게도 차가를 살 돈이 없었지만. 그리고 페데라우에게도, 이(李)씨에게도, 시브가토프에게도 똑같은 병으로 고통받는 처지에서 가르쳐주자. 하지만 개별적으로 한 사람씩 물으러 왔으면 좋겠다. 물으러 오지 않으면 또 그만이고. 그런데 이 철학 강사는 코스토글로토프가 보기에는 별로 쓸모없는 사람 같았다. 그는 도대체 어떤 강의를 하고 있을까. 공연히 학생들의 머리만 혼란케 하는 선생은 아닐까? ……아무리 철학 공부를 했다 하더라도 일단 병에 걸렸다고 해서 저렇게 우왕좌왕한다면 아무 쪽에도 쓸모가 없다……. 하지만 목에 병에 났다니 딱한 일이다.

"판매인의 주소를 받아 쓰시오!"라고 코스토글로토프는 명령했다. "특별히 당신에게만 가르쳐주겠으니까."

철학 강사는 기뻐서 어쩔 줄 모르면서 얼른 만년필을 꺼내 쥐었다.

구술을 끝내자 코스토글로토프는 그의 곁에서 떠나 현관 문이 닫히기 전에 서둘러서 산책을 나섰다.

입구의 계단에는 아무도 없었다.

바람 한 점 없는 습기찬 싸늘한 공기를 코스토글로토프는 행복한 기분으로 들여마시고, 그 신선한 공기로 폐를 맑게 할 사이도 없이 곧 담배에 불을 붙였다. 담배를 피우지 않고서는 이 행복을 완전한 것으로는 하지 못할 것이다. 지금은 돈초바뿐만 아니라 마스레니코프도 편지에서 금연을 하라고 말했지만.

바람이 전혀 없어서 추위는 대단치 않았다. 한 창문에서 흘러나온 불빛을 받아서 얼지 않은 고인 물이 검게 보였다. 오늘은 2월 5일인데도 이처럼 날씨가 봄날 같은 것은 이상한 일이었다. 안개가 끼었으나 별로 심하지는 않았다. 공중에 가볍게 떠있어서 멀리 떨어져 보이는 가로등이나 창 안의 불빛을 완전히 차단시키지 않고 흐릿하고 부드럽게 할 뿐이었다.

코스토글로토프의 왼쪽에는 피라밋 모양을 한 네 그루의 포플러가 형제처럼 지붕보다도 높게 치솟아 있었다. 오른쪽에는 포플러가 한 그루만 서 있었으나 그 가지나 키의 높이는 왼쪽의 네 그루에 지지 않았다. 다른 수목들이 울창한 저쪽은 벌써 공원의 일부였다.

제13병동의 돌계단에는 난간이 없으며 계단을 내려가면 아스팔트로 포장된 약간 경사진 가로수 길이다. 길 양편은 두터운 나무 울타리였다. 나무 울타리의 나무들은 잎이 다 떨어져 있었으나 빽빽하게 들어선 나무들은 식물의 생명력을 말해주고 있었다.

오레크는 산책을 나가면 언제나 공원의 가로수길을 걸었는데 그는 한 발작씩 대지를 걷는 것을 좋아했으며 살아 있는 인간이 살아 있는 발로 걸어가는 기쁨을 음미하려고 했다. 그러나 지금은 입구의 계단에서 바라본 풍경에 매료되어 거기에서 담배를 계속 피우고 있었다.

몇 안 되는 가로등이나 맞은쪽 병동의 창문에서는 은은한 빛이 흘러나오고 있었다. 지금 가로수 길에는 거의 인적이 없었다. 가까이 있는 철길의 소음이 등 뒤에서 들려오지 않을 때는 쉴 새 없이 흐르는 시냇물 소리가 여기까지 전해져 왔다. 그것은 산골짜기에서 흐르는 급류였는데 옆 병동의 저쪽 벼랑에 서있으면 물거품을 일으키며 흐르는 격류를 내려다볼 수 있었다.

벼랑이나 냇물 저쪽에는 또 하나의 시립 공원이 있었는데, 그 공원에서 인지 아니면 열어놓은 클럽의 창문에서인지 브라스밴드가 연주하는 댄스 음악이 희미하게 들려왔다! 오늘은 토요일, 모두가 춤을 추고 있다…….
누군가가 쌍쌍이 춤을 추고 있다…….

코스토글로토프는 흥분했다. 자기가 그처럼 오랫동안 떠들고 모두가 그 것을 귀 기울여 주었다고 생각하고 있었다. 갑자기 되살아난 생활 감각이 뒤엉켜서 숨이 막힐 것 같았다. 두 주일 전만 해도 그런 생활에서 영원히 격리되어 버렸다고 생각하지 않았던가. 물론 그 생활 감각은 무언가 구체적인 것을 이 도시에 사는 사람들이 해결해주지는 않는다. 주택이나, 재산이나 사회적 명성이나 돈을 주지는 않았으나 그를 찾아온 것은 보다 본질적인 기쁨, 코스토글로토프가 아직 잊고 있지 않은 기쁨이었다. 즉, 누구의 명령도 받지 않고 자유롭게 대지를 걸어다니는 권리. 혼자 있을 수 있는 권리. 도망 방지용 조명에도 눈이 부시지 않고 별을 바라볼 수 있는 권리. 자기 손으로 불을 끄고 어둠속에서 잠잘 수 있는 권리. 편지를 우체통에 집어넣을 수 있는 권리. 일요일에 휴식을 취할 수 있는 권리. 냇물에서 수영할 수 있는 권리. 그밖에도 여러 권리들을.

그중에는 여자들과 이야기를 나눌 수 있는 권리도 있다.

그런 이루 다 헤아릴 수 없는 권리 때문에 이제는 다시 건강을 되찾을 수 있었던 것이다!

코스토글로토프는 걸음을 멈춘채 담배를 뻑뻑 피워대고 있었다.

공원에서 들려오는 음악에 코스토글로토프는 귀를 기울이고 있었다. 그러나 오레크가 듣고 있는 것은 그 음악이 아니라 자기의 내부에서 울려퍼지고 있는 차이코프스키의 제4교향곡이었다. 불안하고 답답한 그 교향곡의 서두 부분. 그 놀라운 선율. 이런 감상 방법은 잘못된 것일지도 모르겠으나 오레크는 그 선율을 자기 멋대로 해석하고 있었다. 오랫만에 자기의 집으로 돌아온 주인공, 또는 갑자기 눈을 뜨게 된 주인공이 여러 가지 물건이나 사랑하는 여자의 얼굴을 손으로 어루만지면서도 자기의 행복을 아직도 느끼지 못하는 기분이다. 그러한 것이 실제로 존재하는 것일까. 자기의 눈은 정말로 사물을 볼 수 있게 된 것일까.

12. 온갖 정열이 되살아난다

　일요일 아침, 서둘러 출근 준비를 하고 있던 조야는 문득 다음 당직 때는 또 그 황금빛이 섞인 잿빛 원피스를 입고 와달라던 코스토글로토프의 말을 생각해 보았다. 그는 그날 밤, 흰 가운 속에 있던 그 옷의 옷깃을 이번에는 밝은 대낮에 보고 싶다고 했었다. 그 천진스런 소원을 들어주는 것도 나쁘지 않을 것 같았다. 그 원피스는 오늘 같은 기분에도 잘 어울릴 것이다. 오늘은 거의 휴일 기분이어서 낮에는 별로 바쁘지 않을 것 같았으며 게다가 코스토글로토프와 재미 있는 이야기를 나누기를 은근히 기대하기도 했다.
　조야는 서둘러 약속한 옷으로 갈아입고 손바닥에 몇 번 향수를 따라 옷에 바르고 앞머리를 빗었다. 벌써 출근 시간이 되어 문간에서 코트를 팔에 걸치고 할머니가 싸준 도시락을 코트 주머니에 쑤셔넣자 밖으로 뛰어나갔다.
　약간 쌀쌀하기는 했으나 날씨는 겨울 같지는 않았으며, 습기찬 아침이었다. 러시아에서는 이런 날씨에는 레인코트 차림으로 외출하거나 했다. 그러나 이곳은 남쪽 지방이어서 더위나 추위에 대한 개념이 달랐다. 날씨가 더운 날에도 털옷을 입었으며 코트는 가급적 일찍 입고 있으면서도 좀처럼 벗으려 하지 않았으며, 모피 외투를 갖고 있는 사람은 약간 쌀쌀한 날이 계속되면 더 이상 기다리지 못하고 외투를 입기 시작했다.
　집을 나서자 자기가 타고 갈 전차가 보여서 조야는 한 구간을 뛰다시피 해서 맨 뒷문으로 뛰어올랐다. 그리고는 숨을 헐떡거리며 뺨이 빨갛게 달아올라서 바람이 잘 통하는 뒷쪽 승강구 곁에 서있었다. 이 도시의 전차는 어느 전차나 다 속도가 느렸는데 달릴 때는 요란한 소리를 냈다. 특히 모퉁이를 돌아갈 때는 괴상한 금속성을 내어 신경을 짜릿하게 했다. 자동문이 달린 전차는 한 대도 없었다.
　가쁜 숨도, 가슴이 아픈 것도 젊은 육체에는 오히려 즐거운 일이었다. 그러나 그런 것들은 모두 사라지고 건강과 휴일의 기분이 더욱 강하게 느껴지는 것이었다.

학교가 방학 중일 때는 병원 일 —— 주당 세 번 반의 당직은 거의 쉬는 것이나 다름이 없는 실로 즐거운 일로 생각되었다. 물론 당직이 없었다면 더 즐거웠겠지만, 이미 조야는 이러한 곤란에도 익숙해 있었다. 공부와 노동을 병행해서 하게 된 지도 벌써 2년째다. 병원에서 하는 일은 실습으로는 별 의미가 없었으므로 조야는 실습보다는 돈을 벌기 위해서 일하고 있었다. 할머니가 받는 연금은 식비를 하기에도 부족했으며 그래서 조야의 장학금은 순식간에 동이 나버렸다. 아버지는 무엇 하나 보태준 것이 없었으며 조야도 그것을 기대하고 있지는 않았다. 그런 아버지에게 돈을 꾸어달라고 할 수도 없었다.

지난 번 야근을 한 후에 조야는 휴가의 첫 이틀 동안을 무료하게 보낸 것은 아니었다. 그녀는 어려서부터 게으른 것과는 거리가 멀었다. 제일 먼저 할 일은 12월에 받은 봉급으로 사두었던 조제트(프랑스제 의 비단) 천으로 봄에 입을 블라우스를 만드는 일이었다. '썰매는 여름에, 짐수레는 겨울에 준비하라' 는 것이 할머니의 입버릇이었는데 이 속담 대로 상점에서는 고급 여름 옷은 겨울에만 팔았다. 미싱은 할머니의 오래된 싱거를 쓰기로 하고(이것은 스몰렌스크에서 가져온 것이었다), 본도 할머니가 가져온 것을 이용했는데 그것은 아무래도 유행에 뒤떨어진 것이어서 조야는 재봉 강습소에 다니는 이웃 사람이나 아는 사람을 만날 때마다 그들이 입은 옷의 디자인을 얼른 훔쳐보곤 했다. 조야는 강습회에 나갈 시간 여유가 없었다. 이 이틀 사이에 블라우스는 다 만들지 못했으나 그대신 드라이클리닝 집을 몇 집 찾아다니며 여름용 코트의 얼룩을 뺐다. 그리고 감자나 야채를 사러 시장에 갔으며 값을 깎아서 무거운 보따리를 양손에 들고 집으로 돌아왔다(보통 상점에서 살 때는 할머니가 줄을 서주셨으나 무거운 물건은 운반하지 못했다). 그리고 공중 목욕탕에도 갔다. 그러다 보니 누워서 책을 읽을 시간은 전혀 없었다. 그리고 어젯밤에는 동급생인 리타와 함께 문화회관에 가서 춤을 추었다.

조야는 클럽에서 춤을 추는 것보다는 좀더 건전하고 새로운 일을 하고 싶었다. 그러나 클럽 이외에는 젊은 남자와 어울릴 수 있는 장소나 기회는 없었다. 학교에는 러시아 여자들이 많았으나 젊은 남자들은 거의 없었다. 그래서 학교에서 열리는 파티에는 별 매력을 느끼지 못했다.

리타와 함께 간 문화회관은 넓고 깨끗하고 난방도 잘돼 있었으며 대리석 원주나 계단이 있었고 청동 틀에 끼운 커다란 거울이 있어서 걷거나 춤을 추는 자기의 모습을 멀리 떨어진 위치에서도 바라볼 수 있었다. 또 앉기에 편한 고급 안락의자가 있었는데 거기에는 덮개를 씌워놓고 앉지 못하게 했다. 조야는 지난 번 섣달 그믐날 밤에 혼이 난 이후에는 여기에 오지 않았었다. 섣달 그믐날 밤의 가장 무도회 때 가장 좋은 의상에는 상을 준다고 해서 조야는 멋진 꼬리가 달린 원숭이 모양의 의상을 손수 만들었던 것이다. 그 의상은 정말 잘 만든 것이었다. 머리카락이며, 얼굴 표정, 색깔의 조화 등이 매우 우스꽝스럽기도 하고 깜찍해서 경쟁 상대가 많았으나 일등상을 탈 것은 틀림없을 것이라고 생각했다. 그러나 상을 결정하기 직전에 난폭한 사내 아이들이 칼로 조야의 꼬리를 잘라내어 그것을 릴레이식으로 손에서 손으로 전달하여 감추어버리고 말았다. 조야가 울음을 터뜨린 것은 그 사나이들의 장난 때문이 아니라 주위의 사람들이 재미있다고 웃어댔기 때문이었다. 꼬리가 떨어진 의상은 매력이 절반은 줄어들었으며 조야는 아무것도 할 기분이 나지 않았다. 상은 물론 타지 못했다.

어젯밤 클럽에 갔을 때도 그 일로 해서 다시 화가 났으며 불쾌했었다. 그러나 이제 그 원숭이 옷에 대해서는 기억하고 있지 않았으며 분위기도 완전히 바뀌어 있었다. 댄스 홀은 초만원이었으며 여러 대학에서 온 학생들이나 공장의 젊은 노동자들이 모여 있었다. 조야와 리타는 여자끼리 붙잡고 춤을 출 수도 없고 해서 서로 헤어져 세 시간 동안이나 브라스밴드의 음악에 맞추어 회전하고 흔들고 발을 굴렀다. 마치 육체 그 자체가 회전과 요동을 바라고 있는 것 같았다. 그러나 춤 상대의 남자는 거의 입을 열지 않았으며 이따금 농담을 해도 조야의 취미에서 보자면 그것은 바보 같은 농담이었다. 건설 기사인 콜랴가 집까지 바래다주겠다고 했다. 돌아오는 길에서는 인도의 영화나 수영에 대한 이야기가 잠시 나왔다. 무언가 진지한 이야기를 하기에는 어울리지 않는 것 같았다. 집에 도착하자 건물 입구의 어두운 곳에서 두 사람은 키스를 했는데 이때의 주역은 조야의 유방이었다. 그것은 언제 어디서나 남자들의 기분을 뒤흔들어놓는 모양이다. 콜랴는 그녀의 유방을 마구 주무르다가 다른 곳으로도 손을 뻗쳐왔다. 조야는 기분이 야릇해졌다. 그러나 그와 동시에 내일 아침에는 일찍 일어나야 하는데 이렇게 시간을 허비할 수는 없다는 냉정한 기분이 들었다. 콜랴를 돌려보내고 낡은 계단을 뛰어올라 이층에 있는 자기의 방으로 들어갔다.

조야의 여자 친구들, 특히 의학 관계의 친구들 사이에서는 인생의 좋은 부분은 가급적 빨리 자기의 것으로 만들어야 하며, 그것도 빠르면 빠를수록 좋다는 사고 방식이 퍼져 있었다. 이러한 일반적인 추세에서 대학 1, 2학년이나 또는 3학년이 되어도 지식만은 남 못지 않은데도 실제 경험이 없는 올드 미스로 지낸다는 것은 거의 불가능한 일이었다. 조야도 이미 몇 번이나 여러 남자를 상대로 하여 남녀 교섭의 갖가지 단계를 경험했다. 조금씩 허락하다 보면 어느샌가 상대방에게 이끌려 완전히 함락되고 마는 것이었다. 가령 폭탄이 떨어진다고 해도 자세를 바꿀 수 없는 그 격렬한 순간, 그리고 방바닥 위나 의자에 벗어놓은 옷을 다시 주워입는 만족스럽고 나른한 시간. 조금 전까지만 해도 벗어던진 옷을 보는 것이 부끄러웠으나, 지금은 서로의 속옷을 태연하게 바라보고 상대방 앞에서 아주 자연스럽게 옷을 입을 수 있었다.

겪고 보니 그것은 과연 격렬한 감각이었다. 조야도 대학 3학년 때까지는 올드 미스의 범주에서 벗어나게 되었는데 그것은 역시 어딘지 잘못된 것 같았다. 생활에 뿌리를 내리고 있는 느낌, 또는 생활 그 자체를 가져다주는 본질적인 지속감(持續感) 같은 것이 그런 경험에는 들어 있지 않았다.

조야는 스물세 살이었는데, 이미 여러 가지를 보아 왔으며 그러한 것들을 확실하게 기억하고 있었다. 스몰렌스크에서 소개(疎開)해 나올 때, 처음에는 화물차를 타야 했으며, 다음에는 나룻배를 탔고, 다음에 또 화차에 실리는 몸이 되었었다. 그 지루한 피난 길. 화차 안에서 옆에 있던 사내가 일일이 널빤지 침대를 자로 재어 조야네 가족이 차지한 침대가 2센티미터만큼 더 넓다고 했던 말도 아직까지 잘 기억하고 있었다. 그리고 전쟁 중에 이 도시에서 겪었던 굶주린 생활, 그 무렵에는 누구나 할 것 없이 배급권과 암시장의 물건값 외에는 얘기꺼리가 없었다. 그리고 폐자 숙부가 조야네 찬장에서 한 끼분의 빵을 훔쳤던 일, 그리고 지금 병원에서의 숙명적이고 집요한 고통과 무의미한 생활, 환자들의 어두운 세상 이야기와 눈물.

이러한 경험에 비해 본다면 키스나 포옹, 그리고 앞으로의 일은 인생이라는 고해의 두세 방울의 달콤한 물방울에 지나지 않았다. 그 몇 방울만 받아마신다는 것은 아무래도 불가능한 일이었다.

그렇다면 역시 결혼을 해야 하는가? 행복은 결혼 생활 속에 있는 것일까? 조야가 사귀어 함께 춤을 추거나 산책했던 젊은 사나이들은 판에 박기라도 한 듯이 쾌락을 손에 넣은 다음에는 꽁무니를 뺄 생각밖에는 하지 않았다. 그리고 자기들끼리는 이렇게 말하는 것이었다.

'결혼을 해도 좋지만 하룻밤이나 이틀 밤이 될 친구는 얼마든지 있어. 그러니 굳이 결혼할 필요가 있겠어?'

이처럼 여자를 손에 넣기 쉬운데 어째서 결혼해야 하지? 시장에 토마토가 대량으로 입하되었을 때는 한 개의 3분의 1 값으로 팔라고 하면 나머지가 썩는다면서 거절한다. 주위에서 모두 헐값으로 팔고 있는데 자기 혼자 그러지 않는다는 것은 불가능한 일이다.

이런 경우에는 혼인 신고의 서류도 소용이 없다. 그것을 가르쳐준 것은 조야의 친구인 우크라이나 출신의 간호사 마리아였다. 마리아는 혼인 신고를 하여 안심하고 있었는데 1주일 후 남편은 마리아를 버리고 가출하여 소식이 끊겨버렸다. 그리고 7년 동안이나 아이를 길러온 마리아는 지금도 유부녀로 되어 있다.

그래서 조야는 위험한 날 전후에, 술이 나오는 파티에 나갈 때는 마치 지뢰밭을 걸어가는 공병처럼 신중하게 행동했다.

마리아보다 더 가까운 예도 있었다. 즉 조야는 자기 부모의 좋지 않은 생활을 직접 보아왔었다. 아버지와 어머니는 싸움을 했는가 하면 어느새 사이가 좋아졌으며 별거를 했는가 하면 다시 합치곤 하면서 평생을 서로 괴롭히고 있었다. 조야로서는 그런 것은 황산(黃酸)을 마시는 것이나 다름이 없었다.

이것 역시 혼인 신고가 아무 쓸모없는 것이라는 한 예인 것이다.

자기의 육체에도, 자기의 성격에도, 인생관에도 조야는 평형과 조화를 이루고 있다고 느끼고 있었다. 이처럼 균형 잡힌 조화의 분위기에서만 조야의 인생은 확대되고 전개될 수 있는 것이다.

어젯밤, 콜랴처럼 손으로 조야의 몸을 더듬는 동안 저속하고 아둔한 이야기를 하거나 영화의 대사를 그대로 되풀이하는 사나이는 이미 그 조화를 파괴하고 있었으므로 조야의 마음에 들 수는 없었다.

전차의 뒤쪽 승강구에서는 차표를 사지 않고 탄 젊은 남자가 여차장한테 큰소리로 야단을 맞고 있었다. 그 남자는 야단을 맞으면서도 차표를 사려 하지 않았다. 잠시 흔들리며 타고 있는 사이에 종점에 닿았다. 전차는 되돌아가기 위해 원형 선로로 들어갔다. 반대쪽에서는 이미 많은 승객들이 기다리고 있었다. 한 젊은 사나이가 아직 체 멈추지도 않은 전차에서 뛰어내렸다. 이어서 소년이 뛰어내렸다. 조야도 뛰어내렸다. 전차가 원형 선로로 들어가기 전에 내리는 편이 덜 걷게 되기 때문이었다.

이미 시간은 8시를 지나고 있어서 조야는 꼬불꼬불한 구내의 아스팔트 길을 달려갔다. 간호사는 달리는 것이 금지되어 있었으나 조야는 아직 학생이라 무방할 것도 같았다.

암병동까지 달려가서 코트를 벗고 가운으로 갈아입은 후, 2층으로 올라갔을 때는 이미 8시 10분이 지나 있었다. 어젯밤의 당직이 올림피아다 블라디슬라보브나나 마리아였다면 가만히 있지는 않았을 것이다. 단 10분만 늦어도 마리아는 반나절이나 기다렸다는 듯이 싫은 표증을 지었었다. 그러나 다행히도 어젯밤의 당직은 카라칼파크(우즈베크 공화국 내의 자치 구, 키게 민족이 사는 구역.) 출신의 인턴 투르군이었다. 이 청년은 특히 이 아가씨에게는 관대했다. 지금 투르군은 늦게 온 벌로 그녀의 엉덩이를 때리려 했으나 조야는 살짝 피해서, 두 사람은 깔깔거리며 웃었다. 오히려 반대로 조야가 이 청년을 계단쪽으로 떠밀었다.

투르군은 아직 인턴이었으나 소수민족 출신의 요원으로서, 이미 어떤 농촌 병원의 의국장으로 임명되어 있어서 이렇게 장난을 칠 수 있는 것도 앞으로 몇 달 뿐이었다.

투르군은 업무일지와 수간호사 미타가 지시한 일을 조야에게 전해주고 나갔다. 일요일에는 당직 의사의 허가없이 병실로 들어오려는 면회인을 막아야 하는 성가신 일이 있기는 했어도 회진도 없고, 특히 수술도 없으며 수술 직후 주의를 요하는 환자도 없었다. 미타는 자기가 다 정리하지 못한 통계 작업을 언제나 일요일 낮근무자에게 넘겨주었다.

오늘 해야 할 일은 지난 1954년도 12월치의 카르테 정리였다. 휘파람을 불 때처럼 입술을 동그랗게 내밀고 두툼한 카르테 뭉치의 모서리를 손가락으로 통통 퉁기면서 대체 이것은 몇 장이나 되며, 수를 놓을 시간 여유가 있을지 모르겠다고 생각하고 있는데 키가 큰 사람의 그림자가 곁으로 다가왔다. 조야는 조금도 놀라지 않고 고개를 돌려 코스토글로토프의 모습을 보았다. 그는 깨끗하게 수염을 깎고 머리도 단정하게 빗고 있었는데 턱의 흉터만은 여전히 범죄자 같은 인상을 풍겼다.

"안녕하시오, 조엔카." 그는 제법 신사답게 인사를 했다.

"안녕하세요." 조야도 고개를 흔들면서 말했다. 그것은 무언가 불만이 있거나 또는 무엇을 의심하는 것처럼 보이기도 했으나 실은 아무런 의미도 없는 동작이었다.

코스토글로토프는 커다란 암갈색 눈으로 조야를 바라보았다.

"당신이 나의 제안을 받아들여주었는지 어떤지 잘 모르겠군요."

"제안이라니요?" 조야는 깜짝 놀라서 얼굴을 찌푸렸다.

"벌써 다 잊었군요. 나는 그 일만 생각하고 있었는데."

"병리해부학 책을 빌려드린 것만은 기억하고 있어요."

"책은 지금 돌려드리지요. 아주 고마웠습니다."

"도움이 되셨나요?"

"필요한 것은 대충 알게 된 것 같습니다."

"아무래도 내가 실수한 것 같아요." 조야는 진지하게 말했다. "나는 그 일을 후회하고 있어요."

"그렇지 않아요, 조엔카!" 그는 손을 저으며 말하다가 조야의 팔에 살짝 손이 닿았다. "그 책을 읽게 되어 더욱 힘이 생겼어요. 퍽 도움이 되었으니까. 그건 그렇고……." 그는 조야의 목덜미를 흘끗 쳐다보았다. "……가운의 맨 윗단추를 좀 끌러보겠어요?" 그가 말했다.

"그건 왜요?" 조야는 깜짝 놀랐다(이 놀라는 표정도 무척 매력적이었다). "난 덥지 않은데요!"

"거짓말, 얼굴이 빨개졌으면서도!"

"그런 것도 같네요." 조야는 솔직하게 웃었다. 아까 달음질쳐온데다가 투르군과 시시덕거리다 보니 가운의 깃을 열어젖히고도 싶었다. 조야는 맨 위의 단추를 끌렀다.

금빛이 섞인 회색 옷의 깃이 보였다…….

코스토글로토프는 눈이 휘둥그래지면서 거의 속삭이는 듯한 목소리로 말했다.

"됐어요, 고마워요. 나중에 더 보여주겠지요?"

"당신의 제안이 무엇인지 듣고 나서……."

"물론 말하고 말고요. 그럼 있다가……. 오늘은 쭉 함께 있을 수 있을 테니까."

조야는 인형 같은 눈을 꿈벅거렸다.

"일을 도와주신다면……. 덥다고 느낀 것은 할 일이 많아서예요."

"살아 있는 인간을 바늘로 찌르는 일이라면 도와드릴 수 없어요."

"통계를 내는 작업이라면? 그런 일은 귀찮겠지요?"

"나는 통계를 존중해요, 비밀로 취급하는 일이 아니라면."

"그럼 아침 식사를 마친 후에 좀 와주세요." 조야는 도와주겠다는 것이 고마워서 웃으며 말했다.

각 병실마다 아침 식사가 운반되고 있었다.

실은 금요일 아침, 조야는 당직 교대를 한 다음 전날 밤에 한 이야기를 떠올리면서 서무과로 가서 코스토글로토프의 입원 신청서를 보았었다.

그것에 의하면 코스토글로토프의 이름과 부칭(父稱)은 오레크 필리모노비치라고 했다(묵직한 느낌을 주는 부칭은 기묘한 성씨에 어울렸으나 이름은 전체적인 인상을 부드럽게 해주었다). 1920년생으로 올해 서른네 살인데 결혼은 한 번도 하지 않았었다. 이것은 좀 믿어지지 않는 일이었다. 현주소는 그가 말한 대로 우시 테레크라는 곳이었다. 근친자는 아무도 없었다(암병동에서는 반드시 보호자의 이름을 적어넣기로 되어 있었다). 그의 전문은 지형학이었으나 현재의 직업은 경지 정리의 계원이라 씌어 있었다.

이것을 읽고 나자 그의 신상은 분명해지기는커녕 오히려 애매해지는 것 같았다.

오늘 업무일지를 보니 코스토글로토프는 금요일부터 매일 2cc씩 시네스트롤 근육 주사를 맞고 있었다.

그것은 야근 간호사의 일이니 오늘은 조야가 하지 않아도 되었다. 그러나 조야는 뾰루퉁한 입술을 삐죽 내밀었다.

아침 식사가 끝나자 코스토글로토프는 병리해부학 책을 들고 조야를 도와주려고 왔다. 그러나 조야는 이 병실 저 병실로 돌아다니면서 하루에 3, 4회씩 복용할 약을 나눠주느라 바빴다.

이윽고 두 사람은 책상에 마주앉았다. 조야는 큼직한 그래프 용지를 꺼내어 여러 가지 수치를 그래프 용지에 적어넣는 방법을 설명하고(조야 자신도 그것을 조금은 잊고 있는 것 같았다.) 자기도 크고 무거운 자를 대고 선을 긋기 시작했다.

이러한 젊은 독신 남자의(때로는 기혼자의) 조수로서의 가치를 조야는 잘 알고 있었다. 이런 일을 도울 때는 대개 조수와 농담을 주고 받게 마련이며,

조수는 조야의 비위를 맞추려고 떠들다가는 결국 그래프를 틀리게 그리기 십상이었다. 그러나 조야는 틀리는 것을 별로 두려워하지 않았다. 가령 시시한 구애라도, 제아무리 유익한 도표보다는 재미있지 않았던가. 조야는 오늘도 지난 밤의 즐거웠던 대화를 다시 계속하는 일에 반대하지 않았다.

그러나 코스토글로토프가 묘한 눈짓이나 의미있는 짓거리를 딱 그치고 일의 요점을 파악하자 오히려 조야에게 가르쳐주는 데는 놀라지 않을 수 없었다. 잠시 후 코스토글로토프는 카르테의 필요한 사항을 읽는 일에 몰두하고 있었으며 조야는 큰 도표에 선을 그었다.

"신경종(神經腫)……." 하고 코스토글로토프는 말했다. "부신종(副腎腫) ……비강육종(鼻腔肉腫)……척수종(脊髓腫)……. 그리고 모르는 것이 있으면 즉각 물었다.

우선 그 기간 중에 있었던 각 유형의 종양 수를 남녀별로 파악하고, 또 남자와 여자로 나누고, 다시 10대, 20대, 세대별로 파악하지 않으면 안 된다. 그리고 또 적용된 치료의 종류와 규모를 정리하지 않으면 안 된다. 또 각 구분마다 다섯 종류의 결과 중 해당란을 메꾸지 않으면 안 되었다. '완쾌', '호전' '변화 없음', '악화', '사망'. 이 다섯 종류의 결과에 대해서 조야의 조수는 특히 열성적이었다. 곧 알게 된 것은 '완쾌'가 거의 없다는 것과 '사망'의 경우도 극히 적다는 점이었다.

"이 병원에서는 좀처럼 죽게 해주지도 않는 모양이군. 죽기 전에 퇴원시켜 버리는 모양이지?"라고 코스토글로토프는 말했다.

"그건 그래요, 오레크. 생각해 보세요."

일을 도와준 고마운 표시로 조야는 그를 '오레크'라고 불렀다. 그는 곧 그것을 알아차리고 얼굴을 쳐들었다.

"도저히 고칠 수 없고 앞으로 몇 주나 몇 달 동안 죽음을 기다릴 수 밖에 없다는 것을 알고 있는 사람에게 병실 침상을 더 이상 차지하게 할 수는 없어요. 치료하면 나을지도 모를 사람들이 줄지어 서서 병상이 비기를 기다리고 있어요. 그리고 인크라벨(치료가 불가능한)한 환자는……."

"인 뭐라구요?"

"도저히 치료가 불가능한 환자는……그들의 이야기나 또는 존재 그 자체가 치료하면 나을 수 있는 환자에게 나쁜 영향을 주게 돼요."

지금 이처럼 간호사의 책상에 마주앉아 일을 하고 있으면 오레크는 사회의 질서 속에, 세상의 의식 속으로 한 발짝 내디딘 듯한 착각에 빠졌다. 병원에서 버림받은 환자, 이제는 병상을 차지할 권리를 상실한 환자, 즉 치료가 불가능한 사람이란 코스토글로토프를 가리키는 것은 아니었다.

조야는 코스토글로토프가 결코 병으로는 죽지 않을 사람, 즉 치료가 불가능한 사람으로는 보고 있지 않는 것 같았다. 특별히 이렇다 할 이유도 없이, 다만 환경이 변화했다는 이유만으로 사람은 갑자기 하나의 상태에서 다른 상태로 날아가 버린다. 코스토글로토프는 막연하게 무언가 연상하고 있었으나 그것이 무엇인지 이때는 미처 생각이 미치지 않았다.

"그렇군. 그것은 매우 논리적이군요. 그러나 가령 아조프킨이 퇴원한 것은 문제가 된다고 봐요. 그리고 어제 본인인 프로시카에게는 아무런 설명도 해주지 않고 진단서에 Tumor cordis라고 적었더군요. 나는 그것을 보고 내가 마치 그를 속이거나 한 것 같은 기분이 들었어요."

그는 흉터가 없는 쪽의 옆얼굴을 조야에게 돌리고 있어서 그의 얼굴은 그렇게 험상궂어보이지는 않았다.

이렇게 두 사람은 사이 좋게 일을 계속해서 점심 식사 전에는 일을 다 끝냈다.

그런데 미타는 또 하나의 일을 남겨놓고 있었다. 카르테에 부착하는 종이를 가급적으로 절약하기 위하여 분석 검사의 결과를 환자의 체온표에 옮겨 적는 일이었다. 그러나 일요일 하루 동안에 그 일까지 모두 다 한다는 것은 무리였다. 그래서 조야는 말했다.

"정말 고마웠어요, 오레크 필리모노비치."

"싫어요! 그렇게 부르면……. 아까처럼 그저 오레크라고 불러주시오."

"그럼 점심 식사 후에는 푹 쉬세요……."

"휴식 같은 것은 필요없어요."

"하지만 당신은 환자예요."

"그것 참 이상하군요. 조엔카, 당신은 지금 막 당직을 시작한 것이고 나는 이제 완전히 건강해졌어요!"

"그럼 좋아요!" 조야는 깨끗이 저주기로 했다. 그녀 또한 처음부터 그럴 작정이었다. "그럼 있다가 응접실로 오세요."

그러면서 그녀는 의사의 회의실을 가리켰다.

그러나 점심 식사가 끝난 후 조야는 또 환자들에게 약을 나눠주는 일이 있었으며 여자의 큰 입원실에서도 급한 볼일이 생겼다. 커다란 입원실에 가득찬 쇠약하고 병든 분위기 속에서 조야는 새삼스럽게 자기의 몸이 구석구석까지 청결하고 세포 하나하나에 이르기까지 건강하다는 것을 사무치도록 느끼는 것이었다. 특히 블래지어에 받쳐져 있는 유방이 환자의 침대에 몸을 구부릴 때 축 늘어지거나 종종걸음으로 걸어갈 때 흔들리는 것을 느끼는 것은 더없이 즐거운 일이었다.

이윽고 바쁜 일도 다 끝냈다. 조야는 잡역부를 시켜 문간에 앉았다가 면회인이 병실로 들어가지 못하도록 하라고 이르고, 만약 무슨 일이 있으면 자기를 부르라고 부탁했다. 그리고 수틀을 손에 들고 오레크 앞에 서서 회의실로 들어갔다.

회의실은 창문이 세 개나 있는 밝고 네모진 방이었다. 특별히 개성적인 방이라고는 할 수 없었으나 회계 과장과 의국장의 취미는 뚜렷이 느껴졌다. 두 개의 소파는 침대 겸용의 접는 식이 아니라 관청에서 쓰는 듯한 긴 의자였으며, 등받이가 수직으로 답답하고 높게 달려 있었다. 그 뒤쪽으로는 거울이 걸려 있었는데 그러한 거울을 들여다볼 수 있는 것은 기린 밖에는 없을 것이다. 책상을 배치한 것도 관청처럼 위압적이었다. 두툼한 플라스틱 판으로 덮인 의장용의 큰 책장이 있었으며, 그것과 직각으로 길쭉한 회의용 탁자가 붙어 있어서 T자형을 이루고 있었다. 그러나 그 기다란 탁자에는 마치 사마르칸트식으로 하늘빛 비로드 테이블 클로즈를 덮어놓아 그 화사한 하늘빛이 실내 전체를 더욱 부드럽게 해주었다. 거기에 몇 개의 팔걸이의자가 데스크와는 관계없이 여기저기 놓여 있어서 그것도 역시 실내의 분위기를 부드럽게 해주었다.

11월 7일자의 벽신문 〈종양학자(腫瘍學者)〉를 빼놓으면 이곳이 병원이라는 생각이 들게 하는 것은 아무것도 없었다.

조야와 오레크는 실내의 가장 밝은 곳에 놓인 쾌적한 팔걸이의자에 앉았다. 곁에는 용설란 화분이 놓인 받침대가 놓여 있었고 이음매가 없는 커다란 한 장의 유리로 된 창문 밖에는 창보다도 키가 큰 떡갈나무 가지가 뻗어 있었다.

오레크는 단순히 걸터앉은 것이 아니라 등을 쭉 펴고 목과 머리를 뒤로 젖혀 온몸으로 팔걸이의자의 쾌적함을 맛보고 있었다.

"아, 기분 좋군!"하고 오레크는 말했다. "이런 안락한 기분을 맛보는 것은……15년만이군."

'저렇게 팔걸이의자가 좋으면 왜 진작 사지 않았을까?'

"그런데, 당신의 제안이란 뭐지요?" 조야는 머리를 갸웃거리면서 독특한 눈짓을 하며 물었다.

두 사람이 이 방에 들어앉아 이야기를 나눌 목적으로 팔걸이의자에 앉아 있는 지금, 이야기가 겉치레의 것이 될 것인지 아니면 정곡을 찌를 것인지는 몇 마디 말투나 순간적인 눈치로도 알 수 있었다. 조야는 단순한 이야기나 나눠야겠다고 생각했으나, 이 방에 들어온 것은 역시 본질적인 이야기를 예감하고 있었기 때문이었다.

오레크는 그 예감을 빗나가지 않았다. 의자의 등받이에 머리를 기댄채 조야의 머리 위쪽에 있는 창문을 바라보며 차분하게 입을 열었다.

"내가 생각했던 것은……금발의 앞머리를 갖고 있는 아가씨가……우리들의 개척지로 와줄지 어떨지 하는 거요."

그는 말을 끝내자 조야의 얼굴을 쳐다보았다.

조야는 그의 시선을 받아들였다.

"하지만 그 개척지에서는 무엇이 아가씨를 기다리고 있지요?"
오레크는 한숨을 내쉬었다.
"그렇군, 그것은 지난번에 말했던 그대로요. 재미있는 것은 아무것도 없어요. 수도도 없고 다림질은 숯불을 넣은 구식 다리미를 쓰고 있지요. 불은 석유 램프, 비가 오면 진수렁이 되고 개이면 먼지가 심하지요. 좋은 옷은 1년 내내 입을 기회가 없어요."
오레크는 마치 조야에게 오지 말라고나 하듯이 나쁜 점만 들춰냈다. 좋은 옷을 입을 찬스도 없다는 것은 얼마나 비참한 생활일까. 그러나 대도시에서의 생활이 아무리 편하더라도 생활에 필요한 것은 도시가 아니고 마음이라는 것을 조야는 알고 있었다. 조야로서는 이 사나이가 살고 있는 고장을 상상해보는 것보다는 우선 이 사나이에 대해서 더 알고 싶었다.
"잘 모르겠군요. 당신을 그곳에 붙들어놓고 있는 것이 무엇인지……."
오레크는 웃었다.
"나를 그곳에 붙들어놓고 있는 것은 내무성이요! 틀림없어요!"
그는 여전히 의자의 등받이에 머리를 기댄채 즐거운 표정이었다.
조야는 경계의 빛을 띠었다.
"어쩌면 그렇지 않을지도 모른다고 생각했어요. 질문이 좀 이상할진 모르지만 당신은 러시아 인인가요?"
"순수한 러시아 인이지요! 머리가 검기는 해도……."
그는 자기의 머리를 만졌다.
조야는 어깨를 움츠렸다.
"그렇다면 어째서……."
오레크는 한숨을 내쉬었다.
"아아, 요즘 젊은이는 아무것도 몰라요! 하기야 우리들도 형법에 어떤 조문이 있으며 그것이 어떤 식으로 확대 해석되는 지에 대해서는 전혀 알지 못하지만. 하지만 당신은 이 지방의 중심 도시에 살고 있으면서도 똑같은 유형수(流刑囚)라 하더라도 강제 이주자와 행정범(行政犯)의 근본적인 차이를 모른다는 말입니까?"
"어떻게 다르지요?"
"나는 행정범이에요. 말하자면 내가 추방당한 이유는 민족 문제가 아니라 (전시 중부터 전후에 걸쳐서 유럽 러시아의 소수민족이 나치에 협력했다는 혐의로 집단적으로 강제이주 당했다.), 전적으로 개인적인 것이었지요. 오레크 필리모노비치 코스토글로토프의 개인 문제란 말입니다. 알겠어요?" 오레크는 웃어 보였다. "말하자면 보통의 성실한 시민 중에는 섞여서 살 수 없는 명예 시민이지요."

그리고는 어두운 눈초리로 조야를 바라보았다.

그러나 조야는 놀라지 않았다. 놀라기는 했어도 결정적인 충격을 받을 만큼 놀란 것은 아니었다.

"그러면 몇 년간 추방인가요?" 조야는 나직한 목소리로 물었다.

"영구 추방!" 오레크는 거침없이 말했다.

그 말소리는 조야의 귀에 울려퍼졌다. 영구 추방! 얼마나 무서운 일인가!

"종신이라고요?" 거의 속삭이듯이 조야는 다시 물었다.

"문자 그대로 영구 추방이란 말이요!" 하고 내뱉듯이 코스토글로토프는 말했다. "서류에 영구라고 명기되어 있으니까. 종신형이라면 죽은 후에 관이라도 돌아올 수 있겠지만 영구라고 하면 관도 돌아갈 수 없어요. 태양이 다 타버려도 돌아가지 못해요. 영구는 그것보다 더 기니까."

조야의 가슴은 이때 처음으로 조여들었다. 역시 복잡한 사정이 있었던 것이다. ── 저 흉터에도 엄격한 표정에도, 어쩌면 이 사나이는 무서운 살인귀일지도 모른다. 지금 당장이라도 달려들어 조야를 목졸라 죽일지도 모른다!

그러나 조야는 달아나기 쉽도록 의자의 각도를 돌려놓거나 하지는 않았다. 그저 수를 놓던 것을 옆으로 내려놓았다(아직 그 일에는 손도 대지 않았었다). 그리고 긴장도 흥분도 하지 않고 여전히 팔걸이의자에 기분 좋게 앉아 있는 코스토글로토프를 담담하게 바라보면서 오히려 자기가 흥분해서 물었다.

"혹시 말하는 것이 괴로우면 말하지 않아도 좋아요. 하지만 그렇지 않다면 말해 주세요. 그런 무서운 판결을 받은 것은 무슨 일 때문이었지요?"

그러나 코스토글로토프는 무슨 죄를 졌느냐는 물음에도 기분나빠하지 않고 담담하게 미소를 지으면서 대답했다.

"판결 같은 것은 있지도 않았어요, 조엔카. 나를 영구히 추방한 작자들은 다만 지령에 따랐을 뿐이니까."

"지령에……따라?"

"그래요, 지령에 따랐을 뿐이지요. 일종의 송장(送狀) 비슷한 거지요. 정거장에서 창고로 물건을 옮겨넣을 때 왜 기록하잖아요. 부대는 몇 개, 통이 몇 개……. 빈 부대는 몇 개 하는 식으로……."

조야는 두 손을 머리에 댔다.

"기다려요……. 무슨 말을 하는 건지 모르겠군요. 그것은 어쩌면 당신만의……, 아니면 모두 그런 식으로……."

"아니, 다 그런 것은 아니지요. 제10항(반소 행위를 규정한 형법 제58조)에 해당하는 자는 추방하지 않지만 제10항에 제11항이 추가되는 자는 틀림없이 추방이지요."

"제11항이란?"

"제11항이 뭐냐구요?" 코스토글로토프는 잠시 생각했다. "조엔카, 나는 꽤 떠든 것 같은데 이런 얘기는 가급적이면 다른 사람한테는 하지 않는 것이 좋아요. 그렇지 않으면 당신도 의심을 받게 될 테니까. 나는 처음에 제10항에 저촉된다고 해서 7년형을 받았어요. 이것은 자신 있게 말할 수 있지만 형기가 8년 이하인 사람은 우선 결백한 사람이라고 봐야 해요. 전혀 죄가 없단 말입니다. 그런데 제11항이 있었지요. 제11항이란 그룹을 대상으로 하고 있어요. 제11항만이라면 형기를 늘리지 않지만 우리는 불행히도 그룹이었으니까 영구 추방을 당하게 된 거지요. 즉, 예전의 장소에서 두 번 다시 만나지 못하도록 말이요. 내 설명이 이해가 가겠어요?"

그러나 조야는 아직도 뭐가 뭔지 알 수 없었다.

"그렇다면 그것은……." 조야는 안 됐다는 듯이 말했다. "당신들은 말하자면…… 도당(徒黨)을 조직한 거군요?"

코스토글로토프는 갑자기 큰소리로 웃었다. 그러더니 웃음을 그치고 눈살을 찌푸렸다.

"그래요, 우리를 맡았던 판사나 마찬가지로 당신도 '그룹'이란 말에는 만족하지 못하는 거요. 판사도 우리를 '도당'이라고 불렀으니까. 그래요, 우리는 도당을 조직했어요. 대학교 1학년의 남녀 학생들이 만든 도당이었지요." 코스토글로토프는 더욱 험악한 눈초리가 되었다. "여기서 담배를 피우는 것은 규칙 위반이 된다는 것은 알고 있지만, 좀 피워야겠어요. 괜찮겠지요? 우리는 서로 모여 여자 아이들을 꼬시거나 춤을 추거나 했는데, 남학생들은 그밖에 정치 이야기도 했어요. 그리고……자기 자신에 대한 이야기도. 말하자면 우리는 여러 가지 면에서 불만이 많았어요. 그저 무턱대고 즐거워하기만 하는 타입은 아니었어요. 우리 그룹 중 두 사람은 전투에도 참여했는데 전후의 사회에 대해서 무언가 변화를 기대했었어요. 그러던 중 5월, 시험을 치기 직전에 모두 붙잡혔어요. 여학생들도 다."

조야는 당황해하면서 다시 자수에 손을 댔다. 이 사나이는 매우 위험한 소리를 지껄이고 있다. 그것을 함부로 누구에게 말하는 것은 물론이고, 그런 소리를 듣고 있거나, 그런 소리에 귀를 막지 않고 있는 것조차도 위험한 얘기였다. 그러나 한편 이것이 어두운 뒷골목으로 유인하여 사람을 죽인 사건이 아니어서 다행이었다.

조야는 침을 삼켰다.

"도무지 알 수가 없어요……. 당신들은 그래도 무슨 일을 저질렀겠지요?"

"무슨 일을 저질렀다고?" 코스토글로토프는 담배 연기를 깊게 들여마셨다가 다시 내뱉었다. 그의 큰 몸집에 비해서 담배는 너무 작아 보였다.

"지금 말했듯이 우리는 학생이었어요. 장학금을 탔을 때는 맥주도 마시고 파티에도 갔지요. 그래서 여학생들도 우리와 함께 잡혀가서 5년형을 받게 된 거예요······." 코스토글로토프는 조야를 지그시 바라보았다. "상상해 봐요. 만약 당신이 2학기 시험을 앞두고 체포되어 감방에 갇혔다고 상상해 보라구요."

조야는 놓던 수를 내려놓았다.

이 사나이의 신상 이야기는 아주 무서운 것이라고 예상했으나, 그것은 어떤 의미에서는 조금도 무섭지 않은 어린애 같은 이야기였다.

"그런데 당신이나 당신의 친구들은 왜 그런 짓을 했지요?"

"뭐라구요?" 그가 다시 물었다.

"가령 불만이 있었다든가 다른 어떤 것을 기대하고 있었다든가 하는······."

"아, 그렇군요!" 코스토글로토프는 빙그레 웃었다. "그런 것까지는 미처 생각하지 못했지요. 조엔카, 당신은 이번에도 판사와 의견이 일치했군요. 판사도 같은 말을 하더군요. 그건 그렇고, 이 팔걸이의자는 아주 푹신해서 좋군요! 침대에 걸터앉을 때와는 아주 다른 느낌이요."

오레크는 다시 기분 좋게 팔걸이의자에 깊숙이 앉아, 눈을 가늘게 뜬채 담배를 피우면서 큰 창문을 바라보고 있었다.

벌써 저녁때가 되었으나 여전히 구름에 가린 하늘은 오히려 약간 밝아진 것 같았다. 유리창 정면의 서쪽 하늘에서는 구름층이 얇아지기 시작했다.

조야는 이때 비로소 자수에 손을 대기 시작했다. 그리고 한 바늘씩 열심히 수를 놓았다. 두 사람 다 말이 없었다. 오레크는 전이나 마찬가지로 자수 솜씨가 좋다고 칭찬은 하지 않았다.

"그럼 당신의 연인은······어떻게 되었지요? 역시 그 그룹에 속해 있었나요?" 조야는 계속 수를 놓으며 물었다.

"그, 그렇군요······." 무언가 다른 일을 생각하고 있었던 것처럼 오레크는 말을 더듬었다.

"지금 그 사람은 어디에 있지요?"

"지금? 지금은 에니세 강 근처에 있지요."

"그래서 그 여자와 함께 지내지 못하는군요."

"같이 지낼 생각도 없구요." 코스토글로토프는 냉정하게 말했다.

조야가 코스토글로토프를 보니 그는 창밖을 바라보고 있었다. 그렇다면 어째서 데려와서 결혼하지 않는 것일까?

"그 여자를 당신 곁으로 데려오는 것이 어려운가요?" 조야는 한참 생각하다가 물었다.

"주민등록이 안 된 사람은 불가능하니까요." 코스토글로토프는 방심한 듯이 말했다. "그러나 문제는 함께 지낼 이유가 없어졌다는 거요."

"그 여자의 사진을 갖고 있나요?"

"사진?" 코스토글로토프는 깜짝 놀란 듯이 말했다. "죄수는 사진을 갖고 있으면 안 돼요. 찢어버리니까."

"어떤 여자였지요?"

오레크는 눈을 가늘게 뜨며 웃었다. "머리를 어깨까지 늘어뜨렸는데 머리끝은 약간 말아올렸어요. 눈은 당신처럼 사람을 비웃는 듯했지만 그녀는 언제나 수심에 차 있었지요. 자기의 운명을 예감하고 있었는지도 모르지요."

"수용소에서 함께 지냈나요?"

"천만에."

"그럼 마지막으로 만난 것은 언제였지요?"

"내가 체포되기 5분 전……. 즉, 그때는 5월이어서 우리는 오래도록 공원 벤치에 앉아 있었지요. 그리고 밤 1시가 지나자 헤어져서 공원을 나와 한 구역도 가기 전에 붙잡혔어요. 자동차가 길 모퉁이에서 대기하고 있었어요."

"그 사람은?"

"이튿날 밤에."

"그 이후에도 만나지 못했나요?"

"딱 한 번 만났어요. 법정에서. 나는 그때 머리를 박박 깎고 있었어요. 판사는 서로 불리한 증언을 하기를 기대했던 모양이에요. 우리는 계속 침묵만 지쳤습니다."

오레크는 손에 들고 있던 담배꽁초를 어디다 버릴까 하고 두리번거렸다. "저기요." 조야는 의장석에 놓여 있는 번쩍거리는 재떨이를 가리켰다.

서쪽 하늘의 구름은 점점 엷어져서 연한 노란색 햇빛이 새어나오기 시작했다. 그 햇빛을 받아 잔뜩 굳어 있던 오레크의 얼굴도 훨씬 부드럽게 보였다.

"하지만 어째서 지금 그 여자와…… ?!" 조야는 동정조로 물었다.

"조야!" 오레크는 무뚝뚝한 말투로 말하다가 부드럽게 어조를 바꾸었다. "당신도 상상할 수 있을지 모르겠군요. 젊고 예쁜 아가씨가 수용소에서 어떻게 되는지. 호송 중에 나쁜 녀석에게 강간이 당하지 않았다 하더라도 —— 수용소 안에서도 그런 일은 얼마든지 있을 수 있어요 —— 수용소에 도착한 첫날 밤에 간수나 조리사 같은 수용소의 기생충들 앞에서 발가벗긴 몸으로 목욕탕까지 걸어가게 하거든요. 그렇게 해서 누구의 것이 될지 정해지지요. 이튿날 아침이면 누구와 함께 지내면 편하게 지낼 수 있다고 귀띔해주지요. 만약 이것을 거절하면 제 발로 기어나와서 사정할 때까지 심한 학대를 받게 돼요." 오레크는 눈을 감았다. "그녀는 죽지 않았어요. 살아 남아서 무사히 형기를 마쳤더군요. 그 점에 대해서는 그 여자를 원망할 생각은 없어요. 나는 이해할 수 있으니까. 그러나……이젠 끝나버렸어요. 그 여자도 잘 알고 있을 거요."

침묵이 흘렀다. 태양은 찬란한 모습을 드러내고 모든 것이 밝고 명랑한 빛으로 감싸였다. 공원의 나무들이 빛과 그림자 속에 뚜렷하게 떠올랐으며 이 방 안의 테블 크로즈의 하늘빛과 조야의 금발은 불타는 듯했다.

"그룹 중의 한 여자 아이는 자살했고, 한 사람은 살아 있어요……. 세 사나이는 이제 이 세상 사람이 아니고……두 사람은 행방불명이 되었고." 오레크는 의자의 팔걸이에 몸을 기대고 몸을 흔들면서 시를 읊었다.

태풍은 지나가고……살아남은 사람은

불과 몇 사람…….
우정의 손짓에 대답하는 쓸쓸한
목소리여……(예세닌의 시구. 그리고 다음의 두 행도.).

그리고 기울어진 자세로 마룻바닥을 바라보고 있었다.
그의 머리카락은 사방팔방으로 일어서고
구겨져 있었다!
하루에 두세 번은 물에 적시어
빗어야 했다.

 오레크는 더 이상 아무 말도 하지 않았으나 조야는 듣고 싶은 것은 모두 듣고 있었다. 중요한 것은 다 설명해 주었다. 추방된 것은 살인 때문이 아니라는 것을. 결혼하지 않은 것은 육체적인 결함 때문만은 아니라는 것을. 그리고 몇 년이란 세월이 흐른 지금 지난날의 애인에 대해서 이처럼 부드럽게 말하는 것을 보면, 이 사나이는 매우 인간적인 감정의 소유자임에 틀림없다.
 오레크는 침묵하였으며 조야도 수를 놓으며 오레크의 얼굴만 말없이 바라볼 뿐이었다. 그의 얼굴에서는 아름다운 것을 찾아낼 수 없었다. 그러나 특별히 추한 곳도 이제는 찾아볼 수 없었다. 흉터도 곧 낯익게 된 것이다. '예쁜 얼굴보다 예쁜 마음이 더 중요하다'고 하는 것이 입버릇처럼 말하는 할머니의 말이었다. 조야는 이 사나이에게서 고난을 이겨내는 인내력과 강인함을 느꼈다. 그것은 그녀의 놀이 상대의 남성들에게서는 느낄 수 없는 점이었다.
 수 바늘을 부지런히 움직이고 있던 조야는 갑자기 오레크의 탐색하는 듯한 시선을 느꼈다.
 그래서 눈을 치뜨면서 그의 얼굴을 보았다.
 오레크는 그녀를 끌어당기듯이 바라보면서 시의 계속을 멋지게 읊조렸다.

누구를 부를까…… 누구에게 얘기할까…….
살아남은 나의 이 슬픈 기쁨을…….

"하지만 지금 당신은 이미 말했어요!" 눈과 입술로 미소를 지으며 조야는 속삭이듯이 말했다.

조야의 입술은 장미빛은 아니었으며, 루즈 빛깔도 아니었다. 진홍빛과 오랜지색의 중간색인 밝은 불꽃 같은 색깔이었다.

석양 무렵의 부드러운 누런 태양은 오레크의 병색에 찌들린 안색을 생기있게 되살리고 있었다. 그 따뜻한 햇빛 속에서 이 환자는 결코 죽지 않을 것이며 나을 것이라는 생각이 들었다.

슬픈 노래를 기타로 연주하던 사람이 밝고 즐거운 노래로 바꿀 때처럼 오레크는 머리를 한 번 흔들었다.

"자, 조엔카! 모처럼 맞이한 일요일인데 즐겁게 지냅시다! 그 가운은 보기 흉하군요. 간호사가 아니라 이 거리의 아름다운 아가씨가 보고 싶군요. 우시 테레크에서는 좀처럼 미인을 볼 수 없거든요."

"하지만 그런 아름다운 아가씨를 어디서 데려오지요?" 조야가 능청을 떨었다.

"당신이 그 가운을 잠깐 벗기만 하면 돼요. 그리고 걸어봐요."

오레크는 의자에 앉은채 몸을 움직이면서 실내를 걸어보라는 듯 몸짓을 했다.

"하지만 지금은 근무중이에요." 조야는 말을 듣지 않았다. "그러다가 야단맞아요……."

너무 어두운 이야기가 오래 계속된 탓인지, 아니면 방 안으로 비쳐드는 밝은 석양 때문인지 조야는 일종의 충동 같은 것이 치밀어오르는 것을 느꼈다. 가운을 벗어도 괜찮을 거야. 나쁜 결과는 되지 않을 거야.

그녀는 자수감을 옆에 놓고 소녀처럼 의자에서 깡총 뛰어내리자 약간 몸을 앞쪽으로 구브리면서 단추를 끌르기 시작했는데, 그것은 마치 달리기

경기 준비라도 하는 것처럼 보였다.
 "잡아당겨 주세요!" 조야는 한쪽 손을 내밀었다. 오레크가 잡아당기자 옷소매가 벗겨졌다. "또 하나!" 조야는 춤이라도 추듯이 몸을 비틀었다.
 다른쪽 소매도 벗겨져서 가운은 오레크의 무릎 위로 떨어졌다. 조야는 방 안을 걷기 시작했다. 마치 패션 모델처럼 적당히 몸을 구부렸다 폈다 하기도 하고 걸으면서 두 손을 움직이거나 드러올리기도 했다.
 이렇게 몇 걸음 앞으로 나왔다가 오른쪽으로 홱 돌아서 두 손을 펼치며 포즈를 취했다.
 오레크는 조야의 가운을 가슴에 안고 눈을 둥그렇게 떠 그 모습을 바라보았다.
 "브라보!" 그는 나지막하게 소리쳤다. "아주 멋져."
 하늘색 테이블 크로즈의 반짝임 —— 우즈베크의 햇빛 아래 생겨난 깊은 푸른색에는 어딘지 시력 회복의 선율이 계속되는 것 같은 것을 느꼈다. 갖가지 욕망, 쓸모없고 학대받은 집도 없이 살아온 기나긴 생활 끝에, 이 부드러운 의자에 앉는 기쁨, 쾌적한 방 안에 있는 기쁨. 그리고 또 조야를 바라보는 기쁨, 그것도 그저 무관심하게 바라보는 것이 아니라 탐욕스런 시선으로 바라보는 이중의 기쁨. 반달 전만 해도 오레크는 거의 다 죽어가는 상태였었는데 ——.
 조야는 불꽃 같은 색깔의 입술을 자랑이라도 하듯이 움직이면서 그밖에도 무슨 비밀을 알고 있다는 듯이 능청스런 표정을 지으면서 지금과 같은 코스로 창문까지 걸어갔다. 그러더니 다시 한 번 오른쪽으로 돌아 그 자세로 걸음을 멈추었다.
 오레크는 일어서지 않고 여전히 그대로 앉아 있더니 시꺼먼 솔 같은 머리를 들어 조야를 쳐다보았다.
 어떤 징후에 의해서 —— 그것을 느낄 수는 있지만 어떻다고 꼬집어서 말할 수 없는 —— 조야의 모습에서는 어떤 힘이 느껴졌다. 그것은 무거운 가구를 움직일 때 필요한 힘이 아니라 대항하는 힘을 요구하는 힘이었다.

그런 도발에 응할 수도 있으며 조야와 겨룰 수도 있다는 것이 오레크로서는 기뻤다.

인생의 갖가지 정열이 회복기로 접어든 육체에 되살아나고 있는 것이다! 갖가지 정열이!

"조야!" 오레크는 노래라도 부르듯이 말했다. "조야! 당신은 당신의 이름이 지닌 뜻을 알고 있소?"

"조야는 즉 생명이에요!" 그녀는 마치 구호를 외치기라도 하듯이 분명하게 말했다. 그토록 자기 이름의 유래를 말하기를 좋아했던 것이다. 그녀는 등으로 돌린 두 손으로 문기둥을 잡고 한쪽 발에 체중을 실은채 약간 기우뚱한 자세로 서 있었다.

"동물과는 관계가 없을까? 우리의 조상인 동물에게 친근감을 느끼지 않아요?"

그 말에 조야는 웃음을 터뜨렸다.

"인간은 누구나 다 동물과 비슷한 데가 있어요. 먹이를 먹거나 아이에게 젖을 먹이거나 하지요. 그것이 나쁜가요?"

조야는 수다를 떨었다. 오레크의 숨이 막힐 듯한, 감탄하는 표정에 약간 흥분한 모양이었다. 그것은 주말의 무도장에서 아무렇게나 아가씨들을 껴안는 젊은이들에게서는 찾아볼 수 없는 표정이었다. 조야는 두 손을 펴서 손가락을 퉁기면서 몸을 흔들며 한창 유행중인 인도 영화의 주제가를 흥얼거렸다.

"아바라이야아아! 아바라이야아아!"

오레크가 갑자기 표정이 흐려지면서 말했다.

"그만 둬요. 그 노래는 제발 부르지 말아줘요, 조야."

그러자 조야는 곧 점잖은 모습으로 되돌아갔다. 언제 노래를 부르고 허리를 비비 꼬았느냐는 듯이.

"《방랑자》의 노래예요." 조야가 말했다. "그 영화 보지 않았어요?"

"나도 보았어요."

"참 멋진 영화였어요. 나는 두 번이나 보았어요!" 사실은 네 번 보았으나 그렇게 말할 수는 없었다. "당신은 싫으세요? 그 방랑자의 운명이 당신과 비슷하다고 생각지 않으세요."

"아니, 나의 운명과는 관계가 없어요." 오레크는 얼굴을 찡그렸다. 조금 전까지의 밝았던 표정으로는 다시 돌아가지 않았다. 노란 햇빛은 이미 자취를 감추어 오레크의 얼굴은 다시 병색이 짙어 보였다.

"하지만 그 주인공 역시 형무소에서 나왔어요. 그리고 과거의 생활은 모두 부서져버렸지요."

"그것은 모두 거짓말이에요. 그 주인공은 전형적인 악당이며 범죄자란 말이에요."

조야는 가운에 손을 뻗쳤다.

오레크는 일어나서 조야에게 가운을 입혀주었다.

"범죄자는 싫으세요?" 조야는 고맙다는 듯이 머리를 까딱해 보이고 단추를 끼우기 시작했다.

"나는 범죄자를 미워해요." 오레크는 험악한 눈초리로 엉뚱한 곳을 바라보고 있었으며 그의 턱은 불쾌한 듯 떨리고 있었다. "범죄자란 욕심이 많아요. 남한테 붙어 사는 기생충이니까. 우리 나라에서는 30년 전부터 범죄자의 갱생이라든가 그들도 같은 동포라고 말하고 있지만 놈들의 철학은 히틀러의 철학과 같아요. 놈들은 신랄한 은어를 쓰고 있지만 의미는 다 똑같아요. 매를 맞지 않으려고 얌전하게 앉아서 차례를 기다릴 뿐이요. 옆사람이 곤욕을 치르고 있어도 자기가 얻어맞지 않는 한 얌전하게 앉아서 순번을 기다리다가 이미 쓰러져버린 사람을 짓밟거나 걷어차거나 하는 것이 놈들이 즐기는 것이란 말이요. 그리고 낭만적인 망토 같은 것을 걸치고 있지요. 그런데도 우리는 그자들이 전설을 조작하는 것을 거들어주거나 놈들의 노래를 영화에서 부르거나 한단 말이요."

"전설이라구요?" 조야는 마치 나쁜 짓이라도 한 사람처럼 그를 쳐다보고 있었다.

"즉, 100년이고 200년이고 이야기로 전해 내려오고 있다는 거요. 변함없는 옛날 이야기처럼."

두 사람은 창가에 나란히 서있었다. 오레크는 자기의 말과는 관계없이 조야의 팔꿈치 부분을 잡고 마치 눈이동생에게 이야기를 들려주듯이 말하고 있었다.

"자기들을 멋진 도둑으로 만들어내기 위해 악당들이 자랑으로 삼고 있는 것은 뻔하지요. 말하자면 가난한 사람들한테서는 도둑질을 하지 않는다, 정치범에게는 손을 뻗치지 않는다 —— 즉, 감옥에서는 빵을 훔치지 않는다는 거지요. 도둑질을 다른 데서 한다고 제법 체면을 세워가며 말한다 그거지요. 그러나 47년, 크라스노야르스크의 호송 중계 감옥에서 있었던 일이 떠오르는군요. 우리가 들어 있는 감방에는 해리(海狸)가 —— 즉, 훔칠 만한 것이 아무것도 없었어요. 감방에 갇혀 있는 죄수 중 절반 정도는 도둑놈들이었어요. 그놈들은 배가 고파서 사탕이나 빵을 닥치는 대로 빼앗었어요. 그런데 이 방의 죄수들은 좀 달랐어요. 절반이 도둑이고 나머지 절반은 일본인 포로였으며 러시아 인 정치범은 두 사람뿐이었어요. 나와 다른 한 사람, 그 사람은 북극 탐험을 한 유명한 비행사였어요. 북극해에는 그 사람의 이름을 딴 섬이 있었는데도, 그 사람은 감옥 신세를 지고 있었어요. 도둑들은 파렴치하게도 사흘 동안에, 일본 사람이나 우리의 식량까지도 빼앗아갔어요. 그러자 일본 사람들은 놈들이 모르는 일본말로 뭐라고 수근거리더니 한밤중에 몰래 일어나서 침대의 널빤지를 빼들고 '만세!'라고 소리치면서 도둑들에게 덤벼들더군요! 아니 기를 쓰고 놈들을 두들겨패더군요. 정말 볼 만했어요!"

"당신들 두 사람은 얻어맞지 않았어요?"

"얻어맞을 이유가 없지요. 우리는 일본인들의 빵을 빼앗지 않았으니까. 그날 밤 우리 두 사람은 중립을 지키면서 일본인들이 마구 때리는 것을 구경만 했지요. 아침이 되어서야 소동은 수습되고 우리는 빵과 사탕을 도로 찾게 되었어요. 그런데 감독 당국의 처사는 일본인 반수를 다른 곳으로 옮기고 얻어맞지 않은 신참 도둑들을 우리 감방에 들여보내 가세하게 했어요. 그러자 이번에는 그 도둑들이 일본인들에게 덤벼들더군요. 수적으로도 우세했고, 또 비수라든가 그밖에 여러 가지 흉기를 갖고 있었어요. 너무나 참혹한 광경이 벌어져서 나와 비행사는 일본인 편을 들어주었어요."

"그럼 러시아 인끼리 싸웠겠군요."

오레크는 조야의 팔꿈치를 놓더니 자세를 바르게 했다.

"그런 못된 놈들을 나는 러시아 인이라고 인정하기 싫어요."

그리고 한손을 들어 손가락으로 상처를 문지르듯이 얼굴의 흉터를 매만졌다. 턱에서 뺨 아래를 거쳐 목덜미까지.

"이 상처가 그때 난 상처요."

13. 망령도 또한

토요일부터 일요일 아침까지 파벨 니콜라예비치의 종양은 조금도 줄어들거나 가라앉지 않았다. 그리고 잠자리에서 일어나기 전부터 그는 그것을 알았다. 새벽부터 오전 내내 귓전에서 계속 기침을 해대던 늙은 우즈베크인 때문에 일요일 아침에는 일찍 잠에서 깨어났다.

창밖은 어제나 그제나 마찬가지로 희뿌옇게 잔뜩 흐려 있었으며 그것은 바라보기만 해도 마음이 울적해졌다. 카자흐 인인 양치기는 루사노프보다도 일찍 일어나 침대 위에 나무등걸처럼 멍청하게 앉아 있었다. 오늘은 의사의 회진도 없고 X선 조사나 붕대 교환을 하러 불려갈 일도 없어서 마음만 있으면 저녁까지 같은 자세로 앉아 있을 수도 있을 것이다. 불길한 사나이인 에프렘은 여전히 톨스토이의 책에 매달려 작자의 명복이라도 빌고 있는 것 같았다. 그는 이따금 자리에서 일어나 통로를 서성거리기는 했으나 파벨 니콜라예비치나 다른 사람에게도 달려들지 않아서 다행이었다.

오글로예트는 병실에서 나간채 하루 종일 모습을 나타내지 않았다. 인상

좋은 젊은 지질학자는 독서에 열중해서 누구에게도 방해가 되지는 않았다. 그밖의 환자들도 조용했다.

오늘 아내가 면회를 온다니 파벨 니콜라예비치를 조금은 든든하게 해주었다. 물론 아내가 온다고 해서 실질적으로는 아무런 도움도 되지는 않겠지만 자기의 병세가 좋지 않다는 것이나 주사가 별 효과가 없으며 병실 환자들과의 갈등에 대해서 아내에게 털어놓는 것만으로도 한결 마음이 홀가분해질 것이다. 그리고 아내의 짤막한 위로라도 받는다면 기분이 좋아질 것이다. 사기를 돋구어줄 수 있는 현대 소설 같은 책이라도 갖고 오라고 해야겠다. 그리고 만년필도. 어제는 처방을 적을 때 소년에게 연필을 빌린 것이 좀 창피했다. 그래, 무엇보다도 먼저 그 버섯을, 자작나무 버섯을 주문해야겠다.

그러니까 희망이 전혀 없는 것은 아니다. 병원에서 주는 약이 효과가 없다 해도 방법은 여러 가지가 있다. 가장 중요한 것은 어디까지나 마음을 편하게 가져야 한다.

아주 조금씩이기는 해도 파벨 니콜라예비치는 이러한 생활에 익숙해져 가는 것 같았다. 아침 식사를 마친 다음 어제 신문에 실려 있던 즈베리요프의 예산에 관한 연설문을 끝까지 다 읽었다. 마침 그때 오늘 신문이 왔다. 그 신문을 받은 것은 좀카였으나 파벨 니콜라예비치가 그 신문을 달라고 해서 맨먼저 망데스 프랑스 내각이 붕괴되었다는 기사를 만족스럽게 읽고(책략을 집어치워라! 파리 협정 강요 반대!), 다음에는 에렌부르그의 긴 논문을 훑어보았다. 그리고 다음에는 축산 가공품의 대대적인 증산 계획에 관한 1월의 총회 결의의 실천에 관한 논설을 꼼꼼하게 읽기 시작했다.

이렇게 시간을 보내고 있을 때 잡역부가 들어와서 루사노프 씨에게 부인이 면회 왔습니다라고 알려주었다. 규칙에 의하면 누워서만 지내는 환자의 보호자는 병실 출입이 허용되고 있었으나 지금의 파벨 니콜라예비치는 자기가 누워만 있는 환자라고 주장할 만한 기력도 없었으며 이 우울한 환자들의 곁에서 떨어져서 대합실로 가는 것이 자기로서는 마음이 편했다.

푹신한 목도리로 목을 감싸고 루사노프는 아래층으로 내려갔다.
 1년 후에는 은혼식을 맞게 될 이 루사노프 부부는 유달리 사이가 좋았다. 파벨 니콜라예비치는 세상에 태어나서 오늘에 이르기까지 아내만큼 깊이 사귄 인간은 달리 없었으며 기쁨과 슬픔을 함께 나눌 상대는 아내 외에는 한 사람도 없었다. 카파는 충실한 친구이며 매우 정력적이고 현명한 여자였다('아내의 두뇌는 마치 동사무소 같아!' 하고 파벨 니콜라예비치는 늘 친구들에게 자랑했었다). 그래서 카파를 배신할 생각은 한 번도 가져보지 않았으며 카파 역시 남편을 배신한 적은 없었다. 세상의 남편들이 출세를 하게 되면 자기의 청춘을 후회하게 된다는 것은 거짓말이다. 루사노프 부부는 결혼 당시에 비하면 상당히 출세했는데(당시 카파는 마카로니 공장의 여공이었고, 루사노프는 이 공장의 반죽하는 곳에서 일했는데 결혼하기 전에 이미 공장위원회의 서기로 승격하여 보안 관계의 일을 하게 되었었다. 콤소몰 계통에서는 노동조합을 강화하라는 임무를 받았었다. 다시 1년 후에는 공장 9개년 계획의 지도위원이 되었다), —— 오늘에 이르기까지 부부 관계의 애정에 틈이 간 적은 없었으며 서로가 겸허한 마음을 잊은 적이 없었다. 쉬는 날 마음 맞는 친구와 한 잔 할 때, 루사노프는 과거 공장 생활을 할 때의 추억담을 털어놓으며 기분이 좋아져서 〈보로차에프의 나날〉이라든가 〈우리는 붉은 기병대〉 같은 옛날 유행가를 부르곤 했다.
 지금 대합실에는 몸집이 큰 카파가 이중으로 된 은빛 여우목도리를 두르고 서류 가방만큼이나 큰 핸드백과 식료품이 든 봉지를 들고 가장 따뜻한 구석 자리에 세 사람 몫의 자리를 차지하고 앉아 있었다. 그녀는 자리에서 일어나 따뜻하고 부드러운 입술로 남편에게 키스를 하자 춥지 않도록 자기의 모피 외투 자락 위에 남편을 앉게 했다.
 "편지가 왔어요." 아내는 입술을 실룩거리며 말했다. 그 낯익은 입술의 움직임만 보아도 그 편지가 불유쾌한 것이라는 것을 파벨 니콜라예비치는 곧 알았다. 다른 면에서는 냉정하고 이성적인 카파였지만 이 버릇만은 도저히 고칠 수가 없었다. 즉 좋은 소식이든 나쁜 소식이든 즉석에서 털어놓아야

직성이 풀렸었다.

"알았어." 파벨 니콜라예비치는 화를 냈다. "그렇게 해서 나를 괴롭히라구! 얼마나 중요한 편지인지는 모르지만."

그러나 일단 털어놓고 나면 카파는 다시 인간적인 말투로 되돌아왔었다.

"너무 염려하지 마세요!" 아내는 후회하듯이 말했다. "몸은 좀 어떠세요? 주사를 맞는다는 말은 들었어요. 어제 아침에도 수간호사에게 전화했어요. 무슨 일이라도 생기면 곧 달려오려구요. 그런데 수간호사 얘기로는 주사가 무사히 끝났다더군요."

"그래요, 무사히 끝났소." 자기의 인내력을 자랑이라도 하듯이 파벨 니콜라예비치는 말했다. "그런데, 카파······ 병실 환경이 문제야······." 그렇게 말하는 순간 에프렘이나 오글로예트를 비롯한 갖가지 불쾌했던 일들이 일시에 떠올라서 루사노프는 두서없이 그 쓰라림을 호소하고 있었다. "화장실만이라도 다른 곳을 썼으면 좋겠어! 형편없어! 칸막이도 없어서 다 보는 데서······."

'루사노프는 직장에서 일부러 일반인들이 사용할 수 없는 다른 층의 화장실을 사용했었다.'

남편이 불만을 터뜨리지 않고는 못배기는 것을 보자, 카파는 남편의 말을 막으려 하지 않고 오히려 새로운 불평을 꺼내놓도록 말을 유도해 갔다. 이렇게 해서 루사노프는 온갖 불만을 다 털어놓더니 마지막에는 '의사에게 왜 봉급을 주어야 하는지 모르겠다'고 차마 대꾸조차 할 수 없는 말까지 했다. 아내는 주사를 맞고 난 후의 기분을 자세히 묻고, 종양의 상태도 물어보면서 남편의 목도리를 풀고 종양을 들여다보면서 종양이 좀 작아진 것 같다고 말했다.

작아지지 않았다는 것은 알고 있었으나 그래도 작아졌다는 말에 파벨 니콜라예비치는 한결 마음이 가벼워졌다.

"더 커지지는 않았지?"

"그야 물론이지요. 더 커지다니요!" 카파는 힘주어 말했다.

"제발 성장이 멈추어만 준다면!" 파벨 니콜라예비치는 애원하듯 말했다. 그것은 거의 눈물겨운 목소리였다. "만일 지금처럼 1주간만 더 계속 커진다면……. 도대체 어떻게 되지?"

이 말을 입밖에 낸다는 것은 캄캄한 심연을 들여다보는 것 같아서 루사노프는 말을 하지 않았다. 하지만 얼마나 불행한 일일까! 위험하기는 또 얼마나 위험하고!

"다음 주사는 내일 맞아. 그리고 그 다음 차례는 수요일이고, 만약 아무리 주사를 맞아도 효력이 없으면 어쩌지?"

"그땐 모스크바로 가요!" 카파가 단호하게 말했다. "앞으로 두 번 더 주사를 맞고도 차도가 없으면 비행기편으로 모스크바로 가요. 금요일에 한 전화건은 나중에 당신이 취소했지만, 나는 센자핀 씨에게 전화를 걸거나 아르이모프 씨를 만나기도 했어요. 아르이모프 씨는 직접 모스크바로 전화를 걸어주셨는데, 그 결과 알게 된 것이지만 당신 같은 병은 최근까지만 해도 모스크바에서나 치료할 수 있었다는군요. 그래서 그런 환자들은 죄다 모스크바로 보내졌데요. 이곳에서 치료하게 된 것은 이곳에도 의사가 많아졌기 때문이래요. 의사란 정말 돼먹지 않은 인간들이에요! 자기들의 실적을 올리려는 기분은 이해할 수 있지만 환자도 살아 있는 인간이 아니겠어요? 정말로 의사는 얄밉다니까요!"

"그래, 맞아!" 파벨 니콜라예비치도 괴로운 듯이 아내의 말에 동의했다. "그래서 나도 직접 그들에게 말했지!"

"그리고 학교 선생들도 미워요! 마이카 때문에 내가 얼마나 야단을 맞았는지 아세요? 그리고 라브리크 때문에도……."

파벨 니콜라예비치는 안경을 닦았다.

"나는 내가 생산 지도원으로 있을 때 이미 다 알고 있었어. 그 무렵의 선생들은 모두 적성분자였으니까. 그들을 억압하는 것이 첫째 과제였지. 그런데 지금은 어떻지? 선생한테 너무 대들면……."

"그러니 제가 하는 말을 잘 들으세요! 당신을 모스크바의 병원으로 옮기는 것은 그리 어려운 일이 아니에요. 수속 절차도 알았고, 적당한 사유를 붙일 수도 있어요. 그리고 아르이모프 씨도 주선해 주신다니 그곳에 가면 좋은 병실에 들어갈 수 있을 거예요. 어떠세요? ……. 세번 째 주사까지만 기다려 보는 거지요?"

이런 식으로 계획을 세우고 나니 파벨 니콜라예비치는 다소 마음이 밝아졌다. 이 곰팡내나는 굴 속에서 얌전하게 파멸을 기다리고 있을 수만은 없었다. 루사노프 부부는 모두 활동적인 사람이어서 무슨 일이고 솔선해서 하는 사람들이었다. 바로 이러한 점이 이 부부의 정신적인 균형을 유지하게 하는 것이다.

특별히 급한 일도 없었던 터라, 루사노프는 바로 병실로 돌아가지 않고 아내와 좀더 함께 앉아 있기로 했다. 파벨 니콜라예비치는 행복감에 젖어 있었다. 바깥문이 쉴새없이 열려서, 조금 춥다고 하자 카피톨리나 마트베예브나는 자기의 어깨에서 숄을 벗어서 남편을 덮어주었다. 같은 벤치에 앉아 있는 사람들도 교양이 있고 인품이 좋아 보이는 사람들이었다. 그래서 좀더 이곳에 앉아 있고 싶었다.

파벨 니콜라예비치의 병으로 중단되어버린 갖가지 생활상의 문제를 아내는 조심스럽게 하나하나 말하기 시작했다. 그러나 가장 중대한 문제, 즉 병세가 최악의 사태로 되었을 경우에 대해서는 두 사람 모두 말을 피하고 있었다. 그럴 경우에 대비한 계획이나 행동, 설명이 이들 부부로서는 전혀 불가능한 일이었다. 그러한 사태에 대처할 마음의 준비가 되어 있지 않다는 이유에서 그런 일은 있을 수 없다고 생각하는 것이었다. 그러나 아내는 이따금 남편이 죽었을 경우, 재산 문제나 주택 문제를 생각해보지 않은 것은 아니었다. 이들 부부는 극단적인 낙천주의자여서 미리부터 그러한 문제를 검토하거나 데카당적인 유서를 쓰기보다는 오히려 문제를 애매한 채로 내버려두기를 좋아했다.

산업관리국 직원들의 고뇌나 희망 등 여러 가지 소문이 돌았다. 파벨 니콜라예비치는 재작년, 공장의 특별위원회에서 이 산업관리국으로 옮겨

왔었다. 물론 전문 지식이 없는 루사노프가 산업을 직접 관리할 수는 없다. 실제로 그 일을 직접 하는 것은 기술자나 경제학자들이며 루사노프는 그런 사람들을 다시 감독하는 것이었다. 루사노프는 직원들에게 인기가 있었다. 지금 직원들이 그의 병을 걱정하고 있다는 말을 전해 듣고 그는 기분이 흐뭇해졌다.

연금의 전망에 대해서도 이야기가 나왔다. 여러 모로 알아본 바에 의하면 루사노프는 정치 요원으로서도, 공장 지도원으로서도 상당히 오랫동안 요직에 있었으며 잘못을 저지른 일이 없었음에도 불구하고 그토록 꿈꾸어왔던 개인 연금은 받을 것 같지 않았다. 금액이나 지불 개시의 시기가 더 유리한 공무원 연금도 역시 받을 수 없었다. 그 이유는 1939년에 소집당했을 때 끝까지 군에 복무할 결심을 하지 않았기 때문이었다. 이것은 분한 일이었으나 최근 2년 동안의 불안정한 정치 정세를 보면 오히려 잘 된 일일지도 모른다. 연금보다는 평온하고 무사하게 살아가는 것이 더 중요하니까.

지난 수년 사이에 의복이나 가구나 주택면에서 세상 사람들은 풍족하게 살고 싶다는 욕구가 더욱 커져가고 있다는 것도 화제에 올랐다. 그러자 카피톨리나 마트베예브나는 만약 남편의 병이 완쾌되어 퇴원할 때까지 한 달 반이나 두 달이 걸린다면 그 사이에 집을 수리하고 싶다고 했다. 전부터도 목욕탕 연통의 위치를 옮겨야겠다고 생각하고 있었으며 주방의 개수대도 옮기고 싶었고, 화장실 벽에는 타일을 붙여야 했고, 식당과 파벨 니콜라예비치의 서재의 벽도 색깔을 바꾸고 싶었다. 벽 색깔은 지금 한창 유행인 금빛 계통으로 하고 싶었다. 카파는 그 색깔을 이미 보아두었다고 했다. 이에 대해서 파벨 니콜라예비치는 별로 반대하지는 않았으나 여기서 한 가지 곤란한 문제가 생겼다. 그런 집수리를 하려면 일꾼들은 국가의 지시에 따라서 루사노프의 집으로 파견되며, 국가가 지정한 품삯을 받게 되는데 일꾼들은 집 주인에게도 사례금을 달라고 강요한다. 돈이 아까워서가 아니라 파벨 니콜라예비치로서 중대한 것은 그것이 무엇에 대한 보수냐 하는 원칙 문제였다. 루사노프 자신은 규정된 월급과 보너스를 받을 뿐 그 이상의 추가 임금이나 팁을 요구하지 않는데 어째서 파렴치한 일꾼들은 돈을 더 달라는 것일까. 이것을 용인하는 것은 근본적인 타협이며, 무정부주의적·소시민적 세계에 대한 용납할 수 없는 양보가 아닌가. 파벨 니콜라예비치는 이 문제에 부딪칠 때마다 언제나 흥분하였다.

"카파, 그자들은 어찌하여 노동자들의 명예 같은 것은 생각하지 않을까? 마카로니 공장에서 일하던 시절의 우리들은 윗사람한테 추가 임금을 달라고 요구한 적이 없었잖아. 그런 것은 감히 생각치도 못했어……. 그러니까 일꾼들에게 돈을 더 주어선 안 돼요. 그러한 돈은 뇌물과 같으니까."

카파는 남편의 생각에 전적으로 찬성하면서도 곧 다시 다른 각도에서 이 문제에 대해서 자기의 의견을 말했다. 즉 일꾼들에게 사례금을 주지 않고 일을 하기 전이나 중간에 술을 주지 않으면 그들은 반드시 앙갚음을 할 것이고 나중에는 후회할 것이라고 말했다.

"어떤 퇴역 대령한테서 들은 얘긴데, 그 사람은 절대로 1코페이카도 더 주지 않겠다고 버티었데요. 그랬더니 일꾼들은 욕실 하수관에 죽은 쥐를 처박아 물이 잘 빠지지 않게 했으며 고약한 냄새가 나서 애를 먹었다더군요."

집 수리에 대한 얘기는 이렇게 해서 조금도 진전을 보지 못했다. 인생은 복잡하다. 정말 복잡하다. 생각하면 할 수록 알 수 없었다.

두 사람은 유라에 대해서 이야기를 나누었다. 장남은 무사히 장성했으나 너무 얌전해서 루사노프 집안 특유의 생활력이 없었다. 법과를 나와 유망한 직장에 들어갔으나 정직하게 말해서 아무래도 적성에 잘 맞지 않을 것 같았다. 자기의 지위를 확고하게 굳힌다거나, 유리한 줄을 잡는다거나, 그런 일을 조금도 하지 못했다. 지금쯤 출장지에서 어떤 실수는 하지 않았는지 파벨 니콜라예비치는 무척 걱정스러웠다. 카피톨리나 마트베예브나는 장남의 결혼 문제가 걱정거리였다. 유라에게 자동차 운전을 배우게 한 것은 아버지였고 신혼 부부가 살 집도 아버지가 마련해주겠지만 무사히 결혼식을 올리게 하려면 어떻게 해야 할까. 유라는 아직 철부지니까 어떤 콤비나트의 방직공장 여공과 가까이 지내거나 하면 어쩌지? 아니, 그런 곳에는 가지 않을 테니까 방직 공장 여공과 사귀는 일은 없겠지만 지금처럼 출장 중일 때 무슨 일이 일어날지도 모르는 일이다.

경솔한 결혼은 젊은이의 신세를 망쳐놓을 뿐만 아니라 그 가족들이 이제까지 쌓아올린 노고까지도 물거품이 되게 하고 만다! 가령 센자핀 씨의 딸이 교육대학 동급생 남학생과 결혼할 것 같았을 때는 큰일이었다. 그 남자는 농촌 출신으로 그의 어머니는 농촌 부인이었던 것이다. 센자핀 씨의 집에는 멋진 가구가 즐비해 있었으며 높은 분들도 자주 방문했었다. 그 자리에 거주증명도 갖고 있지 않은, 흰 플라토크를 뒤집어쓴 시골 할머니가 딸의 시어머니로 앉아 있다면 어떻게 될 것인가! 불행중 다행으로 그 남자의 사회적 명예를 실추시킬 수 있어서 센자핀 씨의 딸은 그와 결혼하지 않을 수 있었다.

아비에타, 애칭은 아바 또는 알라, 그 아이라면 이야기는 달랐다. 아비에타는 루사노프의 집 보물이었다. 국민학교에 다닐 때 철없는 장난을 하던 것을 빼고는 그 아이로 해서 걱정한 적은 한 번도 없었다. 아비에타는 예쁜데다가 머리가 영리했고 적극적이어서 인생을 올바르게 이해하고 있었다. 작은 일이건 큰 일이건 절대로 실수하는 일이 없는 아이여서 특별히 감독을 해야할 필요가 없었다. 다만 그 아이는 이름 때문에 부모를 원망하고 있었다. (아비에타는 '비행기'라는 뜻). 그 아이는 '이런 아무렇게나 지어준 것 같은 이름은 싫어요, 그냥 알라라고 불러주세요.'라고 말하곤 했었다. 그러나 호적상의 이름은 어디까지나 아비에타 파블로브나였다. 그래도 부르기엔 예쁜 이름이었다. 휴가도 다 끝나가고 수요일에는 비행기편으로 모스크바에서 돌아올 예정이었다. 그러면 병원으로 아버지를 찾아올 것이다.

이름이란 참으로 어려운 것이다. 시대의 요구는 달라졌으나 일단 붙인 이름은 바꿀 수 없다. 라브리크도 이름이 나쁘다고 부모를 원망하고 있었다. 학교에서는 라브리크, 라브리크 하고 친구들이 불러서 누가 놀리는 것이 아닌데도 금년에 거주증명을 받았을 때 거기에는 어떻게 씌어 있었던가. 라브렌치 파블로비치(1953년 스탈린의 사후 반역죄로 총살당한 베리야와 같은 이름. 부칭.). 그렇게 이름을 지어준 것은 부모들의 깊은 배려에서였다. 스탈린의 전우인 불굴의 사나이, 그 장관과 똑같은 이름을 지어주면 아들도 출세할 것이라고 생각해서였다. 그러던 것이 2년 전부터 '라브렌치 파블로비치'라고 소리내어 부르기가 난처해진 것이다. 다행스런 것은 라브리크가 군사학교에 들어가고 싶어 하는 점이었다. 군대에서는 이름이나 부칭(父稱)은 부르지 않았다.

하지만 큰소리로 말할 수는 없지만 어쩌다가 이렇게 되었을까. 센자편 부부도 그렇게 생각하고 있었지만 속도 모르는 사람에게는 말할 수가 없었다. 베리야가 간에 붙고 쓸개에 붙는 사람이었으며, 부르주아 민족주의자이며 권력 탈취를 기도했다고 하자. 그렇다면 재판에 회부하거나 비공개로 총살해도 좋다. 그런데 그것을 일반 민중에게 알릴 필요가 있을까. 비공개 문서에 사정을 기록해두는 것은 어쩔 수 없는 일이라 하더라도 신문에는 심근경색으로 사망했다고라도 발표했더라면 얼마나 좋았을까. 그리고 보통으로 장례식을 치렀으면 좋았을 것이다.

루사노프 부부는 막내아들 마이카에 대해서도 이야기를 나누었다. 올해부터 마이카의 성적표에서는 5라는 숫자가 일제히 자취를 감추어버린 것이다. 마이카는 이제 우등생이 아니었을뿐 아니라 모범생의 게시판에서는 사진을 찾아볼 수 없었으며 4점도 드물었다. 모든 것은 5학년이 된 것이 원인이었다. 1학년 때부터 4학년 때까지는 한 여선생이 담임을 했었다. 그 선생은 루사노프 댁에 대해서도 잘 알고 있었으며 마이카도 열심히 공부했었다. 그런데 금년부터는 각 과목의 담당 교사가 20명이나 교실에 들어와 가르쳐서 한 교사는 한 주에 한 번 밖에는 교실에 들어오지 않았으며, 그래서 학생의 얼굴도 제대로 기억하지 못했다. 그 교사들은 자기의 수업 계획만 무작정 밀고 나갔다. 어린 아이들의 마음이 얼마나 상처를 받고, 얼마나 성격이 비뚤어지는 지에 대해서 교사는 생각이나 하고 있을까? 카피톨리나 마트베예브나는 다소곳하게 물러설 생각은 없었다. 그녀는 보호자 위원회를 통하여 학교를 정상 상태로 되돌려놓지 않으면 안 된다.

이런 식으로 루사노프 부부는 한 시간 이상이나 이런 저런 이야기를 주고 받았는데 다른 사람이 듣지 못하게 작은 소리로 속삭이는 것이 어쩐지 답답하고 재미가 없었다. 파벨 니콜라예비치는 마음이 텅 빈 것 같았으며 지금 아내가 말하고 있는 인간이나 사건이 현실이란 생각이 들지 않았다. 이젠 아무것도 하고 싶지 않았다. 어서 빨리 침대에 드러누워 부드러운 베개에 턱의 종양을 감추고 싶었다.

카피톨리나 마트베예브나가 이야기에 신이 나지 않았던 것은 핸드백 속에 들어 있는 편지가 마음에 걸려서였다. 그것은 K시에 살고 있는 그녀의 동생 미나이한테서 온 것이었다. 루사노프 부부는 전전에 K시에서 살았다. 그곳에서 청춘 시절을 보냈으며 결혼도 하고 아이들을 낳았던 것이다. 그러나 전쟁 중 이곳으로 소개하여 그 집을 동생에게 내준 후 K시로는 돌아가지 않았다.

지금의 남편으로서는 그런 편지에 관심을 보일 처지가 아니었으나 그냥 넘길 수는 없었다. 이 편지의 세세한 내용을 다 들어줄 만한 사람은 이 도시에는 아무도 없었다.

다른 점에서는 남편을 격려하고 위로해주는 카파였지만 역시 남편의 뒷받침이 필요했던 것이다. 누구에게도 털어놓을 수 없는 뉴스를 혼자서만 끌어안고 있기란 참으로 견디기 어려운 일이었다. 아이들 중에서도 아비에타라면 모든 것을 툭 털어놓고 사정을 설명했을지도 모른다. 그러나 유라에게는 그것을 기대할 수 없다. 그 점에 대해서도 남편과 상의하지 않으면 안 되었다.

그러나 남편은 이렇게 마주앉아 이야기를 하면 할수록 지친 것 같았으며 중요한 이야기는 더욱 하기 어려웠다.

돌아갈 시간이 가까워져서 카파는 봉지에 넣어 온 식료품을 일일이 꺼내 보였다. 모피 외투의 소매에는 은여우의 털이 달려 있어서 끈이 달린 자루 속으로 손이 잘 들어가지 않았다.

그 식료품을 바라보고 있는 동안(머릿장 속에는 아직도 입원하던 날 갖고 왔던 식료품이 많이 남아 있었다.) 파벨 니콜라예비치는 음식이나 마실 것보다 훨씬 중요한 것, 오늘 맨먼저 얘기했어야 할 것을 생각해 냈다. '차가', 즉 자작나무의 버섯! 그래서 그는 용기를 내어 아내에게 이 기적적인 요법에 대해서 코스토글로토프에게 온 편지에 대해서, 그 의학박사에 대한 것(어쩌면 사기꾼일지도 모르지만.) 등에 대해서 말하기 시작했다. 그러니 러시아에 살고 있는 사람한테 편지를 써서 그 버섯을 구해달라고 부탁하면 어떻겠느냐고.

"그리고 보니 K시 근처에도 자작나무 버섯이 많이 났었지. 미나이라면 그런 일은 쉽게 해줄 수 있을 거요. 지금 미나이에게 편지해주겠소? 그리고 그곳에는 친구들도 많이 있으니까, 친구들한테도 부탁해 보자구! 내가 아프다고 알려주구려."

어머, 남편이 먼저 미나이와 K시의 이야기를 꺼내지 않았는가! 동생이 보낸 편지의 사연은 무척 어두운 느낌을 주어서 그 편지는 꺼내지 않은채 핸드백만 열었다 닫았다 하면서 카파는 말했다.

"하지만 여보, 당신이 아프다고 K시에 알리는 것은 생각해볼 일이에요……미나이가 보낸 편지에 의하면……헛소문인지는 모르지만……그곳에 로지체프가 돌아왔대요……. 명예회복이 되었다든가……. 사실인지는 모르지만……."

명예회복이라는 기다란 단어를 발음하면서 핸드백을 열고 편지를 꺼내려 하자 남편의 안색은 점점 창백해졌다.

"왜 그러세요?" 카파가 놀라며 소리쳤다.

루사노프는 벤치에 기대앉아 여자 같은 몸짓으로 아내의 숄을 여며주고 있었다.

"헛소문일지도 몰라요!" 아내는 큼직한 두 손으로 남편의 어깨를 잡았으나, 한 손에 백을 든 채로여서 마치 남편의 어깨에 백을 걸어놓은 것처럼 보였다. "아직 확실한 것은 아니에요. 미나이가 직접 만나본 것도 아니고……그저 소문으로……."

창백했던 파벨 니콜라예비치의 얼굴에 조금씩 다시 혈색이 돌았으나 전신의 힘이 쭉 빠진 것 같았다. 어깨도 두 손도 축 늘어뜨리고 한쪽으로 기울어진 목 밑의 종양이 이상할 정도로 더우 커보였다.

"왜 그런 얘기를 하지?" 루사노프는 슬프게 낮은 목소리로 말했다. "이것만으로는 나의 고통이 부족하단 말이오?"

눈물은 흘리지 않았으나 울기라도 하는 것처럼 가슴과 머리를 두어번 떨었다.

"여보, 잘못했어오! 정말 미안해요!" 아내는 남편의 두 어깨를 잡으면서 자기도 구리빛 머리를 몇 번 흔들었다. "하지만 저도 어떻게 해야 좋을지 갈피가 잘 잡히지 않았어요! 그 사람은 미나이의 집을 빼앗을까요? 앞으로 어떻게 될 지 걱정이군요. 벌써 두 번이나 그런 일이 있었으니까 ……."

"이럴 때 집 같은 것이 무슨 소용이 있겠소. 빼앗으려면 빼앗으라지." 눈물 섞인 소리로 루사노프가 나즈막하게 대답했다.

"그런 무책임한 말은 하지마세요. 그 집을 빼앗기면 미나이는 어떻게 하죠?"

"동생보다는 자기의 남편 걱정이나 해주지 않겠소? 내 생각도 조금은 해달라구……구즌에 대해서는 뭐라고 씌어 있지 않았소?"

"구즌에 대해서는 아무 말도……. 하지만 그 사람들이 다 돌아오면 앞으로 어떻게 되지요?"

"내가 알게 뭐야!" 남편은 짓눌린 듯한 목소리로 대답했다. "도대체 무슨 권리가 있어서 지금 그자들을 석방하는 건가……어째서 사람의 오래된 상처를 건드리는 짓을 하는 거지? ……."

14. 심 판

면회를 하고 나면 기운을 되찾게 될 것으로 기대했던 루사노프였으나 그 결과는 너무나 비참했다. 이렇게 될 바에야 카파가 면회를 와주지 않은 편이 훨씬 더 낫지 않았을까. 점점 심해지는 오한에 몸을 떨면서 루사노프는 난간을 잡고 계단을 올라갔다. 카파는 외투를 입은 채로 2층까지 함께 갈 수 없었으므로(게으른 잡역부는 한사코 들여보내지 않았다), 잡역부에게 식료품 자루를 들려 병실까지 파벨 니콜라예비치를 데려다주도록 부탁했다. 당직 데스크에는 처음 병원에 왔을 때 루사노프의 눈길을 끌던 그 눈이 둥근 간호사 조야가 앉아 있었다. 조야는 지금 큼직한 그래프 용지를 펴놓고 환자 같은 것은 다 잊은 듯이 머리가 텁수룩한 오글로예트와 마주앉아 시시덕거리고 있었다. 루사노프가 아스피린을 좀 달라고 부탁하자 조야는 아스피린은 낮에는 안 된다고 딱 잘라 말했다. 그러나 체온을 재보더니 나중에 무슨 약을 갖다주었다.

식료품은 병실 안에 와 있었다. 파벨 니콜라예비치는 아까부터 베개에 종양을 대고 누워(이곳의 베개는 아주 부드러워서 집에서 자기의 베개를 갖고 오지도 않아도 되었다.) 머리까지 담요를 뒤집어 썼다.

갖가지 생각이 머릿속에서 흔들리고 맥박치며 불길처럼 타올라서, 육체의 다른 부분은 마취라도 한 것처럼 아무런 감각도 없었다. 이제 병실 안의 실없는 이야기는 귀에 들어오지 않았으며 에프렘이 서성거릴 때마다 침대가 흔들려도 그의 걸음걸이를 전혀 느끼지 못했다. 바깥에서는 하늘이 차츰 밝아지면서 건물의 이쪽은 아니지만 일몰의 햇빛이 비쳐왔으나 루사노프는 그것도 모르고 있었다. 시간이 흐르는 것도 전혀 의식하지 못했다. 약 기운 탓인지 어질어질하더니 이내 잠이 들어버렸다. 그가 눈을 떴을 때는 이미 전등불이 켜져 있었으며 다시 또 잠이 들었다. 그리고 깜깜하고 조용한 한밤중에 다시 눈을 떴다.

이젠 더 잠이 안 올 것이라고 루사노프는 생각했다. 그가 착한 사람이라는 껍질은 이미 벗겨져 있었다. 공포가 가슴속으로 스며들어 웅어리지고 있었다.

잡다한 생각들이 루사노프의 머릿속에, 방 안에, 어두운 공간 가득 모여들어 빙글빙글 돌기 시작했다.

생각이라 하기보다는 그것은 일종의 공포감이었다. 루사노프는 무섭기만 했다. 로지체프가 내일 아침 간호사나 잡역부의 제지를 뿌리치고 이 병실로 뛰어들어와 자기에게 폭행을 가하지나 않을까 겁이 났다. 재판이나 사회적인 제재나 굴욕에 대해서는 겁이 나지 않았으나 매를 맞는 것만은 무서웠다. 그는 지금까지 매를 맞은 적은 한 번 밖에 없었다── 그것은 6학년 때였는데, 어느 날 수업이 끝난 후 교문 근처에서 많은 아이들이 그를 대기하고 있었다. 칼은 휘두르지 않았으나 여기저기에서 억센 주먹이 날아들었을 때의 그 무섭던 일은 지금도 확실히 기억하고 있다.

추억에 남아 있는 사자(死者)는 언제까지나 늙지 않듯이, 로지체프도 ── 18년이 지난 지금은 폐인이 다 되어 귀도 멀고 허리도 굽었겠지만, 그가 체포되기 직전의 마지막 일요일, 공동으로 사용하던 발코니에서 무거운 아령을 들어 올리던 햇빛에 탄 건강한 사나이로밖에는 떠오르지 않았다. 상반신을 벗어젖히고 로지체프는 루사노프를 불렀다.

"파벨! 이리 와! 이 알통을 만져보라구! 꽉 잡아보라니까! 어떤가, 이거야 말로 새대의 기술자지. 우리는 구루병 환자처럼 되어서는 안 돼. 에두아르트 흐리스트포로비치처럼 말이야. 조화가 잡힌 인간이 되어야 하지. 자네는 요즘 좀 약해진 것 같군. 가죽을 댄 문 안에만 처박혀 있으면 건강을 해치게 되지. 내가 주선해줄 테니 우리 공장에 오지 않겠나? ……하하하!"

그는 쾌활하게 웃으며 노래를 부르면서 몸을 씻으러 갔다.

우리는 대장장이, 마음은 젊고…….

그토록 힘이 넘치던 사나이가 지금 주먹을 불끈 쥐고 병실로 뛰어드는 것을 루사노프는 상상하고 있었던 것이다. 실제로는 있을 수도 없는 그러한 이미지를 도저히 떨쳐버릴 수가 없었다.

로지체프와 루사노프는 한때 같은 콤소몰의 세포 조직에 속해 있던 친구 사이로, 그들이 살고 있던 공동 주거도 공장에서 함께 배정받았었다. 이윽고 로지체프는 예비 학교에서 노동자 대학으로 들어갔으며 루사노프는 조합의 일에서 노무과로 자리를 옮기게 되었다. 처음에 두 사람 사이가 나빠지게 된 것은 부인들 때문이었으나 결국 남자들도 사이가 소원해지게 되었다. 로지체프는 종종 루사노프를 모욕하는 발언을 했으며 평상시에도 자기 멋대로 행동하여 사사건건 조직과 대립하였다. 그들은 서로 이웃하여 살기가 더욱 거북해졌다. 반목이 심해지자 파벨 니콜라예비치는 상부에 이런 정보를 올리게 되었다. 즉 로지체프는 루사노프와의 개인적인 대화에서 이미 분쇄된 산업당(1930년에 반혁명 사보타주의 혐의로 체포되어 재판에 회부된 기사와 대학교수 등이 조직했다고 하는 그룹.)의 활동에 대해서 호의적으로 말했으며, 자기의 공장에서 유해 분자의 조직을 계획했다고 했던 것이다.

그러나 루사노프는 이 사건에 자기의 이름이 거론되지 않도록, 그리고 자기가 법정에 증인으로 나서지 않아도 되도록 누차 판사에게 부탁했던 것이다. 법정에서 로지체프와 대면한다는 것은 생각만 해도 소름 끼치는 일이었다. 그러나 판사는 법률적인 견지에서 보더라도 루사노프의 이름을 밝힐 필요는 없었으며 루사노프가 법정에서 증언할 필요도 없고, 피고의 자백만으로 충분할 것이라고 보증해 주었다. 루사노프의 최초의 밀고서를 예비 조서에 첨가할 필요도 없을 것이다. 그래서 형법 제206조(불량배, 무뢰한에 대한 징계 조항.)에 의거해서 재판을 받게 되는 피고가 자기를 밀고한 이웃 사람의 이름을 알게 될 염려는 추도도 없었던 것이다.

모든 것이 순조롭게 풀려갈 참이었는데 구즌이라는 사나이 —— 공장의 당위원회 서기가 등장했다. 로지체프는 인민의 적이며, 당에서 제명해야 한다는 지령을 받자, 로지체프는 성실한 사람이며, 좀더 확실한 증거를 제시해주지 않으면 이 지시를 납득할 수 없다고 구즌은 소란을 피웠다. 그리고 어디까지나 자기의 의견을 고집하자, 이틀 후 밤에 이 사람도 체포되어 사흘 째 되는 날 아침 로지체프와 구즌은 반혁명 지하조직의 일원이라 하여 당에서 제명되고 말았다.

지금 루사노프가 걱정하고 있는 것은 구즌이 버티고 있던 그 이틀 동안에 정보의 근원이 루사노프였다는 것을 상부 사람이 무심코 구즌에게 밝히지 않았을까 하는 점이었다. 만약 그랬더라면 유형지에서 루지체프와 만났을 때(두 사람은 같은 사건에 연루되어 추방되었으므로 어디선가 만났을 것이라는 것은 충분히 생각할 수 있는 일이다.) 구즌은 로지체프에게 틀림없이 말했을 것이다. 그래서 루사노프는 이 불길한 귀환을, 이 사자(死者)의 소생을 그토록 두려워하고 있는 것이다.

물론 로지체프의 아내는 그런 것을 눈치채고 있을지도 모른다. 그 여자는 아직도 살아 있을까? 로지체프가 체포되면 당연히 그의 아내 카치카도 즉각 추방 처분이 내려져서 루사노프는 이 집 전체를 차지하게 되고, 발코니도 독차지할 수 있다고 카파는 기대하고 있었다. 지금 와서 생각해 보면 개스도 나오지 않는 14평방미터의 방 하나가 그토록 중요했는지 믿어지지 않았다. 그 무렵에는 아이들도 아직 어렸었다. 방 문제가 잘 해결되고 카치카는 추방되었는데, 그때 카치카는 갑자기 자기는 임신중이라고 주장했다. 증거가 필요하다고 하자 곧 진단서를 갖고 왔다. 그녀는 틀림없는 임신부였다! 임신부는 법적으로 추방할 수 없었다. 추방은 겨울까지 연기되고 카치카는 배 부른 몸으로 돌아다녔다. 마침내 그녀는 아이를 낳았으며 그후 규정된 산후 휴가가 끝날 때까지 루사노프는 이 여자와 한지붕 아래서 살지 않으면 안 되었다. 물론 카파는 부엌에서 카치카에게 아무 소리도 하지 않았으며 그때 만 다섯 살이 된 아바는 철없이 카치카를 놀려댔었다.

공포? 지금 가벼운 숨소리와 코고는 소리로 가득찬 병실의 어둠 속에서 벌렁 드러누워서(입구 사이의 간호사 책상 위에 있는 스탠드 불빛이 뿌연 유리창에 희미하게 비치고 있었다) 루사노프는 맑은 정신으로 사태를 직시하려고 노력했다. 로지체프와 구즌의 망령에 왜이렇게 당황하고 있을까. 또 그밖의 사람들이 —— 루사노프 때문에 유죄 판결을 받은 자들이 돌아와도 이처럼 당황할 것인가. 가령 로지체프가 우연히 말했던 에두아르트 흐리스트포로비치는 어떨까. 그는 부르주아 출신의 기술자였으나 노동자들 앞에서 파벨은 바보이며 사기꾼이라고 욕설을 퍼부었었다. 그는 나중에 자본주의의 부활을 기도했다고 자백했었다. 또는 그 속기사. 루사노프를 돌봐주던 어느 고관의 연설을 속기할 때 이 여자 속기사는 전혀 엉뚱한 말을 삽입하여 연설 내용을 왜곡시켰었다. 그리고 또 고집이 센 게리사는 승려의 아들이라는 사실이 탄로나서 곧 체포되었었다. 또는 엘리찬스키 부부……그밖에도 많이 있었다.

　그들 중 누구도 파벨 니콜라예비치는 겁내지 않았다. 그는 더욱 대담하게, 그리고 공공연하게 그들의 죄상을 폭로하는 일에 힘을 기울였으며 두어번은 법정에 서서 목청을 돋구어 그들의 죄상을 규탄한 적도 있었다. 그러나 그때는 지금처럼 이렇게 불운한 처지가 될 것이라고는 꿈에도 생각하지 못했었다! 1937년부터 1938년에 걸쳐서 성실했던 시기에는 사회의 분위기가 눈에 뜨일 정도로 깨끗해졌으며 호흡도 편하게 할 수 있지 않았던가! 거짓말이나 중상, 비방을 능사로 하는 사람, 지나치도록 대담하게 자기 비판을 좋아하는 사람, 거추장스럽기만 한 지식인, 그러한 사람들은 사라지고, 침묵하고, 숨을 죽였으며, 그대신 어디까지나 원칙에 충실하고 끈질긴 인간들, 루사노프의 친구나 루사노프 자신이 활개치며 다녔던 것이다.

　그러나 지금은 완전히 바뀌어 무언가 애매하고 불건전한 시대로 바뀌어 버렸다. 시민으로서 최선의 행동이었던 것이 지금에 와서는 부끄럽게 여겨져야 하는가. 또는 자기에게 닥치는 위험을 두려워해야 하는가.

　무섭다! 바보처럼. 루사노프는 지난 날의 생활을 뒤돌아볼 때 자기가 겁이 많은 인간이라고는 생각지 않았다. 무엇을 두려워한 적은 한 번도 없었다! 그렇다고 특히 용감한 사나이도 아니었으나 비열하게 행동한 기억은 전혀 없었다. 만약 전쟁터에 나갔다 하더라도 두려워하지는 않았을 것이다. 루사노프는 남달리 유능한 직원이라고 해서 전선으로 끌려가지 않았을 뿐이었다. 폭격이나 전화를 당했더라도 그는 결코 당황하지는 않았을 것이다. 그는 공습이 시작되기 전에 K시에서 피해 나왔으므로 집이 불탄 적도 없었다. 또한 그는 재판이나 법률을 두려워한 적도 없었다. 왜냐하면 법률을 위반한 적이 한 번도 없었으며 법정은 언제나 루사노프를 옹호하고 지지해 주었으니까. 그리고 또 일반 민중에게 적발당하는 것도 루사노프는 두렵지 않았다. 민중도 언제나 그의 편이었다. 지방 신문에 루사노프를 공격하는 기사가 실릴 염려도 전혀 없었다. 그러한 문장은 쿠지마 포체비치나 닐 프로코피치가 사전에 막아줄 것이다. 그리고 중앙지가 루사노프의 일까지 다룰 염려는 조금도 없었다. 그래서 그는 신문도 두렵지 않았다.

기선으로 흑해를 횡단할 때도 대해는 조금치도 무섭지 않았다. 높은 곳에 오르면 무서울지 어떨지는 잘 몰랐다. 루사노프는 등산이나 록 클라이밍을 하는 경솔한 인간은 아니었으며, 그가 하는 일의 성격상 높은 다리의 난간에도 올라가본 적이 없었다.

거의 20년 가까이 루사노프가 해온 일은 노무과 일이었다. 이 일은 직장에 따라서 갖가지 명칭으로 불려지지만 본질적으로는 같은 내용이며 이것이 얼마나 교묘하고 미묘한 일이라는 것을 모르는 것은 세상 물정을 모르는 사람이거나 아니면 사정을 전혀 모르는 제3자 뿐일 것이다. 어떤 사람이고 일생 동안에 여러 차례 신상 조서를 써야 하며, 어느 신상 조서에고 일정한 수의 질문 조항이 있었다. 신상 조서의 한 질문에 대한 어떤 인간의 답— — 그것은 이미 그 인간과 노무과 사이에 매어진 한 가닥의 실오라기와 같다. 이처럼 한 인간에게 이어지는 수백 개의 실이 있으며 그 합계는 수백만, 수천만 가닥이 될 것이다. 만약 그러한 실오라기가 눈에 보인다면 쳐다보는 하늘은 거미줄에 덮여 있게 될 것이다. 그리고 만약 그런 실이 탄성(彈性)이 있는 물질이라면 버스도, 전차도, 인간도 통행의 자유를 잃게 될 것이며, 바람도 신문지 조각이나 가을의 낙엽을 길바닥에 흩날리지는 못할 것이다. 그러나 그러한 실오라기는 눈에 보이지도 않고 구체적인 물질도 아니다. 그런데도 인간은 그런 실오라기를 언제나 느끼고 있는 것이다. 문제는 이른바 수정처럼 맑은 신상 조사라는 것이 절대적인 진리인 것처럼, 또 이상처럼 거의 달성할 수 없다는 점이었다. 살아 있는 인간이라면 누구나 다 부정적인 면, 의심쩍은 면이 있으며 어떤 사람이고 꼬치꼬치 캐고 보면 어떤 점에서든 죄가 있기 마련이며 어떤 사실을 숨기고 있기 마련이다.

눈에 보이지 않는 실을 끊임없이 느끼는 데서 필연적으로 생기는 것은 그러한 실오라기를 잡아당기고 있는 사람, 그처럼 복잡하기 짝이 없는 노무과의 일을 추진해 나가는 인물에 대한 경의였다. 그리하여 그러한 인물의 권위라는 것이 생겨나게 된다.

또 하나, 이번에는 음악으로 비유해 본다면 루사노프는 그 특수한 입장 때문에 작은 나무 조각을 많이 모아 목금 같은 것을 만들어서 멋대로, 공상이 일렁이는 대로 어느 나무 조각이라도 두들길 수 있었다. 어느 조각이고 나무임에는 틀림없지만 두들겨서 나는 소리는 각기 달랐다.

개중에는 매우 신중하게 다루어야 할 나무조각도 있었다. 가령 루사노프가 어떤 인물에게 불만스럽다는 것을 본인에게 전해주고 싶다거나 또는 그저 단순하게 곯려주고 싶다고 하자. 그럴 때 루사노프는 독특한 인사법을 쓰고 있었다. 상대방이 인사를 하면, 물론 루사노프보다 먼저 파벨 니콜라예비치는 그 인사에 사무적으로 대답할 뿐 결코 웃음을 보이지 않았다. 또는 눈썹을 움직이며(그 움직이는 동작을 일부러 사무실 거울 앞에서 연습했었다.) 잠시 사이를 둔 후—— 그것은 마치 이 사람에게 인사할 필요가 있을까, 이 작자에게는 그만한 가치가 있을까 하고 생각하는 것처럼 보였다—— 인사를 했다. 인사를 할 때도 고개를 완전히 상대방쪽으로 돌릴 때와 절반밖에 돌리지 않을 때, 전혀 돌리지 않을 때의 세 단계가 있었다. 이처럼 미묘한 차이가 절대적인 효과를 가져왔다. 냉정한 인사를 받은 직원의 머릿속에서는 자기가 혹 무슨 잘못이라도 저지르지 않았을까 하는 걱정을 하게 된다. 그런 인사를 받은 사람은 아주 신중하게 처신하게 되어, 자칫하면 범했을지도 모를 과오를 피할 수 있는 효과도 있었다. 물론 파벨 니콜라예비치는 그러한 효과를 나중에야 알 수 있었지만——.

보다 강력한 수단으로는 그 사람을 만났을 때(아니면 전화를 걸어도 되고, 특별히 호출해도 되지만), '내일 아침 열 시에 나한테 와주지 않겠습니까' 하고 직접 말하는 방법도 있었다. 그러면 '지금 가면 안 되겠습니까?' 하고 상대방은 반드시 반문한다. 어째서 호출하는 지 한 시라도 빨리 알고 싶고, 좋지 않은 이야기라면 가능한 한 빨리 끝내고 싶기 때문이었다. '지금은 곤란합니다.'라고 루사노프는 나지막한 목소리로 분명하게 말한다. 다른 일로 바쁘다든가, 회의가 있어서 안 된다고는 결코 말하지 않는다. 상대방을 안심시키는 단순명쾌한 이유는 절대로 말하지 않고(그것이야 말로 가장 효과적인 방법인 것이다), 그 '지금은 안 되겠다.'는 말에 많은 의미를 —— 별로 좋지 않은 의미를 함축시키는 것이다. '무슨 용건이지요?' 하고 상대방은 용기를 내어 묻거나 세상 물정을 몰라서 물을지도 모른다. 그럴 때는 '내일이면 알게 됩니다.' 하고 파벨 니콜라예비치는 교묘하게 이 서투른 반문을 피해 버린다. 그러나 이튿날 열 시라면 얼마나 지루하게 기다려야 하는가! 그 사나이는 근무 시간이 끝날 때까지 일하고 전차를 타고 집으로 돌아와서 가족들과 잡담을 하고, 그리고 영화관이나 학교의 학부형회에 가고, 또 그런 다음에는 잠을 자고(잠을 못이루는 사람도 있을 것이다), 아침 식사를 한다 —— 그 사이에도 '무슨 일로 호출하는 것일까?' 라는 의문으로 걱정을 하게 된다. 그 긴 시간에 사나이는 자기가 했던 갖가지 행동을 후회하고 걱정에 싸여, 앞으로는 집회 때 상사에게 절대로 맞서지 말아야겠다고 다짐할 것이다. 그러나 막상 이튿날 아침에 출두해 보면, 그 용건이란 대수롭지 않은 것이며 생년월일이나 증명서의 번호를 확인하는 정도이거나 한다.

그래서 목금의 나무 조각처럼 상대가 내는 소리에 의해서 방법은 여러 가지로 바뀌게 되는데, 가장 쌀쌀할 때는 '세르게이 세르게예비치(이 사람은 모든 기업의 최고 책임자이며 이 도시에서 가장 높은 사람이었다.)의 명령이니 몇 월 며칠까지 이 신상 조사서에 기입해 주십시오.'라고 말하는 것이었다. 그러면서 상대방에게 신상 조사서 용지를 내주는데, 이것은 단순한 신상 조사서가 아니라 루사노프의 캐비넷 속에 보관되어 있는 신상 조사서나 이력서 중에서도 가장 상세하고 불쾌한 —— 일종의 극비 서류였다. 그것을 받은 사나이는 극비 사항이 전혀 없을지도 모르며 세르게이 세르게예비치는 이러한 조사에 대해서는 전혀 알지도 못하는데 도대체 누가 이렇게 꼬치꼬치 조사하려 하는 것일까? 사람들은 세르게이 세르게예프를 맹수처럼 두려워했다. 신상 조사서를 받은 사람은 아무렇지도 않은 듯한 태도를 보이지만 만약 노무과에 지금까지 숨긴 일이라도 있으면 불안하기 이를 데 없었다. 이것은 우수한 신상 조사, 최량의 신상 조사였다.

바로 이 신상 조사를 통해서 루사노프는 몇 사람의 여자들을 형법 제58조(국가에 대한 반역죄)에 저촉되어 끌려간 남편과 헤어지게 하는 데 성공했다. 그 여자들은 다른 사람의 이름을 사용하여 다른 도시에 가서 차입할 소포를 보내거나 또는 전혀 보내지 않으면서 남편의 사건을 감추려고 애썼으나 이 신상 조사서의 질문 조항은 울타리가 너무 튼튼해서 거짓말을 하여 빠져나갈 수가 없었다. 그러나 이 울타리에도 도망칠 구멍이 하나 있었다. 즉, 법이 인정하는 정식 이혼이었다. 게다가 이혼 수속도 간단해서 법원은 이혼에 대한 죄수의 동의를 필요로 하지 않았다. 루사노프에게 중요한 것은 범법자의 더럽혀진 손에 의해서 아직 파멸되지 않은 여자를 시민의 올바른 길에서 끌어내리려는 것을 그 이혼으로 방지할 수 있다는 것이었다. 이 신상 조사서는 루사노프 이외에는 아무도 볼 수 없었다. 세르게이 세르게예프에게까지도 가끔 구두로 말해줄 뿐이었다.

루사노프가 하는 일이 시적(詩的)이라 할 수 있는 것이 바로 이런 점이었다. 구체적으로 당사자에게는 아무런 압력을 가하지 않고도 한 인간을 완전히 장악할 수 있다는 실감.

일반적인 생산 과정 속에서 특수하고 수수께끼 같은, 이 세상의 것이라고는 생각할 수 없는 입장에 있었기 때문에 루사노프는 오히려 생활의 진정한 과정에 대해서 깊은 지식을 얻을 수 있었으며 그 지식에 만족하고 있었던 것이다. 누구에게나 다 보이는 생활 —— 공장, 회의, 공장 신문, 지방위원회의 성명, 급료의 지불, 식당, 클럽 —— 은 참다운 생활이 아니며 형식적인 것에 불과했다. 생활의 진정한 방향은 조용한 사무실 안에서 은밀하게, 언성을 높일 필요도 없이, 서로 이해할 수 있는 두세 사람 사이에서, 또는 몇 번 전화를 주고 받는 가운데 결정되는 것이다. 생활의 진실이라 하는 것은 비밀 서류 속을, 루사노프나 그의 동료들의 서류 가방 속을 전전하면서 오랫동안 말없이 사람의 뒤를 따라다니고 있다가 어떤 순간 갑자기 정체를 드러내어 입을 열고 희생자에게 불을 뿜어대고는 다시 어디론가 자취를 감추어버린다. 표면적으로는 모든 것이 원상 그대로이다. 클럽도, 식당도, 급료도, 공장 신문도, 공장도. 다만 일을 하러 나가는 사람들 중에 목이 잘린 사람, 제명된 사람, 추방당한 사람들이 보이지 않을 뿐이다.

루사노프가 근무하는 사무실은 그 업무에 적합하게 꾸며져 있었다. 그 방은 항상 외부와 격리되어 있었으며 출입문은 처음에는 번쩍거리는 장식이 달린 것이었으나 사회가 차츰 풍족해짐에 따라 입구에서 들어오는 찬 공기를 막기 위한 공간이라 할지, 어두컴컴한 작은 방을 갖추게 되었다. 이 방은 단순명쾌하고 아무런 의미도 없는 발명품처럼 보였다. 깊이가 1미터도 안 되어 방문객은 첫번째 문을 닫고 두 번째 문을 열 때까지의 몇초 사이에는 어리둥절해지게 된다. 그러나 결정적인 대면이 있기 전의 이 몇 초 사이에 방문객은 순간적이나마 구금 상태에 놓이게 된다. 그것은 캄캄하며 답답하고, 방문객은 이제부터 대면할 인물과 자기를 비교해보고 무력함을 느끼지 않을 수 없게 된다. 그 방문객이 다소 용기나 자유 의지가 있다 하더라도 그러한 것은 이 어둡고 작은 방에서는 점점 사라져버리고 만다.

물론 파벨 니콜라예비치의 방에 몇 사람의 손님이 한꺼번에 들어오는 일은 절대로 없었다. 반드시 한 사람씩 사전에 전화로 입실 허가를 받은 뒤에야 들어갈 수 있었다.

현실의 갖가지 현상이 변증법적 상호 관계를 갖고 있기 때문에 파벨 니콜라예비치의 일이 그의 사생활에 영향을 미치지 않을 수 없었다. 해가 지날수록 루사노프 부부는 보통 차량은 물론이고 좌석이 지정된 차로 여행하는 것은 견디기 어려운 일로 되었다. 반외투 차림에 양동이나 자루를 든 사람들이 그런 차에 올라탔기 때문이었다. 루사노프 부부는 특별실이 있는 차량이나 특등차를 타지 않고는 여행하지 않게 되었다. 호텔에 투숙할 때도 특실을 예약했다. 루사노프 부부가 이용하는 요양소는 보통 사람들이 이용하는 곳이 아니라 자기들의 신분을 잘 알고 있는 종업원들이 정중하게 서비스하는 곳이었으며, 모래 사장이나 가로수 길에도 일반인들의 출입은 금지시키는 곳이었다. 그래서 카피톨리나 마트베예브나는 많이 걷도록 하라는 의사의 충고를 들었을 때도 이런 요양소 외에는 걸을 곳이 마땅치 않아 곤란을 느꼈었다.

루사노프 부부는 민중을 사랑하고 있었다. 자기 나라의 위대한 민중을 사랑하고, 그들에게 봉사하고 민중을 위해서라면 목숨이라도 내던질 각오였다.

그러나 세월이 흐를수록 루사노프 부부는 차츰 민중에 대해서 싫증을 느끼게 되었다. 그들은 제멋대로이고 언제나 말이 많고 고집이 세며 요구 사항이 끝이 없었다.

전차나 트롤리 버스나 보통 버스를 타는 것에 루사노프 부부는 혐오감을 느끼기 시작했다. 그러한 차들은 언제나 만원이었고 특히 차를 타고 내릴 때는 혼잡하기 이를 데 없었으며 때문은 작업복을 입은 건설 관계자나 노동자들이 밀고 올라타 자기들의 외투에 중유나 석회 가루를 태연하게 묻혔으며, 더욱 질색인 것은 어깨를 툭툭 건드리는 나쁜 버릇이 있다는 점이었다. 그들의 말대로라면 차표나 잔돈을 주고 받는 일은 차 안에서 해야 한다. 그렇다고 해서 직장까지 걸어가기에는 너무 멀었으며, 그것은 또 자기의 지위에 어울리지 않는 출근 방법이었다. 그래서 근무처의 자동차가 다 나가버렸거나 수리중이거나 하면 파벨 니콜라예비치는 식사를 하러 집으로 돌아가지도 못하고 몇 시간이고 책상 앞에 앉아서 차가 돌아오기를 기다리지 않으면 안 되었다. 그렇다고 걸어가다가는 어떤 봉변을 당할지도 모를 일이었다. 특히 싫었던 일은 복장이 남루하고 버릇없이 술주정을 해대는 자들이었다. 남루한 복장을 한 인간이란 언제나 위험했다. 그들은 자기의 사회적 책임 같은 것은 전혀 느끼지 않고 있었다. 하기야 그런 사람들은 잃을 것이라고는 하나도 없었으며 그렇지 않다면 단정한 복장을 하고 있었을 것이다. 물론 경찰과 법률은 복장이 남루한 인간으로부터 루사노프를 보호해주지만 그들의 손길은 언제나 뒤늦게 나타났다. 악한이 처벌을 받는 것은 언제나 다 끝난 뒤의 일이었다.

세상에서 무서운 것이라곤 아무것도 없는 루사노프도 방임 상태의 주정꾼에 대해서는 공포감을 느끼게 되었다. 더 정확하게 말해서 자기의 얼굴을 얻어맞지나 않을까 하는 공포감이었다.

그러기에 로지체프가 돌아왔다는 소식은 처음에 루사노프의 마음을 그처럼 뒤흔들어 놓았던 모양이다. 로지체프는 루사노프에게 폭행을 가할 것이라 생각했던 것이다. 로지체프나 구즌이 소송을 걸어올 염려는 없다. 법률적으로는 루지체프가 그에게 어떤 청구도 할 수는 없을 것이다. 그러나 그들의 육체가 아직도 건장하다면, 속되게 말해서 루사노프를 그냥 두려 하지 않을 것이다. 그럴 때는 어떻게 대처할 것인가.

그러나 냉정하게 생각해보면 파벨 니콜라예비치의 최초의 본능적인 놀라움은 불필요한 것이었다. 또 로지체프가 돌아왔다는 것은 헛소문일지도 모른다. 그렇다면 얼마나 좋을까. 요즈음 명예 회복에 대한 일련의 소문은 뜬소문이 아닐까. 파벨 니콜라예비치는 자기의 일에 관한 한 생활상의 큰 변동을 예고할 만한 징조는 전혀 느껴지지 않았기 때문이었다.

또 로지체프가 돌아왔다 하더라도 K시로 돌아온 것이지 이 도시는 아니지 않는가. 그럴 경우 자기가 K시에서 추방되지 않도록 몸조심하기도 바쁠 테니까 루사노프를 찾아나설 겨를이 없을 것이다.

만일 찾았다 하더라도 이곳까지 손을 뻗치기란 쉬운 일이 아니다. K시에서 이곳까지 오려면 8개의 주(州)를 횡단해야 하며 기차로도 사흘 밤낮이나 걸린다. 또 이곳에 왔다 하더라도 이 병원이 아니라 우선 루사노프의 집으로 갈 것이다. 이 병원에 있는 한 파벨 니콜라예비치는 절대로 안전하지 않겠는가.

안전! 얼마나 우스꽝스런 일인가……. 이 종양을 앓고 있는 몸으로 안전이라니…….

그래, 앞으로 시대가 점점 불안정해진다면 차라리 죽어버리는 것이 좋을지도 모른다. 옛날의 망령이 돌아올 때마다 두근거리며 살기보다는 차라리 죽는 것이 더 나을지도 모른다. 이 얼마나 얼빠진 짓인가! 그자들을 돌려

보내다니! 그래서 무슨 소용이 있단 말인가. 그자들은 그곳에서의 생활에 이미 익숙해지지 않았는가. 그런데 이제 와서 그자들을 석방시켜 남의 생활을 혼란에 빠뜨리게 하려 하는가.

파벨 니콜라예비치는 생각하다 지쳐서 잠을 자려고 했다. 잠시라도 눈을 부쳐두어야 했다.

그런데 그전에 화장실에 가고 싶어졌다. 이것은 병원 생활에서 가장 불유쾌한 일 중의 하나였다.

그는 신중하게 손과 발을 움직여 —— 종양은 쇳덩이처럼 목을 압박하고 있었다 —— 침대에서 내려서서 슬리퍼를 신고 파자마를 걸치자, 안경을 쓰고 천천히 걷기 시작했다.

간호사의 책상에 마주앉아 있던 가무잡잡하고 무뚝뚝한 마리아가 슬리퍼 끄는 소리를 듣더니 곧 고개를 돌렸다.

계단 앞의 침대에서는 손발이 길쭉하고 얼핏 보아서는 전혀 환자 같지 않은 희랍인이 괴로운 듯 신음하고 있었다. 도저히 누워 있지 못하겠다는 듯이 상반신을 일으켜 잠을 이루지 못해 충혈된 눈으로 파벨 니콜라예비치를 쳐다보았다.

계단 중간의 층계참에는 아직도 머리를 묶어올린 작은 사내 아이가 병색이 짙은 누런 얼굴로 포개 놓은 베개에 상체를 기대고 산소 흡입기를 입에 대고 있었다. 머릿장 위에는 귤이며 비스킷, 캔디, 발효 우유병 같은 것들이 놓여 있었는데 그 소년에게는 관심밖의 것들이었다. 이 소년은 밝은 공기조차 필요한 양만큼 폐 속으로 들여마시지 못하고 있었으니까.

일층 복도에도 몇 대의 침대가 놓여 있었고 환자들은 자고 있었다. 동양인 같은 노파는 괴로움을 참지 못해 머리를 풀어 헤친채 침대 위에서 뒹굴고 있었다.

루사노프는 그 앞의 작은 방을 지나쳐 갔다. 그 방에는 작고 지저분한 소파가 놓여 있었는데 누구든지 관장(灌腸)을 할 때는 그 소파에 누워야 했다.

미리 잔뜩 공기를 들여마시고 그것을 내뱉지 않도록 하면서 파벨 니콜라예비치는 화장실로 들어갔다. 간막이도 없고 변기도 없는 이 화장실에 들어가면 자기의 처량한 신세가 새삼스럽게 느껴졌다. 잡역부가 하루에 몇 번씩 이곳을 청소해도 언제나 지저분한 배설물이나 토해낸 것들이, 그리고 피나 다른 오물이 남아 있었다. 이런 화장실을 사용하는 것은 야만인 뿐이다. 문명을 전혀 모르는 인간이거나 자포자기한 환자들 뿐이다. 어떻게 해서든지 의국장을 만나서 직원용 화장실을 쓸 수 있도록 허락을 받아야겠다.

 그러나 그런 실제적인 생각은 파벨 니콜라예비치의 마음 속에 그저 막연하게 떠오를 뿐이었다.

 루사노프는 다시 관장용 작은 방앞을 지나 머리를 흐트러뜨린 카자흐인 노파 앞을 지나 복도에서 잠자고 있는 환자들 곁을 지나쳐 갔다.

 산소 흡입기를 대고 있는 중환자 옆을 지났다.

 계단을 거의 다 올라갔을 때 그리스 인이 무서운 신음 소리를 내면서 루사노프에게 말을 걸었다.

 "저어, 이 병원에서는 다 병을 고치게 되나요? 죽는 사람도 있나요?"

 루사노프는 한참 뚫어지게 상대방을 보았으나 —— 어떤 조그만 동작도 머리만은 움직일 수 없었으며, 에프렘처럼 몸 전체를 움직여야 한다는 것이 한심스러워졌다. 그의 목에 달라붙어 있는 무서운 종양은 윗턱과 아래 쇄골을 동시에 압박하고 있었다.

 루사노프는 자기의 침대로 서둘러 갔다.

 이제 와서 새삼스럽게 무엇을 또 생각하겠는가! ……이제 와서 누구를 무서워하겠는가! …… 누구를 의지하겠는가……."

 그의 운명은 이 턱과 쇄골 사이에 달려있는 것이다.

 그곳이 심판의 장인 것이다.

 그곳에서는 친구나 친지나 과거의 공적은 아무 소용도 없으며 변호해줄 사람도 없다.

15. 각자의 운명

"몇 살이지요?"
"스물여섯."
"야, 꽤 들었군!"
"너는?"
"나는 열여섯. 열여섯에 다리를 잘려야 하는 기분 이해할 수 있겠어요?"
"어디를 자르게 되지?"
"무릎쯤 되겠지요. 그보다 아래는 아닐 거예요. 대개는 무릎보다 조금 위를 자르거든요.……남은 부분의 다리가 건들거리면 기분이 나쁠 거예요."
"의족을 하면 돼. 앞으로 어떤 방면으로 나갈 생각이지?"
"대학에 들어가고 싶어요."
"전공은?"
"문과나 사학과."
"입시엔 자신이 있나?"
"자신이 있어요. 저는 절대로 덜렁대지는 않아요. 아주 냉정하니까요."
"그것 잘 됐군. 의족을 괴롭게 생각할 필요는 없어. 공부나 일을 하는 데 전혀 불편할 것은 없으니까. 인내심도 생겨서 오히려 유리할지도 몰라. 학문 연구에는 아무런 지장이 없어."
"하지만 그밖의 것은……."
"학문 외의 일 말인가?"
"가령, 저어……."
"결혼 말인가?"
"네, 그런 일도……."
"염려없어. 어떤 나무에도 새는 앉으니까……. 그러니 어쩔 수도 없잖은가? 양자 택일을 해야 하니까."

"네?"

"다리냐, 생명이냐 둘 중의 하나란 말이야."

"그러나 혹시나 하는 것도 있잖아요? 어쩌면 저절로 나을 수도 있지 않을까요?"

"좀카 '혹시나' 하는 것 위에 다리(橋)를 놓을 수는 없지. '혹시나'의 뒤에 남는 것은 역시 똑같은 '혹시나'에 지나지 않아. 이성이 있는 한 그러한 요행을 기대해서는 안 돼. 자네의 종양을 의사는 뭐라고 불렀지?"

"SA라든가 뭐라든가."

"SA라면 역시 수술이야."

"종양에 대해서 잘 아세요?"

"알고 있지. 나 같으면 한쪽 다리를 절단해야 한다면 절단하라고 말할 거야. 움직이며 돌아다닐 수 없는 나의 인생이란 아무런 의미도 없지만 내가 일하는 곳에는 자동차가 다니지 못하는 곳이니까 걷거나 말을 탈 수밖에 없지."

"그러면 아직 수술 얘기는 나오지 않았나요?"

"그런 말은 없었어."

"시기가 너무 늦었나요?"

"아니야. ……시기가 늦어진 것이 아니라……그래, 시기가 늦어진 점도 있기야 있지. 야외에서 하던 일이 너무 바빴거든. 실은 삼개월 전에 진찰을 받아야 했었는데 일을 중단할 수 없어서. 걷거나 말을 타거나, 비를 맞거나 해서 환부가 째지고 고름이 나왔어. 농이 나오자 조금 편해져서 또 일을 하고 싶어졌어. 그러다 보니 자꾸 늦어졌었지. 지금도 문지르면 몹시 아파. 이쪽 바지 가랭이를 자르고 맨살로 앉아 있고 싶을 정도야."

"붕대도 감지 않았나요?"

"음, 감지 않았어."

"좀 보여주시겠습니까?"

"그러지."

"아, 대단하군요······. 아주 새까맣군요."

"까만 것은 태어날 때부터 그랬다는군. 태어날 때부터 거기에 커다란 점이 있었어. 그 점이 변질된 거야."

"이 구멍은 또 뭐지요?"

"그것은 세 번 째져서 고름이 나온 다음에 생긴 구멍이야······. 말하자면 좀카, 나의 종양은 자네의 종양과는 전혀 달라. 나의 종양은 흑소육종(黑素肉腫)이라고 하는 악성 종양이지. 보통 8개월 이내에 죽게 돼."

"그런 것을 어디서 알았지요?"

"여기 오기 전에 책에서 읽었지. 그 책을 읽고 나서 어쩔 바를 몰라했어. 하지만 문제는 만약 내가 좀더 빨리 진찰을 받았다 하더라도 역시 수술은 받지 못했을 거야. 흑소육종은 지독한 악성이라서 메스로 조금만 건드려도 즉각 전이(轉移)해 버려. 그놈도 그놈 나름 대로 살고 싶은 거지, 알겠나? 몇 달 동안 그대로 방치해두었더니 서혜부(鼠蹊部)로 옮겨왔지 뭔가."

"돈초바 선생님은 뭐라고 하셨나요? 토요일에 진찰을 받으셨나요?"

"콜로이드 금(金)을 구해보도록 하자 하시더군. 그것을 구하게 되면 서혜부로 진행되는 것은 막을 수 있을 것 같아. 다리쪽을 X선으로 억제하여 가급적이면 시간을 벌려는 거지······."

"그럼 나을 수 있나요?"

"좀카, 이제 낫기는 틀렸어. 일반적으로 흑소육종은 낫는 병이 아니거든. 아직까지 이 병을 고친 사람은 한 사람도 없었어. 나의 경우는 다리를 절단해도 안 돼. 그렇다고 다리 위를 자를 수도 없는 일이고, 그러니 앞으로는 시간만 끌 뿐이지. 얼마나 끌 수 있을지, 몇 달, 아니면 몇 년?"

"그렇다면······ 그것은 즉······."

"그래, 그런 셈이지. 좀카, 나는 그 운명을 받아들이기로 했어. 그러나 오래 사는 사람이 반드시 풍부하게 사는 사람이라고는 생각지 않아. 나에게 있어서 최대의 문제는 앞으로 얼마나 더 일을 할 수 있느냐 하는 거야. 이 세상에 살아 있는 한 무슨 일이고 하지 않으면 안 되니까! 앞으로 3년만 더 살 수 있으면 좋겠어. 3년만 더 살게 해준다면 더 바랄 것이 없겠는데. 하지만 그 3년 동안 병원에 누워만 있어서는 아무 소용이 없어. 야외로 나가지 않으면 안 돼."

두 사람은 창가에 놓여 있는 바짐 자치르코의 침대에 걸터앉아 작은 소리로 이야기를 나누고 있었다. 그것은 옆 침대에 있는 에프렘이나 간신히 들을 수 있는 작은 목소리였는데 에프렘은 아침부터 감각을 상실한 덩어리처럼 드러누워 천정의 한 점을 응시하고 있었다. 그밖에는 루사노프가 이 얘기를 엿듣고 있었던지 이따금 측은하다는 듯이 자치르코의 얼굴을 흘끔거렸다.

"하고 싶은 일이란 어떤 일이죠?" 좀카가 미간을 찌푸리며 물었다.

"설명해주지. 지금 나는 매우 중요한 문제로 대두되고 있는 새로운 방법을 시험 중이야. 중앙의 유명한 학자들은 아직 이러한 방법을 생각하지 못하고 있어. 즉 몇 종류의 금속을 포함하고 있는 광맥을 지하수의 방사능(放射能)으로 발견할 수 있다는 가설이지. 방사능이 뭔지 아나? 이 설에 대해서는 이미 갖가지 설이 나와 있지만 탁상공론만 해서는 아무런 소용이 없단 말이야. 나는 이 설을 실제로 증명할 수 있다는 것을 육감으로 알았어. 그러나 그것을 증명하려면 산 속을 돌아다니면서, 지하수의 방사능에만 의해서 광맥을 발견하지 않으면 안 돼. 그것도 가급적이면 여러 차례. 이것이 상당히 힘들고 어려운 일이라는 것은 자네도 상상할 수 있겠지. 가령 진공 펌프가 없어서 원심(遠心) 펌프를 사용 하고 있는데 이 펌프를 시동시키려면 공기를 뽑아내야 해. 이 공기를 무엇으로 뽑아내는지 알아? 입으로 해. 그러면 방사능이 포함된 물이 쏟아져 나오지. 우리는 그것을 아무렇지도 않게 마신다구. 키르기즈 인 노동자들은 대대로 그런 물을 마시지 않았으니까 우리도 그 물을 마시면 안 된다고 말했지. 그런 데도 우리 러시아 인은 아무렇지도 않게 마셨어. 흑소육종을 앓고 있는 내가 방사능을 두려워할 필요가 없으니 나에게는 적합한 일이 아니겠어?"

"당신도 바보로군!" 에프렘은 뒤도 돌아보지 않고 억양이 없는 탁한 소리로 말했다. 아까부터 그는 얘기를 듣고 있었던 것 같았다. "어차피 죽을 몸인데 무엇 때문에 지질학 같은 것을 연구하지? 그런 것은 아무 쓸모도 없어. 그것보다는 사람이 무엇에 의해서 사느냐에 대해서 생각해보는 것이 어떻겠나?"

바짐은 발은 움직일 수 없었으나 유연한 목 위의 머리를 자유롭게 돌렸다. 생기 있는 검은 눈이 반짝이고 부드러운 입술이 떨리기는 했으나 기분은 조금도 상한 것 같지 않았다. 그는 곧 대답했다.

"대답하지요. 사람은 창조에 의해서 살아가지요. 창조는 우리에게 매우 유익한 일이니까. 마시는 것도 먹는 것도 필요하지 않을 만큼."

그리고 자기가 한 말이 얼마나 이해되었는지 확인이나 하려는 듯이 상대방을 바라보면서 매끄러운 플라스틱 샤프 펜슬로 이빨을 똑똑 두들겼다.

"이 책을 읽어보라구, 그러면 깜짝 놀랄 테니까!" 에프렘은 여전히 몸은 움직이지 않고, 자치르코는 쳐다보지도 않은채 더러운 손톱으로 청색 표지의 책을 탁 튕겼다.

"그 책이라면 벌써 읽었어요." 바짐이 얼른 대답했다. "우리 시대에 어울리는 책이 아니에요. 윤곽이 너무 애매하고 힘이 없어요. 우리에게 말할 것은 좀더 일하라! 지요. 그것도 '자기만의 이익을 위해서가 아니라 모두를 위해서'라고."

루사노프는 몸을 부르르 떨면서 기쁜 듯이 안경을 번쩍이며 큰소리로 물었다.

"젊은 친구, 당신은 당원입니까?"

바짐은 조금도 당황하지 않고 솔직한 기분으로 루사노프를 쳐다보았다.

"네."라고 그는 온순하게 대답했다.

"그럴 것이라고 생각했지!" 루사노프는 신이 나서 큰소리로 말하더니 손가락 하나를 세워 보였다.

그 모습은 학교 선생 같았다.

바짐은 좀카의 어깨를 두들겼다.

"그럼 이제 자네의 침대로 돌아가게. 나는 공부해야 하니까."

그리고 깨알 같은 글자나 감탄부호, 의문부호가 많이 적혀 있는 《지구 화학적 방법》이란 책의 페이지를 펼쳤다.

매끄럽고 검은 샤프 펜슬이 청년의 손가락 사이에서 이따금 움직거렸다.

청년은 마치 그 자리에서 사라져버린 것처럼 책에 몰입하고 있었는데 청년의 지지를 얻자 얼마쯤 힘이 생긴 루사노프는 두 번째 주사를 맞기 전에 자신감을 얻고 싶었는지 다시 에프렘에게 공격을 가했다. 앞으로는 에프렘이 궁상맞은 소리를 일체 하지 못하도록 하지 않으면 안 되겠다고 생각했던 것이다. 그래서 통로 너머로 빤히 보면서 루사노프는 말을 꺼냈다.

"포두예프 군, 이 젊은이는 아주 좋은 말을 해주었네. 병에 져서는 안 되지. 그리고 종교적인 책에 져서도 안 되고. 자네의 행동은 아무에게도 이익이 되지 않아. 다만……." —— 적에게 이익이 될 뿐이라고 말해주고 싶었으나, 일상 생활에서는 항상 적을 지적할 수 있었으나 이 병실에서는 도대체 누가 적이란 말인가 —— . "……인생의 보다 깊은 부분을 바라보지 않으면 안 돼. 무엇보다도 우선 인간의 위대한 공적을. 가령 생산면에서 공적을 올린 사람은 어떻게 그것을 이룰 수 있었는지, 또는 대조국 전쟁(대독전쟁)에서 공을 세운 사람은? 또는 지난날의 내전 때도 말일세. 배를 곯아가면서, 신발도 옷도 제대로 없고, 무기도 없이……."

오늘의 에프렘은 이상하게도 움직이지 않았다. 침대에서 내려와 통로로 왔다갔다 하지도 않았으며 일상 해오던 동작을 완전히 잊어버린 것처럼 보였다. 전에는 오로지 목에만 신경을 쓰며 목과 몸통을 억지로 함께 움직이고 있었는데, 오늘은 아까부터 청색 표지의 책을 손톱으로 퉁기는 일 이외에는 전혀 손발을 움직이지 않았다. 아침 식사를 하라고 해도 '양이 적으니까 맛까지 없는 것 같아.'라고 말했을 뿐이었다. 그리고 아침 식사를 하기 전이나 뒤에도 누워 있거나 전혀 움직이지 않았고, 눈까지 깜박거리지 않았더라면 경직 상태가 된 것이 아닐까 생각했을 정도였다.

그러나 눈은 뜨고 있었다.

그 눈이 루사노프를 향하고 있어서 몸을 움직일 필요는 없었다. 천장과 벽 외에는 새하얀 루사노프의 모습만 보일 뿐이었다.

에프렘은 루사노프의 설교를 듣고 있었다. 이윽고 입술이 조금씩 움직이더니 여전히 악의에 찬 목소리가 전보다도 더 알아들 수 없게 들렸다.

"국내전이 어떻게 되었다구? 당신이 국내 전에서 싸우기라도 했다는 말이오?"

파벨 니콜라예비치는 한숨을 내쉬었다.

"포두예프 군, 자네나 나나 그때는 아직 어려서 싸울 수야 없었지."

에프렘은 코웃음을 쳤다.

"당신은 어째서 싸우지 않았지, 나는 싸웠는데."

파벨 니콜라예비치는 안경 밑으로 눈을 점잖게 치켜올렸다.

"그건 무슨 소리지?"

"그야 간단하지." 에프렘은 잠시 뜸을 들였다가 천천히 말을 이었다. "연발 단총을 들고 싸웠어. 아주 재미 있더군. 나 혼자만 그런 건 아니야."

"어디서 싸웠다는 말인가?"

"이제프스크(러시아 동부에 있는 우르무르트 공화국의 수도) 근처였지. 제헌 의회를 쳐부수려고. 나는 혼자서 일곱 명이나 쓰러뜨렸어. 그것은 지금도 똑똑하게 기억하고 있어."

아직 어린애였던 에프렘은 폭동이 일어난 거리에서 일곱명의 어른을 쓰러뜨렸던 것이다. 그리고 어디서 어떤 상대를 쓰러뜨렸는지 지금도 똑똑하게 기억하고 있었다.

금테 안경은 뭐라고 중얼거렸으나 오늘 에프렘은 귀라도 먹었는지 오랫동안 청각에 신경을 집중시킬 수 없는 것 같았다.

오늘 새벽 눈을 뜨고 머리 위의 흰 천장의 한 구석을 보는 순간 갑자기 생생하게 머리에 떠오른 것은 이미 다 잊고 있던 지난날의 소소한 일들이었다.

그것은 전쟁 직후 어느 해 11월의 일이었다. 눈은 내리자마자 녹기 시작하여 파올린 따뜻한 흙 위에서 흔적도 없이 녹아버렸다. 그것은 개스관

부설 공사였는데, 예정된 깊이는 1미터 80센티였다. 포두예프가 지나가면서 보니 구덩이는 아직 필요한 깊이까지 파 있지 않고 있었다. 그런데 그때 조장이 와서 예정된 깊이까지 다 팠다고 주장했다.

"그러면 재어봅시다. 나중에 이러쿵저러쿵 말하지 말고!" 포두예프는 10센티미터마다 검은 눈금을 새긴 장대를 들고 질척거리는 흙을 밟으며 재기 시작했다. 포두예프는 그때 장화를 신고 있었으나 그때 조장은 단화를 신고 있었다. 한 곳을 재어보니 깊이가 1미터 70센티였고, 다시 그 앞쪽으로 가서 재어보기로 했다. 그곳은 세 사람이 파고 있었다. 한 사람은 키가 큰 깡마른 농부였는데 얼굴 전체가 검은 수염에 덮여 있었다. 또 한 사람은 군대에 갔다 온 사람으로 군모를 쓰고 있었는데 모표는 이미 떨어져버려 없었으며 니스가 칠해진 모자의 챙도, 검붉은 띠 부분도, 석회와 진흙이 묻어 형체도 알아볼 수 없도록 더럽혀져 있었다. 또 한 사람은 젊은 남자로, 전투모에 도시풍의 외투를 입고 있었는데 그 당시는 옷이 태부족이어서 죄수들의 복장은 가지각색이었다. 그 외투는 아마도 학생 시절에 입던 것으로 지금의 그 청년에게는 기장도 짧고 품도 좁아서 몸에 꼭 끼었으며 다 떨어진 것이었다. 그 외투를 오늘 에프렘은 생생하게 생각해냈던 것이다.

질척거리는 진흙을 파내기란 여간 어려운 일이 아니었으나 농부와 군대에 갔다온 사나이는 어떻게든 삽질을 하며 파내는 시늉이라도 하고 있었다. 그러나 청년은 삽자루에 가슴을 대고 마치 삽에 가슴을 찔리기나 한 것처럼 서있었다. 손을 양쪽 소매에 쑤셔넣고 축 늘어져 있는 꼴은 눈을 뒤집어쓴 허수아비 같았다. 세 사람 모두 장갑은 끼고 있지 않았었다. 군대에 갔다 온 사람은 장화를 신고 있었으나 나머지 두 사람은 자동차 타이어로 만든 고무 슬리퍼를 신고 있었다.

"왜 그렇게 멍청하게 서있는 거야!" 조장이 호통을 쳤다. "밥을 줄여도 좋으냐? 부지런히 하라구!"

젊은이는 한숨을 내쉬면서 전보다 더 힘없이 삽자루에 기대고 서있었다. 조장은 젊은이의 목을 내리쳤다. 그러자 젊은이는 질겁을 하며 다시 삽질을 하기 시작했다.

깊이를 재기 시작했다. 구덩이의 양쪽에도 파낸 흙이 구덩이의 가장자리까지 쌓여 있어서 장대의 눈금을 정확하게 읽으려면 몸을 잔뜩 구부려야 했다. 군에 갔다 온 사나이는 거들어주는 체하면서 실은 장대를 교묘하게 비스듬히 하여 10센티미터 쯤 더 늘이려 했다. 그러자 포두예프는 그 사나이에게 욕설을 퍼부으며 장대를 똑바로 세웠다. 깊이는 이미터 65센티미터 밖에는 되지 않았다.

"저어, 감독님." 하고 그 사나이는 낮은 목소리로 애원했다. "몇 센티미터 쯤 모자라는 것은 눈감아 주십시오. 우리는 너무나 지쳐 있습니다. 배가 고파서 힘을 쓸 수가 없습니다. 게다가 눈도 내리고……."

"그러면 너희들 대신 내가 처벌을 받으라는 말인가. 그런 바보 같은 소리는 집어치워! 미리 정해진 예정이란 것이 있으니까. 그리고 구덩이 바닥은 평평해야 해. 가운데만 홈처럼 파여 있어서는 안 돼요."

포두예프가 몸을 구부려 장대를 들어올려 진흙에서 발을 잡아뺄 때, 세 사람은 일제히 쳐다보았다. 한 사람은 새까만 수염, 또 한 사람은 쫓겨난 볼조이 개 같은 얼굴, 다른 또 한 사람은 아직 수염을 깎아본 적이 없는 솜털이 그대로 있는 얼굴. 그런 얼굴 위로 눈 송이가 내리고 있었다. 세 사람은 포두예프를 쳐다보았다. 젊은이가 입술을 움직였다.

"감독님, 맘대로 해보시지요, 당신도 죽을 날이 있을 테니까."

포두예프는 이 세 사람을 독방에 감금하라고 신청하지는 않았다. 다만 자기가 책임을 뒤집어쓰지 않기 위해서 있는 그대로 보고했을 뿐이었다. 그런데 생각해보면 이보다 더 심한 경우는 얼마든지 있었다. 그리고 10년이란 세월이 흘러서 포두예프는 수용소의 일은 그만두었으며 그 조장도 석방되었다. 그 개스관은 임시로 부설한 것이어서 지금은 개스를 이 관으로 보내지 않을지도 모른다. 개스관도 다른 곳으로 옮겼을지도 모른다. 그러나 그 한 마디만은 아직도 살아남아서 오늘 아침 눈을 뜬 순간 최초의 소리로 귀에 울리고 있었던 것이다.

"감독님, 당신도 죽을 날이 있을 테니까요?"

그 어떤 구체적인 수단에 의해서도 에프렘은 그 소리에서 도망칠 수가 없었다. 에프렘은 왜 더 살고 싶을까? 그 젊은이도 더 살고 싶어했다. 살고 싶은 것을 에프렘의 고집 때문이었을까? 또는 무언가 새로운 것을 몸에 익히면 이제까지와는 다른 삶을 살고 싶어서일까? 병은 그런 것을 들어줄 귀를 갖고 있지 않다. 병에는 미리 정해진 예정이 있는 것이다.

청색 표지에 금박 글자가 새겨진 이 책, 에프렘의 요 밑에서 벌써 나흘 밤이나 지낸 이 책에는 힌두 교도에 대한 이야기가 있었다. 힌두 교도의 신앙에 따르자면 우리는 아주 죽어버리는 것이 아니라, 영혼만은 동물이나 다른 인간으로 옮겨간다고 했다. 이러한 예정은 지금 에프렘의 마음에 들었다. 모든 것이 없어져버리는 것이 아니라 무언가 자기의 것을 남게 하고 싶었다.

그러나 이 영혼이 옮겨간다는 것을 에프렘은 믿지 않았다. 새끼 돼지의 코나, 그런 곳으로 옮겨가게 되면 어떻게 되겠는가?

목에서 머리까지 찌르는 듯한 통증이 계속되었다. 통증은 거의 규칙적으로 독특하게 4박자로 나타나고 있었다. 그 4박자는 이런 식으로 들리는 것 같았다. 에프렘 — 죽었다 — 이상 — 끝. 에프렘 — 죽었다 — 이상 — 끝.

이것이 끝없이 되풀이되었다. 에프렘은 이 네 개의 낱말을 마음속으로 중얼거리기 시작했다. 그것을 되풀이하면 할수록 이 죽어야 할 운명의 사나이, 에프렘 포두예프에게서 자기 자신이 떨어져 나가는 것만 같았다. 그리고 옆사람이 죽은 것을 보는 것처럼 에프렘 포두예프의 죽음을 객관적으로 바라볼 수 있었다. 이처럼 옆사람인 에프렘 포두예프의 죽음에 대해서 냉정하게 생각하고 있는 그 어떤 자만은 절대로 죽는 일이 없을 것만 같았다.

그런데 옆사람 포두예프는 어떠한가. 이 사나이에게는 구제의 여지가 없다는 말인가. 자작나무 버섯을 달여서 먹으면 어떨까. 그러나 박사의 편지에는 1년간 중단하지 말고 계속 먹어야 한다고 편지에 쓰지 않았던가.

그러기 위해서는 말린 자작나무 버섯이 2푸드(약 30길 로그램), 말리지 않은 것은 4푸드는 있어야 한다. 이것을 소포로 부치자면 여덟 덩어리나 된다. 또 이 버섯이 썩지 않게 하려면 여덟 개의 소포를 한꺼번에 부치지 말고 한 달에 한 번씩 보내달라고 해야 한다. 그처럼 시기를 놓치지 않고 누가 채집해줄 것이며 누가 보내주겠는가. 그 먼 러시아에서.

그것은 가족이 아니고서는 어려운 일이다.

에프렘은 평생을 통해서 많은 사람들과 사귀어 왔으나 가족이라 불릴 만한 사람은 한 사람도 없었다.

첫번째 아니였던 아미나라면 버섯을 채집하여 보내줄지도 모른다. 우랄 산맥 저 너머에는 이 여자 외에는 편지를 하여 부탁할 만한 사람이 없었다. 그러나 아미나는 '차라리 죽어버리라구 이 색마야!'라고 답장을 보낼 것이다. 그것은 당연했다.

그럴 것이 당연하다고 생각하는 것은 세상의 상식에 따르자면 그렇다는 말이다. 이 책의 가르침에 따르자면, 아미나는 에프렘을 가엾게 생각하고 또 사랑해야 할 것이다. 남편으로서가 아니라 단순히 한 사람의 고통받는 사나이로서 사랑해주지 않으면 안 되며, 자작나무 버섯을 부쳐주어야 한다.

이 책의 가르침은 참으로 옳았다. 모두가 이 책의 내용처럼 살게 된다면 말이다…….

여기까지 생각했을 때, 사람은 일하기 위하여 산다는 지질학자의 말이 에프렘의 귀에 들려왔던 것이다. 에프렘은 손톱으로 책의 표지를 또 튕겼다.

그때부터 다시 아무것도 보이지 않았으며 에프렘은 자기의 생각에만 몰두했다. 다시 머리를 찌를 듯한 통증이 계속되었다. 이런 통증이 시작되면 가장 편한 것은 꼼짝도 하지 말고, 치료도 받지 말고, 먹지도 말고, 지껄이지도 말고, 아무 소리도 듣지 말고, 아무것도 보지 않는 일이었다.

말하자면 존재하지 않게 되는 것이다.

그런데 누군가가 발과 발꿈치를 마구 흔들었다. 그것은 아흐마잔이 간호사의 부탁을 받고 흔드는 것이었다. 외과 간호사는 아까부터 그의 침대 곁에 서서 붕대를 갈기 위해 에프렘을 데려가려 했던 모양이었다.
그래서 이런 일 때문에 에프렘은 자리에서 일어나지 않으면 안 되었다. 일어나야 한다는 의지를 6푸드의 육체에 전달해야 했다. 손발과 등을 긴장시키고 안정 상태에 놓여 있던 뼈와 살을 무리하게 움직여서 무거운 몸을 들어올려 말뚝처럼 뻣뻣하게 서서 자켓을 걸치고 고통을 참아가며 복도와 층계를 걸었다. 길이가 10미터나 되는 붕대를 풀고 새 붕대를 다시 감는 무익한 고통을 다시 받기 위해서.

그것은 무척 지루하게 느껴졌으며 고통이 심했다. 주위에서는 쉴 새 없이 애매한 소음이 희미하게 들려왔다. 에브게냐 우스티노브나 외에는 직접 자기들이 수술을 하지 않는 두 사람의 외과 의사가 그것을 지켜보고 있었다. 여의사는 두 의사에게 무언가 설명을 하고 에프렘에게도 뭐라고 말했으나 에프렘은 아무런 대꾸도 하지 않았다.

이제는 더 이상 할 예기가 아무것도 없는 듯한 느낌이었다. 안개처럼 희미한 소음이 모든 말 소리를 덮어버렸다.

전보다도 더 튼튼한 붕대의 틀이 씌워졌다. 에프렘은 병실로 돌아왔다. 몸에 감긴 것은 이제 에프렘의 머리보다도 컸으며 진짜 머리는 윗부분만 붕대의 굴레 밖으로 튀어나와 있었다.

그를 맞아준 것은 코스토글로토프였다. 그는 담배 케이스를 들고 서성거리고 있었다.

"어떻게 결정되었지?"

에프렘은 생각했다. 정말 어떻게 결정되었을까? 붕대를 교환할 때 아무 말도 듣지 못했는데도 대답은 술술 나왔다.

"어디든 마음 내키는 곳에 가서 목을 매라는 거야. 이 병원에서만은 안 되지만."

페데라우는 자기도 같은 운명에 처해질지 모르는 거대한 목을 보자 겁을 내며 물었다.

"그럼 퇴원하는 겁니까?"

그 질문에 에프렘은 제정신으로 돌아왔다. 이제는 침대에 누워 있어서는 안 된다. 퇴원 준비를 서둘러야 했다.

아무리 몸을 굽힐 수 없더라도 평상복으로 갈아입어야 한다.

그리고 말뚝처럼 뻣뻣한 몸으로 거리를 걸어가야 한다.

무엇 때문에 그리고 누구 때문인지는 모르지만, 아무리 괴롭더라도 그런 일을 전부 하지 않으면 안 된다. 그것은 에프렘으로서는 기막힌 노릇이었다.

코스토글로토프는 동정 어린 눈길로 에프렘을 바라보았다. 이번에 탄환은 에프렘에게 맞았지만 다음은 내 차례가 될 지도 모른다. 에프렘의 과거의 생활에 대해서 코스토글로토프는 알지도 못했으며 이 병실에서는 특히 친하게 지낸 사이도 아니었으나 에프렘의 솔직함에 대해서는 평소부터 호감을 갖고 있었다. 오레크의 인생 경험에 비추어보자면 이 사나이는 결코 형편없는 악인은 아니었다.

"힘을 내게 에프렘!" 코스토글로토프가 한 손을 내밀면서 말했다.

에프렘은 그의 손을 잡으며 히죽히죽 웃었다.

"태어나서 빈둥거리고 설쳐대다가 죽는 것, 그것이 인생이란 것이지."

오레크는 돌아서서 담배를 피우러 나가려 했다. 그때 검사실 조수가 신문을 들고 들어와서 가장 가까이 있는 코스토글로토프에게 내밀었다. 코스토글로토프는 신문을 받아들고 펼쳤다. 그것을 재빨리 본 루사노프가 나가려던 조수를 보고 큰소리로 분연히 말했다.

"이봐요, 잠깐만! 신문은 나한테 먼저 달라고 그렇게 부탁했잖아!"

코스토글로토프는 그 소리에 동정은 고사하고 루사노프에게 대들었다.

"어째서 당신이 제일 먼저 보아야 하지?"

"어째서라니?" 파벨 니콜라예비치는 괴로운 듯이 말했다. 왈가왈부할 여지도 없는 자기의 권리를 말로 어떻게 설명할 수 없는 것이 괴로웠던 것이다.

막 배달된 신문을 누군가 자기보다도 먼저 더러운 손으로 만지면, 루사노프는 질투 같은 흥분을 억제할 수가 없었다. 이 병실에는 파벨 니콜라예비치 이상으로 신문의 내용을 잘이해할 수 있는 사람은 없을 것이다. 루사노프는 신문을 공공의 보도로서가 아니라 일종의 암호문처럼 읽고 있었다. 신문은 모든 것을 명명백백하게 다 알려주는 것이 아니라 특정한 지식과 능력을 가진 인간만이 세세한 각종 징후나 기사의 위치나, 발표되지 않은 것, 생략된 것까지도 종합해서 최신 정세에 대한 올바른 판단을 내릴 수 있다. 그러기에 루사노프는 누구보다도 먼저 신문을 읽어야 한다고 생각했던 것이다.

그렇다고 이런 말을 입밖에 낼 수도 없지 않은가! 그래서 파벨 니콜라예비치는 불만스럽게 말했다.

"지금 곧 주사를 맞으러 가야 하는데, 그 전에 읽고 싶어……."

"주사?" 오글로예트는 약간 부드러워진 말투로 말했다. "조금만 기다리시오……."

그리고 최고회의의 자료나 다른 뉴스를 쭉 훑어보았다. 지금은 담배를 피우러 가는 것이 더 급한 문제가 아닌가. 그는 루사노프에게 신문을 넘겨주려고 신문을 접다가 문득 어떤 기사에 눈길이 가자 빨려들 듯이 읽기 시작했다. 그는 신문을 읽으면서 긴장된 목소리로 혓바닥 위에서 굴리듯이 몇 번이고 한 낱말을 되풀이했다.

"이것은 걸작이다……아주 걸── 작 ── 이 ── 야……."

베토벤의 운명의 테마인 네 개의 음표가 코스토글로토프의 머리 위에 울려 퍼졌다. 그러나 병실 내의 그 누구도 그것을 듣지는 못했다. 만일 큰소리로 신문을 읽었다 해도 그 소리를 다 듣지는 못했을 것이다. 코스토글로토프는 그 한 마디의 말을 되풀이하는 외에 무슨 말을 할 수 있었겠는가.

"뭔데 그래?" 루사노프는 흥분해 있었다. "어서 신문을 이리 돌려요!"

코스토글로토프는 누구한테도 아무런 설명을 하려 하지 않았다. 루사노프에게도 아무런 대답도 하지 않고 신문을 본래 대로 넷으로 접었다. 그러나 6페이지째의 신문은 본래 대로는 접히지 않고 약간 구겨져 있었다. 코스토글로토프는 루사노프에게로 한 발짝 다가서서(루사노프도 상대방쪽으로 한 발 다가섰다.) 신문을 넘겨주었다. 그리고 병실 밖으로 나가지 않고 담배 쌈지를 열어 손가락으로 담배를 말기 시작했다.

파벨 니콜라예비치도 떨리는 손으로 신문을 펼쳤다. 코스토글로토프가 '걸작'이라고 한 말은 마치 예리한 칼날처럼 루사노프의 가슴을 찔렀던 것이다. 코스토글로토프가 '걸작'이라고 한 것은 도대체 무엇일까?

루사노프는 요령껏 신속하게 신문 기사의 제목을 일일이 훑어 나갔다. 그런데 갑자기…… 이게 뭔가?

별로 크지도 않은 활자가, 사정을 모르는 사람에게는 별 의미도 없는 글자가 지면에서 소리치고 있지 않은가! 소리치고 있었다! 정말일까? 믿을 수 없었다. 최고 재판소 전원 경질! 최고 재판소가!

뭐? 울리히의 차석 마투레비치도? 데치소토프도? 파블렌코도? 클로포프도! 최고 재판소가 존재하는 한 클로포프는 건재할 것이라고 했었는데! 클로포드도 사임이란 말인가! ……그렇다면 누가 최고 재판소를 지키지? 전혀 낯선 이름 뿐이군 4반세기에 걸쳐서 법조계를 지배해왔던 전원이 일거에! …….

이것은 결코 우연한 일이 아니다!

역사의 발자취…….

파벨 니콜라예비치의 이마에는 땀방울이 맺혔다. 오늘 새벽녘에야 겨우 자기가 느껴왔던 공포가 헛된 것임을 깨닫고 한 시름 놓았었는데, 이런 일이 갑자기…….

"주사 맞으세요."

"뭐라구?" 루사노프는 미친 듯이 펄쩍 뛰었다.

"팔을 걷어 올리세요, 루사노프 씨. 주사 맞으셔야지요."

16. 지리 멸렬

　기어가고 있었다. 콘크리트관 같이 생긴 속으로 기어가고 있었다. 아니 관이 아니라 터널일지도 모른다. 양편에는 삐죽삐죽 튀어나온 철근이 있어서 이따금 목의 오른쪽에 난 환부가 거기에 닿기도 했다. 엎드린 자세라서 땅바닥에 짓누르는 육체의 무게를 감당하기 어려웠다. 그 무게는 체중보다도 훨씬 더 무겁고 그 중량은 지금 당장이라도 짓눌려버릴 것만 같았다. 처음에는 콘트리트가 위에서 짓누르는 것처럼 생각되었으나 그 무거운 것은 자기의 육체였다. 마치 쇳조각이 들어 있는 자루를 끌어당기듯이 자기의 육체를 끌고 있었다. 이렇게 몸이 무겁다면 서있을 때 다리가 지탱하기 어려울 것이라 생각되지만 중요한 것은 이 통로를 기어나가, 안도의 한숨을 내쉬면서 밝은 빛을 보는 것이다. 하지만 그 통로는 좀처럼 끝나지 않았다. 가도 가도 끝이 없었다.
　그때 누군가의 목소리가 —— 그러나 소리는 내지 않고 생각만 전해주는 방법으로 옆쪽으로 기어가라고 명령을 내렸다. 옆은 벽인데 어떻게 기어가라고 하는가. 그러나 옆으로 기어가라는 피할 수 없는 명령은 육체의 무게 못지 않게 무거웠다. 끙끙 신음 소리를 내면서 옆으로 기어가기 시작하자 지금까지나 마찬가지로 기어갈 수 있었다. 그 방향에 익숙해지자 이번에는 반대쪽으로 가라는 명령이 내렸다. 그래서 할 수 없이 끙끙거리며 그쪽으로 옮겨가기 시작했다. 무게나 고통스럽기는 어느 쪽으로 가든 다를 바가 없었으며 빛이나 출구가 보일 기미는 전혀 없었다. 그런데 또 똑같은 목소리가 또렷하게 오른쪽으로 돌아라, 더 빨리 가라고 명했다. 오른쪽은 튼튼한 벽이었는데 팔꿈치와 무릎으로 기어가 보니 잘 나갈 수 있었다. 다음 순간 왼쪽으로 돌아라. 더 빨리, 하고 명했다. 이제는 아무런 의심도 품지 않고 팔꿈치를 사용해서 왼쪽으로 돌아서 계속 기었다. 목은 계속 무엇엔가 걸리고 그때마다 통증은 머리끝까지 울렸다. 이처럼 쓰라린 일은 난생 처음 겪는 경험이었으나, 무엇보다도 화가 나는 것은 끝까지 기어가지 못하고 여기서 죽지 않을까 하는 것이었다.
그런데 갑자기 발이 가벼워졌다. 마치 공기라도 집어넣은 것처럼 가벼워지고 다리가 일어서졌다. 가슴과 머리는 의연히 땅바닥에 짓눌려 있었다. 귀를 기울였으나 이제는 아무런 명령도 들려오지 않았다. 그래서 탈출이 가능하겠다는 생각이 들었다. 다리만 터널을 빠져나간다면 그것을 따라 뒷걸음질쳐 탈출하면 된다. 그래서 두 손에 힘을 주어 뒷걸음쳐서 —— 어디서 그런 힘이 솟아났을까 —— 자기의 발을 따라 구멍을 빠져나갔다. 그 구멍은 아주 좁았는데 온몸의 피가 머리로 올라와서 지금이라도 머리가 터져 죽을 것만 같았다. 그러나 사방에서 밀어닥치는 벽에 최후의 일격을 가하여 가까스로 기어나왔다.
정신이 들어 보니 토관 위에 앉아 있었다. 주위는 어느 건설 현장으로 인기척이 없는 것으로 보아 이미 근무 시간은 끝난 모양이었다. 주변의 땅바닥은 질척했다. 토관 위에 앉아서 한숨 돌리고 보니 곁에 지저분한 작업복 차림의 처녀가 앉아 있었다. 머리에 아무것도 쓰지 않아서, 짚북데기처럼 머리는 흩어져 있었으며 빗도 핀도 꽂고 있지 않았다. 그 처녀는 이쪽을 보지도 않은채 앉아 있었으나 질문을 기다리고 있는 것이 분명했다. 처음에는 섬뜩했으나 처녀쪽에서는 더 놀라는 것 같았다. 지금으로서는 말을 걸 기분이 아니었으나 질문을 기다리고 있는 것이 확실해 보여서 처녀에게 말을 건넸다.
"아가씨, 아가씨의 어머니는 어디 계시지?"
"몰라요." 처녀는 대답하더니 고개를 숙이고 손톱을 물었다.
"모르다니, 그게 무슨 소리지? 점점 화가 치밀어 올랐다." 그럴 리가 없지 솔직하게 말해 봐요. 있는 그대로……. 어째서 가만히 있는 거지? 다시 한 번 묻겠는데 어머니는 어디 계시지?"
"그것은 제가 묻고 싶은 말이에요." 처녀는 얼굴을 들었다.
처녀의 눈에는 잔뜩 눈물이 고여 있었으며 생기가 없었다. 그는 몸서리치면서 갖가지 사실을 알게 되었다. 조금씩 알게 된 것이 아니라 모든 것을 일시에 알게 되었으며 그러한 사실이 몇 번이나 파도처럼 밀어닥쳤다. 이것은 여러 민족의 지도자(스탈린을 말함.)의 험담을 했다 해서 투옥된 프레스공 그루샤의 딸이었다. 이 처녀는 사실을 은폐한 부정확한 신상 조사서를 제출한 혐의로 소환되어 재판에 회부하겠다고 위협하자 음독 자살을 했다. 분명히 음독 자살이었으나 지금 그녀의 머리카락이나 눈의 상태로 보아 물에 투신 자살한 것일지도 모른다. 또 하나 알게 된 사실은 지금 이 아가씨는 이쪽을 눈치채고 있을 것이라는 점이었다. 그리고 또 하나, 자살한 아가씨와 나란히 앉아 있다는 것은 이쪽도 죽은 것일지도 모른다. 식은땀이 흘렀다. 그 땀을 닦으며 아가씨에게 말했다.

"굉장한 더위군! 어디 물 마실 데 없을까?"

"저쪽이에요." 처녀는 턱으로 가리켜 보였다.

그녀가 가리킨 통이나 상자 같은 것에는 썩은 빗물이 가득 고여 있었는데 그 물에는 푸르둥둥한 진흙이 섞여 있었다. 여기서 또 하나 알게 된 것은, 이 처녀는 이 물을 마시고 죽었으며 다른 사람에게도 이 물을 마시게 하고 싶었던 것이다. 그러나 그렇다면 이 처녀는 어떻게 지금까지 살아 있다는 말인가.

"그러면 이렇게 하지." 처녀를 이 자리에서 멀리할 구실을 생각하면서 말했다. "현장 감독을 오라고 해주겠나? 장화를 갖고 오라고 전해 다오. 장화 없이는 여기서 나갈 수 없으니까."

처녀는 고개를 끄덕이더니 토관에서 미끄러져 내려와 물 웅덩이 속을 처벅처벅 걸어갔다. 그녀의 뒷모습을 보면 흐트러진 머리는 불결하기 짝이 없었으나, 작업복에 장화를 신고 있는 것을 보면 건설 현장에서 흔히 볼 수 있는 처녀에 지나지 않았다.

그것은 그렇다 치고 너무 목이 말라 그 통 속의 물을 마시려고 결심했다. 조금만 마시는 거야 괜찮겠지. 그래서 토관에서 내려왔으나, 깜짝 놀란 것은 그 진창 길이 조금도 미끄럽지 않다는 점이었다. 발 밑의 대지는 광활하기

이를 데 없었다. 너무나 광활해서 저 멀리 보이는 것이라고는 아무것도 없었다. 그대로 계속 걸으려 했으나 문득 중요한 서류를 잃었다는 일이 생각나서 깜짝 놀랐다. 호주머니를 다 뒤져보았으나 역시 없었다.

그처럼 놀란 것은 현재의 시점에서 일반 사람들에 그 서류를 읽혀서는 안 되기 때문이었다. 만약 일반 사람들이 읽게 된다면 매우 불쾌한 결과가 될지도 몰랐다. 어디서 잊어버렸는지는 곧 알 수 있었다. 토관에서 미끄러져 내려올 때였다. 그는 허겁지겁 되돌아가기 시작했다. 그러나 조금 전의 그 장소는 보이지 않았다. 그곳은 전혀 다른 장소였다. 토관은 형체도 보이지 않았다. 그대신 몇 사람의 노동자들이 왔다갔다 했다. 그야말로 최악의 사태였다. 그들이 그 서류를 주울지도 모른다!

노동자들은 낯선 젊은이들뿐이었다. 방수포(防水布)로 만든 점퍼를 입은 용접공 같은 젊은이가 걸음을 멈추고 흘끗 이쪽을 보았다. 어째서 저렇게 들여다보고 있을까. 혹 서류를 주운 것은 아닐까.

"잠깐만, 자네 혹 성냥 가지고 있나?" 하고 루사노프가 물었다.

"당신은 담배를 피우지 않잖아요?"라고 용접공은 말했다.

'그런 것까지 다 알고 있군. 어떻게 알았을까.'

"아니 다른 일로 성냥이 좀 필요해서."

"다른 일이라면 어떤 일이지요?" 용접공은 루사노프의 얼굴을 빤히 쳐다보았다.

아, 이 대답으로 들통이 났군! 이것은 전형적인 생산 저해 분자의 태도가 아닌가. 이놈은 체포해도 좋겠지만 꾸물꾸물하다가는 서류를 찾지 못할지도 모른다. 성냥은 그것 때문에 필요한 것이다. 그 서류를 태워버리기 위해서 말이다.

젊은이는 더욱 가까이 다가왔다. 루사노프는 불길한 예감에 몸을 떨었다. 젊은이는 루사노프의 눈을 빤히 들여다보면서 말 한 마디 한 마디에 힘을 주어 분명히 말했다.

"자기의 딸을 맡긴 것으로 판단해볼 때 에리찬스카야는 자기의 유죄를 인정하고 체포를 예상한 것으로밖에는 생각할 수 없다."

루사노프는 몸에 찬물을 끼얹은 듯이 떨고 있었다.

'그렇게 묻기는 했지만 젊은이가 그 서류를 읽은 것은 분명했다. 지금 그가 한 말은 서류 속의 문장 그대로가 아닌가!'

그러나 용접공은 아무런 대답도 하지 않고 가버렸다. 이 근처에 자기가 쓴 밀고서가 떨어져 있을 것이다. 어서 빨리 찾아내야 한다.

루사노프는 마구 뛰었다! 몇 번인가 모퉁이를 돌고 마음은 초조할 대로 초조해졌으나 발이 좀처럼 따라와주지 못했다. 어째서 발이 이처럼 더딜까. 그러나 아! 가까스로 서류를 찾아냈다! 그것이 잃어버렸던 서류라는 것은 곧 알 수 있었다. 가까이 달려가려 했으나 발이 전혀 움직이지 않는다. 그래서 네 발로 엎드려 기면서 다가갔다. 누군가 자기보다 앞질러 가서는 안 된다! 앞질러 가서 그 서류를 집어가서는 안 된다! 자, 조금만 더. 조금만 더……. 가까스로 서류를 잡았다! 이것이다! 그러나 이미 손으로 그것을 찢을 힘도 없어서 루사노프는 서류 위에 쓰러졌다.

그때 누군가가 어깨를 건드렸다. 서류를 감추자, 절대로 뒤돌아보아서는 안 된다. 그런데 어깨에 닿은 손은 부드러운 여자의 손이었다. 그 손이 다른 사람이 아닌 에리찬스카야라는 것을 곧 알게 되었다.

"루사노프 씨!" 에리첸스카야는 그의 귀에 대고 부드럽게 물었다. "루사노프 씨! 내 딸은 어디 있지요? 어디에 맡겨두었지요?"

"안전한 곳에 맡겨두었으니 걱정하지 마시오, 엘레나 표도로브나."라고 루사노프는 대답했으나 여전히 고개는 돌리지 않았다.

"안전한 장소라고요?"

"시설입니다."

"시설? 어디 있는?" 그것은 묻는 것이 아니라 슬픔에 잠긴 목소리였다.

"그것은 말할 수 없군요, 미안하지만." 루사노프는 부모처럼 다정하게 대답해주고 싶었으나, 자기 자신도 그곳이 어딘지는 알 수 없었다. 루사노프가 그렇게 시킨 것은 아니지만, 그녀의 딸은 다시 다른 시설로 옮겨졌을지도 몰랐다.
 "저의 이름으로 맡겼나요?" 어깨 너머로 들려오는 그녀의 질문은 몹시 가냘프게 들렸다.
 "아니오." 루사노프는 안 됐다는 듯이 말했다. "이름을 바꾸도록 되어 있어요. 그렇게 되어 있으니 나로서도 어쩔 수가 없더군요."
 루나노프는 엎드려 누운채, 지난날 자기가 에리첸스카야와 그녀의 남편을 무척 아껴주었던 일을 회상하고 있었다. 그는 그들 부부에 대해서 미워할 일은 아무것도 없었다. 그런데 에리찬스카야의 늙은 남편을 고발한 것은 평소에 이 노인을 못마땅하게 여기고 있던 추후넨코의 부탁이 있어서였다. 그리하여 그녀의 남편이 투옥된 다음, 루사노프는 그의 아내와 딸을 친절하게 돌보아주었다. 체포될 것을 각오한 아내는 딸을 루사노프에게 맡겼었다. 그러나 그후 어떤 이유로 그의 아내까지 밀고하여 체포되게 했는지 그것은 아무래도 생각해낼 수가 없었다.
 땅에서 얼굴을 들어 뒤돌아보니 에리찬스카야는 없었다. 그림자도 형적도 없었다. 생각해 보면 에리찬스카야는 이미 죽었던 것이다. 그렇다면 있을 까닭이 없다. 또 턱의 오른쪽이 지끈지끈 쑤시기 시작했다. 그는 목을 똑바로 하고 다시 본래의 자세로 돌아갔다. 어쨌든 쉬지 않으면 안 된다. 몹시 지쳤다. 이렇게 피로한 것은 난생 처음이다! 몸 전체가 솜덩이 같았다.
 그곳은 어느 탄광의 갱도였는데, 어둠에 눈이 익숙해지고 바로 곁에 탄가루에 뒤덮힌 전화기가 놓여 있는 것을 알게 되었다. 루사노프는 깜짝 놀랐다. 어떻게 이런 데까지 도시 문명의 기구가 다 있을까. 전화줄은 이어져 있을까. 줄이 이어져 있다면 무언가 마실 것을 갖고 오도록 전화를 걸어야겠다. 그리고 이런 상태라면 입원하지 않을 수 없다.
 수화기를 귀에 대자 발신음 대신 느닷없이 활기차고 사무적인 목소리가 들려왔다.
 "루사노프 씨입니까?"
 "네 그렇습니다." 루사노프는 또박또박 대답했다. 그것은 상사의 목소리였으며, 결코 부하의 목소리는 아니었다.
 "최고 재판소로 출두해 주십시오."
 "최고 재판소로? 네! 곧 가겠습니다! 알겠습니다!" 그리고 수화기를 내려놓으려다가 문득 생각이 나서 말했다. "저어 죄송합니다만은 그전 최고 재판소입니까, 아니면 새로운 재판소입니까?"
 "새로운 최고 재판소입니다." 상대편에서는 쌀쌀하게 말했다. "서둘러 주십시오." 그리고 전화를 끊었다.
 루사노프는 최고 재판소의 인사 이동에 대한 것을 상기했다. 그는 자기가 먼저 수화기를 집어든 것을 후회했다. 마투레비치는 이제 없다……클로포프도 없다!……그리고 베리야도 이미 죽고 없다. 이것도 시세라는 것일까!
 그러나 가지 않을 수는 없다. 특별히 호출된 것은 아니지만 몸이 영 말을 듣지 않았다. 어쨌든 일어나자. 손발에 힘을 주어 일어섰으나 아직 걷지 못하는 송아지처럼 쓰러져버렸다. 물론 출두 시각이 정해진 것은 아니지만 '서둘러 주십시오!'라고 말하지 않았던가. 벽을 붙잡고 간신히 일어섰다. 벽을 따라 휘청거리는 발길로 걸어가기 시작했다. 어쩐지 목의 오른쪽이 계속 아팠다.
 그는 걸어가면서 생각했다. 재판에 회부될 것인가. 그런 잔혹한 일이 있어도 된다는 말인가. 그렇게 세월이 흘렀는데 이제 와서 새삼스럽게 재판이라니. 아아 최고 재판소는 인물이 다 바뀌었다! 이것은 좋지 않은 징조다!
 최고 재판소에 대한 경의는 조금도 바뀌지 않았으나 이렇게 된 이상 어디까지나 충실하게 변명하지 않으면 안 된다. 끝까지 변명해야 한다!
 이렇게 말해주자! 선고를 내린 것은 제가 아닙니다! 심리를 한 것도 제가 아닙니다! 저는 의심쩍은 사실을 통보했을 뿐입니다. 지도자의 얼굴 사진이 찢긴 신문 조각을 공중 변소에서 발견했다면 그 신문 조각을 제출하고 통보하는 것은 저의 의무입니다. 그후 사실을 상세하게 조사하는 것은 재판소가 할 일입니다！ 어쩌면 그 신문이 찢어진 것은 우연일지도 모르며, 또 그렇지 않을지도 모릅니다. 그런 진상을 분명히 하는 것은 재판소가 하는 일입니다！ 나는 다만 시민으로서의 의무를 다했을 뿐입니다.

이렇게도 말해줄 것이다. 그당시는 건전한 사회를 만드는 것이 중요 과제였습니다！ 도덕적으로 건전한 사회를 만드는 것 말입니다！ 그 일은 사회의 숙청이 없이는 불가능합니다. 숙청은 밀고를 싫어하지 않는 인간이 없이는 불가능합니다.

마음속으로 이런저런 궁리를 하면 할수록 루사노프는 흥분이 더해져서 지금 당장 말하지 않고는 잠자코 있을 수가 없었다. 이제는 한시 바삐 재판에 회부되는 것이 좋다. 그러면 그 자들에게 큰소리로 말해줄 것이다.

"그것은 나 혼자 한 일이 아니다！ 어찌하여 당신들은 나만을 심판하는가. 그짓을 하지 않은 사람이 있으면 나와 보라 하시오！ 그런 일을 하지 않고 자기의 지위에 머무는 것이 가능했던가? ……구즌? 그는 자업자득이다！"

이미 그렇게 외친 것처럼 잔뜩 긴장했으나 정신을 차리고 보니 소리친 것이 아니라 목구멍을 부풀렸을 뿐이었다. 목구멍이 따끔거리며 아팠다.

주위는 이미 갱도가 아니고 어떤 복도였는데 뒤에서 누군가가 불렀다.

"파벨, 왜그러나? 어디 아픈가? 걷는 것이 무척 불편해 보이는군."

그는 기운을 차려 이곳까지 걸어온 것으로 보인다. 누가 말하나 하고 돌아보니 그것은 청년 돌격대의 견장을 단 즈베이네크였다.

"어디 가나, 얀." 하고 파벨은 물어보았고, 그가 젊은 데 놀랐다. 물론 얀도 옛날에는 젊었지만 이제 세월이 많이 흐르지 않았는가.

"어디라니, 자네가 가는 곳과 같은 데야. 위원회 말이야."

무슨 위원회일까 하고 파벨은 생각하기 시작했다. 호출한 곳은 다른 곳 같았으나 자기가 가는 곳이 어디인지는 생각이 나지 않았다.

그래서 즈베이네크와 발을 맞추어 힘차게 빨리 걷기 시작했다. 그러자 자기는 스무 살도 안 된 미혼의 젊은이처럼 생각되었다.

두 사람은 어떤 큰 관청에 도착했다. 여러 개의 사무용 책상 앞에는 인텔리들이 앉아 있었다. 사제처럼 수염을 기르고 넥타이를 맨 늙은 계리사들, 단추 구멍에 조그만 망치가 새겨진 배지를 달고 있는 기술자들, 귀족 계급 부인인 듯한 중년 여인들, 무릎보다 짧은 스커트를 입었으며 짙은 화장을 한 젊은 타이피스트들. 루사노프와 즈베이네크가 장화 발자국 소리를 내면서 들어서자 서른 명이 넘는 사람들이 일제히 두 사람을 쳐다보았다. 어떤 사람은 일어서고 어떤 사람은 앉은 채 인사했다. 모든 시선은 두 사람을 쫓았고 그들의 얼굴에는 놀라운 빛을 띠고 있었다. 그것은 파벨과 얀을 흐뭇하게 해주었다.

두 사람은 다음 방으로 들어가 위원회 동료들과 인사를 나누고 빨간 테이블 클로스를 깔아놓은 책상에 마주앉았다.

"그럼 시작할까요!" 의장인 베니카가 말했다.

일은 시작되었다. 맨먼저 들어온 것은 프레스공인 그루샤 아주머니였다.

"그루샤 아주머니, 무슨 일이지요?" 베니카가 깜짝 놀라서 말했다. "지금 우리들은 사무 관계의 숙청을 하고 있는데 아주머니는 언제부터 사무원이 되었지요?"

모두들 웃었다.

"그런게 아니에요." 그루샤 아주머니는 서슴없이 말했다. "딸 아이가 어지간히 자랐을 테니 유치원에 보내려고."

"알았어요, 그루샤 아주머니!" 루사노프가 소리쳤다. "신청서를 제출하시오. 딸을 유치원에 넣어줄 테니 염려 마시오. 그러니 우리 일을 방해하지 마시오. 우리는 인텔리들의 숙청을 시작할 테니까!"

그리고는 주전자의 물을 따르려고 손을 뻗쳤으나 주전자는 텅 비어 있었다. 그래서 옆에 있는 사람에게 턱으로 가리켜서 책상끝에 있던 주전자를 가져오게 했다.

목이 탈 듯이 말랐었다.

"물!" 하고 루사노프는 소리쳤다. "물!"

"잠깐만 기다리세요." 하고 여의사 간가르트가 말했다. "곧 갖다 드리죠."

루사노프는 눈을 떴다. 간가르트는 루사노프의 침대에 앉아 있었다.

"머릿장에 콤포트(과일을 설탕에 절인 것)가 들어 있어요." 파벨 니콜라예비치가 힘없는 목소리로 말했다. 오한과 통증이 심했고 머리가 빠개질 듯이 아팠다.

"그러면 콤포트를 드세요." 간가르트는 얇은 입술에 미소를 띄우고는 머릿장을 열더니 콤포트 병과 컵을 꺼내주었다.

창문에는 저녁 노을이 깃든 것 같았다.

파벨 니콜라예비치는 간가르트가 콤포트를 컵에 담아주는 것을 옆눈으로 보고 있었다. 한 컵 마시지 않으면 안 되겠다.

새콤한 콤포트는 몸 속에 스며드는 것처럼 맛이 있었다. 파벨 니콜라예비치는 반쯤 몸을 일으켜 간가르트가 기울여주는 컵 속에 들어 있는 콤포트를 한 방울도 남기지 않고 다 마셨다.

"오늘은 여간 괴롭지 않았어요." 하고 루사노프가 호소했다.

"그렇지 않았을 텐데요." 간가르트는 그의 말에 동의하지 않았다. "오늘은 주사액의 양을 늘렸을 뿐이에요."

새로운 의혹이 루사노프의 가슴을 찔렀다.

"매회마다 양을 늘리나요?"

"아니요, 앞으로는 오늘과 같은 양으로 계속할 거예요. 익숙해지면 고통이 덜하겠지요."

"그런데 최고 재판소는?" 루사노프는 말을 꺼내다가 멈칫했다.

이제 어느 것이 환상이고 어느 것이 현실인지 뒤죽박죽이 되어 있었다.

17. 바곳 뿌리

루사노프가 엠비친의 허용량에 어떤 반응을 나타낼지 걱정이 되어 간가르트는 하루에도 몇 번씩 환자의 용태를 살피러 왔으며 일이 끝난 뒤에도 잠시 곁에 있으면서 용태를 살피곤 했다. 올림피아다 블라디슬라보브나가 당직이었다면 이렇게 신경 쓰지 않아도 되었겠지만, 올림피아다는 조합 계리사 세미나에 가고 없어서, 그대신 오늘 낮에는 투르군이 당직을 하고 있었다. 그런데 투르군은 만사 태평한 성격이라 미덥지 못했다.

주사에 대한 루사노프의 반응은 무척 괴로운 것 같았으나 못견딜 정도는 아닌 것 같았다. 주사를 맞은 다음 수면제를 먹어서 계속 자고 있었는데 끊임없이 몸을 뒤척이고 괴로운 듯이 소리를 질러댔다. 그럴 때마다 간가르트는 주의 깊게 관찰하고 맥도 짚어보았다. 루사노프는 새우처럼 잔뜩 몸을 오그리거나 다리를 쭉 뻗거나 했다. 얼굴은 벌겋게 달아올랐으며 축축하게 땀에 젖어 있었다. 안경을 쓰지 않아서인지 베개 위의 그의 얼굴은 관리의 냄새가 전혀 없었다. 얼마 남지 않은 머리카락은 머리의 꼭대기에 달라붙어 있었다.

간가르트는 여러 차례 병실을 드나들게 되자 다른 일도 함께 해야 했다. 퇴원한 포두에프는 이 병실의 책임자로 되어 있었다. 이 책임자란 유명무실한 존재였지만 그래도 그가 퇴원한 이상 후임을 정해야 했다. 그래서 루사노프의 침대에서 옆의 침대로 가서 간가르트가 말했다.

"코스토글로토프 씨, 오늘부터 당신이 이 병실의 책임자가 되어주세요."

코스토글로토프는 옷을 입은 채 담요 위에 누워서 신문을 읽고 있었다 (아까 간가르트가 이 병실에 왔을 때부터 줄곧 같은 자세로 읽고 있었다). 이 환자의 독설을 경계하고 있던 간가르트는 약간 미소를 지어보이며 같은 말을 되풀이하면서 이 직책이 유명무실하다는 것을 알고 있다는 듯한 표정을 보였다. 코스토글로토프는 신문에서 여의사에게로 밝은 시선을 옮기더니 여의사에게 경의라도 표하듯이 침대에 쭉 뻗었던 긴 다리를 오무렸다. 그 태도는 무척 선의에 넘쳐 보였으나 그가 하는 대답은 그렇지 않았다.

"간가르트 선생! 저에게 돌이킬 수 없는 죄를 짓지 않도록 해주십시오. 관리직이란 과오가 따르기 마련이고 때로는 권력에 대한 욕심이 나기 쉽습니다. 저는 몇 년이나 생각한 끝에 맹세했습니다. 앞으로는 두 번 다시 관리직은 맡지 않겠다고……."

"관리직을 맡은 적이 있었군요? 그토록 중요한 관리직에?" 간가르트는 자기도 모르는 사이에 그의 얘기에 끌려들었다.

"제일 높은 자리를 맡았을 때가 소대장 보좌역이었지요. 그러나 사실은 소대장이나 다름이 없었어요. 그때 우리 소대의 소대장은 무식하고 무능력한 사람이어서 재교육을 받기 위해 강습회로 보내졌습니다. 그 강습이 끝나면 중대장급이 되었겠지만 그는 두 번 다시 우리 연대로는 돌아오지 않았습니다. 그대신 파견된 또한 사람의 장교는 정원 외였는데 즉각 정치부로 돌려졌지요. 연대장도 그 점에 대해서는 반대하지 않았습니다. 왜냐하면 나는 뛰어난 측량 기사였으며 병사들은 내가 하는 말을 잘 들었으니까요. 그래서 엘레츠에서 프랑크푸르트까지의 2년 동안, 나의 계급은 상사였지만 실질적으로는 소대장 대리 근무를 하게 되었던 것입니다. 그무렵은 나의 생애 중 가장 좋은 시절이었습니다. 좀 우스꽝스런 일이기는 했지만."

코스토글로토프는 책상다리를 하고 앉아 있는 것이 좀 건방지게 느껴졌는지 다리를 바닥으로 내려놓았다.

"그것 보세요." 간가르트는 그의 말을 들을 때나 자기가 말을 할 때도 얼굴에서 미소가 떠나지 않았다. "그런데 왜 안 맡겠다는 거지요? 다시 한 번 생애 중 가장 좋은 나날을 맛보는 것이 어떻겠어요?"

"정말 논리적이군! 좋은 나날! 그러나 민주주의는 어떻게 되지요? 선생은 민주주의 원칙을 짓밟고 있어요. 저는 이 병실 환자들 전원에 의해서 선출된 것도 아니고, 그들은 나의 경력에 대해서 전혀 모르고 있어요……. 하기야 간가르트 선생도 잘 모르시겠지만……."

"그렇겠군요, 그럼 말해주겠어요?"

여의사의 목소리는 처음부터 나지막했다. 코스토글로토프는 여의사만 들을 수 있도록 음성을 낮추었다. 루사노프는 자고 있었으며 자치르코는 책을 읽고 있었고, 포두예프가 쓰던 침대는 이미 비어 있어서 두 사람의 얘기를 듣고 있는 사람은 아무도 없었다.

"얘기를 꺼내면 너무 길어집니다. 그리고 나는 앉아 있는데 선생이 서 있으면 거북해요. 숙녀에게 그런 실례가 또 어디 있겠습니까. 그렇다고 나 혼자 병사처럼 통로에 부동 자세로 서있는 것도 바보 같고. 그러니 이 침대에 앉아 주시겠습니까?"

"그렇게 느긋하게 있을 수는 없는데……." 여의사는 이렇게 말하면서도 침대에 걸터앉았다.

"그런데 말입니다, 간가르트 선생. 나는 민주주의를 신봉한 탓으로 쓸데없는 고초를 겪기도 했습니다. 나는 군대의 내부에 민주주의를 심으려 했습니다 ── 즉 그래서 여러 가지 이유를 다 붙였어요. 그 일로 해서 1939년에는 사관학교에도 가지 못하고 일개 사병으로 남아 있어야 했습니다. 1940년에는 사관학교에 가기는 갔지만, 거기서도 상관에게 대들어서 곧 군복을 벗게 되고 말았습니다. 그래서 1941년에야 가까스로 극동 지역에서 하사관 교육을 받게 되었습니다. 정직하게 말해서 장교가 되지 못한 것이 무척 아쉬웠습니다. 나의 친구들은 다 장교가 되어 있었으니까요. 젊어서는 그런 것이 무척 마음에 걸렸습니다. 그러나 저에게는 정의가 무엇보다도 더 중요했습니다."

"제가 아는 사람 중에도 그런 사람이 하나 있었어요." 간가르트는 담요를 내려다보면서 말했다. "교양도 많은 분이었는데 언제까지나 졸병 신세를 면하지 못했어요." 잠시 동안 두 사람 사이에 침묵이 흘렀다. 여의사는 이윽고 얼굴을 쳐들었다. "그런데 당신은 지금도 그렇군요."

"그렇다면 지금도 졸병이란 말인가요? 아니면 교양이 있다는 말인가요?"

"너무 따지길 좋아해요, 당신은. 가령 의사와 얘기할 때도 그랬어요. 저하고 얘기할 때는 더욱 그랬구요."

여의사는 위엄 있게 말했는데, 그것은 벨라 간가르트의 모든 말이나 동작과 마찬가지로는 상냥하면서도 묘한 위엄이 느껴졌다. 그것도 애매한 상냥함이 아니라 잘 조화된 음악적인 것이었다.

"간가르트 선생과 말할 때 말인가요? 선생과 얘기할 때는 가장 정중하게 말했는데……. 아직 잘 모르시겠지만 이것이 나의 가장 정중한 태도지요. 아직도 첫날 만났을 때의 일을 생각하시는 모양인데, 그때 내가 얼마나 곤경에 처해 있었는지 몰랐기 때문일 거예요. 거의 죽은 상태가 될 때까지 거주지에서 내보내주지 않았으니까요. 이곳에 와보니 눈은 안 오고 비가 억수같이 쏟아지고 있더군요. 그때 나는 예비로 방한화 밖에는 갖고 오지 않았어요. 그쪽은 무척 추웠거든요. 외투는 물이 뚝뚝 떨어질 정도로 비에 젖어 있었습니다. 나는 방한화를 역의 보관소에 맡겨놓고 전차를 타고 구시가로 가려 했습니다. 그때 나는 한 전우의 주소를 갖고 있었어요. 그러나 이미 사방은 어두워졌으며 전차 안에 있던 사람들은 가지 말라고 했어요. 가면 잡혀 죽는다는 거예요. 1953년의 대특사(스탈린의 사망으로 인한) 때 강도도 살인범도 모조리 석방되었는데 아직까지 붙잡히지 않아 문제라는 거였어요. 나의 전우가 그 주소에 확실히 살고 있는지 어떤지도 알 수 없었고, 또 그런 거리는 아무도 모른다는 거였어요. 나는 할 수 없이 몇 군데 호텔을 돌아다녀 보았습니다. 어느 호텔이나 다 깨끗한 로비가 있었으며 이런 후줄구레한 차림으로 발을 들여놓기가 창피했습니다. 빈 방이 있는 곳도 없지는 않았으나 내가 일반 신분증이 아닌 유형수의 신분증을 내밀자 한결같이 '안 돼요!', '안 돼요!'라고 거절하더군요. 그렇다면 어떻게 해야 할 것인가? 이미 죽을 각오는 되어 있었지만 객사까지 할 필요야 있겠습니까? 그래서 나는 경찰서로 찾아가서 말했지요. '나는 범죄인이니 여기서 재워주시지 않겠습니까?' 그렇게 말했더니 경찰은 '찻집에 가서 하룻밤 지내시오, 그곳에서는 신분 증명서를 조사하지는 않으니까.' 그러나 아무리 걸어다녀도 찻집을 찾지 못해서 다시 역으로 갔습니다. 그러나 순경이 순찰을 하여 그곳에서 잘 수도 없었습니다. 그러다가 아침에 이 병원의 외래 진찰실로 가서 줄을 섰습니다. 그리고 차례가 오기를 기다렸습니다. 진찰을 받자, 곧 입원하라는 거였어요. 이번에는 전차를 두 번씩이나 갈아타면서 시내에서 한참 떨어져 있는 감독 조사국으로 갔습니다. 다 아시는 바와 같이 우리

나라의 사무실 근무 상태는 말이 아니었지요. 책임자는 자리를 뜬채 좀체로 돌아오지 않았으며 또 유형수에게는 서류를 발행하지 않는다고 했습니다. 그때 생각이 난 것은 만약 이곳에 증명서를 맡겨놓으면 역의 보관소에 맡겨둔 방한화를 찾지 못할 것이라는 거였어요. 나는 또 전차를 두 번이나 갈아타고 역으로 갔습니다. 가는 데만 한 시간 반이나 걸리는 거리였지요."

"방한화에 대해서는 기억이 나지 않네요. 그런 것을 갖고 있었나요?"

"기억에 없는 것이 당연하겠지요. 그때 역에서 어떤 부인한테 팔아버렸거든요. 어차피 이번 겨울은 병원에서 지내게 될 것이고 다음 겨울까지는 더 살지 못할 것이라고 생각했거든요. 저는 또 감독 조사국으로 갔습니다. 전차 차비만 10루불이나 사용했어요. 전차에서 내린 다음에도 진창길을 1킬로미터나 걸어야 했어요. 몸도 아픈데다가 보따리까지 들고 다니기란 여간 힘드는 일이 아니었어요. 다행히 책임자는 돌아와 있더군요. 내가 있던 지구의 감독 조사국에서 발행한 허가증을 맡기고 이 병원의 입원 허가증을 보였더니 휴양 허가를 해주더군요. 나는 다시 전차를 타고 갔는데 그곳은 이 병원이 아니라 시내의 번화가였습니다. 《잠자는 숲속의 미녀》가 상연 중이라는 포스터가 나붙어 있어서였어요."

"어머, 발레 구경을 하시다니요. 그것을 알았더라면 못들어가게 했을 텐데!"

"간가르트 선생님, 제 심정을 이해해주세요! 죽기 전에 발레를 한 번만이라도 더 보고 싶었던 거예요! 게다가 영구 추방된 신분으로는 발레 같은 것은 절대로 볼 수 없었으니까요. 그러나 유감스럽게도 재수가 없었어요. 프로가 바뀌어버렸지 뭡니까! 《잠자는 숲속의 미녀》가 아니라 《아구발르이》라는 오페라를 상연하고 있었어요."

간가르트는 소리없이 웃으면서 머리를 저었다. 죽기 전에 발레를 한 번만 더 보고 싶었다는 이 야기는 물론 간가르트의 마음에 들었다.

"그때 음악학교의 연주실에서 피아노과 학생들의 연주회가 열리고 있었는데, 역에서는 거리도 먼 데다가 이미 표는 매진된 상태였습니다. 비는 여전히 계속 내리고 있었습니다! 이제 갈 곳은 한 곳밖에 없었습다. 이 병원에 와서 부탁할 수 밖에 없었습니다. 병원에 와보니 '침대가 다 찼어요, 한 2, 3일 기다려야겠어요!'라는 것이 아니겠습니까. 환자들의 말에 의하면 벌써 몇 주일 동안이나 기다리는 사람도 있다더군요. 어디서 기다려야 한다지? 아마도 수용소에서 단련된 심장을 갖고 있지 않았더라면 손을 들고 말았을 것입니다. 그런데 그때 선생은 나의 입원 허가증을 갖고가려 했습니다. 그 일은 기억하시겠지요……. 그때 내가 좀 무리한 소리를 한 것 같은데 미안합니다."

지금 생각해 보니 그때의 일은 유쾌한 추억 거리였다. 두 사람은 모두 즐거운 기분이 되었다.

코스토글로토프는 별로 긴장도 하지 않고 술술 이야기를 하면서 마음 속으로는 이 여의사가 1946년에 의과대학을 졸업했다면 나이가 서른한 살쯤 되었을 테니까 자기와는 거의 같은 세대일 것이라고 생각하고 있었다. 그런데도 스물세 살의 조야보다도 간가르트가 더 젊어보이는 것은 어째서일까? 그것은 용모 때문이 아니라 조심스럽고 차분한 몸가짐 때문이리라. 그렇다면 충분히 생각할 수 있는 일이지만 이 여의사는 아직……. 주의 깊은 남자라면 사소한 몸가짐만 보더라도 그런 여자들을 쉽게 분간할 수 있을 것이다. 그러나 간가르트는 결혼했을 것이다. 그렇다면 왜……?

여의사는 상대방을 바라보면서 엉뚱한 생각에 잠겨 있었다. 그런데 이 사나이는 처음에 왜 그처럼 악의에 찬 난폭한 사람으로 보였을까. 물론 지금도 그의 눈초리는 험악해보이지만, 지금 이렇게 이야기를 나누고 있으려니까 눈매도 한결 부드럽고 밝아보였다. 더 정확하게 말해서 이 사나이는 어느 쪽의 태도라도 취할 수 있을 것이다. 다만 그가 어떠한 태도로 나올지 이쪽에서 예측할 수 없을 따름이다.

"발레리나와 방한화에 대해서는 잘 들었어요." 간가르트는 미소를 지으면서 말했다. "하지만 장화는, 아시다시피 이 병동의 규칙에 대한 중대한 침해가 됩니다."

여의사는 살짝 눈을 흘겼다.
"또 규칙이군요." 코스토글로토프는 얼굴을 찌푸렸다. 그러자 얼굴의 흉터도 함께 일그러졌다. "하지만 감옥에서 산책을 하지 않고는 도저히 살아갈 수 없으며 병도 고칠 수 없다고 생각해요. 설마 신선한 공기를 호흡할 수 있는 권리마저 빼앗으려는 것은 아니겠지요?"
이 사나이가 구내의 호젓한 가로수 길을 오래도록 산책하던 것을 간가르트는 몇 번이나 본 적이 있었다. 여자 환자가 입는 가운이 부족해서 남자 환자에게는 빌려주지 않았는데 그것을 의류 담당 계원에게서 억지로 빼앗아 입고 군대 혁대로 매어 그런대로 멋을 부리려 했지만 소매 자락은 너풀거렸다. 거기에 장화를 신고 모자도 쓰지 않은 채 텁수룩한 검은 머리카락을 드러낸채 발 옆의 자갈을 내려다보며 성큼성큼 걷다가 일정한 경계까지 가서는 오른쪽으로 획 돌아섰었다. 양손은 언제나 뒷짐을 지고 있었다. 그리고 누구와 함께 산책할 때는 없었으며, 언제나 혼자였다.
"그런데 가까운 시일 내에 니자무트진 바흐라모비치의 회진이 있을 거예요. 그때 당신의 장화가 발각되면 큰일이에요. 규칙을 지키지 않게 했다고 야단을 맞는 것은 나예요."
여의사는 그것을 요구한다기보다는 애원하듯이 말했다. 오히려 간가르트쪽에서 몸이 달아 사정했다. 두 사람 사이는 대등한 관계가 아니라 어떤 종속 관계가 이루어져 있는 것 같았다. 환자에 대해서 이런 느낌을 가져보기는 처음이었다.
코스토글로토프는 그 큰 손으로 여의사의 손을 만지면서 안심시키려는 듯이 말했다.
"간가르트 선생! 장화는 절대로 발각되지 않아요. 백퍼센트 보장할 수 있어요. 장화를 신고 현관을 나갈 때도 들키지 않게 할테니 걱정하지 말아요."
"하지만 밖에서라도?"
"밖에서 만났다 하더라도 이 병동의 환자인지 알 수 없지요! 내가 장화를 가졌다고 익명으로 밀고라도 해보시지요. 의국장이 두세 명의 잡역부를 데리고 와서 뒤져보아도 절대로 찾아내지 못할테니까."

"하지만 밀고라니, 그건 좋지 않아요." 여의사는 또 눈을 흘겼다.

또 하나 알게 된 것이지만, 이 여의사는 어째서 루즈를 발랐을까. 품위없어 보이고 이 여자의 섬세함을 떨어뜨리는 짓이 아닐까. 코스토글로토프는 한숨을 내쉬었다.

"밀고야 누구나 다 하는 것 아닙니까, 간가르트 선생님? 더구나 결과가 반드시 나쁜 것은 아닐테고. 옛날 로마 사람들은 testis unus —— testis nullus, 즉 증인이 한 사람이라면 없는 것이나 다름없다고 말했는데 오늘날의 20세기라면 한 사람도 많아요. 증인 같은 것은 필요없는 세상이니까요."

여의사는 눈을 내리 감았다. 이것은 말하기 거북한 화제였다.

"그러면 그럴 때 장화를 어디다 감출 작정이지요?"

"장화 말인가요? 감추는 방법은 얼마든지 있지요. 경우에 따라서는 임기응변으로, 불이 꺼진 페치카 속에 쑤셔박을지도 모르고 끈으로 묶어서 창밖에 매달 수도 있고요. 그러니 아무 걱정 마세요!"

여의사는 자기도 모르게 웃음이 터져나왔다. 그렇게 한다면 정말 감쪽같이 감출 수 있을 것 같았다.

"하지만 첫날 이것을 어떻게 갖고 들어왔는지 궁금하군요."

"그야 간단하죠. 옷을 갈아입는 작은 방의 문 뒤에 숨겨두었지요. 잡역부는 다른 것들은 모두 명찰이 붙어있는 자루에 넣어 보관소를 갖고 갔지요. 나는 목욕을 하고 나와서 장화를 신문지에 싸서 갖고 왔습니다."

화제는 점점 시시해졌다. 아직 근무 시간이었는데 간가르트는 어째서 이런 곳에서 노닥거리고 있을까? 루사노프는 땀을 흘리며 무척 괴로운 것 같았으나 계속 자고 있었다. 그러나 토하지는 않았다. 간가르트는 다시 한 번 루사노프의 맥을 짚어본 다음 나가려다가 문득 생각이 나서 다시 코스토글로토프쪽으로 몸을 돌렸다.

"참 깜박 잊었는데 특별식은 아직 받고 있지 않나요?"

"네, 아직." 코스토글로토프는 번쩍 귀가 뜨였다.

"그렇다면 내일부터는 나올 거예요. 하루에 계란 두 개에 우유 두 잔, 버터 50그램이 나올거예요."

"뭐라구요, 꿈 같은 얘기군요. 그런 고급 식사는 난생 처음이에요. 하지만 생각해보면 그 정도로 해주어도 나쁘지는 않을 거라고 생각합니다. 나는 이번에 입원할 때 유급 휴가도 받지 못했거든요."

"그건 어째서죠?"

"간단한 이유 때문이지요. 나는 조합에 들어간 지 아직 6개월이 되지 않아서 자격이 없거든요."

"어머! 어쩌다 그렇게 되었지요?"

"내가 너무 무관심했던 탓이지요. 추방 처분을 받았을 당시로서는 빨리 조합에 가입해야 되겠다고 생각할 여유가 없었으니까요."

어느 면에서는 빈틈이 없었으나 다른 면에서는 무척 어리숙한 사나이. 이 특별식을 얻을 수 있도록 되기까지에는 간가르트의 노력이 적지 않았다. ……이제 돌아가지 않으면 안 된다. 이런 식으로 이야기를 하다가는 하루 해가 다 가버릴 것 같았다.

문쪽으로 걸어가는 여의사에게 코스토글로토프는 조롱하듯이 소리쳤다.

"설마 병실 책임자를 맡기는 조건으로 특별식을 주는 것은 아니겠지요? 첫날부터 뇌물을 받는 것은 좋은 일이 아니니까요……."

간가르트는 병실에서 나갔다.

그러나 환자들의 점심 식사가 끝난 다음 아무래도 루사노프의 증세를 한 번 더 보러 가지 않으면 안 되었다. 그때 알게 된 것이지만 예상되었던 의국장의 회진은 내일 있을 것이라는 것이었다. 그래서 병실에서 할 일이 하나 더 늘어났다. 즉 머릿장 속을 점검해두지 않으면 안 되었다. 니자무트진 바흐라모비치는 머릿장 속에 여분의 식료품이 들어 있는 것을 무엇보다도 싫어했었다. 가장 이상적인 것은 병원에서 제공하는 빵과 사탕 이외에는 아무것도 들어 있어서는 안 되었다. 청결과 정돈에 남달리 까다로웠으며 마치 여자처럼 세심하게 잔소리를 하면서 병실을 돌아보았었다.

2층으로 올라간 간가르트는 우선 고개를 쳐들고 높은 천장의 구석구석을 점검했다. 시브가토프의 침대 위쪽 천장에 거미줄이 하나 보였다(마침 햇빛이 비쳐들어 실내가 밝아졌던 것이다). 간가르트는 잡역부를 불렀다. 들어온 것은 엘리자베타 아나톨리예브나였다. 어찌된 셈인지 성가신 일은 모두 이 부인이 도맡았다. 여의사는 내일 있을 회진에 대비해서 철서하게 청소를 해야 한다고 설명하면서 천장의 거미줄을 가리켰다.

엘리자베타 아나톨리예브나는 가운 주머니에서 안경을 꺼내어 쓰면서 말했다.

"어머, 정말! 큰일날뻔 했군요······. 그리고는 안경을 벗더니 사다리와 비를 가지러 갔다. 그녀는 일을 할 때는 안경을 쓰지 않았다.

간가르트는 남자 병실로 들어갔다. 루사노프는 여전히 똑같은 상태로 땀을 흘리고 있었으나 맥박은 아까보다 훨씬 내렸었다. 코스토글로토프는 마침 장화를 꺼내 신고 가운을 걸친채 막 산책을 나가려 하고 있었다. 간가르트는 병실 환자들에게 내일 의국장의 회진이 있다고 알리고 간가르트가 점검하기 전에 각자 자기의 머릿장 속을 정돈하라고 일렀다.

"그러면 우선 병실 책임자의 머릿장부터 시작하겠습니다."라고 여의사가 말했다.

구태여 책임자의 것부터 점검할 필요는 없었으나 어째서 다시 코스토글로토프에게로 다가지 않으면 안 되는지 자기 자신도 잘 알 수 없었다.

간가르트의 전신은 꼭지점을 이어놓은 두 개의 삼각형 같았다. 아래쪽 삼각형은 윗쪽 삼각형보다 좀더 컸다. 허리의 잘록한 부분은 너무 가늘어서 한 손에 잡힐 것 같았다. 그러나 코스토글로토프는 그런 짓은 하지 않고 얼른 자기의 머릿장을 열어보였다.

"자, 보시지요."

"그러면, 점검해 보겠습니다." 여의사는 머릿장으로 다가섰다. 코스토글로토프도 옆으로 갔다. 여의사는 침대에 걸터앉아 점검을 시작했다.

코스토글로토프는 여의사의 바로 뒤에 서 있었으므로 앉아 있는 간가르트의 목덜미를 잘 볼 수 있었다. 섬세하게 드러나 보이는 선, 검은 색과 아마빛의 중간색 머리카락은 유행에는 전혀 무관심한 듯 목덜미 근처에서 단조롭게 묶여 있었다.

아니, 이런 가라앉은 듯한 기분에서 벗어나지 않으면 안 된다. 미인을 볼 때마다 이처럼 넋을 잃는 것은 좋지 않다. 잠시 이 침대에 앉아서 떠들다가 갔을 뿐인데 이 몇 시간 동안 그는 간가르트만 생각하고 있었다. 저쪽은 아무렇지도 않게 여기고 있을 텐데. 밤에 집으로 돌아가면 남편의 품에 안기겠지.

빨리 해방되어야 한다! 그러나 여자를 통하지 않는 이상 여자에게서 해방될 길은 없었다.

코스토글로토프는 선채로 빨려들 듯이 여의사의 목덜미를 바라보고 있었다. 뒷덜미 가까이서 가운의 깃이 놀란 듯이 살짝 들려지자 둥그스름한 작은 뼈가 보였다. 등뼈 중 맨 위의 뼈였다. 그것을 손으로 만져보고 싶었다.

"이 병동에서 가장 지저분한 머릿장이군요." 간가르트가 평했다. "빵 부스러기, 구겨진 종이쪽, 담뱃가루, 책, 장갑, 꽤나 느러놓았군요, 오늘 중에 말끔히 청소하세요."

그러나 코스토글로토프는 여의사의 뒷덜미만 쳐다볼 뿐 말이 없었다.

여의사가 맨 위의 서랍을 열자 잡동사니에 섞여 있는 작은 병이 있었다. 그 안에는 40밀리그램쯤 갈색 액체가 들어 있었다. 병은 단단하게 마개로 닫혀 있었고 여행용 세트에 들어 있는 듯한 작은 플라스틱 잔과 흡입기가 있었다.

"이것은 무엇이지요, 약품인가요?"

코스토글로토프는 휙 하고 휘파람을 불었다.

"네, 별것 아니에요."

"무슨 약품이지요? 우리는 이런 약을 드린 기억이 없어요."

"하지만 자기의 약을 갖고 있는 것이 어떻다는 말인가요?"

"이 병동에 있는 동안에는, 우리가 모르는 약품을 갖고 있지 못하게 되어 있어요."

"감추려는 것은 아니었지만……. 말하기 거북해서……."

여의사는 레테르도 붙어 있지 않은 그 병을 잠시 흔들더니 마개를 열여 냄새를 맡으려 했다. 그러자 코스토글로토프가 얼른 제지했다. 그 큰 손으로 여의사의 두 손을 잡더니 병에서 그녀의 손을 떼어놓았다.

손과 손의 접촉. 대화에 이어서 필연적으로 일어나는 이 영원한 되풀이 …….

"조심하세요." 코스토글로토프가 작은 소리로 경고했다. "서투르게 다루면 안 돼요. 손가락에 묻으면 큰일 나요. 냄새를 맡아도 안 되구요."

그러면서 그 작은 병을 집어올렸다.

이것은 이미 농담의 한계를 벗어난 것이었다!

"도대체 무슨 약이지요?" 간가르트는 얼굴을 찌푸렸다. "극약인가요?"

코스토글로토프는 여의사의 곁에 앉아 나지막한 목소리로 사무적으로 말했다.

"극약입니다. 이시크 쿨리 호반에서 자라는 식물의 뿌리이지요. 이것은 날 것으로든, 알콜에 담근 상태로든 냄새를 맡을 수 없습니다. 그래서 이렇게 꽉 막아 놓았지요. 이 뿌리를 만졌던 손을 씻지 않고 있다가 손에 입을 대거나 하면 죽게 됩니다."

간가르트는 깜짝 놀랐다.

"왜 그런 위험한 것을 갖고 있지요?"

"그것을 물으면 곤란합니다." 코스토글로토프는 더듬거렸다. "비밀로 하려 했는데 들키고 말았군요. 이것으로 병을 고쳐보려 했거든요. 나는 지금 조금씩 이 약을 복용하고 있습니다."

"목적은 그것뿐인가요?" 여의사는 탐색하듯이 그를 쳐다보았다. 눈을 가늘게 뜨고 의사다운 눈초리로.

눈초리는 의사다웠으나 눈빛은 밝은 커피색이었다.

"그것뿐입니다." 코스토글로토프는 진심으로 말했다.

"혹시……. 만일의 경우를 대비해서 그러는 것은 아닌가요?" 여의사는 아직도 의심이 풀리지 않은 눈치였다.

"글쎄, 그런 뜻도 있었겠지요. 이곳에 올 때는 그런 생각도 했습니다. 더 이상 공연한 고생을 하고 싶지 않았으니까요……. 하지만 통증이 사라져서 그런 생각은 하지 않게 되었어요. 그러나 치료의 목적으로는 아직도 사용하고 있습니다."

"아무도 모르게 숨어서?"

"자유로운 생활이 허용되지 않는 사람은 달리 방법이 없으니까요. 어디에 가도 규칙, 규칙 뿐이니까요."

"어느 정도씩 마시지요?"

"단계적으로 마시지요, 한 방울에서 열 방울까지 양을 늘렸다가 다시 열 방울에서 한 방울로 낮춘 후 열흘 쯤 쉬지요. 지금은 쉬는 기간입니다. 확실히 말해서 통증이 사라진 것은 X선 때문만은 아니라고 생각합니다. 이 뿌리의 도움도 있었을 거예요."

두 사람은 목소리를 죽여서 지껄이고 있었다.

"그 뿌리를 어떤 액체에 담갔지요?"

"보드카."

"자신이 직접 만들었나요?"

"네."

"농도는?"

"농도요? 글쎄…… 뿌리를 한 줌 주면서 이것을 1리터 반쯤 되는 보드카에 담그라고 하더군요. 그래서 시키는 대로 했습니다."

"그 뿌리는 중량이 얼마나 나가든가요?"

"무게는 달아보지 않았습니다. 눈대중으로 가져왔으니까요."

"눈대중으로? 이런 극약을? 이것은 바곳 뿌리지요? 얼마나 위험한 일인지 생각해 보았나요?"

"생각해보라고 해도 소용이 없었어요." 코스토글로토프는 약간 화까지

내면서 말했다. "세상에 의지할 사람이라고는 한 사람도 없는 사나이가 혼자서 외롭게 죽어가는 것을 상상해 보십시오. 게다가 감독 조사국은 좀체로 입원을 허락해주지도 않았어요. 그런 처지에 바곳 뿌리는 위험하다느니 하는 말이 나오겠습니까? 일일이 무게를 달아볼 수 있겠습니까? 이 한줌의 뿌리를 얻기 위해서 내가 얼마나 모험을 했는지 아세요? 징역 20년이에요! 허가없이 유형지를 이탈했으니까요. 그런데도 나는 갔습니다. 산속으로. 파브로프 박사처럼 수염을 기른 클레멘초프라는 노인이 살고 있는 곳으로요. 금세기 초에 이주해간 사람 중의 한 사람이었는데 대단한 학자였습니다! 손수 뿌리를 채집해 와서 직접 복용량을 정해 주었어요. 알고 있는 사람 중에 위인은 없다는 속담처럼 그 마을에서는 웃음 거리로 따돌리더군요. 모스크바나 레닌그라드에서도 여러 사람들이 방문했더군요. 〈프라우다〉지의 기자도 찾아와서 취재하고는 감탄해서 돌아갔다 합니다. 그런데 최근의 소문에 의하면 이 노인은 체포된 모양입니다. 어떤 멍청한 녀석이 이 뿌리를 보드카에 담가둔 것을 주방에 깜박 잊고 놔두었는데 손님과 술을 마시다가 술이 모자라자 손님이 주인의 눈을 피해 그것을 마셔 버렸다지 뭡니까. 그래서 죽었다 합니다. 그밖에 어린 아이가 잘못해서 마신 일도 있었답니다. 하지만 그 노인을 체포할 필요는 없지 않았을까요? 사용법은 다 설명했으니까요……."

자기가 쓸데없는 말을 했음을 알자, 코스토글로토프는 입을 다물었다.

간가르트는 파랗게 질려버렸다.

"그래서 위험하다는 말이에요. 병실에 극약을 보관하는 것은 금지되어 있습니다! 불행한 사건이라도 일어나면 어떻게 하지요? 그러니 그 병을 이리 주세요."

"줄 수 없습니다." 코스토글로토프는 단호하게 거절했다.

"어서 이리 주세요!" 여의사는 양미간을 찌푸리면서 작은 병을 들고 있는 코스토글로토프에게 자기의 손을 내밀었다.

노동으로 단련된 튼튼한 코스토글로토프의 손가락은 작은 병을 꽉 움켜쥐고 있었다.
 여의사는 미소를 지었다.
 "언제까지 그렇게 쥐고 있을 작정이지요?"
 표정이 약간 온화해졌다.
 "당신이 산책나간 사이에 그 병을 갖고 갈 수도 있다구요."
 "예고해주어서 고맙습니다. 그러면 딴 곳에 감추어야겠군요."
 "끈에 묶어서 창밖에 매다나요? 나는 의국장에게 보고하지 않을 수 없습니다."
 "선생이 그럴리가 있겠습니까? 밀고는 좋지 않은 행위라고 말하지 않았습니까?"
 "하지만 달리 방법이 없군요. 당신이 고집을 부리시니."
 "나 때문에 밀고를 하겠다구요? 그건 좋지 않아요. 선생은 무언가 걱정하고 있어요. 옆자리의 루사노프가 이 약을 마시지나 않을까 걱정하시나요? 누가 마시게 내버려둔답니까? 단단히 포장해서 숨겨놓겠습니다. 하지만 퇴원하면 이 약으로 치료를 계속할 작정입니다. 선생은 이 약의 효력을 믿지 않는 모양이지만."
 "물론 믿지 않지요! 그런 것은 미신이에요. 인간의 생사 문제를 진지하게 생각하지 않은 좋지 않은 미신이지요. 임상적으로 증명된 과학적인 보고 밖에는 나는 믿지 않아요! 이것은 학생 시절 때부터의 신념이에요. 모든 종양학자들의 신념이기도 하고요. 자, 그 병을 이리 주세요."
 여의사는 꽉 쥐고 있는 코스토글로토프의 손가락을 한 개씩 펴려고 했다.
 그 분노에 찬 밝은 커피색 눈을 보고 있으려니까 코스토글로토프는 더 이상 여의사와 다투기가 싫어졌으며 그 작은 병을, 아니 머릿장 속에 들어 있는 모든 것들을 기꺼이 내주고 싶어지기도 했다. 그러나 자기의 신념을 버리기란 역시 쓰라린 일이었다.
 "아아, 신성한 과학인가!" 코스토글로토프는 한숨을 내쉬었다. "그렇게 절대적인 것이라면 10년마다 치료 방법이 뒤집히지는 않을 테지요? 도대체

나는 무엇을 믿어야 하지요? 선생이 놓아주는 주사일까요? 그런데 어째서 이번에는 또 다른 주사를 맞아야 합니까. 그것은 어떤 종류의 주사지요?"

"매우 필요한 주사예요! 당신의 생명을 구하는 데 매우 중요한 주사지요! 문제는 당신의 생명을 구하는 데 있으니까요." 여의사는 특히 이 말에 힘을 주어 말했다. 그 눈은 자신에 찬 신념으로 반짝이고 있었다. "이젠 다 나았다고 낙관하지 마세요!"

"자세히 말하자면 어떤 주사입니까. 어떤 효과가 있습니까."

"더 자세하게 말할 필요는 없습니다! 무척 효과가 있는 주산데 전이(轉移)를 막아주지요. 더 자세하게 말하더라도 당신은 모를 거예요……. 어쨌든 그 병은 이리 주세요. 퇴원할 땐 꼭 돌려드릴 테니까. 약속하겠어요!"

두 사람은 서로 바라보았다.

코스토글로토프의 모습은 너무나 우스꽝스러웠다. 여자의 가운을 입고 별 표식이 붙어 있는 군대용 혁대를 매고 있었다.

이 여의사는 왜 이렇게 고집이 셀까? 이까짓 병 같은 것은 아무래도 좋다. 여의사에게 주어도 좋았다. 집에 돌아가면 이것보다 10배나 더 많이 바곳 뿌리를 사두었으니까. 아쉬운 것은 그런 것이 아니라 이 밝은 커피색 눈을 가진 미인의 일이었다. 마치 어떤 발광체 같은 얼굴. 함께 이야기를 나눌 때면 무척 즐거웠다. 그러나 이 미인과 입을 맞출 수는 없다. 그리고 변두리 지방으로 돌아가버리면 지금 이렇게 발광체 같은 여인과 나란히 앉아 있는 일이나, 그녀가 코스토글로토프의 생명을 구하려 하던 일들은 마치 꿈속에서나 일어난 일처럼 회상될 것이다!

그러나 생명을 구하는 일은 이 여자도 할 수 없을 것이다.

"선생한테 넘겨주는 것도 위험할 것 같아요." 코스토글로토프는 농담처럼 말했다. "선생의 집에서 누군가 잘못하여 마시지나 않을지 걱정스럽습니다."

'누구라니! 누가 잘못 마실 사람이 있는가? ……혼자 살고 있는데. 그러나 그런 것을 지금 말한다는 것은 어색하고 경솔한 짓일 것만 같았다.'

"좋아요, 그러면 이렇게 절충하지요. 이 병 속에 들어 있는 약을 버리도록 합시다."

코스토글로토프는 웃었다. 이 여자에게 이 정도의 일밖에 해줄 수 없는 것이 유감스러웠다.

"알았습니다. 정원에 나가서 버리도록 하겠습니다."

이 여자는 역시 루즈를 바르지 않은 편이 더 낫다.

"하지만 당신을 믿을 수는 없어요. 내 눈으로 버리는 것을 직접 보지 않고서는."

"그럼 이렇게 하면 어떨까요! 버려 없애버리기보다는 선생들이 치료를 포기한 불쌍한 환자에게 주는 것이 효과를 볼지도 모르거든요."

"그것은 누구를 두고 하는 말이지요?"

코스토글로토프는 바짐 자치르코의 침대를 가리키며 한층 더 목소리를 낮추었다.

"흑소육종이지요?"

"아, 그런 소리를 하니까 역시 버려야 해요. 나는 독살의 공범자는 되기 싫으니까요! 게다가 중환자에게 마구 독약을 주다니, 만약 자살이라도 하면 어쩌게요? 양심의 가책도 받지 않나요?"

여의사는 코스토글로토프의 이름을 부르는 것을 피하고 있었다. 이렇게 오래도록 대화를 나누면서도 상대방의 이름은 한 번도 부르지 않았다.

"그런 사람은 자살하지 않아요, 의지가 강한 청년이니까."

"어쨌든 그건 절대로 안 돼요. 그러니 그것을 버리러 가자구요."

두 사람은 침대 사이의 통로를 지나 계단으로 향했다.

"그렇게 입고서 춥지 않으세요?"

"속에 자켓을 입었으니까."

속에 자켓을 입었단다 —— 여의사는 왜 그런 말까지 했던가. 어떤 색깔의 어떤 자켓인지 보고 싶다. 그러나 그것도 절대로 볼 수 없다.

두 사람은 현관으로 나왔다. 하늘은 맑게 개어서 마치 화창한 봄날 같았다.

다른 고장에서 온 사람이 보기에는 오늘이 2월 7일라고는 믿어지지 않을 것이다. 햇살이 내려 쪼이고 있었다. 키가 큰 포플러에도, 키가 작은 생울타리의 관목에도 아직 잎은 돋아나지 않았으나 응달의 잔설은 다 녹고 얼마 남아 있지 않았다. 눈에 깔려 있는 퇴색한 지난 해의 풀들이 나무들 사이로 얼굴을 내밀고 있었다. 가로수 길이나 디딤돌이나 자갈이나 아스팔트는 아직도 축축했다. 광장에서는 사람들이 생기에 넘쳐 오갔다. 의사나 간호사, 잡역부, 사무원, 외래 환자, 면회를 온 사람들이 왔다갔다 하고 있었다. 두 개의 벤치에는 이미 누군가가 앉아 있었다. 어느 병동이나 여기저기 창문을 열어젖히고 있었다.

현관 앞에서 바로 약을 버리기란 어쩐지 쑥스러울 것 같았다.

"저쪽으로 가지요!" 코스토글로토프는 암병동과 이비인후과 병동 사이의 통로를 가리키며 말했다. 그곳은 코스토글로토프가 좋아하는 산책길 중의 하나였다.

두 사람은 돌이 깔린 오솔길을 걷고 있었다. 비생사의 모자처럼 생긴 간가르트의 제모가 코스토글로토프의 어깨 가까이에서 흔들리고 있었다.

코스토글로토프는 곁눈질을 했다. 여의사는 무언가 중요한 일을 하러 가는 것처럼 진지한 표정을 하고 걷고 있었다. 코스토글로토프는 우스운 생각이 들었다.

"선생은 학창 시절에 별명이 뭐였지요?" 코스토글로토프가 느닷없이 물었다.

여의사는 흘끗 그의 얼굴을 쳐다보았다.

"그것은 왜 묻지요?"

"아니 별로 어떻다는 것은 아니고, 그저 흥미가 있을 것 같아서."

여의사는 말없이 디딤돌을 밟으며 걸어갔다. 첫날 코스토글로토프가 다 죽어가는 몸으로 바닥에 누워 있을 때 간가르트가 다가왔었다. 그 첫날밤부터 여의사의 영양처럼 가느다란 아름다운 다리가 그의 시선을 끌었었다.

"베가."라고 여의사는 말했다.

'이것은 거짓말이었다. 아니 거짓말이라 하기보다는 사실과는 좀 달랐다. 학생 시절 간가르트를 그렇게 부른 것은 한 사람 뿐이었다. 매우 교양이 있으며, 언제까지나 졸병이었던 그 사나이, 결국 그는 전쟁터에서 돌아오지 못했다. 지금 간가르트는 자기도 잘 알지 못하는 사이에 충동적으로 그 별명을 다른 사나이에게 가르쳐주었던 것이다.'

두 사람은 응달을 지나 병동 사이로 나 있는 통로로 들어갔다. 햇볕이 그들의 볼을 간지럽혔다. 이 통로에는 산들바람이 불고 있었다.

"베가(직녀성)? 그 별? 그 반짝반짝 빛나는 별 말이군요."

두 사람은 걸음을 멈추었다.

"나는 반짝반짝 빛을 내지 못하지만." 여의사는 고개를 끄덕였다. "하지만 저의 이름이 벨라 간가르트니까, 그렇게 불렀을 거예요."

그러자 이번에는 간가르트가 아니라 코스토글로토프가 오히려 당황하게 되었다.

"아니, 내가 말하고 싶었던 것은……."

"됐어요, 이젠 그만 하세요." 여의사는 명령하듯이 말했다.

그리고는 일부러 엄격한 표정을 지었다.

코스토글로토프는 단단히 막았던 마개를 좌우로 흔들어 조심스럽게 뺀 다음 땅에 구부리고 앉아서(장화 위의 가운 자락이 스커트 자락같이 보여서 그 꼴이 무척 우스꽝스러웠다.) 도로 포장을 할 때 남아 있던 작은 돌 하나를 치웠다.

"잘 보세요! 호주머니에 숨겼다고 나중에 뭐라고 말하지 말아 주세요!" 그는 여의사의 발 아래 쭈그리고 앉아서 말했다.

그 다리, 처음 만났을 때부터 눈길을 끌었던 그 영양 같은 다리.

작은 돌을 드러낸 다음 검고 축축한 작은 구멍 속으로 그 암갈색 액체를 코스토글로토프는 쏟아 부었다. 누군가를 완쾌시킬지도 모르는 그 액체를.

"돌로 덮을까요?" 코스토글로토프가 물었다.

여의사는 그를 내려다보면서 방긋 웃었다.

액체를 붓거나 돌로 덮거나 하는 것은 흡사 아이들의 소꿉장난 같았다. 그리고 어떤 맹세를 다지는 의식 같기도 했다. 비밀스런 의식 같았다.

"자, 됐어요, 나를 칭찬해주지 않겠어요?" 일어서면서 코스토글로토프가 말했다.

"칭찬하구말구요." 여의사는 쓸쓸하게 웃었다. "그럼 산책하세요."

간가르트는 병동쪽으로 걸어갔다.

코스토글로토프는 가운의 뒷모습을 지켜보고 있었다. 위아래의 두 개의 삼각형.

여자의 사소한 마음씀에 왜 이렇게 마음이 설레일까! 여자가 하는 모든 말에서 코스토글로토프는 뜻밖의 의미를 감취하고, 여자의 일거수 일투족에서 거기에 이어질 그 무엇을 기대하게 되는 것이었다.

베가. 벨라 간가르트. 그 별명은 꼭 어울리는 것이라고는 할 수 없었지만 지금으로서는 그 이름은 아무래도 좋았다. 코스토글로토프는 그녀의 뒷모습만 바라보고 있었다.

"베가! 베가!" 하고 중얼거리면서 멀리 사라져가는 그녀의 모습에 자기의 마음을 전하고 싶었다. "들립니까? 돌아와 주시오! 자, 뒤돌아 보세요!"

그러나 그의 마음은 전해지지 않았다. 간가르트는 뒤돌아보지 않았다.

18. 무덤 가에서

일단 달리기 시작한 자전거는 달리는 동안에는 안전하지만 멈추면 곧 쓰러져버린다. 남자와 여자의 사랑도 일단 시작된 이상 발전할 수밖에 없다. 어제에 비해서 오늘 조금도 발전이 없다면 그 사랑은 이미 끝나버린 것이다.

조야가 야근을 하게 되는 화요일 밤이 오레크로서는 몹시 기다려졌다. 갖가지 색칠을 한 두 사람의 즐거운 자전거는 전날의 야근 때보다도, 일요일

낮보다도 더 멀리 달릴지도 모른다. 그 전진의 원동력을 몸 안에 느끼면서 오래크는 두근거리는 기분으로 조야를 기다리고 있었다.

처음에는 출근하는 조야를 맞이하려고 가로수 길에서 담배를 두 대나 피우면서 기다렸으나 여자 가운을 걸친 꼴로 조야를 맞이하는 것이 꼴사납게 느껴져서 생각을 바꾸었다. 게다가 또 어두워지기 시작했다. 그래서 일단 병동으로 돌아가서 가운을 벗고 장화를 챙긴 다음, 파자마 차림으로, 이것도 볼상 사납기는 마찬가지였지만 큰 계단 아래 서있었다. 언제나 빳빳하게 일어선 머리카락을 오늘은 잘 빗어 다듬었다.

조야가 의사의 갱의실에서 모습을 나타냈다. 교대 시간에 좀 늦어서 서두르고 있었는데, 오레크를 보자 깜짝 놀라 눈썹을 꿈벅거렸다. 이것은 놀라는 표정이라 하기보다는 당연히 상대방이 계단 아래서 기다리고 있을 것이라고 예기하고 있었음을 전해주는 일종의 신호였다.

조야가 걸음을 멈추지 않고 가자 오레크는 서둘러 뒤쫓아가서 조야와 나란히 서서 계단을 올라가기 시작했다. 그런 동작이 지금의 오레크로서는 조금도 괴롭지 않았다.

"무언가 달라진 것이라도 있었나요?" 조야는 걸으면서 마치 부관에게 물어보듯이 말했다.

달라진 것! 최고 재판관의 경질! 그거야 말로 최대의 뉴스가 아닌가. 그러나 그 의미를 이해하려면 예비 지식이 있어야 했다. 지금의 조야가 필요한 것은 그따위가 아닐 것이다.

"당신의 새로운 별명을 생각해 냈어. 이것저것 궁리한 끝에 겨우 찾아냈지."

"어머, 어떤 건데요?" 계단을 성큼성큼 올라가면서 조야가 물었다.

"걸어가면서 말하고 싶지는 않아요, 이것은 중대한 일이니까."

이윽고 두 사람은 계단을 다 올라갔으나 오레크는 마지막 두세 계단 뒤처져 있었다. 뒤에서 보니 조야의 다리는 의외로 굵고 퉁퉁했다. 그러나 그것은 살집이 좋아서 몸 전체와 균형이 잘 잡혀 있었다. 굵은 다리에도 독특한 멋이 있었다. 그러나 가느다란 다리와는 풍기는 분위기가 전혀 달랐다. 마치 무게라곤 전혀 없는 다리. 가령 베가의 다리 같은……."

오레크는 이런 자기 자신에게 놀랐다. 여자의 다리를 훔쳐본 일이며 그 다리에 대해서 이런 생각을 해본 적이 아직 한 번도 없었으며 그런 짓은 저속한 것이라고 생각했던 것이다. 이처럼 이 여자 저 여자를 헤매고 다니는 것도 처음이었다. 오레크의 할아버지가 이것을 알았다면 색골이라고 말했을지도 모른다. 그러나 밥을 먹는 것은 배가 고플 때, 사랑은 젊은 때 하는 것이라는 속담도 있지 않은가. 오레크의 청춘 시절은 텅 빈 것이었다. 그래서 가을의 식물이 대지에 남아 있는 영양분을 서둘러 빨아들이 듯이 지금 오레크는 이 인생의 짧은 회복 기간에(더구나 오레크의 인생은 이미 내리막길에 접어들고 있었다.) 조급하게 여자들을 바라보고 서둘러 여자라는 것을 빨아들이려 하고 있었던 것이다. 이러한 생각은 물론 여자의 면전에 대고 말할 수 있는 것은 아니다. 여자의 본질에 대해서 오레크는 다른 남자들보다도 훨씬 예리하게 느끼고 있었다. 그것은 오랫동안 여자를 가까이서 본 적이 없었기 때문이었다. 여자의 목소리도 잊고 있을 정도였다.

조야는 당직 교대를 하자 곧 바쁘게 움직이기 시작했다. 자기의 책상이나 처치표(處置表)나 약품장 주변을 뛰어다니더니 어느 병실로 곧 모습을 감추었다.

오레크는 지긋이 그것을 지켜보다가 조야가 한숨 돌리려고 돌아왔을 때 책상 곁으로 다가갔다.

"그밖에 특별히 달라진 것은 없었나요?"라고 조야는 다정한 목소리로 물었으나 그녀의 손은 전열기에 올려놓은 뜨거운 물에 주사기를 끓여서 소독하고 앰폴을 자르고 있었다.

"참 그러고 보니, 오늘 큰 사건이 있었군. 니자무트진 바흐라모비치의 회진이 있었지."

"정말? 내가 당직이 아니어서 다행이었군요! ……그래 어떻게 됐어요, 당신의 장화는 빼앗기지 않았나요?"

"장화는 안전했지만, 좀 충돌이 있었지."

"충돌이라고요?"

"대단했지. 의국장이 회진한다니까 흰 가운을 입은 사람들이 열다섯 명이나 따라왔어요. 주임급에서 전문의까지. 처음 보는 사람도 있더군. 그리고 의국장은 호랑이처럼 머릿장에 달려들었지. 하지만 우리의 정보망은 완벽해서 미리 다 치워두어 의국장은 아무것도 찾아내지 못했지요. 그 사람은 불만스럽다는 듯 얼굴을 찌푸리고 있었어요. 마침 그때 돈초바 선생이 나에 대한 보고를 하고 있었는데 좀 실수를 했어요. 즉, 나에 대한 병상 기록을 읽고 있었는데……."

"병상 기록을?"

"그래요. 그것을 자꾸 잘못 읽었어요. ……처음으로 진찰을 받은 장소를 읽었기 때문에 의국장은 내가 카자흐 공화국에서 왔다는 것을 알게 되었어요. 그러자 니자문트진이 말했어요. '뭐라구요? 다른 공화국에서 온 환자라고? 이렇게 병상이 부족한 판국에 다른 지역의 환자까지 치료해야 하나요? 곧 퇴원시키세요!'라는 거예요."

"당신이 들어 있는 병실의 절반은 외지 환자잖아요!"

"그래요, 그런데 내가 재수없게 걸려든 것이지요. 그러자 놀랍게도 돈초바 선생은 먹이를 앞에 놓은 고양이처럼 털을 곤두세우며 말했지요. '이 환자는 매우 복잡하고 중요한 케이스입니다! 치료의 원칙을 확립하기 위해서는 꼭 필요한 환자입니다…….'라고. 그래서 나는 묘한 입장에 놓이게 되었어요. 얼마 전에 돈초바 선생과 말다툼을 할 때 퇴원시켜 달라고 했더니, 선생은 나를 나무랬는데 오늘은 적극적으로 내 편을 들어주더군요. 나는 니자문트진에게 '네, 죄송합니다'라고 말하기만 했다면 점심 때까지는 이곳을 나가야 했겠지. 그렇게 됐더라면 우리는 두 번 다시 만나지 못하게 되었을지도 모르지요."

"그럼 나 때문에 '네, 죄송합니다'라고 말하지 않았다는 말인가요?"

"그렇지 않아요?" 코스토글로토프는 목소리를 낮추었다. "당신은 주소도

가르쳐주지 않았으니까 퇴원하면 찾을 수가 없지 않겠소?"
 그러나 조야는 바빴기 때문에 상대방의 말을 어디까지 액면 그대로 받아들여야 좋을지 자기도 잘 몰랐다.
 "나로서는 돈초바 선생에게 어떤 태도를 취해야 좋을지 몰랐지요."라고 오레크는 또 큰소리로 말했다. "그래서 멍청하게 앉아 있었지요. 니자문트진은 위압적인 태도로 '이런 환자라면 지금 외래 진찰실에 가면 다섯 명이 아니라 열 명이라도 데려올 수 있어요! 그들은 모두 우리 공화국 사람인데 말이요. 자, 퇴원 수속을 밟도록 해요!'라고 말하는 거였어요. 그때 내가 잘못 말했는지도 몰라요. 퇴원할 기회를 망쳐놓고 말았으니까. 그러나 기가 꺾여 아무 말도 못하고 있는 돈초바 선생이 무척 안돼 보이더군. 나는 팔꿈치를 짚고 일어나서 헛기침을 하면서 조용히 물었어요. '나는 개척지에서 온 사람인데, 그래도 퇴원시키겠다는 겁니까?', '아 개척자 시군요!' 니지무트진은 깜짝 놀라서(개척자를 억지로 퇴원시키면 정치 문제가 되었으니까!), '개척지에서 온 사람이라면 최우선입니다'라고 말하더니 곧 나가 버리더군."
 "기지가 대단하군요." 조야는 머리를 흔들었다.
 "수용소 생활을 하다 보니 이처럼 철면피가 되어버렸어요, 조엔카. 옛날엔 그렇지 않았었는데, 나쁜 짓은 모두 수용소에서 배운 셈이지요."
 "그래도 명랑한 것은 천성이겠지요?"
 "아니, 그것도 수용소 덕분이지요. 죽음이란 것에 익숙해지고 보니 성격도 밝아지더군요. 이 병원에 와서 면회인이 우는 것을 보면 이상한 느낌이 들더군요. 왜 우는지 모르겠어요. 추방되거나 몰수당하는 것도 아닌데……."
 "그러면 앞으로 한 달쯤은 더 있게 되겠군요."
 "글쎄 두어 주는 더 있어야 되겠지. 무슨 치료라도 받겠다고 돈초바 선생에게 부탁한 것이나 다름이 없으니까……."
 따뜻해진 액체를 주사기에 담자 조야는 다시 모습을 감추었다.
 조야는 오늘 한 가지 까다로운 일을 해야 했는데 그 일에 대해서 어떤 태도로 취해야 좋을지 자기로서는 잘 알 수 없었다. 즉 새로 놓게 된 주사를 오레크한테도 놓아주어야 했다. 그 주사는 육체의 어느 부분에 놓아도 되는 것이지만 지금 두 사람의 교제 상태로 보아서 주사는 놓기가 쑥쓰러웠다. 그 주사를 놓다가는 교제가 깨어질 것만 같았다. 오레크도 그렇지만 조야도 교제가 끊기는 것은 원치 않았다. 두 사람의 자전거는 더 멀리까지 달리지 않으면 안 되었다. 좀더 가까운 사이라면 다시 주사를 놓을 수도 있을테지만.

자기의 책상으로 돌아온 조야는 같은 종류의 주사를 아흐마잔을 위해 준비하면서 물어보았다.

"그건 그렇고, 당신은 얌전하게 주사를 맞을 수 있겠지요?"

다른 사람도 아닌 코스토글로토프한테 이런 질문을 다 하다니? 그는 기다리고 있기나 했던 것처럼 설명하기 시작했다.

"조엔카, 내가 어떤 생각을 하고 있는지 알고 있겠지요? 가급적이면 피하고 싶다는 기분은 전혀 달라지지 않았어요. 그러나 그것은 상대방에 따라 다르지. 투르군은 장기를 배우고 싶다는 마음에서 협정을 맺었지요. 내가 이기면 주사를 맞지 않고 그가 이기면 주사를 맞기로 말이지요. 그런데 나는 투르군한테는 말을 몇 개 떼고 두어도 이길 수 있었지. 상대방이 마리아라면 그렇게 할 수는 없었겠지만. 험상궂은 얼굴을 하고 주사기를 들고 덤벼들 테니까. 내가 아무리 농담을 해도 '코스토글로토프 씨! 팔을 걷어 올리세요!'라고 말했을 거요. 그 여자는 허튼 소리나 인간적인 말은 절대로 하지 않은 여자였으니까."

"그것은 미워하기 때문이에요."

"나를?"

"당신들 모두. 남자들을 전부 미워하니까 그런 거예요."

"글쎄 그렇게 하는 것이 일에는 능률이 오를지도 모르겠군요. 이번에 새로 온 간호사와도 잘 사귀지 못했어요. 올림피아다까지 돌아오면 사태는 더욱 절망적일 거요. 그녀는 절대로 타협 같은 것은 하지 않으니까."

"저도 타협 같은 것은 하지 않겠어요! 2cc의 주사액을 둘로 나누면서 조야가 말했다. 그러나 그녀의 목소리에서는 이미 타협의 여운을 느낄 수 있었다.

그녀는 아흐마잔에게 주사를 놓으러 갔다. 오레크는 또 책상 곁에 혼자 남게 되었다.

조야가 오레크에게 주사를 놓아주고 싶지 않은 데는 또 하나의 중대한 이유가 있었다. 그 주사가 의미하는 것을 말해줘야 할지 어떨지를 조야는 지난 일요일부터 줄곧 생각하고 있었다.

그도 그럴 것이 두 사람이 거의 농담처럼 주고받는 말이 갑자기 진지한 말로 바뀌어버릴지도 몰라서였다. 그렇게 될 가능성은 충분히 있었다. 어쩌면 이번에는 방안에 벗어던진 옷을 쓸쓸한 마음으로 주어모으는 일로만 그치지 않고 무언가 지속성이 있는 사태가 벌어져서, 조야가 진짜로 오레크의 꿀벌이 되려고 마음을 결심하고, 유형지로 따라가기로 결심할지도 모른다. 오레크가 말했던 대로, 어쩌면 행복은 변두리 지역에서 기다리고 있을지도 모른다. 그것은 아무도 모르는 일이다. 만약 그렇게 되었을 때 오레크에게 놓아주기로 된 이 주사는 이미 오레크 한 사람만의 문제가 아니라 조야의 문제이기도 했던 것이다.

그런 경우라면 조야는 주사에 반대였다.

"자아!" 하고 빈 주사기를 들고 돌아온 조야는 밝은 목소리로 말했다. "결심은 됐지요? 팔을 걷으세요, 코스토글로토프 씨! 곧 시작할 테니까!"

그러나 오레크는 책상 앞에 앉아서 환자답지 않은 눈으로 조야를 바라보고 있었다. 주사에 대해서는 이미 이야기가 되었다는 듯이 생각하지도 않는 것 같았다.

눈까풀 속에서 굴러 떨어질 듯한 조야의 튀어나온 눈을 오레크는 지그시 바라보고 있었다.

"어디로든 갑시다. 조야." 하고 그는 작은 소리로 말했다.

그 목소리는 낮으면 낮을수록 울림이 더욱 풍부해졌다.

"어디로요?" 조야가 놀라면서 웃음을 터뜨렸다. "어디 시내로?"
"회의실로 갑시다."
피하기 어려운 상대방의 시선을 조야는 마음껏 받았다. 그리고 진지하게 대답했다.
"하지만 안 돼요, 오레크! 일이 바빠요."
그 말의 의미가 오레크로서는 이해할 수 없는 것처럼 보였다.
"갑시다!"
"그래요." 조야는 생각난 듯이 말했다.
"산소 흡입기에 산소를 넣어야 해요. 그곳의……." 계단쪽을 가리키면서 환자의 이름을 말한 것 같았으나 오레크의 귀에는 들리지 않았다. "그런데 산소통의 마개가 너무 단단하게 닫혀 있어서 안 열려요. 도와주지 않겠어요?"
그러더니 앞장서서 층계참으로 내려갔다.
안색이 누렇고 코끝이 뾰족한 그 불행한 환자는 층계참의 침대에 누워 숨을 헐떡거리며 연신 고무 주머니에서 산소를 빨아들이고 있었다. 폐암을 앓고 있는 이 사나이는 전부터 이렇게 작았을까, 아니면 병 때문에 잔뜩 오물어들었을까. 회진할 때도 의사는 이 환자에게는 말을 걸거나 용태를 물어보는 일도 없었다. 용태가 나빠진 것은 꽤 오래 전부터였는데 오늘 밤 특히 나빠졌다는 것은 누구나 다 알 수 있었다. 고무 주머니 안에 든 산소는 이미 다 떨어져가고 있어서 텅빈 또 하나의 주머니가 곁에 놓여 있었다.
이 환자는 너무 괴로워서 주위를 왕래하는 사람들도 전혀 의식하지 못하는 것 같았다.
두 사람은 빈 공기 주머니를 들고 다시 계단을 내려갔다.
"저 환자에게는 어떤 처치를 하고 있지요?"
"아무런 처치도 할 수 없어요. 말하자면 수술이 불가능한 케이스죠. X선도 효과가 없었고……."
"폐의 외과 수술은 하지 않나요?"

"여기서는 아직 하지 못해요."
"그럼 저 환자는 죽겠군요."
조야는 고개를 끄덕였다.
그리고 손에는 그 환자를 죽지 않게 하기 위한 산소 주머니를 들고 있었으나 두 사람은 곧 그 환자의 일은 잊고 말았다. 더 재미있는 일이 곧 일어날 것 같았기 때문이었다.
키가 큰 산소통은 유리문으로 간막이를 한 복도 안쪽에 있었다. 흠뻑 비에 젖어 거의 반죽음이 된 코스토글로토프를 간가르트가 처음으로 눕혀준 방사선실 근처의 그 복도였다.
문에서 들어와서 두 번째 전등을 켜지 않으면(두 사람은 입구쪽의 전등만 켰었다.) 산소통이 있는 벽의 돌출부의 그늘진 곳은 특히 어두컴컴했다.
조야는 산소통보다도 키가 작았다. 코스토글로토프는 산소통보다 컸다.
조야는 고무 주머니의 밸브를 산소통의 밸브에 연결시키기 시작했다.
오레크는 그녀의 뒤에 서서 그녀의 모자 밑 머리카락 냄새를 맡고 있었다.
"이 마개가 너무 꽉 잠겨 있어요." 조야가 불만스럽게 말했다.
오레크는 마개를 잡고 세게 돌렸다. 작은 소리를 내면서 산소가 흘러나오기 시작했다.
그때 아무런 예고도 없이 오레크는 마개를 돌리던 손으로 이제는 고무 주머니를 놓아버린 조야의 손목을 잡았다.
그녀는 떨거나 놀라지도 않았다. 다만 고무 주머니가 조금씩 부풀어오르는 것을 지켜보고 있었다.
그러자 오레크의 손은 조야의 손을 잡은채 미끄러지듯이 손목에서 윗쪽으로 이동하기 시작했다. 팔꿈치를 지나 어깨로 더듬어 올라갔다.
이것은 소박했지만 오레크에게도 조야에게도 필요한 탐색 행위였다. 지금까지의 모든 말이 정확하게 이해되고 있는지 어떤지를 확인하는 행위였다.
그래, 정확하게 확인되고 있었다.
오레크는 두 개의 손가락으로 조야의 앞머리를 가볍게 잡았다. 조야는 화도 내지 않았으며 물러서지도 않은채 고무 주머니만 바라보고 있었다.
 그때 오레크는 억센 힘으로 조야의 양어깨를 끌어당겨 그녀의 입술에 입을 맞추었다. 그토록 오레크에게 미소를 던졌으며, 그토록 재잘대던 그 입술에.
 상대를 맞이한 조야의 입술은 굳게 닫혀 있지도 않았으며 힘이 없지도 않았다. 그것은 만날 것을 예상하여 준비를 마친 긴장된 입술이었다.
 그것은 일순간에 분명해졌다. 입술도 각양각색이 있고 키스도 여러 가지여서 하나의 키스를 다른 키스와 비교할 수 없다는 것을 오레크는 지금까지 잊고 있었던 것이다.
 그러나 충격적으로 시작된 그 키스는 오래도록 계속되었다. 그것은 도저히 끝낼 수 없는, 그리고 끝낼 이유도 없는 하나의 일관된 행위이며 기나긴 연속이었다. 서로의 입술을 짓이기며 영원히 계속될 수 있었을지도 모른다.
 그러나 이윽고 2백 년쯤 시간이 흘렀다고 생각될 무렵, 입술은 역시 떨어졌다. 그때 오레크는 처음으로 조야의 얼굴을 보았다. 그러자 조야의 목소리가 들렸다.
 "어째서 키스할 때 눈을 감지요?"
 눈을 감고 있었는지 오레크는 알지 못했다! 전혀 의식하지 못했었다.
 "누군가 다른 사람 생각을 하고 있었나요?"
 다른 사람이라니! 다른 사람에 대해서는 이제 기억조차 없는데…….
 숨을 돌리고 나서 다시 해저의 진주를 따러 들어가는 사람처럼 두 사람은 다시 입술을 맞댔다. 그러나 이번에는 오레크도 눈을 감지 않았다. 문자 그대로 그의 눈앞에는 믿을 수 없을 정도로 가까이 야수 같은 조야의 황갈색 두 눈동자가 있었다. 오레크는 한 눈으로 그녀의 한 쪽 눈을 보고, 다른 눈으로 그녀의 다른 눈을 보았다. 조야의 입술은 여전히 확신과 긴장이 넘치고 몸은 움직이지 않았다. 그녀의 눈은 오레크의 눈을 빤히 쳐다보면서 오레크의 속마음을 확인하려 하고 있었다. 영원 비슷한 시간이 한 번, 두 번, 세 번 되풀이되었다.

그런데 갑자기 조야의 시선이 한쪽으로 쏠렸다. 조야는 거칠게 몸을 흔들며 소리쳤다.
"산소통 마개를!"
아 큰일났다, 마개를! 오레크는 산소통에 손을 뻗쳐 서둘러 마개를 꼭 조였다.
고무 주머니가 터지지 않은 것이 다행이었다!
"키스 같은 것을 하니까 그래요!" 아직도 가쁜 숨을 몰아쉬면서 조야가 내뱉듯이 말했다. 앞머리가 흩어져 있고 모자가 벗겨져 떨어졌다.
그것은 당연한 말이었으나 두 사람은 또다시 입술을 맞추어 서로의 몸을 꽉 껴안았다.
복도의 유리문 저쪽으로 누가 지나간다면, 으슥한 곳에서 두 사람의 팔꿈치가 —— 흰 팔꿈치와 불그레한 팔꿈치를 보았을지도 모른다. 아니 보고 싶거든 얼마든지 보라지.
이윽고 폐에 다시 공기가 들어갔을 때, 오레크는 조야의 목덜미를 받치고 넋을 잃고 바라보면서 말했다.
"조로돈치크(작은 황금 덩어리란 뜻), 이것이 당신의 별명이야. 조로돈치크."
입술 운동을 하듯이 조야는 되풀이했다.
"조로돈치크? ……폰치크(둥그스름한 파이) 같군요."
나쁘지는 않다. 그렇게 불려도 좋다.
"내가 유형수인데도 무섭지 않소? 범죄인인데도?"
"무섭지 않아요." 조야는 아무렇지도 않다는 듯이 머리를 가로저었다.
"내가 이렇게 나이가 들었는데도?"
"상관없어요."
"환자인데도?"
조야는 오레크의 가슴에 이마를 대고 그대로의 자세로 서있었다.
따뜻한 타원형 돌출물, 무거운 자를 올려놓아도 미끄러져 내릴지 어떨지는 아직 확인하지 않은 그 돌출부를 눌러 뭉개기라도 하듯이 더욱 힘주어 조야를 껴안으면서 오레크가 말했다.

"정말 우시 테레크로 와주겠어? ……우리 결혼하자구……거기엔 우리의 집도 짓고."

이것이야 말로 조야가 이제까지 얻어보지 못한 지속성, 꿀벌 비슷한 본래의 성격 속에 감추어져 있는 지속성처럼 생각되었다. 정신없이 방 안에 옷을 벗어 팽개친 뒤에 오는 집요하고 건설적인 지속성. 오레크에게 찰싹 몸을 갖다 붙이고 가슴 전체로 오레크를 느끼면서 조야는 가슴 속으로 생각해보는 것이었다. 이 사람일까. 나의 운명은 이 사람에게……?

조야는 등을 쭉 펴고 다시 그의 목을 휘감았다.

"오레크! 당신 아세요? 이 주사가 어떤 것인지?"

"어떤 것?" 오레크는 자기의 볼을 비볐다.

"이 주사는……어떻게 설명해야 좋을까……정식 명칭은 호르몬 요법이라고 해서……서로 다른 성호르몬을 주사하는 거예요. 여자에게는 남성 호르몬을, 남자에게는 여성 호르몬을……. 전이를 막는 데 매우 효과적이래요……. 하지만 그러한 효과보다 먼저 다른 일이……. 아시지요?"

"아니 몰라, 전혀 몰라!" 오레크는 안색이 달라지며 불안스럽게 물었다. 그는 조야의 양어깨를 잡고 있었는데 그것은 한시 바삐 진상을 쥐어짜내려는 것 같았다.

"말해 봐요! 빨리 가르쳐달라니까!"

"말하자면 억압되는 거지요…… 성적 능력이……. 반대 성의 제2차 성징이 나타나기도 해요, 대량으로 주사를 맞으면 여자한테서 수염이 나게 되고 남자라면 유방이 커지기도 하고……."

"잠깐! 뭐가 어떻게 된다고?" 겨우 의미를 알아챈 오레크가 큰소리로 말했다. "이 주사가? 전혀 능력이 상실된다구?"

"전혀 다 없어지는 것은 아니에요 리비도는 오래오래 남게 될 거예요."

"리비도가 뭐지?"

조야는 그의 눈을 똑바로 쳐다보면서 이마로 가린 머리카락을 살짝 만졌다.
"지금 당신이 나에 대해서 느끼고 있는 것……욕망이라고 해도 좋아요."
"욕망은 남아 있어도 능력은 없어진다는 건가? 그렇지?" 그는 풀이 꺾여서 물었다.
"능력이 아주 약해져요, 그리고는 욕망도 차츰 약해지고……. 아시겠어요?" 조야는 손가락으로 오레크의 흉터를 만졌고 오늘은 깨끗이 수염을 깎은 볼을 어루만졌다. "그래서 당신한테는 이 주사를 놓아주고 싶지 않았어요."
"그랬었군!" 오레크는 가까스로 정신을 차리고 자세를 바르게 했다. "역시 그랬었군! 어쩐지 불길한 예감이 들었었는데 그랬었군!"
오레크는 이 병원의 의사들을, 일반적으로 의사들에 대해서 마구 욕을 해주고 싶었다. 그자들은 남의 생명을 자기들 멋대로 좌지우지할 수 있다고 생각하고 있다 —— 이렇게 말하다가 그는 갑자기 밝고 확신에 찬 간가르트의 얼굴을 생각했다. 어제 간가르트는 그처럼 밝게 빛나는 눈으로 오레크를 바라보면서 말하지 않았던가.
"당신의 생명을 구하는 데 필요한 매우 중요한 주사입니다! 문제는 당신의 생명을 구하는 데 있으니까요!"
그 베가가! 베가는 진심으로 오레크를 위해주지 않았던가. 생명을 구하기 위해서는 속여도 되는 것일까.
"당신도 언젠가는 그 여의사처럼 되겠지." 오레크는 곁눈으로 조야를 보았다.
아니, 왜 그런 것을 생각하지! 인생에 대해서 조야가 보는 눈은 오레크와 마찬가지였다. 그것이 없다면 살아갈 가치가 없다고 생각했다. 바로 지금 이 순간에도 조야는 그 탐욕스런 입술, 불꽃 같은 입술의 힘으로 오레크를 카프카즈 산맥까지 데려가지 않았던가. 조야는 여기에 서있었으며 여기에는 조야의 입술이 있다! 그 리비도가 오레크의 다리나 허리에 흐르고 있는 한 키스를 서둘지 않으면 안 된다!

"……무언가 그렇게 되지 않는 주사를 맞을 수는 없을까?"
"그런 짓을 하면 나는 이 병원에서 쫓겨나게 돼요……."
"그런 주사가 있기는 있는 거요?"
"같은 주사로 가능해요. 남성과 여성의 것을 바꾸지만 않는다면……."
"이봐요. 조로톤치크, 어디로든 갑시다."
"이미 여기까지 왔잖아요, 이제는 돌아가야 해요."
"회의실로 갑시다!……."
"안 돼요, 잡역부가 있는데다가 사람들이 다니고……게다가 아직 시간이 일러요……."
"그럼 밤중에……."
"그렇게 서두를 필요가 없어요, 오레크! 그렇게 서두르면 미래가 없어져요……."
"미래가 무슨 소용이요, 리비도가 떨어진다면……. 그래도 리비도는 남아 있을까. 암, 리비도는 남아 있어……제발 부탁이요, 어디로 갑시다!"
"오레크, 즐거움은 뒤로 미뤄두어요……. 그렇게 서둘지 마세요! 아무튼 이 고무 주머니를 옮겨야 해요."
"그렇군, 이 주머니를 옮겨야 하지. 지금 옮깁시다……."
"…………."
"……어서 옮기자구."
"…………."

두 사람은 축구 공처럼 팽팽해진 고무 주머니를 들고 계단을 올라갔다. 두 사람의 몸의 움직임이 그 고무 주머니를 통하여 서로의 몸에 전해지고 있었다.

그러니까 손을 맞잡고 있는 것이나 마찬가지였다.

낮이나 밤이나 환자나 건강한 사람들이 각기 자기 일로 바쁘게 오가고 있는 층계참에서는 그 안색이 누렇게 수척한 환자가 등에 베개를 대고 반쯤 몸을 일으켜, 이제 기침은 나오지 않는 것 같았으나 두 무릎을 세우고 자기의 머리를 처박고 있었다.
 그 환자는 아직 살아 있었다. 그러나 그 주위에는 인기척이 전혀 없었다.
 어쩌면 오늘이 이 환자의 최후의 날일지도 모른다. 말하자면 그 환자는 오레크의 동생이며 오레크의 친구일 수도 있다. 모두에게 버림받고 동정에 굶주리고 있는 한 인간, 그 침대 곁에 앉아서 아침까지 곁에 있어 준다면 임종의 고통을 얼마쯤 덜어줄지도 모른다.
 그러나 두 사람은 산소 흡입기의 고무 주머니를 침대 곁에 놓은 다음 계속 계단을 올라갔다. 빈사 상태에 빠진 인간이 마지막 기대를 걸고 있는 그 주머니는 두 사람으로서는 으슥한 곳에 몸을 숨기고 키스하기 위한 한낱 구실에 지나지 않았다.
 눈에 보이지 않는 끈에 묶여 있는 것처럼 오레크는 조야를 따라 계단을 올라갔다. 등뒤에 있는 빈사의 환자는 반달 전의 자신의 모습이며, 반년 후의 자기의 모습일지도 모를 그 환자에 대해서는 아무것도 생각하지 않았다. 오직 이 처녀, 이 여자에 대해서만 생각하고 어떻게 구슬러서 으슥한 곳으로 데려갈 수 있는가만 생각하고 있었다.
 그리고 또 하나, 완전히 잊고 있던 감각, 너무나 뜻밖이었던 달콤한 감각 —— 키스할 때 입술이 부르틀 정도로 난폭하게 짓뭉갰던 입술의 감각이 온몸을 짜릿하게 흐르고 있었다.

19. 광속(光速) 같은 스피드

 어머니를 마마라고 부르는 사람은 —— 특히 남들 앞에서 그렇게 부르는 사람은 많지 않다. 15세부터 30세까지의 남자는 그렇게 부르는 것을 부끄럽게 여긴다. 그러나 자치르코 집안의 삼형제, 바짐과 보리스, 그리고 유리는 어머니를 그렇게 부르는 것을 결코 부끄럽게 생각하지 않았다. 아버지가 살아 계실 때부터 이들 삼형제는 어머니를 사랑했으며 아버지가 총살당한 뒤에도 그런 마음에는 변함이 없었다. 나이 차이도 별로 나지 않아서 친구처럼 자란 이들 형제는 학교에서나 집에서도 언제나 부지런 했으며 공연히 거리를 배회하거나 하지 않고 미망인이 된 어머니를 슬프게 해드린 적은 한 번도 없었다. 이들 형제가 아직 어렸을 때 사진 한 장을 찍어둔 것이 인연이 되어, 그후부터는 성장 과정을 비교해보기 위해 2년에 한 번씩 어머니가 아이들을 데리고 사진관으로 가는 것이 하나의 전통처럼 되어버렸다. 그러는 동안에 아이들의 카메라를 사용하여 찍게 되었다. 그래서 이 집안의 앨범에는 어느 페이지를 펼쳐보아도 어머니와 세 아들의 사진 뿐이었다. 어머니의 머리는 연한 금발이었으나 아이들의 머리는 모두 검었다. 이것은 전날 자포로제 증조모와 결혼한 터키 인 포로의 피를 이어받은 때문이었을까. 사진에서 보는 세 아들은 남이 보면 누가 누구인지 구분하기 어려울 정도로 아주 닮았었다. 사진은 매장마다 눈에 뜨이게 성장한 모습을 보였으며 이들 가족의 살아 있는 역사를 자랑이라도 하듯이 카메라 앞에 가슴을 쩍 펴고 앉아 있었다. 어머니는 이곳에서는 유명한 여의사로서 언제나 사람들로부터 감사나, 꽃다발이나 고기 만두를 받았다. 설혹 이 여의사가 사회를 위하여 한 일이 아무것도 없다 하더라도 이 세 아들을 키운 것만으로도 충분히 뜻있는 여자의 일생이라고 말할 수 있을 것이다. 그녀의 아들들은 모두 같은 공예 전문학교에 입학하여 장남은 지질학과를, 차남은 전기공학과를 졸업했으며 삼남은 금년에 건축과를 졸업할 예정이 었는데, 어머니는 이 막내아들과 함께 살고 있었다.

그러나 바짐이 병이 났다는 소식을 듣자 어머니는 몹시 당황했다. 지난 주 목요일에는 이곳으로 찾아오려고 생각했을 정도였다. 토요일에는 돈초바로부터 전보가 왔는데 콜로이드 금이 필요하다는 것을 알게 되었다. 일요일에 어머니는 그 금을 구하기 위해 곧 모스크바로 가겠다고 전보로 답장을 보냈다. 그리하여 월요일에는 정말 모스크바로 갔으며 어제와 오늘 이틀 사이에 여러 고관의 응접실을 찾아가서 죽은 남편을 생각해서라도(남편은 소비에트 정부의 시책과는 잘 맞지 않는 지식인으로, 전시에는 시내에 남아서 빨치산과 연락을 취하거나 아군의 부상병을 숨겨주다가 독일군에게 잡히어 총살당했었다.) 콜로이드 금의 재고를 자식을 위하여 조금만 나누어달라고 부탁하고 있을 것이다.

바짐으로서는 멀리 떨어진 이 병원에서까지 그렇게 신세를 져야 한다는 것이 죽도록 싫었다. 과거의 공적이나 연고 관계를 이용한다는 것은 아주 질색이었다. 입원하기 전에 어머니가 돈초바 의사에게 전보를 쳐주신 것부터가 마음에 들지 않았다. 살아 남아야 한다는 것이 바짐에게는 아무리 중대한 일이라 해도, 또 그것이 암이라는 고약한 병이라 해도, 바짐은 그 어떤 특권도 이용하고 싶지 않았던 것이다. 그러나 돈초바를 만나자 곧 알게 된 일이지만 이 여의사는 어머니가 전보를 치지 않았더라도 시간이나 노력을 아낄 사람은 아니었다. 그러나 콜로이드 금 때문에 어머니에게 전보까지 칠 필요는 없지 않았을까.

그 금을 입수하기만 하면 어머니는 즉각 이 병원으로 달려올 것이다. 설사 금을 구하지 못했더라도 오실 것은 틀림없을 것이다. 그래서 바짐은 어머니에게 편지로 자작나무 버섯에 대해서 알려드렸다. 그 버섯의 효력을 믿어서가 아니라 어머니에게 하나의 일거리를 드리고 싶은 마음에서였다. 그러나 만약 사태가 절망적으로 되었을 경우, 의사로서의 지식이나 신념에 어긋나는 일이라도 어머니는 바곳 뿌리를 구하기 위하여 산속의 노인을 찾아가실 것이다. 어제, 오레크 코스토글로토프가 와서 여의사와 다투기 싫어서 뿌리의 액체를 버려버린 것을 사과하면서, 그러나 그것만으로는 부족하니까 노인의 주소를 가르쳐주고, 만약 그 노인이 투옥되었다면 자기가 예비로 갖고 있는 뿌리를 나누어주겠다고 약속해주었던 것이다.

장남의 몸에 닥친 위험을 알게 되었다면, 어머니는 살고 싶은 마음도 없게 될 것이다. 그리고 어머니는 아들의 병을 고쳐주기 위하여 무슨 일이든 다할 것이다. 탐험대에 끼어서 갈 때, 가루카라는 여자 친구와 같이 간다는 것을 알면서도 어머니는 자기도 따라가겠다고 나섰었다. 이 종양이 생긴 일 자체가 이 병에 대해서 단편적으로 읽고 들은 바짐의 지식에 의하면 어머니가 지나치게 신경을 쓰고 조심한 결과였다. 바짐의 다리에는 어려서부터 크고 검은 사마귀가 있었는데, 어머니는 의사로서, 이 사마귀가 변질할 위험이 있다는 것을 알고 있었음에 틀림없었다. 갖가지 구실을 붙여서 이 사마귀를 만져보기도 했으며, 어느 땐가는 잘 아는 유명한 외과 의사에게 예방을 위해서 수술해 버리자고도 했다. 그러나 그 수술을 해서는 안 될 일이었다.

그러나 지금 자기가 죽어가고 있는 것이 어머니 탓이라 하더라도 바짐은 직접 대놓고도 그러했지만 뒤에서도 어머니를 비난할 생각은 추호도 없었다. 결과에 따라서 사람을 판단하는 것은 너무나 이기적이지 않을까. 게다가 자기의 일이 아직 중도반단의 상태에 있으며 흥미가 단절되고 가능성이 구명되지 않았다고 해서 어머니의 실책에 화를 내는 것은 불공평한 일일 것이다. 흥미도, 가능성도, 일에 대한 정열도 없다면 바짐으로서는 있을 수 없는 일이다. 바짐은 어머니가 없다면 존재할 수도 없었다.

인간에게는 이빨이 있으니까 깨물거나 이를 악물기도 하고 이를 갈면서 아쉬워하거나 한다. 이빨이 없는 식물들은 온화하게 성장하고 조용하게 죽어갈 것이다!

그러나 어머니를 용서할 수 있는 바짐도 자기의 상황을 용납할 수는 없었다! 자기의 표피 중 1평방센티미터라도 병에게 양보할 수는 없었다! 따라서 이를 갈지 않을 수 없었다.

아아, 이 저주받은 병은 얼마나 느닷없이 나의 갈길을 가로막아버렸는가! 그것은 가장 중요한 시기에 엄습해 왔던 것이다.

사실 말해서 바짐은 어려서부터 언제나 시간 부족을 느껴왔던 것 같다. 여자 손님이나 이웃집 아주머니가 찾아와서 수다를 떨어 어머니와 자기의 시간을 빼앗을 때마다 안절부절했다. 국민학교 때나 상급학교에 다닐 때 근로 봉사나 소풍이나, 파티나, 데모 행진 등 많은 사람들이 모일 때, 언제나 실제로 시작하는 시각보다 한 두 시간 먼저 시각을 정하여, 사람은 언제나 늦게 마련이라는 사고 방식이 노골적으로 나타나면 화가 나서 견딜 수가 없었다. 그리고 또 라디오의 30분간의 뉴스를 바짐은 도저히 끝까지 다 듣지 못했다. 중요한 일이나 필요한 것은 5분간으로 압축할 수 있다. 나머지 25분은 시간 낭비가 아닐까. 가게로 물건을 사러갈 때도 10분의 1 정도의 확률로 결산이나 재고 조사에 부딪칠 때가 있는데 이처럼 예측하기 어려운 시간 낭비가 바짐으로서는 마음에 들지 않았다. 동사무소나 우체국 출장소는 휴일이 아닌데도 문을 닫아버릴 때가 있으며 25킬로미터나 떨어진 곳에서는 도저히 그것은 예상할 수 없었다.

이처럼 시간에 대한 욕심은 아버지로부터 물려받은 것인지도 모른다. 아버지 역시 시간을 헛되게 쓰는 것을 싫어하는 분이었다. 지금도 기억하고 있지만 아들을 무릎 위에 앉히고 이렇게 말한 적이 있었다.

"바짐! 1분간을 활용하지 못하는 인간은 한 시간을, 하루를, 평생을 헛되게 보내고 만다!"

아니, 그렇지 않다! 이 악마와 같은 시간에 대한 억제하기 어려운 갈망은 아버지한테 배우기 전부터 어린 바짐의 몸 속에 자리잡고 있었다. 이웃집 아이들과 놀다가도 좀 싫증이 나면 바짐은 문밖으로 나가지 않게 되었으며, 아이들이 놀리는 소리가 귀에 들어오지 않도록 얼른 집으로 돌아와버리는 것이었다. 어떤 책이 신통치 않은 것 같으면 끝까지 다 읽지 않고 던져버린 다음 내용이 보다 충실한 책을 찾아 읽었다. 영화의 첫 장면이 시시할 때는 (영화의 내용을 미리 알려주지 않는 것은 영화 제작자의 모략일지도 모른다), 입장료는 아깝지만 단념한 채 자리를 박차고 밖으로 나와 귀중한 시간과 맑은 머리를 보호했다. 가장 괴로웠던 일은 10분마다 잔소리를 되풀이하면서 강의는 엉터리여서 묘하게 말꼬리를 질질 끌고 쓸데없는 말만 잔뜩 늘어놓다가 수업이 끝나는 벨이 울린 다음에야 숙제를 내주기 시작하는 선생이었다. 교사가 수업 계획을 세우는 것보다도 훨씬 면밀하게 학생들은 쉬는 시간에 대한 계획을 세우고 있다는 것을 선생들은 알지 못했다.

어쩌면 바짐은 자기의 육체에 도사린 위험을 어려서부터 자기도 모르는 사이에 의식하고 있던 것은 아닐까? 아무런 죄도 없는 갓난아기 때부터 이미 이 사마귀가 타격을 주어 왔었다. 소년 시절부터 이토록 시간을 절약하고, 그 시간을 절약하는 정신을 두 동생에게 전해주었으며 학교에 들어가기 전부터 성인용 책을 읽었던 것도, 6학년 때 집에다 화학 실험실을 차려놓은 것도 이것은 이미 미래의 종양과 경쟁을 시작하는 징조가 아니었을까? 바짐으로서는, 이것은 적의 모습이 보이지 않는 맹목적인 경쟁이었다. 그러나 종양은 경쟁이 백열하기 시작한 순간에 느닷없이 등장했던 것이다! 병이 아니라 그것은 뱀인 것이다. 그 이름까지 뱀과 닮지 않았는가. 흑소육종(黑素肉腫).

그것이 언제부터 시작되었는지 바짐은 모르고 있었다. 아라이 산맥(키르기스 공화국의 남부)으로 탐사를 나가 있던 무렵이었다.

처음에는 그 부분이 단단해지면서 아프기 시작했고, 이윽고 구멍이 뚫리고 통증은 가라앉았으나 곧 다시 딱딱해지고 옷에 스쳐 걸어다니기도 어렵게 되었다. 그러나 바짐은 어머니에게 알리지도 않았으며 일을 그만두지도 않았다. 그때는 최초로 일련의 자료를 수집하던 시기였으며, 그 자료를 가지고 모스크바로 가려던 참이었다.

탐험대는 지하수의 방사능을 조사하기만 했으며 광맥의 발견 같은 것은 작업 내용에 들어 있지도 않았었다. 그래도 바짐은 나이에 걸맞지 않게 많은 책을 읽었으며 지질학자의 취약점인 화학에 대한 지식도 남달리 갖고 있어서 이 탐험을 통해서 광맥을 발견하는 새로운 방법을 찾아낼 수 있다고 확신하고 있었다. 탐험대의 대장은 바짐의 이런 견해에 대해서 가끔 잔소리를 했다. 대장에게 필요한 것은 계획을 착실하게 실행에 옮기는 것뿐이었다.

바짐은 모스크바 출장을 신청했으나 대장은 그러한 목적으로 출장하는 것을 허락해주지 않았다. 그래서 바짐은 종양에 대해서 말하면서 병가를 얻어 이 병원으로 오게 된 것이다. 진찰을 받고 사정이 있어서 그러니 진단서를 써달라고 했다. 입원 허가증을 받아든 바짐은 곧 모스크바로 갔다. 때마침 어떤 회의에 체레고로체프가 출석한다는 소문을 듣게 되었다. 바짐은 이 학자를 만나본 적은 없었으나, 이 학자가 저술한 교과서나 연구 서적을 읽어본 적이 있을 뿐이었다. 사람들의 얘기에 따르자면 체레고로체프는 상대방이 말하는 첫마디를 듣고서도 이야기할 만한 가치가 있는 사람인지 어떤지를 판단하고 하잘것 없는 사람이면 절대로 더 이상 말을 들어주지 않는다고 했다. 모스크바로 가는 도중 바짐은 그에게 말할 최초의 한 마디를 곰곰이 생각했다. 체레고로체프에게 소개된 것은 회의 도중 후식 시간에 이 학자가 뷔페장으로 들어가려 할 때였다. 바짐의 첫마디에 체레고로체프는 뷔페실로 들어가지 않고, 청년의 팔을 잡더니 한쪽으로 데리고 갔다. 그 5분간에 걸친 복잡한 회화는(바짐으로서는 불꽃 튀는 대화로 생각되었다.) 상대방이 대답을 새겨보거나 자기 자신의 방식을 펼칠 때처럼 느릿한 시간 여유를 두지 않고 일사천리로 말하지 않으면 안 되었으며, 또 중요한 부분은 끝까지 말하지 않고 덮어두어야 했다. 체레고로체프는 곧 반대 의견을 내 놓았는데, 말하자면 그것은 지하수의 방사능은 부차적인 징후이지, 근원적인 징후는 아니므로 그 징후에 의한 광맥 탐사는 허사일 것이라고 했다. 그렇게 말하면서도 그것을 뒤엎을 만한 사실이 있으면 언제라도 의견을 바꿀 수 있는 태도로 바짐의 반론을 기다리고 있으나 결국 반론이 나오지 않은채 끝나고 말았다. 바짐에게 분명한 것, 그것은 바짐이 바위 투성이인 아라이 산맥의 한가운데서 자기 혼자 열심히 조사한 그 성과의 시점에서 모스크바의 학회 전체는 제자리걸음을 하고 있다는 사실이다.

이것은 최고의 발견이었다! 그렇다면 일을 계속할 만한 보람이 있다!

그러나 지금 당장 자기는 입원해야 한다……. 어머니에게도 이 사실은 밝혀야 한다. 노보체르카스크의 병원에 입원해도 좋았겠으나 이 병원이 문제의 산맥에 가깝기 때문에 더 마음에 들었다.

모스크바에서 바짐이 알게 된 것은 지하수나 광맥에 대한 것만이 아니다. 흑소육종의 환자가 반드시 죽는다는 것도 이 청년은 알게 되었던 것이다. 이 종양을 앓고 있는 환자는 오래 견뎌야 1년, 대개는 8개월 밖에는 견디지 못한다.

그것이 어쨌다는 말인가. 바짐의 시간과 질량(質量)은 거의 광속(光速)에 가까운 스피드로 날으는 것과 같이 다른 사람과는 달랐다. 시간은 용적이 커지고 질량은 침투성을 획득했다. 이 청년에게 있어서 수년은 수주간으로, 며칠은 몇 분으로 압축되어 있었던 것이다. 어려서부터 서둘러대던 바짐이었으나 정말 서둘게 되는 것은 지금부터였다! 평온 무사한 생활을 60년이나 보낸다면 아무리 바보라도 박사 정도는 될 것이다. 그렇다면 스물일곱 살에는 무엇이 되어야 할까?

스물일곱 살이라고 하면 레르몬토프가 죽은 나이다. 레르몬토프도 죽기는 싫었을 것이다(자기가 레르몬토프를 좀 닮았다는 것을 바짐은 의식하고 있었다. 키도 그렇게 크지 않고, 가무잡잡하고 날씬하고 예쁜 손 등. 수염은 없었지만) ——. 그러나 레르몬토프는 우리들의 기억 속에 새겨져 있다. 벽년이 아니라 영원히!

죽음은 표범처럼 이미 검게 번쩍이는 몸을 움직이며 꼬리를 저으면서 한쪽에 누워 있었다. 바짐은 지적인 인간으로서 그 표범과 지내기 위한 방식을 발견해내지 않으면 안 되었다. 남은 몇 달 동안을 어떻게 효과적으로 보내야 할 것인가. 자기의 생활에 느닷없이 끼어든 새로운 사실인 죽음을 철저하게 분석해보지 않으면 안 된다. 그 분석 결과 바짐은 자기가 이미 죽음에 익숙해지기 시작했다는 것, 또는 동화하기 시작했다는 것을 깨닫게 되었다.

가장 좋지 않은 것은, 잃게 된 시점에서 시작한다는 것이리라. 만약 오래 살 수 있다면 얼마나 좋을까. 어디로 가고 무엇을 할 것인가 하는 따위의 사고 방식이다. 필요한 것은 통계를 인정하는 일, 즉 일찍 죽어야 할 인간이 있다는 사실을 인정해야 하는 것이다. 그대신 일찍 죽은 인간은 사람들의 기억 속에 영원히 젊은 채로 남게 될 것이다. 죽기 직전에 번쩍이던 불꽃은 영원히 빛날 것이다. 최근 몇 주 동안 바짐이 생각 끝에 발견하게 된 것이지만 이것은 매우 중요한 그러나 일견 역설적인 특징이었다. 즉 재능이 있는 인간은 무능한 인간보다 죽음을 이해하기 쉬우며 그것을 쉽게 받아들인다는 것이다. 그러나 재능이 있는 사람은 죽게 됨으로써 무능한 사람보다 훨씬 많은 것들을 잃게 되지 않는가! 무능한 사람에게는 그 무능에 상응하는 긴 인생이 필요하겠지만 어리석은 사람은 영원을 다룰 수 없다고 에피쿠로스도 말했었다.

물론 금세기의 과학은 눈부시게 발달하고 있으므로 앞으로 3, 4년만 있으면 흑소육종의 특효약도 틀림없이 발견되리라고 생각된다. 그것을 생각하면 부럽지 않은 것도 아니었다. 그러나 바짐은 생명을 연장하는 일이나 병이 완쾌되리라고는 더 이상 생각하지 않기로 했다. 한밤중의 고독한 몇 분 동안이라도 그런 쓸데없는 생각으로 낭비해서는 안 된다. 정신을 바짝 차리고 일할 것, 후세 사람들에게 광맥을 찾는 새로운 방법을 남겨주어야 한다.

이렇게 일찍 죽는 대가로서 바짐은 편안히 죽기를 바라고 있었던 것이다.

게다가 그가 살아온 26년 동안 바짐은 시간을 효과적으로 사용했다는 감각 이상으로 충실하게, 풍족하고 조화를 이룬 감각을 가져본 적이 없었다. 그러기에 최후의 몇 달도 더욱 합리적으로 보내지 않으면 안 된다.

이처럼 일에 대한 정열에 불타서 몇 권의 책을 옆에 끼고 바짐은 병실로 들어왔던 것이다.

병실에서 예상되는 첫번째 적은 라디오와 스피커였으며, 바짐은 모든 합법적·비합법적 수단을 사용하여 그것과 싸울 결의를 굳히고 있었다. 우선 병실의 환자들을 설득하고 그래도 안 되면 전선을 절단한다든가 스피커를 벽에서 떼어내면 될 것이다. 우리 나라에서는 도처에 확성기 장치가 되어 있어서 그것이 마치 문화 보급의 증거인양 보이고 있지만 이것은 오히려 문화가 뒤떨어졌음을 말해주는 것이며, 지적 태만을 장려하게 된다. 그러나 바짐이 아무리 그렇게 말해도 아직까지 아무도 납득해주지 않았다. 물어보지도 않은 정보나 선택하지도 않은 음악(더구나 그때의 기분에 어울리지도 않는 음악)을 흘려보낸다는 것은 시간을 훔치고 정신의 혼란과 산만을 초래하며, 그것은 주체적으로 움직이지 못하는 침체된 인간에게 어울리는 것이 아닌가. 에피쿠로스가 말하는 어리석은 사람이란 주어진 영원을, 라디오를 듣는 일이 다 써버릴지도 모른다.

　그러나 놀라운 것은, 그리고 다행스러운 것은 병실로 들어간 바짐이 아무리 둘러보아도 라디오는 보이지 않았다는 점이었다! 2층의 어디에도 라디오는 보이지 않았다. 이 이상한 현상은 이 병동이 더 설비가 좋은 건물로 이전하기로 되어 있었으나 그 이전이 매년 연기되어 왔다는 사정으로 설명될 수 있었다. 그 새 건물에는 물론 곳곳에 라디오가 설치될 예정이었다.

　바짐이 예상했던 두 번째 적은 어둠이었다. 소등 시간은 빠르고 점등 시간은 늦었으며 창은 멀리 떨어져 있을지도 몰랐다. 그러나 친절한 좀카가 창가의 침대를 양보해주어서 바짐은 첫날부터 이 생활에 쉽게 적응할 수 있었다. 밤에는 다른 환자들과 함께 일찍 자고 새벽에 눈을 뜨면 공부를 시작했다. 하루 중에 가장 조용하고 가장 좋은 시간이었다.

　예상되는 제3의 적은 환자들끼리의 쓸데없는 잡담이었다. 그것은 꼭 쓸데없는 일이라고는 할 수 없었으나 그래도 병실은 대체로 바짐의 마음에 들었다.

　무르살리모프와 아흐마잔은 고집이 없고 선량한 사람들이었다. 그들 둘이서 우즈베크 어로 말할 때는 전혀 신경쓸 필요도 없었으며, 그 말씨도 신중하고 온화했다. 무르살리모프 같은 현명한 노인을 바짐은 산 속에서 몇 번인가 만난 적이 있었다. 단 한 번 무르살리모프와 아흐마잔의 의견이 갈라져서 두 사람이 언성을 높여서 말다툼을 한 적이 있었다. 왜 싸우느냐고 통역해 달라고 바짐이 부탁했다. 듣고 보니 무르살리모프는 새로운 이름에 대해서 화를 내고 있었다. 몇 개의 단어를 연결시켜 하나의 이름을 짓는 경향이 있는 것 같았다. 무르살리모프의 말을 빌리자면 예언자가 남긴 진짜 이름은 40개 밖에도 없었으며 그밖의 이름은 옳지 않다는 것이었다.

　아흐마잔도 나쁜 청년은 아니었다. 조용히 해달라고 부탁하면 언제나 조용히 했다. 어느 때 바짐은 에벤크 족(동부 시베리아에 거주하는 소수민족)의 생활에 관하여 들려주었는데 이것은 청년의 상상력을 무척 자극한 것 같았다. 아흐마잔은 그 이상한 생활에 대해서 이틀 동안이나 곰곰이 생각해본 끝에 갑자기 바짐에게 물었다.
"그 에벤크 족은 어떤 복장을 했지?"
바짐이 간략하게 대답하자, 다시 몇 시간 동안 아흐마잔은 생각에 잠겼었다. 그러나 또 절름거리며 다가와서 물었다.
"에벤크 족의 일과는 어떠했지요?"
또 다음날 아침에도,
"말해주게, 에벤크 족이 하는 일은?"
에벤크 족이 보통 생활을 하고 있다는 것이 아흐마잔으로서는 도저히 납득되지 않는 모양이었다.
아흐마잔에게 장기를 두러 오는 시브가토프도 공손하고 호감이 가는 사람이었다. 이 사나이는 공부를 하지 않은 까막눈이었으나 큰소리로 떠드는 것은 결례가 된다는 것을 잘 알고 있었다. 그리고 아흐마잔이 말다툼을 하거나 하면 언제나 싸움을 말렸었다.
"어쨌든 이 고장의 포도는 진짜가 아니야. 이 고장에서 나는 멜론도 진짜가 아니고……."
"그럼 어디서 나는 것이 진짜지?" 아흐마잔이 흥분해서 물었다.
"크리미아지, 그곳 멜론이라면…… 당신에게 보여주고 싶군……."
좀카도 좋은 소년이며, 결코 허풍을 떨거나 하지 않는다는 것을 바짐은 간파하고 있었다. 좀카는 언제나 생각에 잠기거나, 교과서를 읽거나, 코스토글로토프에게 입체기하학을 배우거나 했다. 그러나 이 소년의 얼굴에서는 번뜩이는 재능을 찾아볼 수 없었다. 무언가 엉뚱한 것을 듣게 되면 묘하게 어두운 표정이 되는 것을 보아도 그것을 알 수 있다. 공부를 계속하여 지적인 직업을 갖기란 이 소년으로서는 쉬운 일이 아닐지도 모른다. 그러나 노력 여하에 따라서는 이런 늦되는 소년도 언젠가는 온전한 인간이 되는 법이다.
루사노프도 바짐에게 방해가 되지는 않았다. 그는 보기 드문 성실한 일꾼이었다. 생각하는 것도 근본적으로 잘못된 것은 아니었으나 다만 그것을 유연하게 표현하는 방법을 몰랐고, 무언가를 암송하듯이 딱딱하게 말하는 것이 옥의 티였다.

코스토글로토프는 처음에는 바짐의 마음에 들지 않았었다. 떠버리고 난폭한 사람처럼 보였다. 그러나 나중에 알게 된 것이지만 그것은 표면적인 인상일 뿐 실은 섬세한 인간이며 다만 불행했던 과거로 해서 정서적으로 불안정했을 뿐이었다. 그의 불행한 과거는 아마도 본인의 고집스런 성격에 원인이 있을지도 모른다. 다행히 병은 회복되는 것 같았으며 무엇에건 집중해서 자기가 무엇을 하고 싶은지만 확실히 의식하게 된다면 잃어버렸던 생활을 되찾을 수도 있을 것이다. 무엇보다도 부족한 것은 정신 집중이었다. 그것은 이 사나이가 예사로 시간을 낭비하고, 아무런 의미도 없이 안뜰을 산책하거나 담배를 피우는가 하면 발작적으로 책을 읽다가는 중도에 팽개쳐버리고 여자의 꽁무니를 쫓아다니는 것에서도 잘 나타나고 있었다. 특별히 관찰력을 발휘하지 않더라도 이 사나이와 조야 사이에는 무언가가 있었으며, 간가르트와의 사이에도 무언가가 있다는 것을 곧 알 수 있었다.

조야나 간가르트는 미인이었지만 죽음의 주변에서 헤매는 사람이 여자에게 정신을 빼앗기는 것을 바짐은 이해할 수 없었다. 탐험대에서는 가르카가 바짐과 결혼할 생각으로 기다리고 있었으나 바짐에게는 이미 결혼할 권리가 없었다. 그래서 가르카에게도 앞으로는 더 이상 접근하지 않을 것이다.

앞으로는 누구도 가까이하지 않을 것이다.

흔히 정해진 값은 확실히 지불해야 한다고들 말한다. 하나의 정열이 우리를 사로잡으면 다른 정열은 모두 쫓겨나 버린다.

이 병실 안에서 바짐을 불안하게 만드는 것은 포두예프 한 사람 뿐이었다. 포두예프는 심술궂고 오만한가 하면 갑자기 마음이 약해져서 달콤한 관념론에 열중하거나 한다. 옆사람과 화목하게 지낸다거나 사랑한다거나, 자기를 희생해가면서까지 남을 돕는다거나 그런 바보스런 가르침 같은 우화는 바짐으로서는 참을 수 없는 일이었다. 옆사람은 형편없이 게으름뱅이지도 모르고 악질적인 사기꾼일지도 모른다! 이처럼 생기없는 빛바랜 이야기는 바짐의 싱싱하게 타오르는 의지나 총알처럼 튀어나가려는 욕구와 정면으로 대립하는 것이었다. 바짐도 언제나 자기를 희생할 각오는 되어 있었으나, 하잘것 없는 일을 다반사로 할 수는 없었다. 불꽃 튀는 듯한 일을 통해서 전국민에게, 전 인류에게 자기를 바치는 것이었다!

그래서 포두에프가 퇴원하고 백발이 성성한 페데라우가 구석 침대에서 옮겨왔을 때는 안도의 한숨을 내쉬었던 것이다. 페데라우만큼 조용한 사나이도 드물다! 그는 병실에서 가장 조용한 인물이었다. 하루 종일 한 마디도 지껄이지 않고 자리에 누워 슬픈 표정을 짓고 있었다. 매우 괴상한 시골뜨기였다. 따라서 바짐에게는 매우 이상적인 옆사람이었다. 그러나 내일 모레인 금요일에는 이 사나이도 수술을 받을 예정이라고 했다.

그래서 페데라우와는 거의 말을 하지 않다가 오늘은 두 사람이 병에 대한 얘기를 하게 되었는데 페데라우는 뇌막염으로 죽을 고비를 넘긴 적이 있었다고 했다.

"머리를 어디에 부딪쳤나요?"

"아니, 감기였지. 처음에는 열이 몹시 나서 차를 타고 공장에서 집으로 돌아왔을 때는 머리가 차가와졌어. 결국 뇌막염이 되고 눈이 보이지 않게 되었지."

이 비극적인 이야기를 할 때 페데라우는 말에 별로 힘도 주지 않고 아주 냉정했으며 미소마저 짓고 있었다.

"열이 심하게 났다는 것은 무슨 뜻이지요?" 바짐이 물었으나 시간이 아깝다는 듯이 곁눈으로 책을 보고 있었다. 그러나 병실에서 병에 대한 이야기가 나오면 으레 듣는 사람이 나타나는 법이다. 지금도 통로 맞은쪽 자리에 있는 루사노프가 오늘은 이상하게도 힘없는 시선을 페데라우에게 기울이고 있었다. 그래서 페데라우는 거의 루사노프를 향해서 말을 계속했다.

"보일러가 고장나서, 좀 까다로운 용접을 해야 했지요. 증기를 빼내고 보일러를 식혔다가 원상으로 회복시키려면 24시간이 걸려요. 밤 늦게 공장장이 나한테 차를 보내어 '페데라우, 생산을 중단시키면 안 되니까 방호복(防護服)을 입고 보일러 속으로 들어가 주지 않겠나?' 그래서 '그렇습니까? 필요하다면 그렇게라도 해야겠지요!'라고 나는 대답했지. 전쟁 전의 바쁜 시국이었으니 하지 않을 수가 없잖아. 나는 보일러 속으로 들어갔어요. 아마 한 시간 반쯤은 있었을 거요……공장장의 말을 거절할 수 있겠요? 모범 노동자의 게시판에는 언제나 내 이름이 맨 윗자리를 차지하고 있었으니까."

루사노프는 감탄하는 듯한 눈으로 그를 지켜보면서 그의 이야기에 귀를 기울이고 있었다.

"당원이라도 좀체로 하기 힘든 일이요."라고 루사노프는 칭찬해 주었다.

"나도……당원입니다." 페데라우는 더욱 겸손한 미소를 보이면서 낮은 목소리로 말했다.

"그랬을까?" 루사노프는 상대방의 말을 정정했다(이 자들은 조금만 칭찬해주면 기고 만장해진다니까).

"지금도 당원이지요." 페데라우스는 더욱 작은 소리로 말했다.

오늘의 루사노프는 남의 사정을 들어주거나 토론을 하거나 남을 선도하는 일 따위가 지겨워졌다. 무엇보다도 자기의 상황이 무척 비극적이기 때문이다. 그러나 너무나 확실한 잘못은 바로잡지 않을 수 없었다. 지질학자는 못들은 체하고 독서에 열중하고 있었다. 그래서 루사노프는 나직한 목소리지만 또렷하게(상대가 긴장하고 있었으므로 아무리 작은 목소리로 말하더라도 못 듣지는 않을 것이다.) 말했다.

"그런 일은 있을 수 없지. 당신은 독일 사람일 테니까."

"네." 페데라우스 쓸쓸한 표정으로 대답했다.

"그렇다면 추방될 때 당원증은 빼앗겼을 텐데."

"빼앗기진 않았어요." 페데라우는 고개를 가로 저었다.

루사노프는 더 이상 말하기가 성가셔서 얼굴을 찌푸렸다.

"그렇다면 어딘가 착오가 있었던 모양이군. 바삐 서둘다가 빠뜨렸겠지. 당신이 자진해서 반납했더라면 좋았을 것을."

"아니, 그렇지 않아요!" 페데라우는 조심스럽게, 그러나 집요하게 말했다. "벌써 14년 동안이나 당원증을 갖고 있었으니까 착오는 아닙니다! 지구당 위원회에 모였을 때도 당신들을 일반 대중처럼 취급할 수는 없으니 제발 당에 남아 있어 달라고 했어요. 감독 조사국에는 어떻게 등록되어 있든 당비는 꼬박꼬박 납부했습니다. 비록 간부는 될 수 없었겠지만 평당원으로라도 모범적으로 일하지 않으면 안 됩니다. 그렇지 않습니까?"

"글쎄, 그럴까?" 루사노프는 한숨을 내쉬었다. 이제는 눈꺼풀이 자꾸 감기어 말을 계속하기가 무척 괴로웠다.

엊그제 맞았던 두 번째 주사는 전혀 효력이 없었다. 종양은 오믈어들거나 부드러워지지도 않았으며 여전히 쇳덩어리처럼 턱을 압박하고 있었다. 오늘 루사노프는 완전히 풀이 죽어 또다시 무서운 악몽에 시달릴 것을 각오하면서 세 번째 주사를 침착하게 기다리고 있었던 것이다. 카파와 약속한 대로 세 번째 주사를 맞은 다음 모스크바로 갈 예정이었으나 파벨 니콜라예비치는 병마와 싸울 기력을 완전히 상실하고 있었다. 운명이란 도대체 어떤 것인지 지금 처음으로 알게 된 것 같았다. 세 번째 주사건, 열 번째 주사건, 여기에 그대로 있든, 모스크바로 가든 낫지 않을 종양은 낫지 않을 것이다. 물론 종양이라고 해서 다 죽는 것은 아니다. 종양을 가진 채 불치병자나 불구자로서 살아갈 수도 있을 것이다. 그렇다 하더라도 파벨 니콜라예비치는 어제까지만 해도 이 종양과 죽음을 결부시켜 생각해보지는 않았었다. 그러나 어제 오글로예트는 의학서를 읽었는데 그 책에 의하면 종양은 전신에 독소를 퍼뜨린다는 것이다. 그러기에 종양은 방치해둘 수 없다는 것이다.

그것은 파벨 니콜라예비치로서는 큰 타격이었다. 역시 죽음에서는 빠져나갈 수 없는 것일까. 어제 루사노프는 1층에서 수술을 받은 환자가 머리 끝까지 시트로 덮여 있는 것을 목격했었다. 그때 처음으로 잡역부들이 흔히 '저 환자도 머지 않아 시트를 뒤집어쓰게 될 거야.'라고 말하던 진짜 의미를 알게 되었다. 그랬었군! 죽음에 대한 일반적인 이미지는 검은 색깔이었으나 그것은 죽음의 주변에 지나지 않는다. 죽음 그 자체는 흰색인 것이다.

물론 모든 인간은 죽지 않으면 안 되므로 루사노프도 언젠가는 생을 청산할 때가 오리라는 것은 각오하고 있었다. 그러나 그것은 언젠가 앞으로의 이야기지 지금 당장 일은 아니다! 언젠가 죽을 것이라는 것은 두렵지 않았지만 지금 당장 죽는다는 것은 무서운 일이었다. 만약 지금 죽는다면 어떻게 될까? 남겨진 가족은?

새하얗고 싸늘한 죽음은 아무것도 싸지 않은 공허한 시트의 차림으로 슬리퍼를 신고 신중하게 조용히 루사노프에게로 다가왔다. 살며시 다가오는 죽음 앞에서 루사노프는 죽음과 싸울 수 없을 뿐만 아니라 죽음에 대해서 생각하거나 무엇을 결정하거나 어떤 말을 할 수도 없었다. 죽음은 불법적으로 다가오고 있었으며, 따라서 파벨 니콜라예비치를 지켜주고 무장시켜줄 법규나 정령(政令)은 어디에도 없었다.

루사노프는 자기 자신이 불쌍해졌다. 이처럼 목적이 명확하고, 공격적이고 아름답던 그의 생활이 난데없는 종양으로 파괴되는 것은 참아 볼 수가 없었다. 루사노프의 정신은 이 종양의 어떤 필연성을 거부하고 있었다.

자기를 불쌍하게 생각한 나머지 하염없이 눈물이 흘러나와 눈을 흐리게 했다. 낮에는 안경을 쓰거나 코를 풀거나 얼굴에 타월을 씌워 눈물을 감추었다. 그러나 어제 저녁에는 부끄러운 것도 잊고 오래도록 소리없이 울었었다. 그는 어려서부터 울어본 적이 거의 없었으며 우는 것이 어떤 것인지도 거의 잊고 있었으나 눈물의 효용을 잊고 있었다는 편이 루사노프에게는 더 흥미가 있었다. 암에 대한 것, 옛날에 있었던 재판에 관한 일, 내일 주사를 맞을 일, 되풀이되는 악몽 등 갖가지 위험이나 고민을 눈물이 해결해줄 수는 없다 하더라도 그러한 위험에서 루사노프를 한층 높은 곳으로 인도해줄 것으로 생각되었다.

한결 마음이 개운해진 것 같았다.

그리고 육체도 무척 지쳐 있었다. 몸을 꿈쩍거리기도 귀찮아졌으며 식욕도 없었다. 이런 쇠약한 상태에서는 일종의 쾌감이라고 할지 불길한 쾌감 같은 것이 있었다. 그것은 동사(凍死)할 때의 황홀감 비슷한 것일지도 모른다. 평상시의 시민 의식 —— 온갖 이상한 것, 일체의 부정한 존재를 용납하지 못하는 기분까지도 마비된 것 같았으며 두툼한 솜에 쌓여있는 것처럼 느껴졌다. 어제 의국장이 회진할 때 오글로예트는 히죽히죽 웃으면서 자기는 개척자라고 거짓말을 했었다. 파벨 니콜라예비치가 한 마디만 입을 열었더라도 오글로예트는 지금쯤 이 병실에서는 모습을 감추었을 것이다.

하지만 루사노프는 아무 말도 하지 않고 침묵을 지키고 있었다. 그것은 국가적인 견지에서 보자면 불성실한 행위였다. 거짓말을 폭로하는 것은 루사노프의 의무였다. 그러나 어째서인지 파벨 니콜라예비치는 아무 말도 하지 않았다. 말을 할 기운이 없어서도 아니며 오글로예트의 보복이 두려워서도 아니었다. 그저 어쩐지 말하고 싶지 않아서였다. 이 병실 안에서 일어나는 일은 이제 파벨 니콜라예비치에게는 어찌 되든 좋다는 기분이 들었다. 그뿐 아니라 이처럼 기묘한 느낌에 사로잡히기도 했다. 즉 말버릇이 고약한 사나이, 불을 끄게 하지 않거나, 멋대로 통풍구를 열어놓거나, 아직 아무도 손대지 않은 신문을 자기가 먼저 읽으려 했던 그 사나이도 역시 한 인간이며, 자기의 운명을 짊어지고 살아가고 있을 것이니 멋대로 내버려두자고 생각했던 것이다.

오늘은 오글로예트의 이상한 점이 하나 더 드러났다. 검사실 직원이 선거인 명부를 작성하러 와서(여기서도 선거 준비가 추진되고 있었다.) 환자들에게서 거주 증명서나 콜호즈의 신분증을 모아갔는데 코스토글로토프는 그러한 증명을 아무것도 갖고 있지 않았다. 여자 직원이 깜짝 놀라서 증명서를 달라고 다시 한 번 말하자 코스토글로토프는 느닷없이 고함을 지르면서 너는 정치의 ABC도 모르느냐, 추방 처분에도 여러 종류가 있어. 내 말이 거짓말 같거든 어디어디로 전화를 걸어서 물어봐. 나는 틀림없이 선거권이 있긴 하지만 최악의 경우에는 투표를 포기하겠다고 호통을 쳤었다.

파벨 니콜라예비치가 본능적으로 느꼈던 대로 옆 침대의 사나이도 이처럼 수상쩍고 뒤가 어두운 인간이었다! 그러나 지금은 어쩌다 이런 험한 곳에 처박히게 되었을까 하고 겁을 집어먹거나 하지 않고, 루사노프는 점점 무관심 속으로 몸을 내맡겨버렸다. 코스토글로토프도, 페데라우도, 시브가토프도 각기 제 좋을 대로 살면 되는 것이다. 파벨 니콜라예비치도 그들 사이에 끼일 수만 있다면 누구나가 완쾌하여 행복하게 살면 되는 것이다.

두건처럼 시트를 뒤집어씌우는 광경이 루사노프의 머리에 떠올랐다가는 곧 사라져버렸다.

모두 다 행복하게 살면 된다. 파벨 니콜라예비치는 이제 누구를 심문하거나 조사하지는 않을 것이다. 그대신 다른 사람도 루사노프를 심문하지 않았으면 좋겠다. 아무도 먼 과거를 캐내지 말았으면 좋겠다. 지난 일들은 이미 다 끝난 일이니까. 18년 전에 누가 어떤 과오를 저질렀는지 조사한다는 것은 부당한 일이 아닌가.

입구쪽에서 잡역부 넬랴의 날카로운 목소리가 들려왔다. 저런 목소리를 내는 여자는 이 병동에는 아무도 없었다. 넬랴는 별로 힘 들이지 않고서도 20미터 떨어진 사람에게도 알아 들을 수 있는 목소리를 낼 수 있었다.

"이 에나멜을 칠한 신발이 어떻게 이런 데 있지?"

다른 여자가 뭐라고 대답했는지는 들을 수 없었다. 다시 넬랴의 목소리가 들렸다.

"아아, 나도 이런 신발을 신고 걸어봤으면. 모두 몰려와서 웃어대겠지?"

다른 여자가 뭐라고 반대 의견을 말하고 넬랴도 그 말에 수긍하는 것 같았다.

"그야 그렇지! 나도 처음으로 카프론(합성수지) 양말을 신었을 때는 기분이 얼떨떨했으니까. 그런데 세르게이가 성냥불을 그어대는 바람에 타버려서 우글쭈글해져버렸어."

이윽고 물걸레를 들고 병실로 들어선 넬랴는 병실 환자들에게 말했다.

"어제 대청소를 했지요? 그러니 오늘은 적당적당 해도 돼요……. 아 참, 뉴스가 있어요!" 그녀는 갑자기 생각난 듯이 페데라우의 침대를 가리키면서 즐거운 듯이 말했다. "여기 있던 사람 죽었어요! 벌써 해부까지 했다니까!"

온순한 페데라우도 기분이 언짢아졌는지 어깨를 움츠렸다.

자기의 말을 잘 알아듣지 못한 것 같자, 넬랴는 덧붙여 말했다.
"왜 곰보 얼굴 있잖아요. 목에 잔뜩 붕대를 감고 있던 사람 말이에요. 어제 정거장 매표소에서 실려와서 해부했대요."
"그만 하시오!" 루사노프가 더 이상 못 듣겠다는 듯이 말했다. "이봐요 잡역부! 당신은 어쩌면 그렇게도 눈치도 없지? 그런 침울한 얘기를 퍼뜨리는게 아니란 말이요."
환자들은 모두 침묵을 지켰다. 죽음에 대해서 많은 것을 말하던 에프렘은 확실히 명이 다한 사람이었다. 통로에 서서 경을 외듯 되풀이하던 구절은 아직도 모두의 귀에 쟁쟁했다.
"정말 우리들의 신세는 비참해……."
그러나 아무도 에프렘의 최후를 본 사람은 없었으므로 그들의 기억 속에는 병실을 나가던 에프렘의 생전의 모습만 남아 있을 뿐이었다. 그러나 지금은 싫어도 상상하지 않으면 안 된다. 엊그제까지만 해도 이 병실 바닥을 밟던 사나이가 이미 시체실에 누워 있고, 터져버린 소시지처럼 배가 갈라져 있다니.
"유쾌한 뉴스도 있어요. 그걸 얘기하면 모두 깜짝 놀랄 거예요. 큰소리로 말하기는 뭣하지만……."
"괜찮아, 말해 봐요! 말해 보리니까!"
"아, 그래!" 넬랴는 또 생각이 났다. "이봐요, 잘 생긴 남자, X선실에서 오래요! 당신 말이에요!" 잡역부가 바짐을 가리키며 말했다.
바짐은 창가에 책을 놓았다. 아픈 다리를 손으로 받치며 조심스럽게 바닥에 내려놓고 이어서 다른 다리도 내렸다. 그리고 입구쪽으로 사라져 갔다.
바짐은 포두예프의 이야기를 듣기는 했지만 동정은 하지 않았다. 이 눈치없는 잡역부나 마찬가지로 포두예프는 사회에 유익한 인물은 아니었다. 인간의 가치는 역시 쌓아올린 양(量)에 의해서가 아니라 성숙해가는 질(質)에 따라 결정되는 것이다.
마침 그때 검사실 직원이 신문을 갖고 들어왔다.

그 뒤를 오글로예트가 따라 들어왔다. 그리고 지금 당장이라도 신문을 가로챌 듯한 자세를 보였다.

파벨 니콜라예비치는 힘없이 한 손을 뻗쳤으나 무슨 말을 할 기력도 없었다.

신문은 무사히 루사노프의 손으로 넘어갔다.

아직 안경도 쓰지 않았는데 신문 제1면에 실린 큼직한 사진과 굵직한 제목 글씨가 눈에 띄었다. 그는 천천히 상반신을 일으켜 안경을 쓰고 신문을 보았다. 예상했던 대로 그것은 최고회의가 끝났다는 기사였다. 간부회와 회의장의 사진이 실려 있고 중요한 결의 사항이 큰 활자로 찍혀 있었다.

신문을 뒤적이면서 깨알 같은 글씨로 가득찬 기사를 읽지 않더라도 곧 알 수 있는 내용이었다.

"뭐야! 뭐라구?" 파벨 니콜라예비치는 누구와 이야기를 하고 있던 것도 아니고 신문 기사에 대해 놀라는 것은 보기에도 별로 좋은 일이 아니라는 것을 알고 있었으나 자기도 모르게 큰소리가 나오고 말았다.

굵은 활자로 제1면에 실린 기사. 말렌코프 수상은 본인의 희망에 따라 사의를 표했으며 최고회의는 전원 일치로 그것을 수리하였다.

예산 심의만으로 끝날 줄 알았던 최고회의가 수상의 사표까지 수리하다니 ……. 루사노프는 아연했다.

그는 완전히 기력을 상실하여 신문을 놓아버렸다. 더 읽을 기운이 없었다. 도대체 어찌된 영문인지 루사노프는 이해할 수가 없었다. 만인이 읽는 신문 기사를 도저히 이해할 수 없었다. 그가 이해한 것은 이것이 급격한 변화라는 사실 뿐이었다. 너무나 급격한!

마치 깊은 땅 속에서 지층이 요동치기 시작하여 그 위치를 약간 바꾸더니 거리전체가, 이 병원이, 파벨 니콜라예비치의 침대가 마구 흔들리기 시작하는 것 같았다.

그러한 방의 진동도, 바닥이 흔들리는 것도 느끼지 못하는 듯이 새하얀 가운을 걸친 여의사 간가르트가 상냥하게 미소를 지으면서 손에는 주사기를 들고 문에서 루사노프의 침대쪽으로 조용조용 다가왔다.
"자, 주사를 맞으시지요!" 여의사는 상냥하고 밝은 목소리로 말했다.
코스토글로토프는 루사노프의 발치에 놓여 있던 신문을 집어 그 기사를 읽기 시작했다.
다 읽고 나자 자리에서 일어섰다. 그는 가만히 앉아 있을 수가 없었던 모양이었다.
코스토글로토프도 이 뉴스의 의미를 정확하게 이해하지는 못하고 있었다. 그러나 그저께는 최고 재판관의 경질, 오늘은 수상의 사임이라면, 이것은 역사의 발걸음이 아니고 무엇이겠는가!
역사의 발걸음이 바쁜 쪽으로 향하고 있다고는 생각되지 않았으며 또 믿고 싶지 않았다.
그저께는 아직 들뜬 마음을 억제하면서 믿지 않겠다, 희망을 갖지 않겠다고 생각하지 않았던가.
그러나 이틀 후에 똑같은 베토벤의 네 개의 음표가 경고라도 하듯이 하늘에서 울려 퍼졌다. 하늘은 하나의 진동판이 된 것 같았다.
조용히 침대에 누워 있는 환자들에게는 그 소리가 들리지 않을 것이다!
벨라 간가르트는 조용하게 정맥 속에 엠비친을 주사하고 있었다.
오레크는 밖으로 뛰어나갔다.
산책이다! 넓은 곳으로!

20. 아름다운 땅에 대한 추억

코스토글로토프는 이미 오래 전부터 믿지 않기로 하고 있었다. 그는 경솔하게 기뻐할 수만은 없었다!
형기의 처음 몇 년간, 새로 들어온 죄수는 소지품을 갖고 방 밖으로 나오라는 명령을 받을 때마다 혹여나 석방되는 것은 아닌가 하고 생각하게 되고, 또 특사에 대한 소문이 나돌 때마다 천사의 나팔 소리라도 듣는 듯한 기분이 드는 법이다. 그러나 방에서 호출되는 것은 어떤 기분 나쁜 서류를 읽어주기 위해서이며, 그것이 끝나면 한층 아래의 더욱 침침하고 숨이 답답한 다른 감방으로 옮겨지곤 했다. 특사는 전승 기념일에서 혁명 기념일로, 혁명 기념일에서 최고회의 개최일로 끊임없이 연기되었다가 끝내는 비누거품처럼 부서져 버렸다. 도둑이나 사기꾼이나 탈주병은 특사를 받았지만 실제로 싸움에 임한 사람, 고생한 사람은 특사에서 제외되었다.

그리하여 기쁨을 주기 위해 만들어진 심장 세포는 쓸모가 없게 되고 위축되어 버린다. 마음속의 신념이 자리잡고 있던 부분은 해가 바뀔수록 텅 비고 말라버린다.

이제 믿는다거나 석방을 꿈꾸지는 않았다. 코스토글로토프는 다만 아름다운 유형지로, 그리운 우시 테레크로 돌아가고 싶을 뿐이었다! 그리운 우시 테레크! 오레크가 적응할 것 같지도 않은 이 복잡한 세계 —— 이 커다란 도시의 병원에서 보자면 유형지는 그렇게 여겨지는 것이었다.

우시 테레크란 '세 그루의 포플러'라는 뜻이다. 10킬로미터 앞의 초원에서 보이는 세 그루의 포플러 고목으로 해서 이런 지명이 붙게 된 것이다. 세 그루의 포플러는 나란히 서 있었다. 포플러답게 쭉 곧은 것이 아니라 약간 구부정했다. 수령은 400년 이상은 되었을 것이다. 어느 높이까지 자라자 더 이상 곧게 자라지 못하고 옆으로 구부러진 듯, 관개용 수로에 큰 그림자를 드리우고 있었다. 이런 포플러는 많이 있었던 모양이나 1931년에 베어낸 후에는 제대로 식수를 하지 않았었다. 아무리 소년단이 나무를 심어도 산양들이 어린 잎을 모조리 갉아먹어 버렸었다. 아메리카 단풍나무만이 지구당 위원회 앞 큰길에 뿌리를 내리고 있었다.

사랑하는 땅이란 어느 곳일까. 갓난아기 때, 보고 듣는 것의 의미도 모르고 뛰어다니던 고장일까? 아니면 처음으로 이렇게 불린 땅일까 —— 좋아, 이제 경호대(警護隊)는 딸리지 않겠다! 혼자 가라!

자기 발로 걸어서! '침구를 들고 자유롭게 행동하라!'

이렇게 절반쯤 자유로워진 첫날 밤의 일들을 지금도 생생하게 기억하고 있다! 감독 조사국의 감독하에 놓여 있을 때는 마을로 들어가는 것이 금지되고 있었으며 내무성 출장소 안뜰에 있는 건조 창고에서 잠을 자도록 허가되었었다. 창고 안에서는 말들이 밤새 꼼짝도 하지 않고 건초를 우물우물 씹고 있었다. 그 소리보다 아름다운 소리는 생각할 수도 없었다.

그러나 오레크는 한밤중이 되어도 잠이 오지 않았다. 안뜰의 딱딱한 지면은 달빛을 받아서 새하얗게 빛났었다. 달에 이끌린 듯이 오레크는 안뜰을 거닐었다. 감시탑은 아무 데도 없었으며 감시하는 사람은 아무도 없었다. 안뜰의 울퉁불퉁한 땅바닥에 발이 걸리면서도 오레크는 행복한 듯 하얀 하늘을 쳐다보면서 걸어다녔다. 마치 무엇에 쫓기기라도 하듯이 계속 걸어다녔다. 내일은 가난한 시골로 가는 것이 아니라 어딘가 광대한 승리의 세계로 개선하는 것만 같았다. 남국의 이른 봄 밤은 훈훈하고 조용했다. 마치 큰 역의 구내에서 밤새도록 기관차들이 요란하게 기적을 울리듯이 촌락의 이곳저곳에서 울타리나 뜰 안에 갇힌 당나귀나 낙타가 승리의 나팔 소리 같은 소리를 질러대면서 자기들의 번식욕과 생의 영속성에 대한 확신을 아침까지 짖어대고 있었다. 이 사랑의 호소는 오레크 자신의 가슴속에서 짖어대는 소리와 극히 자연스럽게 융화되고 있었다.

이러한 하룻밤을 보낸 고장보다 더 그리운 곳이 또 있을까.

그날 밤 오레크는 새삼 믿음을 갖게 되고 희망을 갖기도 했다. 이미 여러 차례나 배신을 당해 왔으면서도.

이곳에서도 노동자들은 물싸움으로 칼부림을 하기도 했으나 수용소 생활 뒤의 추방 생활은 그리 괴로운 것은 아니었다. 추방 생활이 훨씬 더 해방감이 있으며 변화도 있고 마음이 편했다. 그러나 이 생활에도 엄격함은 있었으며 이 고장에 뿌리를 내리는 것, 줄기를 기르는 것은 쉬운 일이 아니었다. 가령 감독 조사국의 비위를 거슬려서 150킬로미터나 더 들어간 황무지로 보내지지 않도록 언제나 잘 처신하지 않으면 안 되었다. 비와 이슬을 피할 수 있는 오두막집을 찾아내어 오두막집 안주인에게 집세를 내야 하지만 갖고 있는 돈은 전혀 없다. 매일 빵이나 그밖의 식료품도 사지 않으면 안 된다. 그리고 첫째, 일거리를 찾아내야 했는데 7년 동안이나 고랭이질만 했던 터라 체크멘을 입고 물 뿌리는 일을 하기란 역시 싫었다. 이곳에 살고 있는 미망인들은 이미 토담집이나 야채밭, 소까지 갖고 있었으며, 고독한 유형수를 남편으로 맞아들일 준비를 다 갖추고 있었지만 이런 여자들에게 몸을 팔기는 아직 이른 것 같았다. 인생이 다 끝난 것이 아니라 지금 막 시작한 것이니까.

수용소에 있을 때, 죄수들은 바깥 세상에서는 남자들이 모자랐기 때문에 경호병만 곁에 없으면 여자들은 마음껏 골라잡을 수 있다고 믿고 있었다. 여자들은 모두 고독해서 남자를 구하기 위하여 울부짖으며, 그밖의 것은 무엇 하나 생각하지 않는 그러한 광경을 상상하고 있었던 것이다. 그러나 이 마을에서는 아이들도 많이 볼 수 있었으며, 여자들은 생활에 만족해하는 것 같았다. 고독한 여자도 젊은 아가씨도 정식으로 결혼하여 이 마을에 집을 마련하는 것 외에는 생각하지 않는 것 같았다. 우시 테레크의 풍습은 아직도 19세기 그대로였다.

그리고 경호병이 옆에 없었는데도 오레크는 가시 철조망에 둘러싸여 있을 때나 마찬가지로 여전히 여자를 모르고 생활하고 있었다. 이 마을에는 화장을 잘 하는 검은 머리의 그리스 여인이나 일을 잘하는 금발의 독일 여자도 많이 있었지만 말이다.

오레크 등이 추방될 때의 송장(送狀)에는 영구 추방이라 씌어 있었으므로 오레크는 솔직하게 그 영구라는 말을 믿고 그밖의 것에는 생각이 미치지 못했다. 그러나 이곳에서 결혼하는 것만은 어쩐지 마음이 내키지 않았다. 어떤 때는 베리야라는 공허한 우상이 양철통 소리를 내면서 쓰러지고, 누구나 급격한 변화를 기대했지만 변화는 보잘 것이 없었으며, 그나마 완만했다.

오레크는 크라스노야르스크에 있는 옛 여자 친구를 찾아내어 편지를 주고받았다. 어느 때는 그가 알고 있는 레닌그라드 여자와 서신 왕래를 계획하고 그 여자가 이곳으로 와주기를 몇 달이나 고대했었다. 그러나 그 누가 레닌그라드의 집을 버리고 이런 벽지로 와주겠는가. 그러던 중에 종양이 재발하여 그 그칠줄 모르는 통증은 모든 것을 압도했다. 이제는 여자들도 친절한 인간 이상으로 매력적인 존재는 되지 못했다.

오레크가 보기로는 추방 생활에는 문학 작품에서 읽어 누구나 알고 있는 (이런 곳을 좋아하지 않는 사람까지도 알고 있는) 억압적인 면이 있을 뿐만 아니라 또 사람들이 알지 못하는 해방적인 면, 갖가지 의혹이나 책임에서 해방시켜주는 면도 있었다. 비참한 것은 유형지로 추방된 사람들이 아니다. 범죄자의 여권을 규정한 악법, 형법 제39조(수용소에서 나온 자들의 취로, 거주권을 제한한 조항.)에 의한 여권을 갖게 하여 잘못을 저질렀을 때마다 자기 자신을 질책하면서 각지를 전전하며 정착할 곳과 일자리를 찾지만, 어디로 가든 쫓겨나기만 하는 사람들야말로 비참하기 짝이 없었다. 그러나 한편 유형수에게는 충분한 권리가 있었다. 이곳으로 오기로 생각해낸 것은 유형수 자신이 아니므로 그 누구도 유형수를 여기에서 내쫓을 수는 없었다! 생각하는 것은 높은 사람이 해주니까 더 좋은 곳을 찾아 우왕좌왕할 필요가 없었으며 멋진 책략을 생각할 필요도 없다. 유일무이한 길을 걷고 있다고 생각하면 온몸에서 힘이 솟아났었다.

지금 병이 회복 기미를 보이자 복잡하게 뒤엉킨 인생 앞에 선 오레크는 우시 테레크라는 행복한 마을의 존재를 오히려 흐뭇하게 느끼고 있었다. 그곳에서는 자기가 애써 생각할 필요가 없었으며 모든 것이 단순 명료해서 오레크는 훌륭한 한 시민으로 간주되고 있었다. 그는 머지 않아 마치 집으로 돌아가듯이 그곳으로 돌아가게 될 것이다. 이미 그 어떤 혈연으로 맺어져 있기나 한 것처럼 오레크는 그 마을을 '우리 고장'이라고 부르고 싶어졌다.

우시 테레크에서 지낸 1년 중 오레크는 그 4분의 3은 앓고 있었으므로 이 마을의 자연을 상세하게 관찰하고 그것을 음미할 여유가 없었다. 아픈 환자에게는 초원은 먼지 투성이였으며, 햇빛은 너무 강렬했으며, 채소밭은 무더웠고, 벽돌 원료인 진흙은 너무나 무거웠다.

그러나 그 봄날 밤의 당나귀들처럼 체내에서 생명이 소리치고 있는 지금 오레크는 병원 구내의 가로수 길을 걸으면서 곳곳에 우거진 수목과 인간과 색채와 석조 건물을 바라보면서 빈촌이지만 절도 있는 우시 테레크의 윤곽을 감동적으로 생각해내고 있었다. 그 가난한 세계는 오레크에게는 보다 가치 있는 세계였다. 왜냐하면 그것은 죽을 때까지 영원히 자기의 것이지만, 지금의 이 세계는 일시적이며 돈을 내어 빌린 세계에 불과했으니까.

그리고 오레크는 초원 지대인 주산을 떠올렸다. 그 씁쓸한 냄새, 그리운 향기! 가시 돋친 잔다크를 다시 생각했다. 가시가 더욱 많은 것은 진길이었다. 그것은 생울타리를 따라 뻗어 있었으며 5월에는 라일락 같은 향기를 뿜어내는 보라빛 꽃이 피었다. 또 사람들의 마음을 산란케 하는 자두 나무. 그 꽃향기는 자기 자신의 욕망을 억제하지 못하는 여자가 마구 발산해 내는 향수처럼 무척 자극적인 것이었다.

어려서부터 러시아의 숲이나 들판에 정신적인 유대 같은 것으로 묶여져 있어서 중부 러시아의 호젓한 자연에 익숙해진 러시아 인이 자기의 의지에 반해서 이곳으로 영구 추방된 순간, 이 초라하고 광막한 자연에 애착을 느껴버린 것은 얼마나 신기한 일일까. 이곳은 더위와 바람이 심하고, 흐리거나 바람이 잠잠한 날에는 한숨을 돌리고, 비라도 오는 날이면 축제일처럼 마음이 울렁거렸는데, 오레크는 죽을 때까지 이곳에서 살기로 결심했던 것이다. 그래서 사르임베토프, 텔레게노프, 마우케예프, 스코코프 형제 같은 사람들에게도 아직 말은 통하지 않았으나 애착을 느끼고 있었다. 그리고 그들의 언동에 거짓과 사실이 뒤섞여 있거나, 옛 종족에 대한 야만스런 충성심이 나타나거나 하더라도 화를 내지 않고, 이 사람들은 본래 소박한 사람들이니까 하고 생각하면서 어디까지나 성실에는 성실로, 호의에는 호의로 대해주었던 것이다.

오레크는 서른네 살. 어느 대학에서도 서른다섯 살 이상인 사람에게는 입학이 허용되지 않았다. 학문에의 길은 이미 폐쇄되어 있었다. 되지도 않는 일을 억지로 할 수는 없었다. 그런데 오레크는 최근에 벽돌 제조공에서 경지 정리 기사의 조수로 일할 수 있게 되었다. 조야에게는 경지 정리 기사라고 거짓말을 했으나, 실은 월급 350루불의 조수였다. 그의 상사인 기사는 수준기

(水準器)도 제대로 다룰 줄 몰랐다. 오레크는 자기의 기량을 충분히 발휘할 수 있었으나 실제로 할 만한 일은 별로 없었다. 각 콜호즈에 배포된 토지의 영구 이용(이것 또한 영구였다.)에 관한 명령에 따라 늘어나는 주택 지구를 위하여 콜호즈의 토지를 약간 잘라내는 일이 간혹 있을 뿐이었다. 드러누워서 자기의 등으로 토지의 경사도를 재는 미라브──관개용수 관리인과는 어울릴 수 없지 않은가! 아마도 몇 년 뒤에는 오레크도 잘 적응할 수 있을 것이다. 그러나 지금도 그처럼 우시 테레크를 생각하게 되는 것은 어째서일까. 그곳으로 돌아가고 싶다는 일념에서 치료가 다 끝나기를 기다리다 못하여 완쾌되지 않더라도 돌아가야겠다고 생각하는 것은 어째서일까?

　유형지에 대해서 저주와 증오와 악의를 가지는 것이 흔히 있는 일이 아닐까. 풍자 섞인 몽둥이로 뒤통수를 얻어맞을 일이라도 오레크에게는 미소를 띠면서 에피소드로 보아넘길 뿐이었다. 새로 부임해 온 국민학교 교장 아벤 베르지노프 사브라소프(19세기 러시아의 풍경화가.)의 〈갈가마귀〉라는 그림을 벽에서 떼어내어 벽장 속에 쳐넣었던 일(그림에 교회가 그려져 있어서 이것은 종교적인 선전물이라고 생각했던 것이다). 지구 위생국의 주임인 활달한 러시아 여인이 지구의 지식인을 대표해서 연설을 하거나 하면서도 뒤로는 지방 백화점에 물건이 없는 것을 기화로 하여 크레프데신 옷감을 배나 더 비싼 값으로 여자들에게 몰래 팔았던 일. 먼지를 일으키면서 달리는 구급차가 때로는 환자가 아니라 지구당 위원회의 임원을 태우는 택시로 이용되고, 또는 파미셸리(국수의 일종.)나 버터를 집집마다 배달하는 데 이용되었던 일, 소매상인 오렌바예프가 소매는 하지 않고 언제나 도매로 물건을 팔았던 일, 이 사나이의 식료품점에는 팔 물건이 있는 적이 없었으며 가게의 지붕 위에는 빈 상자가 산더미처럼 수북하게 쌓여 있었으나 판매 계획을 초과 달성했다고 해서 이 사나이는 여러 차례에 걸쳐서 표창을 받았으며 언제나 가게 문 곁에서 꾸벅꾸벅 졸고 있었다. 저울에 달아보거나 물건을 나누어놓는 일은 귀찮은 일이었다. 이 사나이는 우선 유력 인사들에게 물건을 보내놓고 난 다음 자기가 점찍어둔 손님에게 귓속말로 속삭였다. '마카로니는 필요하지 않으세요? 상자째 사야 해요.' '설탕도 필요한가요? 포대째 사시지요.' 그래서 포대나 상자는 창고에서 직접 손님의 집으로 보내졌으며, 오렌바에프는 그 금액을 장부에 기록해두면 되었다. 그리고 또 지구당 위원회의 제3서기가 중학교 졸업 자격 시험을 친 것은 좋은 일이었으나 수학 문제를 전혀 풀 수 없어서 밤중에 몰래 유형수인 수학 선생을 찾아와서 고급 아스트라칸 모피를 선사했던 일.

이러한 사실이 단순한 미소 밖에 짓게 하지 않았다는 것은 역시 야만스럽기 짝이 없는 수용소 생활을 체험했기 때문일 것이다. 실제로 그가 수용소에서 나온 뒤에는 모든 것이 농담처럼 보였던 것이다.

저녁 무렵에 흰 루바시카를 입고(그것은 이미 깃이 다 닳아버린 단벌 옷이었으며 바지나 구두는 말이 아니었다.) 마을의 큰길을 걸었다 —— 이것이 쾌락이 아니고 무엇이겠는가. 클럽의 지붕은 갈대로 덮였으며, 그 근처에는 영화 포스터가 붙어 있었다. '새로운 예술 영화의 초대작·······.'이라고. 머리가 좀 둔한 와샤가 관객을 끌어들이고 있었다. 가장 싼 2루불짜리 입장권을 사서 들어가 아이들과 함께 맨 앞줄에 앉아서 구경했다. 한 달에 한 번은 찻집에 들어가서 체첸 인 운전사들과 어울려서 한 조키에 2루불 50코페이카 짜리 맥주를 마신다. 이것이 최고의 호사였다.

이런 식으로 언제나 웃음과 기쁨을 잃지 않는 추방 생활을 생각하게 된 것은 누구보다도 우선 카드민 부부, 산부인과 의사인 니콜라이 이바노비치와 그의 아내 엘레나 알렉산드로브나에게서 배운 것이었다. 무슨 일이 있더라도 카드민 부처는 언제나 이렇게 되풀이해 말하는 것이었다.

"아주 좋아! 이전의 생활보다 얼마나 좋은지 모르겠다! 이렇게 매력적인 곳으로 오게 되다니 우리는 참말 운이 좋았어!"

큼직한 흰 빵을 얻게 되면 —— 이것은 참 훌륭해! 오늘 클럽에서 재미있는 영화를 상영한다고 하면 —— 이것은 멋진 일이다! 파우스토프스키의 두 권의 선집을 서점에서 구입하면 —— 이것은 멋진 일이다! 치과 의사가 와서 이빨을 칭찬해 주었다 —— 이것은 멋진 일이다! 또 한 사람, 역시 유형수의 아내인 산부인과 의사가 왔다 —— 그것 참 잘된 일이다! 그러면 부인과의 일이나 불법 낙태 수술은 그 여자에게 맡기도록 하자. 니콜라이 이바노비치는 일반 진료를 맡게 하자. 수입은 줄어들겠지만 여가가 생긴다. 오랜지빛과 장미빛과 진홍색과 구리빛, 자주빛으로 빛나는 초원의 일몰 —— 얼마나 멋진가! 비교적 균형이 잘 잡힌 몸의, 백발의 니콜라이 이바노비치는 병색이 짙은 엘레나 알렉산드로브나의 손을 잡고 두 사람은 엄숙한 걸음걸이로 거리를 지나 일몰을 보러 가는 것이었다.

그런데 이런 즐거운 생활은 이들 부부가 야채밭이 딸린 토담집을 손에 넣으면서부터 시작되었다. 거의 다 쓰러져가는 토담집은 두 사람의 마지막 거처이며 인생 최후의 피난처이기도 했다. 카드민 부처는 둘이서 같이 죽기로 약속했었다. 어느 한쪽이 죽으면 다른 쪽은 뒤따라 죽을 것. 혼자만 살아남아 무엇 하겠는가. 가구라곤 전혀 없어서, 역시 유형수인 홈라토비치 노인에게 부탁해서 방의 한구석에 벽돌로 평행 육면체로 쌓게 했다. 이것이 이들 부부의 침대였다. 아주 널찍했다. 쓰기에 편리했다! 그리고 아주 훌륭했다. 큼직한 매트리스 자루를 꿰매어 그 안에 짚을 쑤셔넣었다. 다음에 홈라토비치에게 또 주문한 것은 테이블, 그것도 라운드 테이블이었다. 홈라토비치는 당황했다. 칠십 평생을 살아왔지만 아직 라운드 테이블을 본 적이 없었다. 어째서 둥글어야 하는가. '아니, 꼭 부탁해요!'라고 니콜라이 이바노비치는 산부인과 의사답게 희고 부드러운 손으로 도면을 그려 보였다. '꼭 둥근 테이블이라야 해요!' 다음에는 석유 램프를 구할 걱정을 해야 했다. 양철로 만든 것이 아니라 유리 램프, 그리고 긴 다리가 달려 있는 것으로. 우시 테레크에는 그런 램프가 없었으므로 친절한 사람이 먼 도시에서 갖다주었다. 라운드 테이블 위에 그 램프가 놓이고 램프엔 손으로 만든 갓을 씌웠다. 때는 1954년, 수도에서는 사람들이 앞다투어 플로어 스탠드를 사용했으며 이미 수소 폭탄까지 발명된 실정인데 이곳 우시 테레크에서는 특별히 고안한 라운드 테이블에 놓인 램프 덕분에 썰렁했던 토담집은 18세기풍의 멋진 응접실로 변모하게 되었다. 이 얼마나 화려한가! 오레크도 포함해서 세 사람은 테이블에 앉자 엘레나 알렉산드로브나는 감개가 무량해서 말했다.

"아아, 오레크. 우리들의 지금 생활은 얼마나 멋진가요? 어린 시절을 별도로 한다면 생애 중에 가장 행복한 시기일지도 모르지요!"

엘레나 알렉산드로브나가 얘기한 대로다! —— 인간의 행복이란 생활 수준에서가 아니라 마음과 마음의 접촉에, 그리고 우리들이 생활을 어떻게 보느냐에 달려 있는 것이다. 마음의 접촉도, 생활을 어떻게 보느냐도 마음먹기에 달렸으며, 즉 사람은 행복을 바라기만 하면 언제나 행복할 수 있으며 아무도 그것을 방해할 수는 없다.

전쟁 전에 이들 부부는 시어머니와 함께 모스크바 교외에서 살고 있었다. 시어머니는 자질구레한 일에도 무척 신경을 쓰는 엄격한 분이었으며, 아들은 어머니를 존경하고 있었으므로 엘레나 알렉산드로브나는 —— 당시 이미 중년의 나이로 한 번 결혼에 실패한 적이 있어서 매일 같이 압박감을 견디기 힘들었다. 그 수년 동안을 엘레나는 '나의 중세'라고 부르고 있었다. 이 집안에 신선한 바람을 부러넣기 위해서는 큰 불행이 필요했다.

그 불행의 계기를 만든 것은 시어머니 자신이었다. 전쟁이 시작되던 해에 신분 증명서를 갖지 않은 한 사나이가 나타나서 숨겨달라고 사정했다. 가족들에게 엄격했던 시어머니는 크리스트교 신앙을 갖고 있어서 아들 부부에게는 상의도 하지 않고 이 탈주병을 숨겨주었다. 그 탈주병은 이틀 밤을 숨어 있다가 나갔는데 어디선가 붙잡혀 신문을 받다가 숨었던 장소를 자백하고 말았다. 그때 시어머니는 여든 살 가까운 나이여서 아무도 상대하려 하지 않았으나 쉰 살난 아들과 마흔 살의 며느리가 대신 체포되었다. 취조의 초점은 그 탈주병이 카드민 가와 친척이 되지 않는가 하는 점이었다. 친척이라면 정상을 참작할 여지가 있었다. 그것은 누구나 다 이해할 수 있는 행위로서 용서받을 수 있을 것이다.

그러나 그 탈주병은 그냥 지나쳐가던 사람이었으므로 카드민 부처는 탈주병의 방조자일뿐 아니라 의식적으로 우리 군대에 손해를 끼친 조국의

적으로서 10년형을 선고받았다. 전쟁이 끝나자 그 탈주병은 1945년의 스탈린 대특사 때 석방되었는데(어째서 도망병이 제일 먼저, 더구나 무제한으로 석방되었는지 후세의 역사가들은 이해하기 어려울 것이다), 숨겨준 집 사람들이 끌려들어간 일은 까맣게 잊고 있었다. 카드민 부부는 대특사와는 아무런 관계도 없었다. 탈주병이 아니라 적이었으니까. 단독범이 아니라 그룹의 조직적 범행(부부이니까!)이라고 해서 영구 추방 처분을 받게 된 것이다. 이 처분을 예상했던 카드민 부부는 두 사람을 같은 곳으로 추방해 달라고 미리 청원서를 제출했었다. 이것은 합법적인 청원이었으며 아무도 여기에 반대할 구실은 없었으나 남편은 카자흐 공화국의 남부로, 아내는 크라스노야르스크 지방으로 추방되고 말았다.

같은 조직의 멤버여서 떼어놓았을까⋯⋯아니 그것은 징벌도 증오도 아니고 다만 내무성에서 유형수 부부를 함께 가도록 하는 담당 계원이 없어서 함께 가지 못하게 되었을 뿐이었다. 이미 쉰 살 가까운 나이에 손발에 부종이 생긴 아내는 수용소에 수감된 이래 이미 낯익은 벌채지로 보내졌었다. 그러나 지금도 엘레나는 예니세 강 유역의 대삼림을 회상하면서 멋진 경치였다고 말했었다! 이들 부부는 다시 모스크바 당국으로 1년 동안 뻔질나게 청원서를 보내어 1년만에야 겨우 특별 경호대가 와서 엘레나 알렉산드로브나를 이 우시 테레크까지 호송해 왔던 것이다.

그래서 두 사람은 이 생활을 기뻐하지 않을 수 없었다! 우시 테레크를 사랑하지 않을 수 없었다! 진흙으로 지은 이 오두막집을! 이들 부부에게 이보다 더한 행복이 또 어디 있겠는가.

영원히 이대로 살고 싶었다! 우시 테레크의 기후도 마음껏 연구할 수 있다! 니콜라이 이바노비치는 온도계를 세 개나 걸어놓고, 우량계를 설치하고 풍력에 대해서는 국립 측후소 일을 하고 있는 10학년생인 인나 슈트렘에게 물으러 갔다. 그 측후소의 기록과는 달리 니콜라이 이바노비치는 아주 세밀하게 기상 일지를 쓰고 있었다.

니콜라이 이바노비치는 어려서부터 끊임없는 활동 의욕과 거기에 정확성과 질서를 사랑하는 성품을 갖고 있었는데, 이것은 통신 기사였던 아버지의 성격을 물려받은 것이었다. 그리고 아는 체하기를 좋아했던 코롤렌코(혁명 전의 러시아 작가)까지도(여기서 니콜라이 이바노비치는 인용했다.) 사물의 질서는 정신의 안정을 보증한다고 말하고 있지 않은가. 의사 카드민이 즐겨 쓰는 또 하나의 격언은 '사물은 자신의 자리를 알고 있다.'였다. 사물이 자신의 자리를 알고 있으므로 인간은 사물을 방해해서는 안 된다는 것이다.

기나긴 겨울 밤에 니콜라이 이바노비치가 즐겨 시간을 보내는 일은 제본을 하는 일이었다. 너덜너덜한 폐기 직전의 책을 몰라볼 정도로 깨끗하게 새 책으로 만드는 일은 참으로 즐거운 일이었다. 우시 테레크에서 니콜라이 이바노비치는 어디에선가 제본용 프레스와 제단기를 구해다 놓았었다.

토담집을 샀을 때부터 카드민 부부는 매월 각종 지출을 줄여서 낡은 옷밖에는 입지 않았지만 그것은 전지식 라디오 수신기를 살 돈을 모으기 위해서였다. 그밖에 쿠르드 인 잡화점에 전지가 입하되면 두었다가 자기들에게 달라고 부탁하지 않으면 안 되었다. 전지는 입하가 불규칙해서 언제든지 살 수 있는 것은 아니었다. 또한 유형수에게는 따르기 마련인 라디오 수신기에 대한 무언의 공포를 극복하지 않으면 안 되었다. 내무성에서는 어떻게 생각할까? BBC 방송을 듣기 위한 것이 아닌가 등등. 그러나 공포는 극복되어 전지는 입수되었으며, 라디오의 스위치를 켜게 되었다. 전지식이어서 잡음이 적게 나는 음악 소리는 죄수의 귀에는 천국의 음악처럼 들렸다. 푸치니나 시벨리우스나 보르트냔스키(18세기 후반의 러시아 작곡가)의 음악이 매일처럼 방송 프로에서 선택되어 카드민 가의 토담집에서 흘러나왔다. 두 부부의 세계는 아쉬운 것 없이 가득차 있었으며 이제는 밖으로부터 무언가를 빨아들일 필요도 없으며 과잉된 것을 뱉어낼 필요도 없었다.

봄이 오면 라디오를 들을 수 있는 시간이 짧아지고 그대신 채소밭에서 할 일이 바빠지게 되었다. 쥐꼬리만한 채소밭을 니콜라이 이바노비치는 머리를 짜내어 정력적으로 가꾸어 냈다. 그러한 모습은 늙은 볼콘스키 공작의 영지인 '민둥산'과 그 건축가(톨스토이의 〈전 생과 평화〉에서)도 비교가 안 될 정도였다. 니콜

라이 이바노비치는 예순 살인데도 병원에서 다른 사람보다 더 열심히 일
했으며 밤중에 해산이 있기라도 하면 즉각 달려갔다. 길을 갈 때는 노인답지
않게 항상 뛰어다녔으며 그럴 때마다 엘레나가 만들어준 방수포(防水布)
웃옷의 소매자락이 바람에 펄럭거렸다. 그러나 삽질을 하기에는 체력이
딸려서 오전에 30분만 일을 해도 곧 숨이 찼다. 팔과 심장은 쇠약해졌으나
계획만은 정연해서 거의 이상적이었다. 경계에는 두 그루의 묘목만 심었을
뿐 아무것도 나 있지 않은 자기의 밭으로 오레크를 데리고 와서 니콜라이
이바노비치는 자랑을 늘어놓았다.

"알겠나, 오레크. 전체적인 구상은 이러하지. 우선 왼쪽에는 세 그루의
살구나무가 있지. 그것은 이미 심어놓았네. 오른쪽에는 포도나무를 심을
예정인데 아마 뿌리가 잘 내릴 걸세. 이 두 가지 일이 완성되면 정자를
세울 작정이지. 우시 테레크에서는 볼 수 없는 제대로 된 정자를 세울 걸세.
정자의 기초는 이미 되어 있지. 그 하나는 이 벽돌로 만든 반원형 벤치지
(이것도 홈라토비치가 '왜 반원형인가'라고 투덜거리면서 만든 것이었다).
— 또 하나는 이 막대다. 여기에는 호프 덩굴이 뻗어 올라가게 되지.
사람들은 이 옆에서 담배를 피울 수 있지. 낮에는 이 정자에 들어와서 뜨거운
햇볕을 피할 수 있고 밤에는 사모와르를 끓여서 차를 마실 수 있고, 그래
어떤가!"

그러나 현실적으로는 그 사모와르도 아직 있는 것이 아니었다.

앞으로 어떤 작물이 지배될지는 모르지만 현재 없는 것을 꼽아보자면
한이 없었다. 감자도, 양배추도, 오이도, 토마토도, 호박도 — 이웃집에 있을
만한 것은 아무것도 없었다. '하지만 그런 것은 살 수 있으니까!'라는
것이 카드민 부부의 의견이었다. 우시 테레크로 이주해온 사람들은 경제
관념이 발달해서 누구나가 소나 돼지나 양이나 닭을 치고 있었다. 카드민
부부도 동물 사육과 전혀 인연이 없는 것은 아니었지만 이 집 농원은 비
현실적이어서 개와 고양이밖에는 없었다. 카드민 부부의 생각에 따르자면
우유나 고기는 시장에서 구입할 수 있지만, 개의 충성은 어디서 살 수 있

겠는가. 곰처럼 몸집이 크고 흑갈색의 귀가 축 늘어진 주크도, 전신이 새하얗고 잘 움직이며 몸집이 작고 귀가 까만 약삭빠른 토비크도 돈 때문에 이렇게 격렬하게 달려드는 것은 아닐 것이다.

동물에 대한 사랑은 요즈음 조금도 돌보아지지 않았으며 고양이에 대한 사랑은 웃음꺼리가 될 때가 많다. 그러나 동물에 대한 사랑을 잃게 되면 필연적으로 인간에 대한 사랑도 잃게 되는 것이 아닐까?

카드민 부부는 기르고 있는 모든 동물의 외모가 아니라, 그 개성을 사랑하고 있었다. 이들 부부의 특징인 정신적 따뜻함은 특별한 훈련을 시키지 않더라도 즉각 동물들에게 흡수되었다. 카드민 부부가 하는 말을 동물들은 무척 존중해서 오랫동안 그 말에 지그시 귀를 기울이고 있었다. 그리고 또 주인들과의 교제를 존중해서 어디든지 자랑스럽게 따라다녔다. 가령 토비크는 방에 누워 있었고 개들은 자유롭게 방에 출입하고 있었다. 엘레나 알렉산드로브나가 코트를 입고 핸드백을 집어드는 것을 보자마자 주인의 외출을 재빨리 알아차릴 뿐 아니라 안뜰로 달려가서 주크를 찾아 두 마리가 함께 돌아온다. 아마도 개끼리의 말로 주인의 외출을 알려주었을 것이다. 주크는 무척 흥분하여 언제라도 따라가겠다는 자세로 달려오는 것이다.

주크는 시간의 흐름을 분간하는 것 같았다. 카드민 부부를 극장까지 전송하면 일단 그곳을 떠나 어디론가 가버리는데, 영화가 끝날 때쯤이면 반드시 돌아온다. 어느 날 영화가 뜻밖에도 빨리 끝나 주크는 늦게사 나타났다. 처음에는 아주 슬픈 표정을 지었었다. 그리고는 얼마나 뛰어다녔는지 모른다.

개들이 따라가지 않는 경우는 니콜라이 이바노비치가 일을 나갈 때이며 그럴 때 따라가는 것은 분별없는 짓임을 잘 알고 있는 것 같았다. 저녁때 의사가 빠른 걸음걸이로 밖으로 나가면 그것은 산모를 보러 가거나(그럴 경우에는 따라가지 않는다), 또는 목욕을 하러 가는지(그럴 때는 따라간다.)를 어떤 텔레파시 같은 것으로 개들은 정확하게 냄새를 맡는다. 목욕을 하는 곳은 상당히 멀었으며 5킬로미터쯤 떨어진 튜 강이었다. 이 고장 사람도, 유형수도, 젊은이도 중년층도 이따금씩 밖에는 그곳에 가지 않았다. 자주

다니는 사람은 아이들과 두 마리의 개를 거느린 카드민 뿐이었다. 개들로서는 이 산책이 만족스런 것은 아니었다. 강으로 가는 길은 가시 돋친 풀로 뒤덮힌 초원이어서, 주크의 다리는 상처 투성이가 되고 토비크는 한 번 물에 빠진 적이 있어서 몹시 물을 두려워했다. 그러나 의무감만은 강해서 두 마리의 개는 끝까지 의사를 따라갔다. 강에서 300미터쯤 떨어진 곳에 이르면 토비크는 뒷걸음질치기 시작하면서 귀나 꼬리를 축 늘어뜨리고 송구스럽다는 듯이 기어간다. 주크는 낭떠러지 끝까지 가서 거기에 큰 몸집을 도사리고서 마치 동상처럼 벼랑 위에서 사람들이 목욕하는 것을 지켜보았다.

   토비크는 카드민 댁에 자주 놀러오는 오레크에게도 사람을 전송하는 의무를 적용했다(너무 자주 방문했기 때문에 내무성 관리는 오레크와 카드민을 따로 따로 심문했다. '당신들은 어째서 그렇게 사이가 좋지요? 당신들의 공통된 관심사는 무엇이지요? 공통된 관심은?'). 주크는 오레크를 전송하지 않을 때도 있었으나 토비크는 날씨가 아무리 나쁘더라도 빼놓지 않고 전송해 주었다. 비가 와서 길이 질퍽거리면 토비크는 발이 젖어 춥기 때문에 싫다는 듯이 꾸물거리다가도 따라왔다! 토비크는 카드민 부부와 오레크 사이에 오가는 우편 배달도 맡아서 했다. 오늘은 재미 있는 영화가 상연된다거나, 아주 멋진 음악 프로가 있다든가, 식료품점이나 백화점에 좋은 물건이 있다는 소식을 오레크에게 알려줄 때 메모 쪽지를 달아맨 헝겊 목도리를 감아주고 손가락으로 방향을 가리켜주면서 '오레크의 집으로 가거라!'라고 명령을 내리면, 토비크는 어떤 날씨라도 그 가는 다리로 오레크의 집까지 갔으며, 오레크가 집에 없을 때는 문간에서 기다리고 있었다. 누가 그런 것을 가르쳐주거나 훈련을 시킨 것도 아닌데 처음부터 육감으로 알아차렸다. 이렇게 된 것은 놀라운 일이었다(그 의지를 북돋아 주기 위해서 오레크는 토비크가 우편 배달을 할 때마다 물질적 보답을 한 것은 사실이었지만).

   주크는 몸의 크기나 생김새로 보아서 분명히 독일산 번견(番犬)의 혈통이었으나 양을 지키는 개 특유의 경계심이나 심술궂은 점은 전혀 없었으며,

크고 힘이 센 동물이 다 그러하듯이 선의로 가득차 있었다. 이 개는 이미 나이도 많았으며 몇 사람의 주인을 거쳐 왔으나 카드민 부부를 주인으로 택한 것은 개 자신의 의지였다. 이전에 이 개는 선술집 주인(정식으로는 찻집 관리인.)인 바세제가 기르고 있었다. 바세제는 제대로 먹을 것도 주지 않고 언제나 개집 옆에 줄로 묶어놓았으나 이따금 재미 삼아 사슬을 풀어주어 주크가 옆집의 작은 개들에게 덤벼들게 했었다. 주크는 맹렬한 기세로 싸웠으며 이웃집의 약하고 누런 개들에게는 공포의 대상이 되기도 했지만 주크는 순한 개였으며 다만 주인의 명령에 거역하지 않았을 뿐이었다. 그렇게 줄이 풀려 있던 어느 날 주크는 카드민의 집 근처에서 교미 중이었는데, 그때 이 집이 마음에 들었던지 먹이를 준 것도 아닌데 종종 이 집으로 놀러오게 되었다. 이윽고 바세제는 다른 지방으로 이사하게 되었으며 그때 유형수의 여자 친구 에밀리아에게 이 개를 양도했다. 에밀리아는 먹이를 많이 주었으나 그래도 개는 카드민의 집으로 가곤 했다. 에밀리아는 카드민 부부에게 화를 내면서 주크를 데리고 가서 다시 묶어놓았으나 개는 줄을 끊고 카드민의 집으로 달려가는 것이었다. 그러자 에밀리아는 주크의 사슬을 자동차 타이어에 묶어놓았다. 마침 그때 엘레나 알렉산드로브나가 그곳을 지나가다가 개가 있는 쪽을 보지 않으려 하는 것을 주크가 보게 되었다. 그 순간 개는 수레를 끄는 말처럼 숨을 헐떡이며 달리기 시작하여 100미터쯤 목에 타이어를 달고 달려가다가 쓰러지고 말았다. 이 사건이 있은 후 에밀리아는 주크를 단념했다. 새로운 주인 밑에서 주크는 추상적인 휴머니즘을 행동 규범으로 받아들이게 되었다. 옆집 개들은 주크를 두려워하지 않게 되었으며, 주크는 통행인들에게도 얌전하게 굴었다.

그러나 동물을 총으로 쏘기를 좋아하는 사람은 우시 테레크에도 있었다. 그런 사람들은 좋은 사냥감을 놓치게 되면 술을 마시고 거리를 돌아다니다가 개를 죽였다. 주크도 두 차례나 총격을 받아 총부리만 아니라 카메라 렌즈까지도 두려워하여 절대로 사진을 찍으려 하지 않았다.

카드민의 집에는 고양이도 있었다. 모두 귀엽게만 길러서 버릇이 없고 음악을 좋아했는데, 지금 병원 구내를 산책하면서 오레크가 머리에 떠올린 것은 주크의 모습이었다. 창 너머로 보이는 주크의 선량해 보이는 큼직한 머리. 이따금 오레크의 오두막집 창에는 주크의 머리가 쑥 나타났었다. 주크는 앞발을 창문턱에 얹고 인간처럼 안을 들여다보는 자세였다. 그 옆에서는 토비크가 연신 팔딱팔딱 뛰고, 그러면 곧 니콜라이 이바노비치가 방문해오게 되어 있었다.

오레크는 현재의 자기 운명에 만족하고 있으며 추방 생활을 전적으로 받아들이고 있음을 알게 되자, 그 어떤 감동을 억제할 수가 없었다. 이제 오레크가 하늘에 대고 기도하는 것은 자기의 건강에 대한 것 뿐이었다. 기적 따위는 바라지 않았다.

카드민 부부처럼 살아가는 것, 사물의 현재 그대로의 모습을 기뻐하는 것! 사소한 것일지라도 만족하는 사람이야말로 가장 현명한 사람이다.

낙관론자란? 어디로 가든지 좋지 않은 일 투성이지만 우리는 운이 좋다고 말하는 사람이다. 현재의 상태에 만족하고 공연히 탄식하지 않는 사람이다.

비관론자란? 어디를 가든지 좋은 일 뿐이지만 이곳만은 좋지 않다고 말하는 사람이다. 자기의 운명에 대해서 언제나 탄식하는 사람이다.

지금은 어쨌든 치료를 잘 받아야 한다! X선 요법이라든가 호르몬 요법이라든가 그런 무서운 고통에서 병신이 되기 전에 도망치는 것! 어떻게 해서든지 리비도만은 확보해야 한다. 왜냐하면 그것이 없으면…….

그리고 우시 테레크로 돌아가는 것. 두 번 다시 어디에도 가지 않는 것! 결혼하는 것! 아마도 조야는 와주지 않을 것이다. 만약 와준다면 1년이나 1년 반 뒤에는 결혼하자. 아니면 더 기다려야 할 것인가. 일생 동안이라도 기다려야 하는가! 아니 그럴 수는 없다!

크사너와 결혼해도 좋다. 그 여자라면 좋은 아내가 될 수 있을 거야. 지금도 어깨에 수건을 걸치고 접시를 닦는 모습을 바라보고 있으면 —— 마치 여왕 같다! —— 매혹당하지 않을 수 없다. 그 여자와라면 안정된 생활을 할 수 있을 것이다. 집도 짓고 아이들도 많이 태어날 것이다.

인나 슈트렘과 결혼해도 좋다. 그 여자는 아직 열여덟 살이라서 어쩐지 두려운 생각도 들지만 그런 만큼 매력적이다! 멍청하면서도 내향적이고 그런가 하면 도발적인 그 미소. 그것도 매력적이다…….

즉 파도치는 소리나 베토벤의 네 개의 음표를 믿지 않는 것! 그것은 모두 무지개빛 비누방울에 지나지 않는다. 마음을 가라앉혀 믿지 말 것! 장차 무언가 좋은 것이 있을 것이라고 기대하지 말자!

현재를 기뻐하자!

영원이라면 영원이라도 좋다…….

세계명작학술문고 일신 그랜드 북스

⑩5 혈의 누	⑩50 한중록
⑩6 자유종·추월색	⑩51 구운몽
⑩7 벙어리 삼룡이	⑩52 양치는 언덕
⑩8 동백꽃	⑩53 아들과 연인
⑩9 메밀꽃 필 무렵	⑩54⑩55 에밀(ⅠⅡ)
⑩10 상록수	⑩56⑩57 팡세(ⅠⅡ)
⑩11⑩12 아들들(ⅠⅡ)	⑩58⑩59 짜라투스트라는 이렇게 말했다(ⅠⅡ)
⑩13 감자·배따라기	⑩60 광란자
⑩14 B사감과 러브레터	⑩61 행복한 죽음
⑩15 레디 메이드 인생	⑩62 김소월 시선
⑩16 좁은문	⑩63 윤동주 시선
⑩17 운현궁의 봄	⑩64 한용운 시선
⑩18 카르멘	⑩65 英·美명 시선
⑩19 군주론	⑩66⑩67 쇼펜하워 인생론
⑩20⑩21 제인 에어(ⅠⅡ)	⑩68⑩69 수상록
⑩22 논어 이야기	⑩70⑩71 철학이야기
⑩23⑩24 탁류(ⅠⅡ)	⑩72⑩73 백경
⑩25 에반제린 이녹 아든	⑩74⑩75 개선문
⑩26⑩27 폭풍의 언덕(ⅠⅡ)	⑩76 전원교향곡·배덕자
⑩28 내훈	⑩77 소나기(外)
⑩29 명심보감과 동몽선습	⑩78 무녀도(外)
⑩30 난중일기	⑩79 표본실의 청개구리(外)
⑩31 대위의 딸	⑩80 사랑방 손님과 어머니(外)
⑩32 아버지와 아들	⑩81 순애보(上)
⑩33 나의 라임오렌지나무	⑩82 순애보(下)
⑩34 갈매기의 꿈	⑩83 유리동물원(外)
⑩35⑩36 젊은 그들(ⅠⅡ)	⑩84⑩85 무영탑
⑩37 한국의 영혼	⑩86⑩87 대도전
⑩38 명상록	⑩88 태평천하
⑩39 마지막 수업	⑩89⑩90 실락원(ⅠⅡ)
⑩40 잠 못 이루는 밤을 위하여	⑩91 베니스의 상인
⑩41 페스트	⑩92 사랑의 기술
⑩42 크눌프	⑩00 무정
⑩43⑩44 빙점(ⅠⅡ)	⑩01⑩02 흙
⑩45 페이터의 산문	⑩03 유정·꿈
⑩46 적극적 사고방식	⑩04⑩05 사랑
⑩47 신념의 마력	⑩06⑩07 단종애사
⑩48 행복의 길	⑩08 무명
⑩49 카네기 처세술	⑩09 이차돈의 사

판형/ 4·6판*면수/ 평균 256면

세계명작학술문고 일신 그랜드 북스

① 여자의 일생	(51) 싯다르타
② 데미안	(52) 이방인
③ 달과 6펜스	(53)(54) 무기여 잘 있거라(ⅠⅡ)
④ 어린 왕자	(55)(56) 지와 사랑(ⅠⅡ)
⑤ 로미오와 줄리엣	(57)(58) 생활의 발견
⑥ 안네의 일기	(59)(60) 생의 한가운데(ⅠⅡ)
⑦ 마지막 잎새	(61)(62) 인간 조건(ⅠⅡ)
⑧ 젊은 베르테르의 슬픔	(63) 이반 데니소비치의 하루
⑨⑩ 부활(ⅠⅡ)	(64)(65) 25시(ⅠⅡ)
⑪⑫ 죄와 벌(ⅠⅡ)	(66)~(68) 분노의 포도(ⅠⅡ)
⑬⑭ 테스(ⅠⅡ)	(69) 나의 생활과 사색에서
⑮⑯ 적과 흑(ⅠⅡ)	(70)~(72) 누구를 위하여 종은 울리나(ⅠⅡ)
⑰⑱ 채털리 부인의 사랑(ⅠⅡ)	(73) 주홍글씨
⑲⑳ 파우스트(ⅠⅡ)	(74) 슬픔이여 안녕
㉑㉒ 셜록홈즈의 모험(ⅠⅡ)	(75) 80일간의 세계일주
㉓ 이솝 우화	(76) 물과 원시림 사이에서
㉔ 탈무드	(77) 람바레네 통신
㉕㉖ 한국 민화(ⅠⅡ)	(78)~(80) 인간의 굴레(Ⅰ~Ⅲ)
㉗ 철학이란 무엇인가	(81) 독일인의 사랑
㉘ 역사란 무엇인가	(82) 죽음에 이르는 병
㉙ 인생론	(83) 목걸이
㉚㉛ 정신 분석 입문(ⅠⅡ)	(84) 크리스마스 캐럴
㉜ 소크라테스의 변명	(85) 노인과 바다
㉝ 금오신화 · 사씨남정기	(86)(87) 허클베리 핀의 모험(ⅠⅡ)
㉞ 청춘 · 꿈	(88) 인형의 집
㉟ 날개	(89)(90) 그리스 로마 신화(ⅠⅡ)
㊱ 황토기	(91) 인간론
㊲ 백범 일지	(92) 대지
㊳ 삼대(上)	(93)(94) 보바리 부인(ⅠⅡ)
㊴ 삼대(下)	(95) 가난한 사람들
㊵ 조선의 예술	(96) 변신
㊶㊷ 조선 상고사(ⅠⅡ)	(97) 킬리만자로의 눈
㊸ 백두산 근참기	(98) 말테의 수기
㊹ 선과 인생	(99) 마농 레스꼬
㊺㊻ 삼국유사(ⅠⅡ)	(100) 젊은이여, 시를 이야기하자
㊼ 욕망이라는 이름의 전차	(101) 피아노 명곡 해설
㊽ 리어왕 · 오셀로	(102) 관현악 · 협주곡 해설
㊾ 도리안그레이의 초상	(103) 교향곡 명곡 해설
㊿ 수레바퀴 밑에서	(104) 바로크 명곡 해설

판형 / 4 · 6판 * 면수 / 평균 256면

암 병 동 I

- 저 자 / 솔 제 니 친
- 역 자 / 반　광　식
- 발행자 / 남　　　용
- 발행소 / 一信書籍出版社

주소 : 121-110
　　　서울 마포구 신수동 177-3
등록 : 1969. 9. 12. (No. 10-70)
전화 : 703-3001~6
FAX : 703-3009
　ⓒ ILSIN PUBLISHING Co. 1988.

ISBN 89-366-0355-8　　값 10,000원